塞缪尔·约翰逊《诗人传》对英诗经典的建构

Samuel Johnson's Formation Of A Poetic Canon In *The Lives Of The Poets*

叶丽贤 著

图书在版编目(CIP)数据

塞缪尔·约翰逊《诗人传》对英诗经典的建构/叶丽贤著.—厦门:厦门大学出版社,2020.3
ISBN 978-7-5615-7761-5

Ⅰ.①塞… Ⅱ.①叶… Ⅲ.①约翰逊(Johnson,Samuel 1709—1784)—英语文学—研究 Ⅳ.①I561.06

中国版本图书馆 CIP 数据核字(2020)第 049243 号

出 版 人	郑文礼
责任编辑	高奕欢
封面设计	李嘉彬
技术编辑	许克华

出版发行	厦门大学出版社
社　　址	厦门市软件园二期望海路 39 号
邮政编码	361008
总　　机	0592-2181111　0592-2181406(传真)
营销中心	0592-2184458　0592-2181365
网　　址	http://www.xmupress.com
邮　　箱	xmup@xmupress.com
印　　刷	厦门集大印刷厂

开本 880 mm×1 230 mm　1/32
印张 10.375
字数 242 千字
版次 2020 年 3 月第 1 版
印次 2020 年 3 月第 1 次印刷
定价 53.00 元

本书如有印装质量问题请直接寄承印厂调换

厦门大学出版社
微信二维码

厦门大学出版社
微博二维码

目　录
CONTENTS

绪　论……………………………………………………………1
　　第一节　经典和经典建构……………………………………3
　　第二节　关于英国文学经典化源流的研究综述……………13
　　第三节　《诗人传》与十八世纪的文学经典化……………24

第一章　玄学派的"巧智"……………………………………52
　　第一节　玄学派经典地位的变化……………………………53
　　第二节　洛克和艾迪生的"巧智"概念……………………62
　　第三节　玄学巧智：在思想与情感之间……………………67

第二章　弥尔顿的"崇高"……………………………………88
　　第一节　弥尔顿经典地位的形成……………………………89
　　第二节　"崇高"与"想象"………………………………96
　　第三节　约翰逊对"崇高"的复杂态度……………………107

第三章 德莱顿的"敏博" 151
第一节 德莱顿经典地位的形成 152
第二节 德莱顿的"敏博"与文学贡献 156
第三节 德莱顿诗歌的缺陷 181

第四章 蒲柏的"明慎" 195
第一节 蒲柏经典地位的形成 195
第二节 蒲柏的"明慎"与"优美" 204
第三节 蒲柏式的"想象" 226

第五章 十八世纪中期诗人的"丰沛" 251
第一节 十八世纪中期诗人的经典地位的形成 252
第二节 "丰沛"的才华与素体诗写作 263
第三节 抒情诗的"乖谬之美" 280

结 语 297
参考文献 306

绪 论

二十世纪前五十年是英美学术机构和教育体制对英国文学进行经典化的五十年。欧文·白璧德、T. S. 艾略特、F. R. 利维斯、克林斯·布鲁克斯等知名学者都曾阐述过文学的作用、批评的功能和方法，以及英国文学的优秀传统等问题，并依据各自的诗学理想梳理了数百年来的英国文学遗产。虽然他们尚未使用"经典建构"（canon formation）的表述来形容自己的工作，但他们对作家成就的鉴定、对优秀作品的遴选、对作家之间的影响脉络的勾勒，确实与后来的学者建构经典的工程性质相同。他们梳理经典的努力，为英美高等学府的文学教学研究确立了基本的文本，提供了某些评判标准。但是自二十世纪七十年代以后，受左翼激进思潮的推动，美国学界开始掀起大规模批判和修正包括英国文学在内的西方文学经典的潮流[①]。原先以已故欧洲白人男性为主、板结一块的文学经典被逐渐打破，女性和少数族裔作家的作品开始走进大学课堂，编入各种文学选集，

[①] 弗莱发表于 1957 年的《批评的解剖》可以说开启了这场运动的理论先声。虽然该书并未论及少数族裔和女性文学的地位问题，但在序言中，弗莱阐明了他关于经典的一个新观点：批评者依据某些标准对作品进行价值鉴定和位次排列，是毫无意义的，也并非真正的文学批评。参见诺思罗普·弗莱：《批评的解剖》，陈慧、袁宪军、吴伟仁译，百花文艺出版社 2006 年版，第 29-40 页。

专家学者也重新撰写美国文学史，以反映美国多元化的文学现实和不同群体的文化诉求。面对经典拓宽的趋势，也有一些传统的人文主义者，如艾伦·布鲁姆、哈罗德·布鲁姆，发出了反对拓宽经典、坚决捍卫西方文化传统的声音。两方学者在坚持己见的同时，纷纷阐明各自对何为经典、经典如何形成、经典有无统一标准、如何研究文学等问题的看法①。这些争论不仅深刻影响了二十世纪后二三十年英美大学的课程设置和教育改革，也对出版行业和大众的阅读书目起到了指导作用。

到二十世纪末，关于经典是否应拓宽的热议逐渐平复，美国的学者把目光投向本国文学的一大源头——英国文学，去探寻英国文学经典的形成和发展历史。他们主要考察十九世纪末之前，即文学研究在高等院校学科化之前②，英国文学经典以何种方式建构，建构的主体是谁，支配的动因是什么，经历了怎样的变化。由于英国文学从前现代社会发展而来，比美国文学的历史更为悠久，研究英国文学经典的源起和流变必然更有利于认清经典的基本性质与生成原因，为复杂的当下提供参照和反思的思想文化资源。学术期刊《十八世纪生活》在1997年2月和10月这两期专门开设论坛，讨论经典的本质特征、英国文学经典的形成时间和动因、表现形式等基本问题。论坛以理查

---

① 杰瑞·马丁总结了这段时期美国大学设置核心课程所体现出的三种"经典观"，即"传统经典观""扩展经典观""反经典观"。虽然马丁的文章并不仅是谈论文学经典，但这样的分类也适用于归纳二十世纪八九十年代文学研究者的各种经典观。参见 Jerry Martin, "The Core Curriculum and the Canon," *The Core and the Canon: A National Debate,* eds. L. Robert Stevens, et al. (Denton: The University of North Texas Press, 1993), pp. 3-9.
② 关于现代"文学"观念确立和英国文学体制化的论述，参见周小仪：《从形式回到历史：20世纪西方文论与学科体制探讨》，北京大学出版社2010年版，第15-19页。

德·泰瑞的长篇论文《十八世纪的文学、美学和经典性》①为引玉之砖，吸引了包括保罗·亨特（Paul Hunter）在内的多位十八世纪英国文学的权威专家参与讨论。撰稿的学者之前对这个问题已有研究基础，所以讨论交锋激烈，涉及问题的诸多层面。在论坛结束后的几年时间里，参与讨论的学者相继出版关于英国文学经典化问题的专著，在英美文学研究界产生了一定影响。正是在这样的学术背景下，本书尝试对塞缪尔·约翰逊的《英国诗人传》（以下简称为《诗人传》）与英国文学经典化的关系展开研究，关注的重点包括《诗人传》作为建构文学经典的文本产生的背景、呈现的特点、蕴含的标准、对后世的影响等方面。

第一节　经典和经典建构

"经典"（canon）②源自希腊文"Kanon"，原指织工或木匠使用的校准小棒，并从中引申出了"尺度"和"规范"意思，常用于法律和艺术等领域。例如，"kanon"以及派生词"kanonikos"就常被古希腊人用来形容能成为典范、具备规范效应的作家、作品乃至行为③。公元一世纪基督教兴起后，基督教作家开始用

---

① 参见 Richard Terry, "Literature, Aesthetics, and Canonicity in the Eighteenth Century," *Eighteenth-Century Life*, Vol. 21, No. 3 (Nov. 1997): 80-101.

② 也有一些中国学者将"canon"译为"正典"，参见哈罗德·布鲁姆：《西方正典》，江宁康译，译林出版社2005年版。廖炳慧：《关键词200：文学与批评研究的通用词汇编》，江苏教育出版社2006年版，第25页。但本书采用"经典"这个更普遍的译法。

③ 详例参见 Robert Alter, *Canon and Creativity* (New Haven: Yale University Press, 2000), p. 1. George A. Kennedy, "The Origin of the Concept of a Canon and its Application to the Greek and Latin Classics," *Canon vs. Culture*, ed. Jan Gorak (New York: Garland Publishing Inc., 2001), p. 106.

它来表示使徒传下来的核心教义与信条，后来罗马教廷将它挪用过去，用以表示选取可靠经书文本与作者时所依据的标准，以及经过教会权威认证后的经书、律法和典籍。从此以后，"经典"及其派生词就被打上了深刻的宗教烙印①。随着时间推移，西方作家逐渐开始将"经典"的使用范围从宗教领域扩展到俗世中。由于教会所认定的真经，即"经典"，具有"真实"且"重要"的特点，所以"经典"及其派生词用于俗世文化中也往往带有"真实"且"重要"之意。根据理查德·泰瑞的研究，英国到十六世纪末就已经用"经典"的派生词"经典化"（canonize）来描述世俗作家乔叟被授予经典地位②。在这个例子中，"经典化"显然与"重要"或"神圣"这个意义联系更紧密。在1885年版的《大不列颠百科全书》中，出现了"柏拉图经典"（the Platonic canon）这个说法，即"柏拉图真作集"的意思，这可以视为代表"经典"重归俗世的界碑③。不过，"经典"跟在某位作家名后，往往表示出自该作家之手的所有作品集，在这个用法上，"经典"与"真实性"或"可靠性"更密切相关。

"经典"作为"重要作品集"被广泛应用于各文化领域，要归因于二十世纪七十年代以来美国学界所掀起的围绕西方文学经典的争论。这场争论使各领域的学者开始自觉地反思经典的

---

① 关于经典的宗教意义，详见刘意青：《经典》，载赵一丹主编：《西方文论关键词》，外语教学与研究出版社2006年版，第280-282页。

② 详例参见 Richard Terry, *Poetry and the Making of the English Literary Past 1660-1781* (Oxford: Oxford University Press, 2001), pp. 35-36. 不过，在约翰逊所编撰的英语辞典中，无论是"canon""canonical"还是"canonize"都尚未收录与世俗作家或作品的经典化相关的意义（*Dict.*, 1: 321），由此推断，泰瑞所示的例子至少到十八世纪中期为止并不常见。

③ 参见 George A. Kennedy, "The Origin of the Concept of a Canon and Its Application to the Greek and Latin Classics," p. 107.

成因和前人建构经典的行为。在当下文学研究和批评语境中，"经典"可以定义为具有权威的个人或机构明确承认的或整个社会在长时间内普遍默认的，认为值得通过阅读和学习来保存的文学遗产的汇集。由于文学作品被选入"经典"后，也意味着其创作者被"经典化"，所以在文学批评中，"经典"不仅用来指作品，也用来指作家。很多批评家在梳理文学经典时，不仅会对作品本身的优劣得失加以点评，而且会对作者的文学才能或创造力予以评估。因此，"经典"既是关于作品的"经典"，也是关于作家的"经典"。约翰逊的《诗人传》就是对诗人才华和作品的评判的结合。

作家和作品跻身文学经典，是一个既漫长又复杂的过程。刘意青教授总结了其中得到普遍认同的三大要素：

> 首先，……得到了持不同观点和情感的批评家、学者和作家的广泛参与和推动，比如经典作家和作品往往不断被其他作家引用和喻指，经常或较多地得到评论和介绍。其次，经常出现在文化群体的话语中，成为该国家文化生活的一个组成部分，知名度高。再次，长期被纳入学校课程和课本，通过教学和知识传授得到普及和延续，等等。①

刘意青教授所归纳的这三大要素既是作家或作品跻身经典的标志，也是作家或作品被推入经典的渠道。她在这段话中还提到了参与建构经典的不同主体，如批评家、学者、作家以及教育工作者。谈论经典的建构，常要涉及建构主体的问

---

① 参见刘意青：《经典》，载赵一凡主编：《西方文论关键词》，外语教学与研究出版社2006年版，第282页。

题。在不同历史阶段，参与建构的社会力量和实现方式并不相同。二十世纪七八十年代之后的西方文学经典争论主要是在高校学者之间展开，他们认为高等院校是当今文学经典建构的主体，教学科研活动是实现经典传承的主要途径，并未详察包括媒体、出版业、专业评论员在内的社会体制对经典的塑造作用。事实上，在英美大学开设文学研究专业之前，文学研究一直附着在古典学、语文学、演讲术等传统人文学科上；那时的高等院校对塑造文学经典所起的作用，无论是具体方式还是程度深浅，必然有别于现今的教育机构。例如，在十八世纪英国，大学教员常把本国文学作品作为范例来讲授修辞、演讲和写作技巧。施教者和受教者都对文学文本持实用主义的目的，这势必会影响对文学篇目的选择与讲解[①]。

在十八世纪，参与塑造英国文学经典的主体，除大中小学的教员以外，还有很大一部分是来自教育体制之外，包括报刊作者、文学评论家、咖啡馆和俱乐部的文化领袖、编写名人传记或编辑作品选集的学者，甚至是从事创作的作家。这些人在梳理和表述英国文学经典方面所发挥的作用，并不亚于院校里的教师和学者[②]。在不同历史阶段，参与建构经典的主体所起的作用、决定作品选入经典的机制都不尽相同，即使在同样的机制里，权威学者因性别族群身份、政治立场或审美理想有别，所打造的经典也是迥然有别，甚至相互冲突。所以，如果要问一个国家或民族迄今为止所形成的文学经典都包括哪些作家和

---

① 参见 Richard Terry, *Poetry and the Making of the English Literary Past 1660-1781*, pp. 196-206.
② 理查德·泰瑞在《诗歌与英国文学往昔（1660—1781）的形成》一书中详细检视了十八世纪有助于塑造文学经典的各种文本，其中大多数并非出自院校体制内从事教育的学者。

作品,这是非常难以详尽回答的问题。相对能说得清的是某位有影响力的学者、媒体人或某个机构推出了什么样的文学经典,或成就了什么作品的经典地位。这里实际上牵涉"经典"的两种用法,虽然前面对"经典"的简单定义已经将二者包含其中,但有必要在此进一步阐发,以作区分。

一个国家、民族或共同体在特定历史时期可能存在很多种代表不同群体和个人的文学经典,这些经典所蕴含的价值标准、所呈现的规模与形态、所产生的影响力都不尽相同,所以相互间的关系并不平等,必然有一些版本因建构主体的缘故更常被阅读和引用,更具有话语权。这种与权力有关联、带有建构意义的"经典",可以视为"小写经典"(canon)。同时,理论上,每个国家、民族或共同体在特定时期大体都有一个被广泛认可的、经受住了长时间反复阅读、阐释和检验的、能代表这个群体最高美学观和价值观的文学经典[1]。这种经典可以视为"大写经典"(Canon)。但即使是"大写经典",也会随着时间而演变;在特定历史时期,它的形态或内容也总存在充满争议、模糊不明的部分。尤其那些非重量级的文人,新发现、新成名的作家,通常徘徊于经典的外缘,很难对他们是否已入选其中做绝对判断。经典中最明晰的部分通常是其核心区域,即文豪和巨作所汇集的区域。所以,正如威廉·凯斯曼特所言,"经典"具有"边缘毛糙中间厚实"[2]的特点。在这个意义上,处于某个历史时期的"经典"(Canon)更像是个同心圆,核心部分包括哪些作家或作品,相对容易达成共识,至于边缘部分延伸到哪里,涵

---

[1] 在这个意义上,"canon"更接近现在英语中的"classic"一词。
[2] 参见 William Casement, *The Battles of the Books in Higher Education: The Great Canon Controversy* (New Brunswick: Transaction Publishers, 1996), p. xiii.

盖哪些作家或作品，则比较模棱两可。这两种意义上的"经典"并不是完全没有联系。批评家、学者、文人等主体所建构的不同经典（canons）在长期相互补充、融合与修正的过程中，会逐渐塑造和影响读者的集体意识，并在某种程度上决定了"大写经典"（Canon）的内容和形态。还要特别指出的是，很多批评者或作家对经典（Canon）的贡献并不在于系统地建构了代表自己审美理想或文化态度的经典（canons），而在于通过对个别作家或作品的阐发、转述、评介、争论和改写，奠定了该作家或作品在经典（Canon）中的地位。

虽然约翰逊被同时代人尊奉为英国文化的巨擘，而且《诗人传》是一部销量很大、不断再版[①]、广被评阅和引述[②]的梳理本国文学经典的著作，但《诗人传》所建构的文学经典更接近前文所说的"小写经典"，而不能完全等同于十八世纪下半叶受到大多数作家、学者和读者普遍认可的英国文学经典，因为自《诗人传》出版伊始，批评界就不乏激烈批判的声音，尤其涉及约翰逊对诗人的某些批评意见[③]。可见，虽然《诗人传》出版后轰动

---

① 从1779年到1800年短短二十年之间，《诗人传》就出现了七个版本（其中两个版本来自都柏林）。参见 James T. Boulton, "Introduction," *Samuel Johnson: The Critical Heritage*, ed. James T. Boulton (London: Routledge, 1971), p.13. 从1800年至1900年间，《诗人传》重印或修订过至少24次，平均每四年一次。参见 Steven R. Phillips, "Johnson's *Lives of the English Poets* in the Nineteenth Century," *Research Studies*, Vol. 39, No. 3 (Sep. 1971), p. 177.

② 根据布里斯托尔图书馆的借阅记录，1781年至1784年间，《诗人传》是"文学"（Belles Lettres）区域借阅频率最高的图书。James T. Boulton, "Introduction," p.13. 从1779年《诗人传》开始发表起，它就引起了众多报刊评论员和作家的兴趣，到1800年为止，至少出现了十多篇有分量的评论文章或书信。参见 James T. Boulton, *Samuel Johnson: The Critical Heritage*, pp. 250-316.

③ 参见 "Edmund Cartwright, Unsigned Review, *Monthly Review*," *Samuel Johnson: The Critical Heritage*, p. 262 & p. 268. "William Cowper's Opinion of *The Lives*," *Samuel Johnson: The Critical Heritage*, pp. 273-274. Edward Tomarken, *A History of the Commentary on Selected Writings of Samuel Johnson* (Columbia: Camden House, 1994), pp. 120-124.

一时，但也不能视为英国文学经典的全权代表。本书主要研究约翰逊如何在《诗人传》中建构符合自己诗学理想的英国文学经典（canon），而非《诗人传》如何从整体上影响了十八世纪英国文学经典（Canon）的基本框架及其蕴含的评判标准。

说到经典建构，常要论及建构经典所依据的价值标准。什么样的作品应当选入民族文学经典，二十世纪八十年代后学界存在的分歧尤为激烈，存在两种倾向。其中一种倾向以哈罗德·布鲁姆为代表人物。布鲁姆认为文学作品能入经典完全是作品内在的"审美力量"使然，这种"审美力量"包括"娴熟的形象语言、原创性、认知能力、知识以及丰富的词汇"[①]。在布鲁姆看来，这些要素是审美领域所固有的价值，是决定文学作品经典性的内在本质。当代英国著名批评家弗兰克·克莫德也认为评判文学作品是否能入经典，应主要依据其审美价值。在克莫德看来，作品要具有审美价值，一是能带给读者一种与悲痛掺杂在一起的更高级的愉悦感，二是能在新的批评语境中释放出新意，变迁为新的文本，如此才能守住经典地位。[②] 与布鲁姆强调"审美自主性"和克莫德强调审美反应论不同，另外一群学者，以雷蒙德·威廉斯和特里·伊格尔顿为代表，则认为传统的西方文学经典是一种强制性的文化建构，是占统治地位的群体为自身利益进行意识形态构建的结果。用荷兰学者佛克马的话说，经典"文本的选择是建立在特定的世界观、哲学观和社会政

---

① 参见 Harold Bloom, *The Western Canon: The Books and School of the Ages* (New York: Harcourt Brace & Company, 1994), p. 29.

② 参见 Frank Kermode, *Pleasure and Change: The Aesthetics of Canon* (Oxford: Oxford University Press, 2004), pp. 15-50.

治实践而产生的未必公开的评价标准的基础上的"①。在这群学者看来，文学经典其实是操控这种"世界观、哲学观和社会政治实践"的权力的表征，他们试图通过革新和重构这种表征体系，来挑战旧权力机制，塑造民主而多元的文化形态②。就约翰逊在《诗人传》中梳理经典这一个案而言，作品的内在审美价值确实是他评判作家经典地位时很重要的一个考量因素。不过，约翰逊打造经典的行为不可避免受到当时各种社会因素制约，后文将指出各种社会力量和机制会对作品或诗人的经典化施加合力，产生显著影响。

权威学者或权力机构在打造经典时，不仅会遵循某些价值标准来筛除和选留作品，而且会依据这些标准在经典框架内对入选作品的位次进行排列，越能符合这些标准的作品在经典中的地位往往就越高。比如，艾略特在二十世纪初重构英国文学经典时，就以"非个性化"③和"感受力的统一"④为标准，这极大地提高了十七世纪玄学派诗人的成就，而降低了浪漫主义和维多利亚时期诗人的地位。艾略特尤其重视"巧智"（wit），视它为诗人才情中的上品，在评论德莱顿的文章中，他就以"巧智"

---

① 参见佛克马、蚁布思：《文学研究与文化参与》，俞国强译，北京大学出版社 1996 年版，第 49-50 页。特里·伊格尔顿也曾声言："所谓的'文学经典'，或者说'民族文学'中公认的'伟大传统'，理应看作是一种'建构'，由特定的人、在特定的时期、由于特定的原因塑造形成。"参见 Terry Eagleton, *Literary Theory: An Introduction* (Minneapolis: The University of Minnesota Press, 2008), p. 10.
② 约翰·杰洛瑞对此做法的质疑，参见约翰·杰洛瑞：《文化资本：论文学经典的建构》，南京大学出版社 2011 年版，第 1-16 页。
③ 参见 T. S. Eliot, "Tradition and Individual Talent," *Selected Essays* (London: Faber and Faber Ltd., 1932), p. 18.
④ 参见 T. S. Eliot, "The Metaphysical Poets," *Selected Essays*, p. 288.

或者说"一种变'可笑'或'琐碎'为'宏大'的高超能力"[①]为依据，将德莱顿推到英国文学经典更核心的地位，尊他为承前启后、影响英国诗歌数百年的诗人。利维斯在《伟大的传统》一书中以"对生活……超常发达的兴味"和"明显的道德热诚"[②]为评判尺度，筛选出了英国小说史上的四五位大家，称他们是伟大传统的奠基者和传承者，并把作品欠缺道德要义和对人性缺乏关怀的小说家划入次要作家的范畴。克林斯·布鲁克斯在新批评代表作《精致的瓮》中以语言的"悖反"和诗歌"结构"[③]为衡量标准来评价莎士比亚、多恩、华兹华斯等十多位诗人的作品，否定了有相对主义倾向的历史式或传记式批评，以及把诗歌释义为散文语言的一般批评方法。按照布鲁克斯的标准和精细的批评方法，格局宏大的叙事诗或有历史指向的长诗就很难进入他所建构的诗歌经典中。在《西方经典》中，布鲁姆则是以莎士比亚和但丁的"认知的敏锐、语言的活力和创造的才情"[④]为核心，以国别和时间为横纵轴，来构筑西方文学经典的谱系。因为经典的建构往往以价值标准为组织原则，经典就常常形成一个环绕圆心的等级结构，越是被认为成就杰出的作家，越是靠近经典的中心地带。本书一大关注点就是约翰逊如何以自己的诗学理念为尺规，在《诗人传》中勾画出一幅绵延一百五十年，分高下之位但又各得其所、秩序井然的诗人群像图。

[①] 参见 T. S. Eliot, "John Dryden," *Selected Essays*, p. 314. 艾略特认为，由于十九世纪"狭隘的欣赏品味和特殊的时代风尚"，"德莱顿没有一席之地"（第 305 页）。

[②] 参见 F. R. 利维斯：《伟大的传统》，袁伟译，生活·读书·新知三联书店 2002 年版，第 14 页。

[③] 参见 Cleanth Brooks, *The Well-Wrought Urn: Studies in the Structure of Poetry* (New York: Harcourt, Brace and World, 1947), p. 195.

[④] 参见 Harold Bloom, *The Western Canon: The Books and School of the Ages*, p. 46.

在经典谱系图之中，作家之间或作品之间的关系不仅是共时的，也是历时的。艾略特的"传统与个人才能"说、利维斯的"伟大传统"说、布鲁姆的"影响的焦虑"说①，都是他们考察作家在经典中的承继关系的学理基础。他们的著述基本涵盖了前人的成就如何影响后人、后人如何在前人遗产重压下实现突破和创新、后人的创新如何夯实了前人的经典地位等问题。从《诗人传》的文本中也可以看到，虽然约翰逊不如现代经典遴选家这么自觉（部分原因也是受传记体例和当时历史条件所限），但他确实试图理顺诗人之间的影响和更替关系，整理出一条清晰的文学发展脉络。这也是本书正文分析约翰逊建构经典时要具体论述的内容。

不仅如此，经典遴选家和评判者有时候会试图以经典为载体来宣扬自己的价值观念，让经典与当下的文学现实和未来的艺术可能发生关联。艾略特重整旧有的文学经典，就与他所引领的现代主义诗歌变革有不可分割的联系。恰如中国学者董洪川所指出的："从世界文学发展史看，每一次文学革命可以说都是从经典批判或重释开始的。"②也就是说，当文学思潮和创作发生重大变革时，总会伴随着出现对原有经典的批判和重构，这可以视为世界文学史发展的一个基本规律。约翰逊的《诗人传》出版十多年后，其建构的经典恰好成为华兹华斯等浪漫主义诗人批判的对象。虽然《诗人传》并非诗歌变革的纲领，更像是约翰逊对过去一百多年英国诗歌成就的整理和评介，但他在论述

---

① 参见哈罗德·布鲁姆：《影响的焦虑》，徐文博译，生活·读书·新知三联书店1989年版，第3-15页。
② 参见董洪川：《托·斯·艾略特与"经典"》，《外国文学评论》2008年第3期，第107页。

中经常显露出对英国诗歌发展动向的展望和关切。综合前文所述，本书将研究内容限定在分析约翰逊如何通过与他人的"经典"或批评观的对话，勾勒出一个适合读者保存或借鉴、有地位轻重之分和价值高下之别、有前后承继关系和逻辑脉络的英国本土文学和作家谱系图，并阐明约翰逊对具体诗人的评判如何影响后世批评者的态度。

第二节 关于英国文学经典化源流的研究综述

英国文学经典化的起源在二十世纪末成为一个热门学术话题。其实早在二十世纪七十年代美国学者开始热议拓宽西方文学经典的时候，就已经有个别像劳伦斯·利普金（Lawrence Lipking）这样的学者专门论述过英国文学经典的形成问题，并且将梳理经典与编撰文学史两种行为区别开来。这些学者共同的研究指向是把"经典"这个原本主要用于教育体制内部的概念拓展到教育体制外部，在时间上把"经典化"历史从十九世纪末追溯到更早时期。这里有必要指出概念上容易混淆的一点，那就是建构经典的著作与研究经典化的著作之间的区别。有些学术著作确实难以归类，比如布鲁姆的《西方经典》就兼具了二者的特征，但是绝大多数著述相对容易界定，比如下文将要回顾的有关英国文学经典形成和发展的研究著述。

关于英国文学经典源流问题，当代学者目前已论及的方面包括：经典形成的时间，经典与"文学"的关系，经典建构与印刷技术、消费文化、美学兴起、批评专业化、民族主义、版权问题等相互联系的因素之间的关系。

塞缪尔·约翰逊《诗人传》对英诗经典的建构
Samuel Johnson's Formation Of A Poetic Canon In *The Lives of The Poets*

关于经典形成的时间，学界的观点分为两派，一派认为英国文学经典在十八世纪形成，以劳伦斯·利普金、道格拉斯·帕悌（Douglas Patey）、霍华德·温布洛特（Howard Weinbrot）、哈罗德·布鲁姆[①]、乔纳森·克拉姆尼克（Jonathan Kramnick）等人为代表。另一派则把时间推至更远，甚至推到属于中世纪时期的十四世纪，代表学者是特雷弗·罗斯（Trevor Ross）和理查德·泰瑞。两派学者对产生经典的文化土壤持有不同的观点。前者（哈罗德·布鲁姆除外）认为经典是在出版规模化、阅读市场化、批评专业化的基础上产生，以广大民众的阅读消费为目的。克拉姆尼克认为没有"现代性"，就没有对"传统"或"经典"的追寻和打造。另一派学者则认为，打造经典、推介高价值的文化作品是人类文明史上的普遍行为，只是在不同历史阶段表现形式不同而已。比如，在罗斯看来，十八世纪前和十八世纪后打造经典的目的和经典的特征就有很大区别。在1997年第三期的《十八世纪生活》中，两派学者对此问题争执不下，尤以理查德·泰瑞的态度最为强硬。保罗·亨特在总结这一辩论时说，泰瑞的质疑更多是与术语的历史界定有关，纠缠于术语本身并无多大意义，更重要的是研究者在讨论经典问题时，要清楚自己和别人是如何界定这个术语的[②]。

持英国文学经典在十八世纪形成的观点的学者大多认为，

[①] 布鲁姆认为英国文学经典形成于十八世纪中期，即重情感、感伤和崇高风格的时期。在布鲁姆看来，威廉·科林斯的《诗歌品质咏》是最早用诗歌体裁对英国文学经典进行梳理的作品之一。参见 Harold Bloom, *The Western Canon: The Books and School of the Ages*, p. 20. 这个论断是值得商榷的。

[②] 参见 J. Paul Hunter, "When Is Literature? What Is a Canon?" *Eighteenth-Century Life*, Vol. 21, No. 3 (Nov. 1997), pp. 95-97.

在"文学"(literature)这个词出现现代意义的转向后①,才有了所谓"经典"的产生。以道格拉斯·帕悌的论文《十八世纪开创经典》为例②。在这篇论文中,帕悌从知识分类角度来分析文学经典在十八世纪的生成。他结合前人的基础研究,认为用"文学"来指称创造性和虚构性作品,是到十八世纪才出现的变化;而"文学"内涵的变迁,则与"艺术"(art)这个术语内涵的转变和美学的兴起有紧密的联系。将"文学"的外延缩小为凭想象创作的非事实性作品,说明十八世纪的英国人关于文学的创作实践、阅读和评判等诸多方面已经有了观念的转变,正是在这个背景下,才产生了将"事实性的文献"排除在外的、现今所谓的"纯文学"经典③。对此,泰瑞则认为"概念史"与"术语史"不能绝对等同,虽然"文学"这个词的意义是在十八世纪中后期发生现代转向的,但并不意味着英国人在此之前并不存在"文学"这个观念。他指出十八世纪之前的英国人是用"诗"(poetry)这个词来指代文学作品,只不过后来"诗"的含义缩小,部分含义迁移到"文学"一词上,并构成它的现代意义④。

也有部分学者曾将研究的角度聚焦在经典的建构与印刷技术的关系上。阿尔文·柯南于1987年发表专著《塞缪尔·约翰逊与印刷的影响》,详细检阅了自1700年以后印刷技术如何实

---

① 关于"文学"的内涵的演变史,参见 Rene Wellek, "What Is Literature?" *What Is Literature?* ed., Paul Hernadi (Bloomington: Indiana University Press, 1978), pp. 16-23. Raymond Williams, *Keywords: A Vocabulary of Culture and Society*, Rev. ed. (Oxford: Oxford University Press, 1983), pp. 183-188.

② 参见 Douglas Pane Patey, "The Eighteenth Century Invents the Canon," *Modern Language Studies*, Vol. 18, No. 1 (Winter 1988), pp. 17-37.

③ 同上, pp. 25-26。

④ 参见 Richard Terry, "Literature, Aesthetics, and Canonicity in the Eighteenth Century," pp. 85-86.

现了英国社会从以口头或手抄稿为载体、依附于贵族权威的高雅文学或宫廷文学体制，以印刷业为依托、以市场为导向、更民主的文学体制的完全转变。柯南借用其他学者的观点，指出印刷技术主导下的文化具有三大内在原则：多样性、系统化和固定性①。印刷文化的多样性消解了以古典作品为核心的宫廷文学经典，以革命的方式使所有书籍都成为价值不分高低，关系平等的印刷产品②。但印刷文化对系统化的内在要求又迫使学者重整文化秩序，构建新的文学经典。约翰逊正是在这样的危机中以"真实"（truth）作为判定文学社会价值的标准来打造英国"现代"文学经典③。

乔纳森·克拉姆尼克在专著《建构英国经典：印刷资本主义与文化历史，1700—1770年》中借鉴安德森的"印刷资本主义"（Print-capitalism）④以及相关社会理论，研究了印刷术与资本主义的耦合对塑造英国经典的早期形态所起到的作用。克拉姆尼克认为英国经典形成的标志是斯宾塞、莎士比亚和弥尔顿三人经典地位确立，三人的作品成为衡量现代文学成就的尺度⑤。"印刷资本主义"通过创造出一个以印刷品为联结纽带、成员众多且大范围交流互动成为可能的大众阅读群，促成了哈贝马斯的

---

① 参见 Alvin Kernan, *Samuel Johnson and the Impact of Print* (Princeton: Princeton University Press, 1989), pp. 48-55.

② 同上，p. 159。

③ 同上，pp. 161-163。

④ 关于"印刷资本主义"如何推动民族语言以及作为想象共同体的民族的形成，参见本尼迪克特·安德森：《想象的共同体：民族主义的起源与散布》，吴叡人译，上海人民出版社 2003 年版，第 46-57 页。

⑤ 参见 Jonathan Kramnick, *Making the English Canon: Print-capitalism and the Cultural Past, 1700-1770* (Cambridge: Cambridge University Press, 1998), pp. 15-16.

"资产阶级公共领域"的形成,而在十八世纪的英国,这个"公共领域"的争论不仅聚集在政治议题上,也聚集在文学趣味的问题上①。斯宾塞、莎士比亚和弥尔顿三巨头就是在这个过程中进入英国文学经典的。克利弗德·西斯金的专著《书写的作用:1700—1830年间英国文学与社会变化》也研究了包含印刷技术在内的"书写"(writing)如何决定十八世纪英国文学经典的具体样态。西斯金的"书写"概念不单指作家个人创作,而且包含"写作、印刷和书面阅读整个体系"②。"书写"这个新技术力量不仅催生了现代意义上的"文学"概念,而且还让英国人重新对"农事诗"和"抒情诗"感兴趣,使小说成为主要的文学形式,并将女作家排除在经典构建之外,让读者"忘记"了女性与小说本来的联系。

经典构建与大众市场消费之间的关系也是研究英国文学经典化常需涉及的问题。劳伦斯·利普金在《十八世纪英国对艺术的梳理》一书中开宗明义地指出,英国艺术经典(包括文学)的打造始于十八世纪中早期,这一时期英国人对艺术的态度发生了富有意味的转变,从以前偏重于艺术的实用功能转向它的美学内涵与表现,研习艺术逐渐成为一种可以娱情的兴趣、一门独立的学问。但是,当时以中产阶级为代表的普通大众在欣赏美术、音乐、诗歌等方面亟须有关权威的指导。于是,在市场需求的召唤下和撰写史书的浓厚氛围中,英国学者开始积极梳理过去的艺术遗产,追溯其起源和发展,对作品加以整编,使

---

① 参见 Jonathan Kramnick, *Making the English Canon: Print-capitalism and the Cultural Past, 1700-1770*, pp. 21-23.

② 参见 Clifford Siskin, *The Work of Writing: Literature and Social Change in Britain, 1700-1830*, Baltimore & London: Johns Hopkins University Press, 1998.

其能被普通大众所理解和接受,为人们讨论艺术厘清一套术语。他们从事这项工作也是带有个人目的:为个人创作寻找新的灵感源泉,为自己所认同的创作理念寻找依据。利普金把十八世纪梳理艺术的著作分为两类:一种是侧重原始材料和研究工作的概览性著作,另一种是带有价值评判、着眼于统一性的打造经典的著作。在文学方面,前者以沃顿的《英国诗歌史》为代表,后者以约翰逊的《诗人传》为代表①。

克拉姆尼克的专著《建构英国经典》把利普金书中作为模糊背景存在的市场运作推向了前台,将市场消费阐释为影响经典形成和修改的动因。克拉姆尼克在前两章中概述了从十八世纪早期到中期英国人的"文学进化观"如何向"文学蜕化观"转变,强调"品味"和"愉悦"的"审美主义"批评如何与强调语文功底和语言难度的"历史主义"批评相互作用,产生了英国文学经典。克拉姆尼克指出,在十七世纪末和十八世纪早期,很多英国批评家认为包括乔叟、斯宾塞在内的早期诗人诗风粗粝,用语或古奥或鄙俗或粗蛮,难以与现代作家的语言相媲美。本着"文学进化观"的理念,艾迪生在十八世纪早期为《旁观者》撰写了大量评论和鉴赏文章,将包括《失乐园》在内属于民族文学遗产的文化产品推向大众阅读市场,做了大量宣传普及文学"品味"的工作②。艾迪生的鉴赏文字以绅士和女士为对象,着重阐述"巧智""愉悦""想象"等问题,不可避免因为过于强调"优雅"而把《失乐园》的气质阴柔化③。当时包括艾迪生在内的

---

① 参见 Lawrence Lipking, *The Ordering of the Arts in Eighteenth-Century England* (Princeton: Princeton University Press, 1970), pp. 6-14.

② 参见 Jonathan Kramnick, *Making the English Canon: Print-capitalism and the Cultural Past, 1700-1770*, pp. 22-24 & pp. 60-65.

③ 同上, p. 77.

批评家都过于看重"阴柔的品味"[①]，把它作为教导和培养贵族、士绅等群体的目标，用它来吸引大众阅读文雅作品，并贬低更早期那些所谓的"粗蛮之作"。但是到十八世纪中期，《失乐园》等诗作已成为大众消费品，严峻的问题随之产生。任何消费者，只要具备了适当条件，都可以成为整个社会的文化权威，就像约翰逊《懒散者》中的"迪克·弥尼姆"（*Works*，5: 287-296）。女性读者越来越多地与文化的商品化交缠在一起，更是增添了大众文化市场的柔媚景象[②]。

此时，知识分子无疑察觉地位受到威胁，自己正面临着市场文化所引发的危机。他们抱怨同时代人欣赏品位下降，趋于恶俗，大众为追求"文雅"所带来的琐碎乐趣，而抛弃了更为宏阔和崇高的诗意想象。艾迪生打开了文化产品走向公众的通道，但他做得太过于成功，几乎使打造经典成为受市场操纵的行为。为夺回文化资本，重新确立在英国文化中的优越地位，像托马斯·沃顿（Thomas Warton）这样的一些知识分子就把目光投向英国历史的深处，从中挖掘出仅有少部分人经过教育或训练、凭学识和语言功底才能理解欣赏的文学文本，如《仙后》[③]。还有一些包括约翰·厄普顿（John Upton）在内的学者致力于以历史主义原则来整理和编辑莎士比亚的作品，反对文本受"过于优雅的品味"[④]所浸润。而早些时期被女性化、小说化的《失乐园》，此时也在埃德蒙·伯克的崇高理论的重塑下，逐渐披上了阳刚、

---

① 参见 Jonathan Kramnick, *Making the English Canon: Print-capitalism and the Cultural Past, 1700-1770*, p. 39.
② 同上，p. 40。
③ 同上，pp. 139-144。
④ 同上，p. 96。

高贵的诗学外衣①。十八世纪中期很多学者和批评家开始呼吁重新认识较早时期作品中崇高壮观的气象，但同时又强调，只有具备学识和语言能力的读者才能真正看懂这样的作品。于是出现了从"下里巴人的美学"向"阳春白雪的美学"的转向②，"阳刚的气质"被置于"阴柔的品味"之上。克拉姆尼克认为正是这样的现代文化危机导致了斯宾塞等诗人重见天日，跻身经典。总结克拉姆尼克的观点，可以说是文化产品推向市场供读者消费这个过程以及由此产生的危机促成了英国经典的形成。

把文化产品转变成为大众的消费品，与英国美学的兴起有不可分割的联系。所以学者在论及经典与市场消费的问题时，也必然会论及经典与审美批评的关系。克拉姆尼克就在《建构英国经典》中专门论述了从沙夫茨伯里到凯姆斯勋爵（Lord Kames）等美学家如何用"品鉴理论"（taste theory）给作品和诗人罩上经典的光环。帕悌指出，虽然"美学"一词直到十九世纪三十年代才用在艺术和美的事物领域③，但是早在十八世纪英国就已经出现与"美学"相近的观念，即"品鉴理论"。"品鉴理论"缩小了以前外延宽泛的"艺术"这个概念所指的范围，去除了其中的"制艺""手艺"内容，将其领域限定在那些诉诸人的感官而非理智，需用人的"审美力"或"品味"来评判的门类，"文学"也包含在这个大门类之中④。在文学领域，批评家用以评判诗歌的标准发生了变化。越来越多的诗评家认为诗歌给人的

---

① 参见 Jonathan Kramnick, *Making the English Canon: Print-capitalism and the Cultural Past, 1700-1770*, p. 77.

② 同上，p. 76。

③ 在英语中，"美学"这个词最早是在十八世纪九十年代使用，指的是康德"感性知觉"理论。

④ 参见 Douglas Pane Patey, "The Eighteenth Century Invents the Canon," pp. 21-23.

不应是有用的知识，而是纯粹的美的感受。诗人开始把"想象"而不是"记忆"当作缪斯的母亲，也不再以传扬学识和探讨公共或实际事务为职分，却成为"文学孤独"的化身。相应地，学者和诗人在十八世纪中期打造文学经典时，开始抬高抒情诗的地位，贬低说教诗的地位；田园诗的地位自文艺复兴后，又重新占据高地，农事诗则与其他说教诗的地位不变[①]。

虽然特雷弗·罗斯认为英国文学经典的打造始于中世纪，比克拉姆尼克等人所持的观点要早数百年，但他在《从中世纪到十八世纪后期英国文学经典的建构》一书中实际上也论及经典的建构与消费文化以及美学的关系。罗斯认为经典的建构在不同性质的文化中所服务的目的并不相同，其表现形式在长期历史过程中也出现了演变。从中世纪到文艺复兴期间英国文化是一种"重修辞文化"，经典的打造是以作品的生产为导向，偏重"工具主义"和"当前主义"，呈现单一性、排他性、和谐性的特点。文学作品的价值取决于是否有利于塑造其所处时代的活力和气质，有利于同时代共同价值的传播，实现社群的"大一统"理想。从十七世纪开始，随着印刷业发展，"重修辞文化"开始向"重客观文化"过渡，经典打造以作品消费为导向，偏重"审美主义"和"历史主义"，呈现多元性、差异性和等级性的特点。在这个新阶段，批评家把文学作品看成是独立存在、具有内在价值的实体，消费者的审美活动虽有"自我塑造"的功能，却不再担负促使"更宏大的社会与道德形态"[②]生成的作用，所以

[①] 参见 Douglas Pane Patey, "The Eighteenth Century Invents the Canon," pp. 25-29.

[②] 参见 Trevor Ross, *The Making of the English Literary Canon: From the Middle Ages to the Late Eighteenth Century* (Montreal: McGill-Queen's University Press, 1998), p. 14.

批评家所担任的职责是教给消费者"观察、反思和'挖掘'的技巧",他们将文学作品的价值定位在最耐读,"不易于被挖掘见底"①。在"文化资本"兴起的背景下,阅读经典变成了精细而敏感的消费过程。罗斯认为约翰逊的《英国诗人传》和沃顿的《英国诗歌史》都是全新的"职业化的批评专著",目的在于建构一个多元化经典,把迥然不同的作家都涵纳其中②。

特雷弗·罗斯还曾研究过版权法与经典之间的关系③。英国早在1710年就通过《版权法》④,但因为与《普通法》中有关"财产"的条款相矛盾,在司法判决中,《版权法》常受到《普通法》的挑战。当时出版商间的官司很多就是围绕经典作品的刊印权展开。社会上关于是否应允许出版商享有永久版权的争论沸沸扬扬。1774年,经过六十多年的波折,《版权法》的法律地位最终确立,作品的原创性只是在一定期限内受到法律保护。废除永久版权的规定,打破了部分人对思想文化成果的商业垄断,把经典作品交还给了包括作家在内的广大社会成员,这在法律上肯定了所有作者都有权利用其他人的思想参与文化创造。通过这场争论,普通大众和作家都更深刻地感受到这一点:所有人都是在特定的社会语境和文学历史中写作,再具有超越性和独创性的作品,其思想仍可以追溯到某个特定的文化渊源。这

---

① 参见 Trevor Ross, *The Making of the English Literary Canon: From the Middle Ages to the Late Eighteenth Century*, p. 211.
② 利普金承认沃顿的《英国诗歌史》是整理英国诗歌史的著作,但同时认为它对材料的汇编遵循的是时间顺序,并未含有对作品文学价值的评判,所以不能看作建构文学经典的文本。
③ 参见 Trevor Ross, "Copyright and the Invention of Tradition," *Eighteenth-Century Studies*, Vol. 26, No. 1 (Autumn 1992), pp. 1-3 & 19-27.
④ 《版权法》规定旧书版权期限为21年,新书为14年,如果14年后原作者仍健在,再追加14年版权保护期。

推动了现代文化语境中"传统"以及"经典性"观念的形成。

关于经典形成与民族主义动因之间的关系,霍华德·温布洛特在《大不列颠的子孙:从德莱顿到奥西恩英国文学的兴起》一书中有过详细论述①。这本著作探讨了从十七世纪六十年代到十八世纪六十年代英国人如何在定义民族和文化身份过程中建构本土文学的经典。温布洛特采用比较文学视角,展示了这一百年间英国艺术家和教育者如何逐渐淡化古典文学的价值和标准,将目光转向凯尔特文学传统和希伯来文学传统,以抗衡古希腊罗马文学经典,并将这两大传统转换为"本土的声音",从而推动了英国本土文学的繁荣,形成一种自信的多元化民族身份和多样化现代文学经典。温布洛特突出了英国人建构经典的"竞争"意识,即打造现代文学经典,并非仅是对古人的模仿,而是在模仿中蕴含着竞争的态势。除古今比较之外,温布洛特还突出了横向比较,即将本国作家与同时代法国同侪对比,在对照和权衡中将一大批优秀的不列颠"子孙"选入经典②。

前文对过去四五十年里英国文学经典化的起源和流变研究作了一番回顾,重点在于检视十八世纪与英国文学经典建构的关系。这些研究大体可以划分为两种:一种采取美学-哲学研究路径,以利普金和泰瑞等人为代表,另一种采取文化唯物主义路径,以克拉姆尼克和罗斯等人为代表。虽然两种路径都涉及观念的变化与社会经济活动之间的关系,但总体取向还是大相径庭的:美学-哲学路径偏重于考察学者的著述或观念的演

---

① 参见 Howard D. Weinbrot, *Britannia's Issue: The Rise of British Literature from Dryden to Ossian,* Cambridge: Cambridge University Press, 1993.

② 还可参见 Howard D. Weinbrot, "Twentieth-Century Scholarship and the Eighteenth-Century Canon," *Modern Language Quarterly*, Vol. 61, No. 2 (Jun. 2000), pp. 411-412.

变对作品经典化产生的影响,而文化唯物主义路径更强调经典化作为一种文化现象,与整个社会的物质活动如何紧密关联。本书主要采取美学－哲学路径,即从诗评史或观念史的角度来检视约翰逊《诗人传》对塑造某些诗人的经典地位所起的作用。但是《诗人传》作为建构经典的文本(a canon-forming text)的产生及其特点,必须从十八世纪的物质技术和社会文化机制中去寻找根由。

第三节 《诗人传》与十八世纪的文学经典化

在十八世纪的英国,由作家写作、印刷技术、市场关系、文学阅读等要素构成的一整套社会文化机制都发生了富有现代意义的转变。这决定了十八世纪建构文学经典的行为或文本具有不同于之前的特点。约翰逊在十八世纪七十年代撰写《诗人传》时,也面临着前文所述的一系列历史变化。其中最具意义的一个变化就是印刷出版业的迅速发展。1695年,英国下议院拒绝延续始自1662年的《出版法许可法》,打破了以王室政府为后台的"伦敦书业公会"的垄断权力。印刷特许和出版审查制度的逐步瓦解,加快了出版业和图书销售业的发展,满足了大众对图书日益增长的需求[①]。新增的众多文学图书中诗歌占有

---

① 到1780年,英国当年新增图书的书目(包括各种不同的版本)就有近四千种,从1740年到1780年新出图书的书目(包括各种不同版本)的年增长率平均可达1.5%,按照十八世纪的标准,这样的增长已是十分快速。参见 James Raven, "Publishing and Bookselling 1660-1780," *The Cambridge History of English Literature 1660-1780*, ed. John Richetti (Cambridge: Cambridge University Press, 2005), pp. 13-16.

相当一部分，其中不仅有同时代诗人的新作品，也有新被发现和编校的早期诗人的作品，不仅有风格正式、底蕴厚重的"官方""主流"①或高雅诗歌，也有包括民谣、讽刺诗、抒情小调、祈祷诗在内的所谓"俚俗小诗"②。在出版商推动和运作下，无论大小诗人都开始全面涉足公共事务和时新话题，包括政治、宗教、道德议题，实用的日常话题，甚至各种社会丑闻③。很多诗作是在仓促间写成，在仓促间发表，只求一时轰动，不求永久价值；不同作家的作品常被收录在杂集中一同出版，杂集虽然十分畅销，但作品良莠不齐④。与此同时，印刷和销售书籍的业务日趋细化、专业化，实力强大的出版商联合起来形成卖主垄断，出版商对大众阅读书目有越来越多的操纵权⑤。在这种情况下，尤其需要文人学者对大量充斥于市场的新旧文学作品进行整理、排序和评定。自十八世纪早期开始，包括批评家在内的文人职业化趋势变得愈加明显，写作越来越以市场为导向，批评家要直接在报刊书籍中与普通民众对话，这使得他们在梳理

---

① "官方"和"主流"借用亨特的表述。参见 J. Paul Hunter, "Political, Satirical, Didactic and Lyric Poetry (I): From the Restoration to the Death of Pope," *The Cambridge History of English Literature, 1660-1780*, p. 160.
② 此处借用贝尼迪克特的说法。参见 Barbara M. Benedict, "Publishing and Reading Poetry," *The Cambridge Companion to Eighteenth-Century Poetry*, ed. John Sitter (Cambridge: Cambridge University Press, 2004), p. 67.
③ 参见 J. Paul Hunter, "Political, Satirical, Didactic and Lyric Poetry (I): From the Restoration to the Death of Pope," pp. 160-161.
④ 参见 Barbara M. Benedict, "Publishing and Reading Poetry, " pp. 67-68.
⑤ 关于这段时期出版商对大众阅读书目的影响、对文学经典化的干预，还可参见Barbara M. Benedict, "Readers, Writers, Reviewers, and the Professionalization of Literature," *The Cambridge Companion to English Literature 1740-1830*, eds. Thomas Keymer & Jon Mee (Cambridge: Cambridge University Press, 2004), pp. 6-7. Barbara M Benedict, "Publishing and Reading Poetry," pp. 72-73.

文学经典时，不仅要以沿袭前人的创作法则为评判标准，也要以阅读者的反应为判断依据。文学阅读愈加市场化，作品只有在消费过程中才能走入"经典"，批评家面临的新任务是为读者"品鉴"作品，揭示作品所具有的美学特征或可能产生的心理效果。十八世纪英国人与日俱增的民族自豪感也要求文人学者以某种形式对英国过去数百年的文学遗产进行系统整理，分清良莠，去芜存菁。另外，关于版权的争论使英国人更深刻感受到了文学作品之间的接替、影响、改写或超越的关系。《诗人传》和其他众多促成文学经典形成的文本正是在这样的时代要求和背景中产生。

《诗人传》写作工程的启动，与困扰十八世纪英国出版业的版权纷争问题和由此引发的书市之战有直接关系。1777年3月29日，三位伦敦书商受所在协会的委托前去拜访约翰逊，邀请他为即将联合出版的《英国诗人作品集》撰写前序，序言内容包括对每位诗人生平的介绍和对作品的点评。约翰逊当场就爽快答应，仅向书商提出了两百几尼的报酬。伦敦书商之所以要出版《英国诗人作品集》并请约翰逊为其作序，主要是与当时苏格兰商人约翰·贝尔（John Bell）业已着手出版的《从乔叟到丘吉尔的大不列颠诗人集》争夺伦敦市场。1774年上议院在爱丁堡书商亚历山德拉·唐纳森（Alexandra Donaldson）的印书纠纷案中裁定伦敦书商败诉，扶正了《版权法》的地位，使普通法中可用来支持永久版权的条例失效。在这个背景下贝尔开始大量印刷英格兰出版商手中已失去版权保护的书籍。《从乔叟到丘吉尔的大不列颠诗人集》具有绝对的价格优势，而且可以预见出版速度非常快，一旦这些出版物席卷伦敦书市，必将重创当地书业的发展。于是，众多伦敦书商和出版商联合起来，策划推出一套装帧质地更好、设计更精美的诗集，并打出了约翰逊的金字招牌，来抵抗即将侵入伦敦的廉价读物。约翰逊历时数年才最终完成这项工程，从1779至1781年间开始陆续发表成果。最早这些前序与对应诗人的作品合在一起出版，出版商将它们称为《英国诗人作品前序，含传记与批评》。在读者强烈建议下，1781年这些序言集结成四册，以新名《英国最优秀诗人的传记兼作品评论》单独发行，评论界约定俗成地称它为《英国诗人传》或《诗人传》。由此可知，版权与市场纷争是约翰逊受雇撰写序言的直接原因。作为建构英国诗歌经典的文本，《诗人传》从孕育之日起就和市场需求产生了不可割裂的联系。

甚至连哪些诗人入选《英国诗人作品集》，也受到版权因素的影响。根据兰斯戴尔（Lonsdale）的研究，起初某些出版商还期望这套诗集能囊括从乔叟起有影响力的英国诗人，可结果却是考利和弥尔顿成了入选的最早作家。乔叟之所以没有列入其中，是因为当时托马斯·泰惠特（Thomas Tyrwhitt）五卷本的《坎特伯雷故事集》尚未全部编校完成，而这套书的出版商托马斯·潘恩（Thomas Payne）可能不愿意把刚精心编校完成和出版的部分贡献给协会。像萨克林（Suckling）、马维尔（Marvell）、卡鲁（Carew）这些十七世纪诗人没有进入《英国诗人作品集》，也是由于版权的缘故。他们的作品在1770年至1773年间刚陆续编辑完成并出版，出版商托马斯·戴维斯（Thomas Davies）也可能是为了商业利益，不情愿将这些作品的版权无偿交出来[①]。大部分诗人和作品之所以被列入出版计划，或是因为出版

[①] 关于这些诗人未选入《诗人传》与版权的关系，参见 Roger Lonsdale, "Introduction," *The Lives of the Most Eminent English Poets; with Critical Observations on their Works,* Vol. 1 (Oxford: Clarendon Press, 2006), p. 9.

商共同享有作品的版权，抑或是因为协会中某些要员的决定，比如他们考虑到某些出身名门贵族的诗人的作品可能会更畅销。而约翰逊本人只提议几位诗人选入作品集，比如庞弗雷特（Pomfret）、约尔登（Yalden）、沃兹（Watts）等①。所以，当日后出版社在广告宣传中说这套文集所选的是"约翰逊的诗人"的时候，约翰逊十分恼火②。不过这仍然无法让他免受后人的嘲笑，伊丽莎白·布朗宁就曾嘲讽说，约翰逊写了《诗人传》，却唯独忘了把诗人写进去③。

如果说是版权归属和市场利益这些商业因素决定了《英国诗人作品集》的内容，那确实可以认为约翰逊所扮演的并非今人所理解的经典遴选者的角色。他没有掌握决定哪些诗人或作品选入作品集的主动权，相应地，也就没有掌握为哪些诗人立传的主动权。不过，这的确是英国十八世纪的客观现实，由出版商和书商所组成的协会对当时读者的阅读书单有很大的操控权，以写作为生的学者文人受雇于其新"恩主"出版商，并不具备当今高校知识分子相对独立的地位，所以很难在《英国诗人作

---

① 尚无可靠资料解释约翰逊为何推荐这几位诗人。从《诗人传》可知，这三位诗人生前都曾担任高低不等的神职职位，品行端正，信仰虔诚，所作的诗歌多为赞美诗或灵修诗等宗教诗歌，或是贴近日常生活智慧的诗作。参见 Samuel Johnson, *The Lives of the Most Eminent English Poets; with Critical Observations on their Works*, Vol. 2, p. 60; Vol. 3, pp. 109-111; Vol. 4, pp. 105-110. 下文以字母"*LP*"代表约翰逊的《诗人传》。
② 参见 Richard Terry, *Poetry and the Making of the English Literary Past 1660-1781*, p. 216.
③ 参见 Elizabeth Browning, "The Book of the Poets," *The Complete Works* of *Elizabeth Barret Browning*, 6 vols, Vol. 6 (New York: Thomas Y. Crowell & Co., 1900), p. 297.

品集》这样庞大的逐利工程中享有发言权①。不过话说回来,《诗人传》最早是由《英国诗人作品集》出版计划衍生出的副产品,如果没有《英国诗人作品集》,伦敦出版商未必愿意在市场前景不明的情况下贸然推出类似于英国诗人列传的作品,约翰逊也就必然失去了相对系统地为本民族诗人立传扬名的良好契机。

其实早在 1767 年约翰逊在皇家图书馆与英王会面的时候,乔治三世就希望他能为英国诗人写一部文学史传,约翰逊欣然答应,但后来并没有履行诺言。阿尔文·柯南认为约翰逊没用实际行动回应英王,反映了十八世纪下半期恩俸体制式微,文人逐渐不以恩主的资助为写作动机的趋势②。不过,约翰逊却一直怀有为英国成就杰出的诗人作传的想法③,一是因为他长久以来以民族文学成就为傲为荣④,二是因为他对现有的本民族诗人

---

① 詹姆斯·雷文指出,十八世纪作家在文学交易所里扮演的只是傀儡角色,除了像蒲柏这样极个别作家外,大多数作家在作品收益的分成问题上几乎是没有发言权的。参见 James Raven, "Publishing and Bookselling 1660-1780," p. 15. 贝尼迪克特也撰文指出,十八世纪作家一般是把作品版权一次性卖给出版商,之后作品就成为出版商独有的财产,在再版问题上,作者很少会有决定权。直到 1814 年英国才在立法层面上正式承认作者权益。参见 Barbara M Benedict, "Publishing and Reading Poetry," p. 70. 从两位学者的论述可以窥见在十八世纪文学交易体系中作家的地位十分低下。约翰逊有长年卖文经历,深知整个体系中的利害关系,本书推测约翰逊也许一开始就无意以个人评判标准干涉商人利益,这可能是他没有就诗人的收录和版权挪用问题与伦敦书商协商的原因之一。
② 参见 Alvin Kernan, *Samuel Johnson and the Impact of Print*, pp. 24-28.
③ 根据鲍斯威尔的记载,1776 年约翰逊曾对鲍斯威尔说,他年轻的时候就想为德莱顿作传,为此还向曾见过德莱顿的人打探过消息。参见 James Boswell, *The Life of Johnson*, ed. Augustine Birrell, 6 vols, Vol. 4 (Westminster: Constable, 1896), p. 79. 下文以字母组合 "*LJ*" 代表鲍斯威尔的《约翰逊传》。
④ 约翰逊在《懒散者》第 91 期中就曾说:"我们认为从斯宾塞到蒲柏这一长列的诗人要远胜于欧洲大陆所引以为豪的任何名家。"(*Works*, 6: 54-55)

的文学传记感到不满①。反而是伦敦出版商为追逐商业利益的出版计划成全了他多年的夙愿。不可否认的是,刚开始接下任务的时候,约翰逊可能并没有充分意识到这是个实现夙愿的良好契机。从1777年5月3日他写给鲍斯威尔的信中可见一斑。在信中约翰逊说他最近答应了别人,要"为某版的英国诗人小集写几篇小传和小序"(*LJ*, 4: 112),即类似置于诗集前的广告宣传语,包括作者的"一点生平纪要和人物素描"(*LP*, 1: 189)。但是自从开始调研动笔以后,约翰逊就发现自己越写越入佳境,以致欲罢不能,并逐渐脱离原先的设想。他最早完成的《考利传》就是长篇大论,其中不仅有对考利生平介绍和作品评析,还专门论述考利所属的"玄学诗派"。根据兰斯戴尔对约翰逊写作《诗人传》过程的梳理,1777年年底约翰逊在基本完成《巴特勒传》和《沃勒传》以后,还往里增添了不少内容,直至我们如今可见的篇幅。到1778年春天的时候,约翰逊已经完全改变原有的设想,把手头的工作转变为更严肃的文学传记写作和对民族文学遗产的梳理,他打算完成《德莱顿传》以后再接着写《弥尔顿传》,并大幅扩充对主要诗人的文学成就的评析部分②。1779年5月在为《英国诗人作品前序,含传记与批评》写广告语的时候,约翰逊说自己"已经偏离原先的意图,如今是真诚地希望能给读者带去有益的乐趣"(*LP*, 1: 189)。在约翰逊的文字中,"有益的乐趣"几乎是判定所有严肃作品的最基本尺度。

  从约翰逊的日记以及鲍斯威尔的《约翰逊博士传》中可见,

---

① 约翰逊曾对鲍斯威尔说:"迄今为止为英国文人所作的传记没有哪一部是写得好的。"参见 James Boswell, *Boswell's Journal of a Tour to the Hebrides with Samuel Johnson*, eds. Frederick A. Pottle & Charles H. Bennett (New York: The Viking Press, 1936), p. 204.

② 参见 Roger Lonsdale, "Introduction," pp. 26-28.

约翰逊在写《诗人传》过程中，态度总体上严谨慎重，常借机四处搜罗资料打听轶事，不明的事实会多方查证或谨慎辨析，他甚至因为写作进展缓慢、生活懒怠而感到忧心不已①。虽然约翰逊没有被赋予遴选诗人的自由或资格，也没有主动索求过，但这并不意味着当他动笔写《诗人传》后没有积极对本国的文学遗产进行整理和鉴别。从《诗人传》的文本可以看出，约翰逊在现实掣肘下仍然自觉地去建构过去一百多年的英国文学经典。他在《诗人传》中所构建的框架具有延展性和包容性，就像是一个坐标，可以纳入更多的诗人，并给予他们相应的位置。

　　十八世纪能起到塑造经典作用的文本繁多，大致可分为以下几类：传记合集和人物辞典，如托马斯·贝奇（Thomas Birch）的《大辞典，含历史与批评》（1734—1741）；文学批评著述，包括评价单个作家的文章或著作，如约瑟夫·沃顿（Joseph Warton）的《论蒲柏的作品与才赋》（1756），或是评价多位或某一类作家或作品的文章或著作，如约翰逊的《漫游者》第四期《论新现实小说》（1750），或是以阐述批评法则或理论为主旨的作品，如约翰·丹尼斯（John Dennis）的《诗歌批评原理》（1704）；文学史，如托马斯·沃顿的《英国诗歌史》（1774—1781）；文学作品选集，如沃波顿编辑的《蒲柏作品全集》

---

① 约翰逊的传记作者杰弗里·梅厄斯指出，《诗人传》中的事件顺序常前后颠倒，日期也与实际不合，重要信息常一笔带过，而且约翰逊常跟别人抱怨自己对传主及其作品一无所知，并在传记中坦言他无法打探到或提供某人的某段生平信息，乃至用现成的传记夹塞到《诗人传》中。参见 Jeffrey Meyers, *Samuel Johnson: The Struggle* (New York: Basic Books, 2008), pp. 397-400. 不可否认，约翰逊搜集文献和考据事实的细致和耐心确实不如《英国诗歌史》的作者托马斯·沃顿，但考虑到当时的信息传播和研究条件，仍然要承认约翰逊梳理文学经典的态度是非常认真慎重的。关于约翰逊如何从不同人那里搜罗传主的信息，参见 J. P. Hardy, *Samuel Johnson: A Critical Study* (London: Routledge & Kegan Paul, 1979), p. 182.

(1751);以诗歌为载体来勾勒英诗发展脉络的作品,如约瑟夫·艾迪生1694年的《英国最伟大诗人之概述》,威廉·科林斯1747年的《诗歌品质咏》,托马斯·格雷1754年的《诗之演进》。在这些推动英国文学经典化的文本当中,约翰逊的《诗人传》所跨越的历史相对较长,暗含有一套价值标准,所构建的框架较完整明晰,对作品和诗人的鉴赏评析较具体,而且开始注重阐发读者的潜在反应,所以《诗人传》在很大程度上更接近《西方经典》或《伟大的传统》这样现当代建构文学经典的文本,其影响远非罗列一长串诗人姓名的诗文所能比拟。约翰逊本人的知名度和《诗人传》本身的批评洞见与艺术优点,更使得它问世后对塑造英国文学经典起到不可低估的作用。

《诗人传》可以大体归入前文所说的传记合集,但如果仔细分析起来,它的体裁其实很复杂,包含多个层面。正如劳伦斯·利普金归纳的那样,《诗人传》首先是记述作家生平的作品,即传记作品,与《不列颠传记》(1748)有紧密关联;其次,它还是包含理论阐述和对具体作品评判的文学批评著作;再次,它是一套英国诗歌选集的前序;一部英国文学史、思想史;一部品评人物道德与心灵的作品①。《诗人传》所有这些体裁都与文学经典建构有密切的联系。在十八世纪的英国,一位已故或在世的作家能有人为其立传,被编入人物辞典或文学史,说明他已经在文坛上留下了自己的印迹,而且这将有利于他日后在文学经典中占据一定的位置。同样,英国诗人能进入约翰逊的《诗人传》,不管直接的历史动因是什么、他们文学成就如何,这必将有助于他们载入未来的文学经典之中。但由于《诗人传》并不

---

① 参见Lawrence Lipking, *The Ordering of the Arts in Eighteenth-Century England*, p. 409.

具备《伟大的传统》的"遴选特点",最能决定英国诗人进入文学经典并影响他们在经典中的位置的,应当是《诗人传》的文学批评部分。不过,这不意味着诗人生平这一部分不重要;事实上,它是约翰逊解析某些诗人创作习性和作品特点形成原因的现实基础,是理解他为何如此评价这些诗人的文学成就或地位的重要线索。

《诗人传》的文学评论也具有十八世纪建构经典的文本的特点,即既注重解析诗歌理论,剖析创作得失,为作家创作提供范本与规则,同时又面向作家之外的阅读群体,以他们的感受作为评判作品优劣的一大标准。在十八世纪以前,大多数文学批评家(德莱顿除外)着眼于为新手解析诗歌创作法则(如普腾汉姆1589年的《英语诗歌艺术》),为诗人身份辩护(如西德尼爵士1595年的《为诗歌辩护》)。但是从艾迪生的《旁观者》开始,文学批评中对阅读者的情感反应的考虑日渐增多,贺拉斯的"寓教于乐"说几乎成为评判诗歌的普适标准,对创作法则的传授逐渐让位于对品味的演示与培养。在评析具体作品的时候,相较于以往,批评家更深入地挖掘细节,尤其会捕捉作品对读者心理活动的影响。《诗人传》中的批评也是一样,着力强调读者的兴趣和感受,以其作为评判作品是否能入经典的一大标准[①]。这种读者意识是十八世纪建构文学经典的文本新显现的特点[②]。

[①] 约翰逊有句至理名言:"读者轻易扔下的书,写得好也无用处。"(*LP*, 2: 147)像威廉·R. 基斯特(Keast)、列奥坡德·达姆罗什(Leopold Damrosch)、阿尔文·柯南都曾肯定约翰逊批评中的读者导向。参见 Alvin Kernan, *Samuel Johnson and the Impact of Print*, pp. 227-228.

[②] 詹姆斯·安格尔曾指出十八世纪的经典建构要应对来自大众的压力。参见 James Engell, *Forming the Critical Mind: Dryden to Coleridge* (Cambridge: Harvard University Press, 1989), p. 163.

《诗人传》所假定和暗示的阅读群体，约翰逊有个特定称谓，叫"普通读者"（common readers）。"普通读者"的存在贯穿于《诗人传》中的大小传记里，甚至构成《诗人传》的批评构架①。约翰逊所谓的"普通读者"并不完全等同于他那个时代所有消费书籍的读者的总和，而是他有选择、有目地进行塑造后的群体。柯南认为印刷文化造就了多如沙数的读者，对作家写作和文学形态构成了巨大压力，约翰逊正是为应对这种压力，对广大读者中最优秀的品质进行提炼和呈现，如"良好的判断力、基本的人性、对永恒的社会与经验真理的意识"②。约翰逊通过塑造这样经过启蒙、具备理性的世界人，强调他们直觉性的文学反应，意图在作品之外寻找确立经典的标准③。依据柯南的理解，约翰逊的"普通读者"概念在他的时代是有客观所指的④。但也有一些批评者，例如热内·韦勒克，更强调"普通读者"是约翰逊的一种"虚构"或"想象"；也就是说，这个群体不过是他用来掩护个人态度的一种身份，是他将个人的声音转

---

① 约翰逊对普通读者的知识和判断力的信赖，从根本上说，是与十八世纪教育的普及和识字率的上升这个大背景有关系。参见 Anne McDermott, "Johnson's 'Dictionary' and the Canon: Authors and Authority," *The Yearbook of English Studies*, Vol. 28 (Eighteenth-Century Lexis and Lexicography, 1998), p. 51.
② 参见 Alvin Kernan, *Samuel Johnson and the Impact of Print*, p. 230. 威廉·R.基斯特与柯南对约翰逊的"普通读者"的内涵的理解大体相同。参见 Leopold Damrosch, *The Uses of Johnson's Criticism* (Charlottesville: The University Press of Virginia, 1976), p. 39.
③ 用"普通读者"这个标准来检验作品，约翰逊规定了期限，即一百年的时间；只有受尊崇的时间超过一个世纪，并被反复阅读、比较和筛选，一位作家及其作品才能进入本民族的文学经典之中。
④ 柯南从启蒙时代的大背景对约翰逊"普通读者"的内涵做了这样的阐释，但需指出的是，从约翰逊的个人著述中，是无法找到"普通读者"这个群体在阶层、职业、教育、财产等方面的明确内涵或外延。

化成时间的裁决的一种手段①。本书不纠缠于"普通读者"的真实性或虚构性问题,而侧重于检视约翰逊如何借助"普通读者"这个概念来佐证自己作为批评者对作家或作品的评判,并指出约翰逊诉诸"普通读者"的直觉反应得出的结论有时不可避免与自己认同的诗学原则相抵触,这体现了约翰逊身上双重身份的矛盾,也反映了他对艺术作品的复杂态度。

约翰逊是在十八世纪七十年代末开始《诗人传》的写作,当时英国三大诗人斯宾塞、莎士比亚、弥尔顿的经典地位已经确立。十八世纪中期前后,英国诗坛掀起一股"斯宾塞热";从题材、情思、诗体、格律到词汇,斯宾塞的作品成为众多诗人的模仿对象。斯宾塞不再只是英国经典名单上一个僵死的名字,他的生命通过后人的欣赏和模仿而得以延续。托马斯·沃顿1754年发表的《斯宾塞评论集》通过细致的历史主义批评,将《仙后》评定为异象寓言诗传统中的登峰造极之作,使斯宾塞的经典地位具实化和明晰化②。莎士比亚的经典地位从十七世纪开始就一直较为稳固。琼生1623年的《纪念我敬慕的作家威廉·莎士比亚先生以及他留给我们的丰厚遗产》和弥尔顿1632年的《论莎士比亚》是十七世纪宣告或者预言莎士比亚经典地位的最重要诗作。到十八世纪以后,约翰逊的学生盖里克通过舞台演绎在英国掀起了一股观赏莎剧热潮。但是在十八世纪前后,贬低与质疑莎剧艺术成就的声音一直存在,其中有代表性的意见来自托马斯·莱默(Thomas Rhymer)、伏尔泰、夏洛蒂·雷诺

---

① 参见 Leopold Damrosch, *The Uses of Johnson's Criticism*, p. 39.
② 关于十八世纪中期的"斯宾塞热",参见 David Fairer, "Creating a National Poetry: The Tradition of Spenser and Milton," *The Cambridge Companion to Eighteenth Century Poetry,* ed. John Sitter (Cambridge: Cambridge University Press, 2001), pp. 180-184.

克斯（Charlotte Lennox）等人。真正为莎士比亚经典地位的争议写下定论的是约翰逊的《莎士比亚戏剧集》序言。在这篇序言里，约翰逊肯定了莎剧是对"社会风俗和人生景象"的忠实映现（Works，11：328），蕴含着所有人类普遍和永恒的行为、激情和习性。约翰逊以此来反驳诸多批评家关于莎剧违背新古典法则、故事情节不可信之类的指控。艾迪生 1712 年为《旁观者》撰写了十八篇鉴赏《失乐园》的文章，对推广弥尔顿的史诗、确立他的经典地位居功至伟。有很多诗人模仿他的风格，包括雄浑崇高和戏谑讽刺风格。他的素体诗在约翰·菲利普斯（John Philips）、马克·艾肯塞德（Mark Akenside）、詹姆斯·汤姆逊（James Thomson）、威廉·库柏（William Cowper）等人手里发扬光大，并在非戏剧诗中占有一席之地。从 1705 年到 1800 年间，弥尔顿的作品重印了一百多次，不仅有学术性突出的版本，也有供大众消遣的普通版本，更有简写版、散文版、儿童版、拉丁文版[1]。由此可见，在约翰逊为弥尔顿写传记的时候，弥尔顿在英国诗坛是如何位高势盛，读者对他又是如何尊崇有加。

斯宾塞、莎士比亚和弥尔顿经典地位的确立，奠定了英国文学经典的基本框架，其他诗人要进入经典之中，都经常要接受与这三人组合的较量，即使名次位于三人之后，也足以确保诗人较高的地位，德莱顿和蒲柏就是最好的例子。到十八世纪五十年代前后，这两位诗人对英国诗歌所做的精致化改革以及在"改革派"中的尊者地位都得到了普遍承认，但他们的成就也开始遭到以约瑟夫·沃顿为代表的批评家的质疑和重新定位。

---

[1] 参见 David Fairer, "Creating a National Poetry: The Tradition of Spenser and Milton," p. 184.

沃顿在《论蒲柏的作品与才赋》①一书中提出英国诗人"四等级说",意图否定德莱顿和蒲柏诗歌中的社会识见与道德说教,将他们挤出英国诗歌经典的显要位置,同时拔高那些以自然风物与强烈激情为对象、风格崇高的诗人的地位。到十八世纪七十年代末约翰逊开始撰写《诗人传》的时候,英国诗歌创作已经出现并峙而立的两派。正如1785年托马斯·沃顿在回顾过去四十年英国诗歌发展时所说:"英国人的诗歌创作,已经明显呈现出整体风格或特征的革新。我们的诗歌写作有了新的色彩,新的结构和措辞;弥尔顿诗派兴起,要与蒲柏诗派一决雌雄。"②同时代学者维西思慕斯·诺克斯(Vicesimus Knox)也把当时英国读诗和写诗的人分为两派,一派以斯宾塞和弥尔顿为欣赏对象,另一派以德莱顿和蒲柏为欣赏对象,两派各有所爱,常有争吵③。如何在这两派别中给自己定位,也是约翰逊在梳理英国诗歌经典时必须面对的问题。

到十八世纪中后期,十七世纪曾经赫赫有名的玄学派诗人的影响已经大不如前。他们的诗歌因卖弄才智和学问、品位低下、音律喑哑、语言粗糙屡遭包括蒲柏在内的奥古斯都派诗人的诟病,不过此时也不乏力挺玄学派诗人的声音。总体而言,此时玄学派诗人地位模糊不清,毁誉参半,声名时有沉浮,需要有权威的声音为他们下定论。另外,在十八世纪中后

---

① 参见 Joseph Warton, *An Essay on the Writings and Genius of Pope* (London: M. Cooper, 1756), pp. xi-xii. 约瑟夫·沃顿的《论蒲柏的作品与才赋》发表于1756年,历经数版,直到1782年沃顿才推出第二卷,并与经过修订的第一卷一起出版,书名略有调整,更改为《论蒲柏的才赋与作品》。

② 转引自 David Fairer, "Creating a National Poetry: The Tradition of Spenser and Milton," p. 196.

③ 同上, p. 197。

期，出现了一类论述具体问题或抽象哲理和美学议题，带有冥想性质的素体诗作品，代表作有詹姆斯·汤姆逊的《四季》、爱德华·杨格（Edward Young）的《夜思》、约瑟夫·沃顿的《狂热者》、托马斯·沃顿的《忧郁的快乐》、马克·艾肯塞德的《想象的愉悦》。这些诗歌将大量笔墨用于呈现大自然风景，人在风景中的孤独漫步和沉思，已经有别于德莱顿和蒲柏直接介入社会现实的说教诗和讽刺诗。尽管这些诗歌带有一定说教性，但正如约翰·席特所说，它们"有更多的主观性和表意性，较少的论理性，与个人叙事有更多的融合"①。与此同时，以颂歌为主要形式的抒情诗开始在英国诗界蔓延。虽然奥古斯都时代不乏抒情作品，但正如保罗·亨特所说，那时的抒情诗并没有传达出一种对人类关系的清晰、直接、简单的态度，而更注重表现人类关系的"复杂性、境遇性、断裂、不确定性，甚至对俗常满足的绝望"，所以奥古斯都时代最好的抒情作品往往表达的是"共有或群体"经验，如爱慕、敬意和崇拜②。但是到了十八世纪四五十年代以后，越来越多的诗人不满于蒲柏称霸下的英诗创作理念和现状，力图把它拉回真正的轨道。于是，抒情诗里开始出现着重表达心灵异象与充沛情感、鲜明且强烈的个人声音。此时的抒情诗人，如托马斯·格雷、威廉·科林斯、沃顿兄弟、托马斯·查特顿（Thomas Chatterton），注重挖掘更早时期的本土文学遗产，常用虚构人格来发声，突出作品的"声音想象"和

---

① 参见 John Sitter, "Political, Satirical, Didactic and Lyric Poetry (II): After Pope," *The Cambridge History of English Literature, 1660-1780*, p. 299.

② 参见 J. Paul Hunter, "Political, Satirical, Didactic and Lyric Poetry (I): From the Restoration to the Death of Pope," *The Cambridge History of English Literature, 1660-1780*, p. 198.

"诗歌辞藻"①。这些诗人常用颂歌这种以古希腊罗马和希伯来文学传统为根源的文学体裁,以诗行的参差变化和思想的跳跃来替代英雄双韵体的重复,以个人激情的自由抒发来取代蒲柏式的道德说教,个别诗人喜欢陈旧词汇和粗糙音律,一反历经德莱顿和蒲柏数代人打造的精致诗风,重回野蛮古风。

通过上文对约翰逊撰写《诗人传》的文学背景的回顾,可以看出,到十八世纪七十年代末英国诗歌的创作开始逐渐走上新轨道,重要的诗界革命隐隐可见。面对近一百五十年的文学遗产,约翰逊需要思考什么样的诗歌才是真正优秀的作品,哪些诗人才是对英国文学宝库贡献卓著的大家,需要引用哪些标准来突显或评判这些诗人的才华及其成果,为未来英国诗人的创作留下一份经过批判的、可以参照或借用的文学遗产。同时,为了让广大读者接受自己的评判,约翰逊还必须考虑如何站在他们的立场来感受作品,甚至要让自己的评鉴结果"改扮"成"普通读者"的意见。所有这些都是检视《诗人传》作为建构经典的文本时所需考虑的层面。

迄今为止专门讨论《诗人传》与英国文学经典化之间关系的论述尚且不多。劳伦斯·利普金是较早探讨这一问题的学者。他在《十八世纪英国对艺术的梳理》一书中详细考察了约翰逊对英国诗歌遗产以及隐藏在作品后的诗人天赋及从艺之路的总结。利普金先是对《诗人传》的多样性、起源和先例进行说明,并以几篇重要传记为例来分析该作的写作特色、约翰逊与其他批评家观点的交锋,他对诗人的才情、艺业和作品三者关系的梳理。

---

① 参见 David Fairer, "Lyric Poetry: 1740-1790," *The Cambridge History of English Poetry*, ed. Michael O'Neill (Cambridge: Cambridge University Press, 2010), pp. 397-399.

最后，利普金的论述落在了贯穿《诗人传》始末的约翰逊对人的潜力与成就的看法。不过，利普金的著作虽然论述翔实而且用二合一的线索来统一《诗人传》，但就经典问题而言，他的讨论还是比较涣散，几未触及诗学标准、诗人地位变迁、大小作家的关系等问题。理查德·泰瑞在《诗歌与英国文学往昔（1660—1781）的形成》中将研究重点放在《诗人传》与英国十七、十八世纪的人物传记之间的关系上。①泰瑞在简要回顾这两个世纪传记作品的编排思想和形式特点以后，具体说明了前人的遗产如何影响了约翰逊在传记写作中注重怀疑、对比、甄别、推论等学术精神②，并解释了《诗人传》三部分结构的由来，以及《诗人传》叙事的独特所在，比如反对以某种"主控激情"（the ruling passion）贯穿每篇传记③，强调命定的安排总要被偶然或无常所限制或搅乱④。泰瑞最后回顾了十八世纪末批评界对《诗人传》的批判，内容涉及约翰逊具体的批评意见、文学趣味、评论传主的语气、选入经典的作家等。不过，泰瑞对"文学经典化"的界定较为宽泛，在他看来，一位作家只要在较长时期内多次被编入人物辞典，被知名文人学者反复提及，甚至死后安葬在"诗人角"，就可以算作跻身英国文学经典。泰瑞把诗人入传当作经典化的一大标志，所以在《诗人传》的多重体裁面前，他侧重于探讨它的"传记"形式，尤其是《诗人传》与以往传记之间的

---

① 参见 Richard Terry, *Poetry and the Making of the English Literary Past 1660-1781*, p. 226.
② 同上，pp. 231-237。
③ 同上，p. 238。
④ 同上，p. 240。

关系①。

  特雷弗·罗斯比较详尽和系统地论述了《诗人传》使用多重评判标准来建构英国文学经典的观点。在罗斯看来，其中某些标准是核心准则，建立在"人的普遍性"②基础之上，包括诗歌应恰当地表现普遍的自然，应通过愉悦读者来教导他们，传达关于道德与人性的真理，应在很长一段时间内受读者欢迎。这些标准反映了约翰逊建构文学经典所依据的传统修辞思维。不过，罗斯发现，即使是这些看似绝对的价值标准，约翰逊也并没有用来衡量和要求所有诗人，他评价较高的很多作品并没有符合这些标准的特点，而且对同是遵循这些标准创作的作品，约翰逊也并未给出具体评分表来判别高低③。很多时候，约翰逊甚至将这些核心标准置于一旁，而选择以影响作品和作者特征的历史环境或偶然条件作为经典评判的参考因素④。罗斯还指出，某些准则，作为经典的外围标准，比如与诗歌技艺、主题、立意、题材有关的判

---

① 也有学者研究过《诗人传》中具体某位诗人的传记与先前或后世传记之间的关系。参见 Wayne Warncke, "Samuel Johnson on Swift: The Life of Swift and Johnson's Predecessors in Swiftian Biography," *Journal of British Studies*, Vol. 7, No. 2 (May 1968): 56-64. James L. Battersby, "Johnson and Shiels: Biographers of Addison," *Studies in English Literature, 1500-1900*, Vol. 9, No. 3 (Summer 1969): 521-537. Charles L. Batten, "Samuel Johnson's Sources for 'The Life of Roscommon'," *Modern Philology*, Vol. 72, No. 2 (Nov. 1974): 185-189. Jayne Lewis, "The Type of a Kind; or, the *Lives* of Dryden," *Eighteenth-Century Life*, Vol. 25, No. 2 (Spring 2001): 3-18. 本书认为《诗人传》作为梳理经典的文本，主要贡献不在于为哪些作家作传，参考了前人哪些传记，在传记写法或谋篇布局上有何突破等。但这些资料不可避免会涉及文学批评或诗人经典地位的评价问题，所以对本书的研究仍有参考意义。
② 参见 Trevor Ross, *The Making of the English Literary Canon: From the Middle Ages to the Late Eighteenth Century*, p. 276.
③ 同上，pp. 272-276。
④ 同上，pp. 276-279。

据，也都与前面所提到的核心价值没有产生明确的关联①。约翰逊不决断的批评态度其实反映了他的人性观：普遍的人性是不易于定义的②。罗斯认为，约翰逊的意图并不在于为文学作品划定边界，或让它在文化层级结构中占据显要位置③。总而言之，在罗斯看来，约翰逊所建构的经典既有走向终极标准与和谐状态的修辞文化冲动，同时又为所有例外的情况、临时的条件、偶然的可能留出了足够的余地，体现了客观理性主义精神。

现当代学者研究《诗人传》常关注的一大问题是《诗人传》中作家生平部分和文学评论部分之间的关系。现今学者已基本达成一致意见，认为约翰逊评述诗人，能谨慎地将"文品"与"人品"区分开来④，即使有些诗人私德败坏（比如沃勒）或与他政见不同（比如弥尔顿），却并不影响约翰逊对这些人的艺术成就的评价。但也有一些学者认为在某些较长的篇目中，约翰逊其实是以"人物素描"为过渡，把"诗人生平"与"作品评介"用一条隐秘线索贯穿到一起⑤。这条线索具体说便是关于作家的

---

① 参见 Trevor Ross, *The Making of the English Literary Canon: From the Middle Ages to the Late Eighteenth Century*, p. 281.

② 同上，p. 289。

③ 同上。

④ 正如詹姆斯·安格尔所指出的，一个核心冲突贯穿《诗人传》始末，体现了约翰逊深刻洞见。这个冲突就是"天赋卓异的文豪或才子可能根本不是好人，而好人往往缺乏天赋，甚至是才华，所以心向往之"。参见 James Engell, "Johnson on Blackmore, Pope, Shakespeare—and Johnson," *Johnson after Three Centuries: New Light on Texts and Contexts*, eds. Thomas A. Horrocks and Howard D. Weinbrot (London: Harvard University Press, 2011), p. 58.

⑤ 格列格·克林汉姆把"人物素描"部在传记中的地位提得更高。他认为"人物素描"是《德莱顿传》这篇传记的核心，是德莱顿生平和作品所涉及的各个方面的聚焦；整篇传记的结构是环形的，而不是线形的，也就是说，整个结构是从"人物素描"扩散开来，并从中获取意义。参见 Greg Clingham, "Another and the Same: Johnson's Dryden," *Literary Transmission and Authority*: *Dryden and Other Writers*, ed. Earl Miner (Cambridge: Cambridge University Press, 1993), pp. 123-132.

才智或性格与其诗歌风貌之间的关系。斯蒂文·菲克斯在1984年的论文中详细考察了《弥尔顿传》的传主如何在长期生活阅历中形成了能胜任《失乐园》这样独特作品的才赋[1]。他的论文提供了一个解释《诗人传》中作家生平与文学风貌两者复杂关系的范本。格列格·克林汉姆后来也曾阐述过《诗人传》所体现出的约翰逊对人生与文学关系的复杂看法,他以弥尔顿、德莱顿和蒲柏等代表诗人的传记为例,来说明约翰逊如何让诗人们在自己的文学里"'展现'自己的品格或'才情'"[2],或者说诗人的作品如何"反映了各自心智的能力和品质以及感受力"[3]。

  本书的研究角度有所不同,侧重点在于考察《诗人传》的文学批评与英国诗人经典化之间的关系。正如前文所述,《诗人传》作为建构经典的文本,最大的价值并不在于约翰逊收录了哪些诗人,而在于他如何评价入选诗人的文学才情以及成就,通过他的评析如何奠定或稳固某些诗人的经典地位。虽然也有

---

[1] 参见 Stephen Fix, "Distant Genius: Johnson and the Art of Milton's Life," *Modern Philology*, Vol. 81, No. 3 (Feb. 1984), pp. 244-264.

[2] 参见 Greg Clingham, "Life and Literature in Johnson's *Lives of the Poets*," *The Cambridge Companion to Samuel Johnson*, ed. Greg Clingham (Shanghai: Shanghai Foreign Languages Education Press, 2000), p. 175.

[3] 同上, p. 174。也有个别学者从另外一个角度将《诗人传》中的作家生平与文学点评统一起来。威廉·麦卡锡认为在某些传记中,约翰逊有意要让诗人的人生经历成为他们各自作品的内涵或寓意的注解。例如,约翰·盖伊(John Gay)浮沉不定的人生际遇可以说是他闹剧作品中所展现的人世景象的一个写照。《斯威夫特传》的传主生平资料大体上是围绕《格列佛游记》第三卷末尾格列佛的"自欺大的心理"(self-deluding pride)组织起来的。参见 William McCarthy, "The Moral Art of Johnson's *Lives*," *Studies in English Literature, 1500-1900*, Vol. 17, No. 3 (Summer 1977), pp. 503-517. 关于评论家对《诗人传》中作家生平、性格(或心智、才华)和作品之间关系的论述,还可参见 Jack Lynch, "*The Life of Johnson*, The Life of Johnson, *the* Lives of Johnson," *Johnson After 300 Years*, eds. Greg Clingham & Philip Smallwood (Cambridge: Cambridge University Press, 2009), pp. 134-135.

学者分析过约翰逊对某位诗人的评判与先前或后世评论家的观点之间的异同之处或承继关系①，但本书并不会巨细无遗地将某位诗人长达数百年的批评史综述一遍，而是将重点放在对诗歌经典性的评估问题。另外，本书将从约翰逊对多位或多群诗人的评述中发掘各自所蕴含的核心，并揭示他如何围绕这些核心建立起共通的评价模式，有针对性地回顾他的具体论断与这些诗人的批评史的关系。笔者同意特雷弗·罗斯的观点，认为约翰逊使用多重标准来评判不同作家的作品，总考虑到历史的情境和创作的复杂性，但这并不意味着在约翰逊的评价中某些作品，尤其是艺术成就较突出的作品，没有好坏高下之分②。罗斯还忽略了重要一点，即约翰逊不仅有评判作品良莠的标准，也有评判诗人才情的标准，这两套标准相互印证，互相补充，决定了他建构的经典不是罗斯所暗示的带有平等民主色彩的经典③。

《诗人传》共收入五十二位英国诗人，大部分生活在十八世纪，约翰逊在书中比较明晰地梳理出一些贯穿一百多年英国诗

---

① 参见 Benjamin Boyce, "Samuel Johnson's Criticism of Pope in the Life of Pope," *The Review of English Studies*, Vol. 5, No. 17 (Jan. 1954), pp. 37-46. Arthur H. Nethercot, "The Reputation of the 'Metaphysical Poets' During the Age of Johnson and the 'Romantic Revival'," *Studies in Philology*, Vol. 22, No. 1 (Jan. 1925), pp. 81-132.

② 可参见第二章第三节约翰逊对《失乐园》和《大卫纪》的比较，第五章第二节他对《四季》《夜思》《想象的愉悦》这三部长篇素体诗的不同评价。需要承认的是，很多时候我们无法随意把约翰逊评价的两部作品拿出来，依据他的判词来看哪部作品要更胜一筹。《诗人传》并不是把作品依据某些标准估算成分值后相加做出来的得分排行榜。

③ 罗斯发现《诗人传》中诗人水平参差不齐的特点，恰好符合他关于十八世纪以后文学经典具有多元性、差异性和等级性的假设，他可能忽略了《诗人传》孕育之初的"遴选性"问题。

歌发展史的线索，即从考利所代表的"玄学派"诗人到约翰·德纳姆（John Denham）和埃德蒙·沃勒（Edmund Waller），再到德莱顿和蒲柏这条英国诗歌发展线索，包括语言、音律和思想等方面。在《诗人传》中约翰逊把弥尔顿、德莱顿和蒲柏这三位大诗人定为诗歌经典的核心，除此以外，他还刻画了四个呈现共同特征的诗人群体，并常在行文中将这些诗人与三位大诗人作隐性比较，从而勾勒出大诗人与小诗人、前人与后人之间的影响关系。这四群小诗人除了十七世纪的玄学派诗人，还有复辟时期前后的诗人、十八世纪前后的诗人，以及十八世纪中后期的诗人[①]。本书将以玄学派诗人、弥尔顿、德莱顿、蒲柏和十八世纪中后期诗人为例，解析约翰逊在《诗人传》中如何通过对诗人才华的品鉴和对作品的评价来判定这些诗人在文学经典中的地位，这体现了约翰逊怎样的诗学理念或标准以及他对批评准则和作品效果之间关系的复杂态度。前面所提及的四群小诗人，之所以只选两组，即玄学派诗人和十八世纪中后期诗人，主要出于两方面的考虑：一是他们的创作处于《诗人传》所检视的英诗标本的两端，一为起端，另一为尾端，与弥尔顿、德莱顿和蒲柏三人相组合，恰好可以涵盖《诗人传》所涉及的英国诗歌史的大致全貌；二是这两组诗人的创作理念和作品风貌都较为相近，共性较多，更便于作为群体来讨论。不过，本书并不局限于考察约翰逊对这些诗人作品的梳理，约翰逊对其他诗人的点评也会纳入具体讨论中，通过对比或佐证以更好地归纳他的诗学态度。

---

① 这四个群类主要是依据诗人的创作盛期来划分，却也并非绝对，有些诗人可被归入不止一个范畴。对这四群诗人的归纳总结，参见 Roger Lonsdale, "Introduction," pp. 113-165.

塞缪尔·约翰逊《诗人传》对英诗经典的建构
Samuel Johnson's Formation Of A Poetic Canon In *The Lives of The Poets*

如前所述，理查德·泰瑞认为约翰逊为诗人立传时，除了偶尔为之，大多时候是反对前人传记中所遵循的"主控激情"模式的。所谓"主控激情"模式，指的是传记作家突显出传主的某种性情、精神或心理冲动，甚至使其成为个人才情和命运的决定因素。例如，在前人传记里，莎士比亚和琼生常被简单对立起来，前者被概括为"自然诗人"，后者被形容为"学问诗人"①。不过，本书认为约翰逊并不只是偶尔为之，其实在《诗人传》最重要的几篇传记里，他大体上仍然遵循了"主控激情"的模式，只不过他不像以前传记作家那样做得过于浅显，把人物简单化、脸谱化；相对而言，他的表现手法更平衡、复杂和隐秘。细读《考利传》《弥尔顿传》《德莱顿传》《蒲柏传》，会发现这些传记都暗含一个核心词，可以统摄和概括诗人的精神风貌（包括性格、气质、才华等）与其作品风貌（包括优长和缺陷）之间的关系。这四个关键词分别为玄学派诗人的"巧智"（Wit）②、弥尔顿的"崇高"（the Sublime/Sublimity）、德莱顿的"敏博"（Comprehension）③、蒲柏的"明慎"（Prudence）。这些字词全部

---

① 参见 Richard Terry, *Poetry and the Making of the English Literary Past 1660-1781*, p. 238.
② 朱光潜在《西方美学史》中将"wit"译为"巧智"，本书采用朱先生的译法。参见朱光潜：《西方美学史》，人民文学出版社2002年版，第202页。
③ 在约翰逊所编撰的英语词典中，"comprehension"有两层意思与人的心智相关，一表示包容、容纳或涵盖的行为或特征，二表示接受、理解知识的能力，领悟能力（*Dict.*, 1: 430）。本书将"comprehension"译为"敏博"，可以概括"博大"与"聪敏"这两层意思，符合约翰逊对德莱顿的才智的评价。"敏博"一词出自唐人李景亮所作的《李章武传》："生而敏博，遇事便了。工文学，皆得极致。"《明史·刘定之传》中也曾出现"敏博"一词："有质宋人名字者，就列其世次，若谱系然，人服其敏博。"参见罗竹风（主编）：《汉语大词典》，汉语大词典出版社，1990年第一版，第五卷，第466页。中国古代将骈文体称为"敏博之学"，大概是因为古人觉得要写好骈文，需要诗人博古通今，聪慧绝伦。

出自《诗人传》的文本，代表了约翰逊眼中这些诗人才思或性情最显著的一面。在有些传记中，约翰逊甚至向读者展示了这些才思或性情所形成的生平原因，记述了它们在诗人应对周围人物或环境时的具体体现。不过，更为重要的一点是，约翰逊以巧妙手法和辩证态度揭示了诗人这些品质与各自作品之间的复杂关系：它们在很大程度上既决定了各位诗人作品最显著的优点，也直接或间接地造成了各人诗歌最大的局限。这就是前文所说的约翰逊围绕核心概念所构建的共通的评述模式。本书将从这四个核心词切入来分析约翰逊如何在《考利传》《弥尔顿传》《德莱顿传》《蒲柏传》中打造这些诗人的经典地位，力图从已有的研究尚未关注的角度，对《诗人传》文本做出不同的解读。

至于十八世纪中后期的诗人，约翰逊在他们的传记中最常用以形容他们诗歌意象、情感或辞藻的词语是"exuberance"或近义词"ebullition""luxuriance"。本书将"exuberance"译为"丰沛"来概括约翰逊对这时期诗歌风格的直觉感受①。虽然"丰沛"一词不足以形容这时期众多诗人的才情或性格，但它作为作品特征，很大程度上也是约翰逊称赞或贬斥某位诗人作品的缘由，所以"丰沛"一词与"巧智""崇高""敏博""明慎"仍可以视作平行关系。还需指出的是，这些核心词，除"丰沛"以外，大多都是约翰逊用以衡量各位诗人才情或性格的标尺，至于约翰逊用于评价作品的具体标准，将在正文各章中结合诗人

---

① "exuberance"有"丰富""繁茂""茂盛"之意，本书以"丰"字来表示这一基本意义。同时"exuberance"又有因过量过剩而向外流溢、发散的暗示，本书用"沛"（在中文里，"沛"兼有"水奔流、流溢"和"充沛、充盛"的意思）与"丰"组词来译这个关键词。约翰逊在《英语词典》中将"exuberant"定义为"superfluously plenteous"，其中"superfluous"就源自拉丁文"溢出"（*Dict*, 1: 755）。

的作品加以分析和总结。

除绪论和结语外,本书共分五章。第一章围绕"巧智"概念考察约翰逊在玄学派经典化历史中所起到的承前启后的作用。从十七世纪六十年代到十八世纪七十年代,玄学派诗人作为一个群体的轮廓逐渐清晰化,关于其成员的批评已经积累了丰富资源。他们在诗歌经典中的地位呈现持续下滑的趋势,到十八世纪中后期,贬抑的态度总体上已经盖过积极的评价。约翰逊试图在《考利传》中对玄学派批评史上的"巧智"概念进行梳理,以写作与人生的关系为着眼点,进一步澄清"玄学巧智"与思想以及情感的关系,由此来判定玄学派在文学经典中的地位。一方面,约翰逊秉持新古典主义原则,认为玄学派诗歌以卖弄学问和抛掷巧智为要务,并没有摹仿自然或生活,也无从表现普遍的人性或激情,所以难以跻身经典的高位;另一方面,他发现玄学派的巧智中蕴含着巨大的思想能量和创新潜能,可以化解因艺术精致化而产生的诗歌活力消退的问题。尽管约翰逊对玄学派的态度以批判为主,但他强化了玄学派诗人所共有的群体特征,并借助《诗人传》的出版将这一派诗人推向了普通读者和学者的视野。他强调巧智与思想的联姻,与激情的分离,成为十九世纪末到二十世纪初批评者恢复玄学派的经典地位所需面对的问题,也为他们提供了解决这个问题的反向思路。

第二章检视约翰逊如何评价弥尔顿的才华与诗歌所独有、奠定了他在英诗经典中的鳌头位置的"崇高"品质。从十七世纪七十年代到十八世纪七十年代这一百年间,弥尔顿凭靠"崇高"之名逐渐成为可与荷马和维吉尔相提并论、与莎士比亚并驾齐驱、有众多门徒追随其后的大诗人。与此同时并进的是崇高美学在英国的传播和发展,"崇高"逐渐成为与"才华""想象""创造力"密切相关的诗学概念。约翰逊评判弥尔顿的诗歌地位，仍主要围绕诗人的崇高才情和作品的崇高效果，但他的态度呈现复杂的两面。一方面，他继承前人的批评遗产，高度肯定了弥尔顿的崇高想象，认为诗人靠它才成功超越了题材的限制，创作出《失乐园》这样一部叙事宏大、形象丰富可感、崇高效果震撼读者心灵的史诗。另一方面，他又认为弥尔顿的崇高才华无法让普通读者进入他的心灵世界，对《失乐园》产生共情反应，也导致弥尔顿在需要具备人情味的作品中没有过人的表现。这两点可以说是约翰逊在评价弥尔顿的经典地位方面所做的主要贡献，尤其后一点体现了约翰逊的独特声音，得到了十九世纪末二十世纪初一些重要批评家的呼应。约翰逊强调弥尔顿心智和作品中独异于常人的崇高性，目的在于为当时的诗歌创作提供有益的教训，而揭示崇高光环背后的暗影，则与他对文学和人生的看法有不可分割的联系。

第三章讨论约翰逊如何围绕德莱顿的"敏博"心智评价他的文学贡献以及作品缺憾。到十八世纪七十年代末，德莱顿已经确立在文学经典中的大师级地位，被众多著名的诗人和批评家尊奉为主宰诗界的君王、文学创作的"父亲"。但到此时，关于德莱顿的批评还只局限于作品的细枝末节，尚未有人从更宏观的角度来检视德莱顿的人生阅历、文学才情与总体成就之间的关系。在《德莱顿传》中约翰逊以"敏博"来概括传主的心智特点，由此出发来鉴定德莱顿对英诗所做的三方面贡献（即韵律的完善、语言的提炼和情意的端正），解释他为何擅长写包括论战诗在内的应景诗，他的说理诗、诗歌翻译和文学批评如何体现了"化作它身，而真体不变"的敏博才情。同时，约翰逊围绕德莱顿的心智特点来检视其诗作的三大缺陷，即应景诗里多有违背良知、诋时媚世之作；诗歌艺术缺乏蒲柏的精雕细琢，粗疏不当之处不胜枚举；倾向于用理智来审视分析人类的激情，无法表现出简单语境中人的纯粹情感。但由于相似的写作生涯和心智特点，约翰逊即使在批评德莱顿的诗艺缺陷时，也不由自主地流露出同情和赞赏的语气。总之，《德莱顿传》肯定了德莱顿对奥古斯都文学传统所做的重要贡献，又对他脱胎自市场化写作的诗歌作品做了全面、辩证的分析；约翰逊品鉴德莱顿才华和作品所做的诸多论断，在后世经典化批评史中被不断呼应和引用。

第四章论述约翰逊如何通过重新审视蒲柏的"优美"风格和关注现实人生的"想象"，来回应试图撼动其经典地位的声音。从 1720 年发表《伊利亚特》英译本起，蒲柏开始跻身英国文学经典的高位。但是也有不少批评者一直以诗艺机械、原创想象力不足为由，否认其诗歌成就。约翰逊的《蒲柏传》则致力于为蒲柏的经典诗人身份正名。他认可蒲柏的优美风格对英国诗歌语言的提炼、音律的谐和以及情意的自然化所做的巨大贡献，并认为他的优美诗艺在文明兴盛的时代里承担着传道明智的重要使命。约翰逊把蒲柏的优美诗风归因于他的"明慎"性格，但同时暗示，蒲柏这样的性格有时会表现出表里不一、自私自利的特点，与此相对应，他的优美诗艺也免不了沦为以假乱真、饰虚为实的把戏。约翰逊的《蒲柏传》还暗示蒲柏立身处世的明慎决定了他的文学想象不同于弥尔顿式崇高，而是扎根于现实的土壤中，关注现世中人的道德法则和伦理关系。约翰逊、拉菲德等同情奥古斯都传统的诗评家，就蒲柏的想象力问题，曾与同时代倾向于浪漫主义的诗评家约瑟夫·沃顿展开争论。这场争论引领了十九世纪文人学者关于蒲柏经典性的热议，向讨论者提供了有待进一步深化或扩展的批评议题，并从总体上塑造了他们的思想视域以及路径。讨论者或者直接援引约翰逊的论断，或者间接沿用他的批评思路，这证实了约翰逊在蒲柏经典化批评史上的权威地位。

第五章探讨约翰逊对十八世纪中期诗人的诗歌气质的品鉴和对他们所代表的诗歌风潮的反思。这群诗人抛弃了以对偶和巧智为显要标志的英雄双韵体形式，以社交生活、人情风俗为观照对象的说教诗和讽刺诗，转向以描摹大自然风景、抒发孤独者的冥思为主调的素体诗和抒情诗写作。约翰逊从这些诗人的才华和作品中捕捉到一个总体特点，即"丰沛性"，但是在不同题材或类型的诗歌中，这种特质的表现效果不尽相同。约翰逊肯定了创作于十八世纪中期三部最重要的长篇素体诗（即汤姆逊的《四季》、杨格的《夜思》和艾肯塞德的《想象的愉悦》）的文学成就：它们摆脱了弥尔顿的素体诗模式，而在吸收德莱顿、蒲柏等人改革成果的基础上，形成了措辞纷繁宏大却不古奥，诗律谐和流畅，意象、观念或释例层层堆聚的丰沛特色。但是在三部作品中间，约翰逊的评断有所区别，这关系到他对普通读者立场和作品人情味的强调。关于科林斯和格雷等人的抒情作品，约翰逊则认为它们的丰沛是一种"乖谬之美"，即脱离现实人生，思想空洞，情感造作，辞藻或是华美空大，或是粗糙生硬，音律故作滞涩或刺耳。约翰逊的论断对十八世纪末以及十九世纪试图提高这些抒情诗人的经典地位的批评者构成巨大压力。

第一章　玄学派的"巧智"

从十七世纪末到十八世纪中后期，玄学派诗人作为一个群体的轮廓越来越清晰，批评界对其源起和演变已经形成了大体共识，关于其成员的思想或风格也已积累了丰富的批评意见。关于玄学派诗歌或诗才的一大显著标志，即"巧智"，洛克、艾迪生等人所代表的"联系说"已被批评界广泛接受；这是十八世纪具有举足轻重作用的"巧智"概念，对玄学派批评产生了深远影响。从总体上看，从十七世纪末到约翰逊发表《诗人传》时，包括考利在内的玄学派诗人的地位呈现逐渐下滑趋势，他们的"玄学巧智"（metaphysical wit）也受到了越来越多的理论质疑。如何从文学与人生关系的角度评价他们的诗作，并在十七、十八世纪的文学发展脉络中鉴定他们的成就，玄学派的局限和长处对十八世纪诗歌创作究竟有何借鉴意义，就成为约翰逊在撰写《考利传》过程中所需面对的问题。

第一节　玄学派经典地位的变化

1693年德莱顿在《讽刺的起源和演化》一文中论及多恩诗歌时说道:"他不仅在讽刺诗中,也在爱情诗中,在理应'自然'主宰的地方,却摆出了玄学(metaphysics)的派头;在理当用柔情蜜意吸引女性的心灵并取悦她们的时候,他却用微妙的哲学思考来惑乱她们的心智。"[①]约翰逊称多恩和考利所代表的诗人群体为"玄学派"[②],很可能最早受到德莱顿这个论断的启发。不过,正如阿瑟·H.涅瑟柯特的研究所发现的那样,在《诗人传》问世之前,将"玄学"(metaphysics/metaphysical)与"诗歌""诗人"等词连用来指示一种诗歌类型、风格或作品的思想关注,绝非德莱顿一家。像十八世纪批评者伦纳德·威尔斯蒂德(Leonard Welsted)、约翰·欧德弥森(John Oldmixon)、亨利·费尔顿(Henry Felton)、约瑟夫·斯宾思(Joseph Spence)、以利加·范顿、蒲柏、切斯特菲尔德勋爵、约瑟夫·沃顿,还有《关于品味的对话》的无名作者以及乔治·康贝尔(George Campbell)都曾指出,多恩、考利、达文南特着迷于抽象复杂的玄学思想,将它与爱情诗中的情意相糅杂并浓缩为警句的创作特点;另外,他们当中有些人还指出,像塔索、阿里奥斯托、

[①] 参见 John Dryden, *Selected Criticism*, eds. James Kinsley & George Parfitt (Oxford: Clarendon Press, 1970), p. 211.

[②] 约翰逊之所以未作《多恩传》,是因为当时多恩未入选《英国诗人作品集》,而他被排除在这套作品集之外,又可能与当时的版权之争、众商人对利益的权衡有关系。从十七世纪诗评史来看,考利的文学名声和影响力要高于多恩,但到十九后半叶的时候,多恩早已替代考利,成为玄学派的主要代表。

但丁、彼得拉克这些意大利诗人作品中过于形而上、联系牵强、甚至缺乏意义的思想深刻影响了英国这群十七世纪诗人的创作①。这些批评者尚未以"玄学派诗人"（metaphysical poets）或"玄学流派"（metaphysical school）来命名这个诗人群体，但所有这些论述都为约翰逊在《考利传》中所做的正式命名提供了充分依据。

被十八世纪批评者归入"玄学派诗人"这个群体的诗人，除了多恩和考利以外，还有约翰·克里弗兰（John Cleveland）、托马斯·卡鲁（Thomas Carew）、乔治·赫伯特（George Herbert）、理查德·克雷肖（Richard Crashaw）、亨利·沃恩（Henry Vaughan）、弗兰西斯·夸尔兹（Francis Quarles）等人。约翰逊在《考利传》中就提到了克里弗兰，还有其他一些未进入这些批评者视野的诗人，如萨克林（Suckling）、沃勒、德纳姆等。在十七世纪，除了德莱顿以外，绝大多数批评家没有将这些诗人视为一个拥有共同属性的群体，对他们的批评因人而异，较为分散，并没有形成统一标准和原则②。但总体而言，这些诗人直到复辟时期仍享有很高的地位，他们的作品广被阅读，深受读者喜欢；在大多数评论者心目中，他们是既不逊色于前人，也无惧后人挑战，必能在经典中永远立足的诗人③。虽然批评者常论及他们诗歌中的"巧智"问题，但是还未将"巧智"和"玄

---

① 参见 Arthur H. Nethercot, "The Term 'Metaphysical Poets' Before Johnson," *Modern Language Notes*, Vol. 37, No. 1 (Jan. 1922), pp. 13-17.

② 参见 Arthur H. Nethercot, "The Reputation of the 'Metaphysical Poets' During the Seventeenth Century," *The Journal of English and Germanic Philology*, Vol. 23, No. 2 (Apr. 1924), pp. 173-174.

③ 参见 Arthur H. Nethercot, "The Reputation of the 'Metaphysical Poets' During the Age of Pope," *Philological Quarterly*, Vol. 4, No. 1 (Jan. 1925), p. 161.

第一章 玄学派的"巧智"

学派"联系起来,仍然只是将他们当作个体来对待。涅瑟柯特指出,这说明十七世纪下半叶英国人的品味还未发生显著变化,批评者与这些诗人分享同样的趣味,还无法疏离于时代,对他们的风格和才智加以总结或反思[①]。唯一的例外是中年以后的德莱顿:1668年他说克里弗兰的诗歌充满晦涩的宗教说教,常玩弄词语,凭空揉捏出新的意义,从而违背了以晓畅的语言来传达巧智,以普遍接受的语词来传达大思想的原则,他的作品只会受一些老学究喜欢[②];1693年德莱顿称多恩在爱情和讽刺诗中玩玄学派头,说他是英国最伟大的巧智者,却不是英国最伟大的诗人[③];他还提到考利模仿多恩的爱情诗,几乎到了铸下大错的地步,使《情人》这部诗集失去了品达体颂歌的得体特征[④]。德莱顿还曾不点名地指出,某位已故诗人声名黯淡,是因为他巨细不遗地网罗各种奇思怪喻,虽有学识,却判断力不足,无法分清其他诗人的优长和缺陷,一味沉浸于无节制的写作方式中[⑤]。联系德莱顿关于克里弗兰、多恩和考利的玄学做派和巧智过剩的论断,这条评论可以视为他对已经在自己头脑中模糊成型的玄学流派特点的概括。对这样一群被约翰逊称作"玄学派诗人"进行初步概述在十七世纪批评中可以说绝无仅有。

考利的文学名声达到顶峰,如涅瑟柯特所指出的那样,是在1660年到1700年间[⑥]。考利于1667年逝世,当时英国人给

---

① 参见 Arthur H. Nethercot, "The Reputation of the 'Metaphysical Poets' During the Age of Pope," pp. 197-198.
② 同上, pp. 192-193。
③ 同上, p. 194。
④ 同上, pp. 194-195。
⑤ 同上, p. 196。
⑥ 参见 Arthur H. Nethercot, "The Reputation of Abraham Cowley (1660-1800)," *PMLA*, Vol. 38, No. 3 (Sep. 1923), pp. 588-641.

予他极大的哀荣,将他葬在西敏斯特教堂乔叟的墓旁。托马斯·斯普拉特主教1668年撰文声称考利不但可以与英国最杰出的古代作家齐名并称,也有资格与最优秀的古希腊罗马名家平起平坐①。这样的丧葬和评价说明到十七世纪六十年代考利已经在英诗经典中占据很高的位置,甚至要超过大多数玄学派诗人。在十七世纪后三四十年的时间里,对考利的批评主要是以颂扬和欣赏为主:考利模仿品达颂歌的创举以及与品达才华相当的表现,受到德纳姆、斯普拉特、爱德华·菲利普斯、德莱顿、艾迪生、斯威夫特等一众文人的高度评价②;以《情人》为代表的抒情诗也因为蕴含丰富思想和激情而受到德莱顿和斯普拉特大力肯定;英雄史诗《大卫纪》在结构技巧、风格、音律和诗体等方面得到托马斯·莱默等人的认同,考利因此被视为与塔索、弥尔顿等人至少可享有同等地位的诗人③。但是,赞扬声背后也不乏零星的诟病声音,此时批评者已经开始反思考利诗中的巧智。例如,艾迪生1694年就曾批评考利诗歌中巧智过多,狂轰滥炸,令读者应接不暇④;德莱顿1692年也曾声称《大卫纪》无论表达或思想都不够典雅,尽是英雄史诗所不该有的巧智和警

---

① 参见 Arthur H. Nethercot, "The Reputation of Abraham Cowley (1660-1800)," p. 592。

② 例如,艾迪生在1694年《英国最伟大诗人之概述》中声称考利能"把圆润、洪亮的品达诗体嫁接到自己的里拉琴上",赋予颂诗新的高度和广度。参见 Joseph Addison, "An Account of the Greatest English Poets," *The Works of Joseph Addison*, ed. George Washington Greene, 6 vols, Vol. 1 (New York: G. P. Putnam & Co., 1854), p. 143.

③ 参见 Arthur H. Nethercot, "The Reputation of Abraham Cowley (1660-1800)," pp. 593-600.

④ 参见 Joseph Addison, "An Account of the Greatest English Poets," pp. 142-143.

句①。可以说，艾迪生和德莱顿的观点预示了十八世纪英国人对考利诗歌缺陷的主流态度及其文学地位下降的危险。

到了十八世纪以后，随着时间的推移，"玄学流派"作为一个群体的形象越来越明晰化。一部分批评者仍然延续十七世纪的传统，对这群诗人的成就给予高度评价。例如，贾尔斯·雅克布（Giles Jacob）就曾热情称赞过多恩的"大才智"，考利的戏剧原创性，克里弗兰诗歌"令人称赏的巧智"，以及克雷肖、赫伯特这些"宗教玄学派诗人"的虔诚、学问、想象和雄辩②。约翰·登顿（John Dunton）曾为多恩、考利、赫伯特等人大力辩护③。亨利·费尔顿的《论经典阅读和确当风格的培养》和爱德华·比西（Edward Bysshe）《英语诗歌的艺术》都曾大量援引玄学派诗人作品里的诗句④。查尔斯·吉尔登（Charles Gildon）代表了十八世纪英国诗评家对"玄学派诗人"从支持赞赏到反思批判的总体转变。到1718年，吉尔登就已经宣布考利在读者中的人气与日俱失，还声称在像他这样富有学识和巧智的诗人作品里，一向是缺乏"自然"与"谐和"的⑤。蒲柏属于十八世纪反对玄学派巧智和风格的阵营中的一位要员。同时，他也对十八世纪英国人认识"玄学派诗人"这个流派，包括它的成员、高下远近关

---

① 参见 Arthur H. Nethercot, "The Reputation of Abraham Cowley (1660-1800)," p. 600.
② 参见 Arthur H. Nethercot, "The Reputation of the 'Metaphysical Poets' During the Age of Pope," pp. 162-163.
③ 同上，pp. 163-164。
④ 同上，p. 164。
⑤ 同上，p. 166。

系、才华特征、风格属性等，起到了重要的推动作用①。尽管蒲柏在诗歌创作中借鉴过这些诗人的作品，但对他们的诗歌不符合新古典主义诗学标准之处多有指摘。例如，他批评克雷肖言辞浮夸，思想牵强造作，多恩空有巧智却无想象，达文南特从多恩那里学会了浮夸的说教和形而上学②。他的《论批评》还曾不点名地批评考利的口味偏爱奇巧的比喻，诗歌里充斥着炫目混乱、堆叠无序的巧智③。与蒲柏同属一阵营，且影响举足轻重的批评者是艾迪生和斯蒂尔。他们在《旁观者》中批评了考利爱情诗中半基于观念相似、半基于语言相似的"混合型巧智"和他的品达体颂歌松散、不规范的毛病。《旁观者》还有文章论及克里弗兰的诗歌华而不实、晦涩难解的弊病和赫伯特的"图形诗"作为"虚假巧智"与古希腊不良传统之间的关系等。另一份报纸《守卫者》也有文章指出多恩和考利的诗歌创作中闪亮巧智层见叠出、令人应接不暇的缺陷④。艾迪生和斯蒂尔的观点影响了十八世纪包括约翰·欧德弥森在内的很多诗评家对玄学派诗人，尤其是对多恩和考利的评判⑤。

在蒲柏统领诗坛的十八世纪上半叶，多恩最被人熟知的是巧智、学识、宣道、讽刺，以及缺点重重的诗律，他的诗坛地位自此走向长期低迷的状态；克里弗兰大凡被人提及，多是鄙

---

① 关于蒲柏所画的"多恩诗派"成员以及与沃勒、休迪布拉斯的关系图略，可参见 Arthur H. Nethercot, "The Reputation of the 'Metaphysical Poets' During the Age of Pope," p. 170.
② 同上，pp. 166-172。
③ 参见 Arthur H. Nethercot, "The Reputation of Abraham Cowley (1660-1800)," p. 606.
④ 参见 Arthur H. Nethercot, "The Reputation of the 'Metaphysical Poets' During the Age of Pope," pp. 173-175.
⑤ 同上，pp. 175-176。

夷之声,他的声名下降的速度远比多恩等人急剧;而卡鲁的轻灵优美仍然让他在一小部分人心目中保有一定位置,但他的离奇夸诞依然遭人诟病;在"宗教玄学派诗人"中间,沃恩基本已从读者视线中消失,赫伯特和克雷肖仍然是以"虔敬"和"巧智"为人所知,尽管赫伯特的名声比克雷肖更大一些,但喜欢诗歌甚于虔敬的人对他作品的评价并不是很高,夸尔兹在专业批评者看来几乎成了烂诗的同义词①。考利保住了相对较高的地位,对他的评价毁誉参半,但总体而言,到十八世纪以后,针对他爱情诗中奇思怪喻的批评越来越多,逐渐影响了他的经典名声。不过,除了《情人》以外,考利的其他作品依然得到较多肯定。例如,批评界虽然对机械模仿考利颂诗的作家有诸多抱怨,但对考利所做的实验以及他的才华表现仍然是高度赞赏的②。考利的《大卫纪》在十八世纪上半叶受到很多教职人员和虔诚人士欢迎;把考利与斯宾塞、弥尔顿这些史诗名家相提并论的意见亦不在少数③。

从十八世纪四十年代到约翰逊接受《诗人传》写作任务的七十年代,这群诗人的地位略有沉浮,徘徊不定,批评声音中既有热情的褒赞,亦有刻薄的讥毁;但总体而言,反对者在批评力度上要盖过力挺这些诗人的声音。在支持的阵营中,提奥菲鲁斯·锡伯(Theophilus Cibber)1753年的《大不列颠和爱尔兰诗人传》可以说是传记辞书的代表。在这部延续了十七世纪品味的辞典中,锡伯高度评价了玄学派作家的诗歌品质或成就,

---

① 参见 Arthur H. Nethercot, "The Reputation of the 'Metaphysical Poets' During the Age of Pope," pp. 176-177.

② 参见 Arthur H. Nethercot, "The Reputation of Abraham Cowley (1660-1800)," pp. 609-610.

③ 同上, pp. 612-614。

如考利音律流畅、内蕴迷人的爱情诗、要在德莱顿和蒲柏之上的颂诗和"理念诗",多恩包括讽刺诗在内的"无与伦比"的诗歌成果,卡鲁的优雅得体,克雷肖流畅的语言、自然的思想和平易的写作风格等①。当时另一部传记辞书《不列颠传记》对考利和多恩等诗人也有大量褒扬之语②。戴维·贝克(David Baker)在1764年的《戏院指南》一书中称赞考利充满火热的诗意想象以及"真实而自然"的巧智③。理查德·赫德(Richard Hurd)对多恩巧智的辩护颇为独特、复杂。总体上,他坚持新古典主义原则,即认为诗人不应该过度好奇,深入自然的幽僻角落,以新奇方式去搭建事物或观念之间的隐秘联系。不过,赫德只是认为多恩在次要作品里喜欢沉湎于探索潜藏在事物深处的相似联系,但在重要作品中,他则遨游于相对广阔的自然空间和朗朗晴天里④。这也就意味着在赫德眼中,多恩主要作品中的巧智并没有剖析入微、舍大逐小的缺陷,符合自然和理性的法度。

十八世纪中后期站在反对阵营前列的批评者是约瑟夫·沃顿。他在《蒲柏的作品与才赋》(1756年)中把多恩和考利归入第二等级,与德纳姆、德莱顿等擅长写伦理说教诗的作家并列。这个等级看似很高,但这两人的作品其实已被沃顿排除在"纯粹诗歌"之外;如他在书中所说:"多恩和斯威夫特无疑都是巧智之人、理智之人,但他们留下了多少纯粹诗歌的痕迹?"⑤詹姆斯·格兰哲(James Granger)代表了这段时期在玄学派诗人评价

① 参见 Arthur H. Nethercot, "The Reputation of the 'Metaphysical Poets' During the Age of Johnson and the 'Romantic Revival'," p. 85.
② 同上, pp. 85-86。
③ 同上, p. 86。
④ 同上, p. 89。
⑤ 同上, p. 90。在1762年的版本中,沃顿甚至把多恩降到了第三等级。

问题上的新古典主义品味。他在1769年《英格兰传记历史》中指出考利固然有真才华，但"为虚假的巧智所引诱和败坏"，诗歌措辞缺乏典雅，音律龃龉粗拙；依据葛兰哲的欣赏品味，考利和多恩的诗律不及沃勒精致。葛兰哲还认为克里弗兰是"巧智者"，作品里充满了牵强造作的比喻，而卡鲁和赫伯特在他看来，都是不值一提的诗人①。维西思慕斯·诺克斯也在《道德与文学论说文》（1778—1779）里指出多恩诗艺和思想粗糙，考利和他一样，都忽略了作品的优雅修饰；两人虽然富有学识，作品别开生面，但将来必然都"被搁在某个无人问津、覆满灰尘的书库架子的上层"②。休·布莱尔博士、凯姆斯勋爵和詹姆斯·贝亚提这些具有较大影响力的批评者在十八世纪六十至七十年代间都曾批评过考利诗中怪异荒诞的巧智③。这段时期考利的文学名声随着其所属的玄学派呈现进一步下降趋势。

在约翰逊出版《诗人传》之前，对玄学派诗人这一群体的轮廓进行明晰勾勒的学者是托马斯·格雷。他在致托马斯·沃顿的信中称玄学派为"意大利诗派"中的一种，起源于伊丽莎白女王统治时期，延续到詹姆斯一世和查理一世治下；早期的成员有多恩、克雷肖和克里弗兰，后来在考利手下登峰造极，而终结于斯普拉特④。这就是约翰逊在撰写《诗人传》之前所面对的批评现状：玄学派诗人作为一个群体的轮廓越来越清晰，对其源起和演变的认识也已大体稳定，关于其成员的思想风格也已

---

① 参见 Arthur H. Nethercot, "The Reputation of the 'Metaphysical Poets' During the Age of Johnson and the 'Romantic Revival'," pp. 92-94.
② 同上，p. 94。
③ 这些批评者的具体论说可参见本章第三节。
④ 参见 Arthur H. Nethercot, "The Reputation of the 'Metaphysical Poets' During the Age of Johnson and the 'Romantic Revival'," p. 95.

经积累了丰富的批评资源；不过，虽然这群诗人的地位已经远不及十七世纪和十八世纪上半叶，与支持的立场相比，敌视的态度占据上风，但是批评界还是难以形成统一意见，即使在"巧智"理论以及各位诗人的表现问题上，也仍然存在分歧，个别诗人的文学名声甚至略有波动。正是在这样的批评语境下，约翰逊试图在《考利传》中梳理玄学派批评史上的"巧智"概念，以写作与人生的关系为着眼点，对玄学派的巧智与思想、情感的关系进行评价，并将这一诗派的得失和地位放在十七、十八世纪英国诗歌发展脉络中来检视。

第二节 洛克和艾迪生的"巧智"概念

在十七、十八世纪，"巧智"一词含义众多，相关的解释林林总总，纷乱复杂。文人学者在讨论"巧智"时所指不同，各有侧重，难以形成共识。正如约瑟夫·艾迪生在1711年所说，"没有什么东西比巧智这么受人欣赏，又这么不被人理解"[①]。从约翰逊1755年版的《英语词典》可见一斑。约翰逊在这部词典里共收录了"巧智"（wit）的八项意义，可以说基本涵盖了到十八世纪五十年代为止这个词的众多用法。所以，有必要先对约翰逊讨论玄学派才华和诗歌特征时所用的"巧智"概念的含义进行辨析，再有针对性地对这个意义上的"巧智"概念做历史回顾。依据《英语词典》，"巧智"原本的意思是"心智力量""心智才能"（*Dict.*, 2: 1127），同时它也可以指有才智、有才华的人（*Dict.*,

---

① 参见 Joseph Addison, "The Spectator No. 58," *The Works of Joseph Addison*, 6 vols, Vol. 5, p. 162.

2：1128）。例如，当约翰逊在《考利传》中说到"取悦他人的欲望在不同人身上都会产生英勇的行为和巧智的喷涌"（LP，1：193）的时候，"巧智"很大程度上就是泛指人的心智才能。这个意义并未出现在约翰逊关于玄学派诗歌属性的讨论范围之内。依据《英语词典》，"巧智"还有"健全的心灵、未发疯的心智"①和"计谋、策略、花招"（Dict.，2：1128）两个意思，但二者并未体现在《考利传》的文本中。除此以外，"巧智"还有"理智""判断"之意。在《考利传》中，就有这么一句话："热爱美德和巧智的人一定会关切地问道，他（考利）现在是否已经获得幸福了"（1：198）；这里，"巧智"与"美德"并列，它最有可能的意思是"理智""判断"（Dict.，2：1128）。在《考利传》中，玄学派的"巧智"就具有理智分析、冷峻判断的意味。但就产生和运行机理而言，玄学派"巧智"主要与另外三个意义相关，即"想象（imagination），机敏的幻想（fancy）"，"由机敏的幻想所产生的思想情感"和"富于想象的人"（Dict.，2：1127-1128）。在"想象，机敏的幻想"这条释义下，约翰逊采用了洛克《人类理解论》对"巧智"的定义来做解释。约翰逊探讨玄学派的诗歌属性时所继承的正是洛克对"巧智"的用法，只不过他避免使用洛克以及后世批评者所用的"想象"或"幻想"一词来指称"巧智"。洛克的"巧智说"为十七、十八世纪玄学派诗歌批评奠定了概念基础，影响深远，有必要对他所传承的"巧智"概念在十七、十八世纪的接受史做一番回顾。

洛克在《人类理解论》第二卷第十一章中区分了人的两种辨识能力，即"巧智"和"判断"：前者是"观念的集合"，也就是"把相似相合的观念以敏捷多样的手段组配起来，在想象中构

---

① 这种情况下常用复数形式，即"wits"。

成一幅惬意的图景和可意的视象"的能力①；而后者则是"精细分辨各种观念的细微差异，使人免被相似性所误，将一种观念错当成另一种观念"的能力②。在洛克看来，"巧智"的特点是机敏快捷，丰富多变，通过呈现直观的图像来激发人的想象，在文本中常以隐喻和典故为载体，而"判断"的特点是运用最严苛的真理法则和恰当的理性，通过深熟透彻的思考来检视观念之间的不同③。洛克对"巧智"的理解抓住了观念的联系以及这种联系与想象的关系，有别于其他十七世纪诗人或诗评者对"巧智"的笼统定义。例如，德莱顿曾把"巧智"定义为"思想和语言的得体"，或者说"思想和语言的典雅与题材相称"④。不过，德莱顿的定义亦被纳入十八世纪文人对"巧智"的认识中⑤，成

---

① 参见约翰·洛克：《人类理解论》（上册），关文运译，商务印书馆1959年版，第122-123页。为使引文与本书语境统一，在概念的翻译和具体表述上稍做调整。下同。

② 同上，第123页。托马斯·霍布斯在1651年的《利维坦》中声称"巧智"是寻找相似特征的"想象"，有别于探察不同性的"判断"。对"想象"和"判断"作出类似的区分并把"巧智"等同于"想象"的十七世纪英国学者除了约翰·洛克，还有罗伯特·波义耳、沃尔特·夏勒顿（Walter Charleton）等。可参见 Edward N. Hooker, "Introduction to the Series on Wit," *Series One: Essays on Wit No. 2*, ed. Edward N. Hooker (Ann Arbor: Edwards Brothers, Inc., 1946), pp. 1-2.

③ 参见约翰·洛克：《人类理解论》（下册），关文运译，商务印书馆1959年版，第122-123页。与此矛盾的是，洛克在《人类理解论》第四卷第十四章中把"判断"定义为对观念的组配和区分。同上，第650页。但进入十八世纪诗评家视野的，主要是洛克在第二卷第十一章中对巧智和判断所作的区分。

④ 参见 John Dryden, "The Author's Apology for Heroic Poetry and Poetic License," *Selected Criticism*, eds. James Kinsley & George Parfitt (Oxford: Clarendon Press, 1970), p. 142.

⑤ 参见 Alexander Pope, *Alexander Pope: The Major Works*, ed. Pat Rogers (Oxford: Oxford University Press, 2006), p. 27. 另外，要指出的是，在《论批评》中蒲柏多处论及"巧智"并将"巧智"和"判断"对立起来（如第一卷第82-83行），但这些地方的"巧智"理解为"才华""心智才能"更为合适。

为判定所谓"真巧智"的标准。例如，蒲柏在1711年的《论批评》中就曾说"真正的巧智"是"被装饰得恰到好处的自然"；"人们常这么思考过，却从未表达得如此超凡"，读者一见这样的"巧智"，就被其"真理"所折服（第3卷第297-299行）。蒲柏所谓的"巧智"有两大标准：一是思想上的自然、真实，二是语言修饰上的恰当、精妙。这样的观点与德莱顿给出的定义是基本一致的，而艾迪生对"巧智"的界定则继承了洛克在《人类理解论》中的相关论说。艾迪生在《旁观者》第62期中以洛克的学说为基础，提出"巧智"所牵涉的两个观念必须相距适中，即既要给读者带去惊奇，又要自然真实，愉悦读者[①]。与洛克不同的是，艾迪生认为"巧智"不仅源于相似观念的组合，也源于相异观念的并置[②]。另外，虽然艾迪生并不认同德莱顿将"巧智"笼统定义为一种好作品的标准，但他强调"真巧智"自然得体的属性，与德莱顿的标准确实是相吻合的[③]。艾迪生的"巧智"概念延续和修正了洛克的学说，并在此基础上引入德莱顿的定义作为评判标准，两相结合，在十八世纪影响深远。

1712年理查德·布莱克摩爵士在《论巧智》中将"巧智"定义为"一种通过赋予冰冷的情意和简明的见解某种优雅惊艳的外形，来提升和激活这些情意和见解的心智才能"[④]。显然这个定义符合约翰逊《英语词典》中的第一条解释，即"巧智"是一种心智才华。从布莱克摩爵士对"巧智"的具体阐释来看，他基本上把"巧智"与"想象"等同起来，即它包孕着大量不同的观念，

---

① 参见 Joseph Addison, *The Works of Joseph Addison*, Vol. 5, p. 182.
② 同上，p. 188。
③ 同上，p. 185。
④ 参见 Richard Blackmore, "Essay upon Wit," *Series One: Essays on Wit No. 1*, ed. Richard C. Boys (Ann Arbor: Edwards Brothers, Inc., 1946), p. 191.

同时又能"激发和暖热那些冰冷的情意，使它们闪耀着生命和活力"①。这样的用法与约翰逊在《弥尔顿传》中对"想象"的描述如出一辙②。不过，在《论巧智》一文中，"巧智"也体现了洛克和艾迪生赋予它的内涵：它是人的想象在仔细观察各色对象之间相似或相异的特征后，"将某些观念挑选、抽离出来，进行调适和结合"而产生的③。1733年路易斯·提奥波尔德在一篇重要序言中论及"巧智"概念。他基本照搬了洛克的定义，强调它以机敏多样的手段把相似观念结合起来以组构成怡人的图像④。不过，提奥波尔德指出了很重要的一点，即伊丽莎白时期的诗人不再满足于从自然摘取日常意象，而是漫游在学问领地上获取观念，走上"造作、古怪、不自然"的迷途却不知返⑤。提奥波尔德把"巧智"与深奥学问联系起来，说明十八世纪中早期的批评者已经更深刻意识到十七世纪"巧智"的学究属性，为约翰逊在《考利传》中批评玄学派夸耀学问的弊病提供了直接或间接的启示。

1744年柯宾·莫里斯如此界定"巧智"："以得当又惊奇的手法把一个对象与另一对象组配在一起，用以解释后者；由此机敏的阐释所产生的精彩妙语"，就叫"巧智"⑥。依据莫里斯的定义，两个对象之间的关系可以是相像的，也可以是相反的；

---

① 参见 Richard Blackmore, "Essay upon Wit," *Series One: Essays on Wit No. 1*, ed. Richard C. Boys (Ann Arbor: Edwards Brothers, Inc., 1946), p. 192.

② 参见本书第二章第三节。

③ 参见 Richard Blackmore, "Essay upon Wit," pp. 193-194.

④ 参见 Lewis Theobald, "Preface to *the Works of Shakespeare*," *The Works of Shakespeare*, ed. Lewis Theobald (London: A. Bettesworth, etc., 1733), p. xlvi.

⑤ 同上，p. xlvi。

⑥ 参见 Corbyn Morris, *An Essay towards Fixing the True Standards of Wit, Humor, Raillery, Satire and Ridicule* (London: J. Roberts, 1744), p. 1.

引入"辅助对象"来阐释"原对象",不仅要体现"得体",也要确保"惊奇",使"原对象"增添新的光彩或魅力①。虽然莫里斯使用了一批新术语,但他对"巧智"的定义与艾迪生实质上是相同的。1748年出现一篇专论巧智的匿名文章,作者在文章中称"巧智"是一种把相距遥远的事物联合起来,或者让两个看似相连的事物分隔开来,或将它们对立起来"的艺术②。凯姆斯勋爵在1762年的批评著作中将"巧智"分为两种,一种是观念的,另一种是言词或表达的;而前者又可分为两类,即"荒唐的形象"和"对几乎没有联系或本无自然联系的事物所做的荒唐组合"③。凯姆斯勋爵正是以艾迪生对"巧智"的理解为基础构建了自己的"巧智说"。由此来看,到十八世纪中后期,艾迪生在洛克的基础上提出的"巧智"概念已被批评界所广泛接受④。

第三节 玄学巧智:在思想与情感之间

在《考利传》专论玄学派部分,约翰逊先是检视了蒲柏对

---

① 参见 Corbyn Morris, *An Essay towards Fixing the True Standards of Wit, Humor, Raillery, Satire and Ridicule*, pp. 1-2。
② 参见 "Essay on Wit," *Series One: Essays on Wit No. 2*, p. 6.
③ 参见 Henry Home, *Elements of Criticism*, 2 vols, Vol. 1 (Indianapolis: Liberty Fund, 2005), p. 381. 凯姆斯勋爵所谓的"荒唐的形象"是指创作者不受拘束创造出来的、在自然中本不存在的可笑形象。其实这种"巧智"也是由不同自然属性或观念结合产生的,只不过它突出的是一个独立、完整的形象。
④ 十八世纪批评玄学派诗歌弊病最常用的一个词是"far-fetched",中文常翻译成"夸张、牵强"。"far-fetched"的本意是"从相隔遥远的时间或空间中取来",用它来修饰"巧智"意味着"巧智"是发生在相距甚远的时空、范畴或领域中两个观念的碰撞、汇合。

"巧智"所做的定义,指出他的解说偏重于强调语言这种载体,而不是思想本身,从而把"巧智"从"思想的力道"降格为"语言的得体",这是很不妥当的。约翰逊认为真正的"巧智"在思想上应该有两个特点:一是要自然,"乍一出现就让人觉得它贴切至极";二是要新奇,不是那么显而易见就被人所发现(*LP*,1:200)。约翰逊的这两大标准和艾迪生所提出的"巧智"既要带给读者惊奇,又要自然真实、愉悦读者的观点是一致的。这是约翰逊心目中理想的"巧智",玄学派诗歌显然并不符合这两大标准:"他们的思想通常很新奇,却往往不自然;他们的思想并不显见,但同样也不贴切;读他们的诗的人,往往不会感叹自己与巧智无缘,反而更经常寻思怎么煞心费力才能练出那样的巧智。"(*LP*,1:200)对玄学派诗人这种所独有的"巧智",约翰逊也试图加以界定。他撇开"巧智"在读者身上引发的效应这个角度,而是从内在机理上对"巧智"加以描述。约翰逊认为可以把这种"巧智"看成是"discordia concors"(蕴含和谐的不和谐),即"把不相似的观念组合在一起,从显然不相同的事物中发现隐秘的相似性"(200)。约翰逊沿袭的是洛克和艾迪生的"观念联系"这一思路,但他更强调观念之间显而易见的相异性,所以他把"巧智"称作"蕴含和谐的不和谐",而不是"蕴含不和谐的和谐"。在约翰逊看来,虽然玄学"巧智"是不同观念的统一或调和,但因为这些观念自身是"最不相容"的,而且又"用蛮力绑缚在一起",所以具有不自然、不和谐的特征。约翰逊在《考利传》中花较大篇幅检视了十七世纪玄学派作品的片段,他指出这些诗段不得体、不端正之处就在于"主动偏离自然,去寻求新奇和怪异之物"(214)。

在约翰逊眼中,玄学派追求和打造"巧智"最大的问题就是对自然或生活的摹仿不足,更准确地说,就是"无法再现心智的活动","在表达或激发情感方面并不成功"(200)。从约翰逊对具体作品的评判可以看得出来,玄学派诗人表现激情方面的失败至少要归因于一点:这些诗人对书斋里的学问表现出过多兴趣,缺乏有深度和广度的人世体验,在创作时钟情于从学问储备中搜寻"巧智",缺乏把自我移植到他人(包括诗中的虚构人物)身上的同情想象力。在约翰逊看来,包括考利在内的玄学派诗人自身缺乏足够丰富、深刻的俗世体验,但他们仍然试图去虚构那些自己从未可能经历过的事情,如想象自己被指控犯下叛国背族或挪用巨款的大罪,费尽心思记述如何为自己洗刷冤屈;但是,这其实与描绘自己从未亲见过的美,抱怨自己从未感受过的嫉妒一样荒唐可笑(194)。诗人如果从未感受过自己意欲传达的那种激情的力量,也无法通过同情的想象去体味他人的情感状态,在写作时就必然会搜索记忆,穷尽幻想,只为捕捉那些惊人的思想和奇巧的比喻,有时会完全不顾自己所面对的不过是日常话题,正如约翰逊评价玄学派诗人时所说:

> 他们一心想着怎么语惊四座才好,所以就无心表现世人所共通的心理……他们从来不理会在什么场合应当说什么做什么;写起人的七情六欲,只当自己是旁观者,而非局内人;他们冷眼看世间的善恶祸福,一副悠然自在、漠然自定的模样;他们就像逍遥的仙人,评说世人的行为与生命的变迁时,仿佛置身其外,无动于衷。他们笔下人物的相恋没有柔情,哀叹也没有悲情。他们唯一的愿望便是

说一些以前从未有人说过的话。(201)①

也就是说,玄学派诗人创作诗歌,意不在于体味、传导和激发真实的情感,而在于进入已有的学问储备中搜寻观念,以别出心裁的方式加以组配,形成令人惊奇的"巧智"②。

把"巧智"与"激情"(passions)视为诗歌两种互不兼容的属性,并非始于约翰逊。从十八世纪中期开始,越来越多的批评者将二者视为相互排斥的,认为巧智无法产生"触情"(pathetic)③的效果。例如,大卫·休谟就认为巧智与激情两不相容:如果诗作里充斥大量巧智,即使它们都是得当、怡人的,也只会让读者感到疲累,甚至厌恶。休谟说,以巧智警句见长的作品并不耐读,乍读之下读者会觉得惊奇,读第二遍时就已知道其中的思想,再无法为其感动;而重在表现激情且风格朴素的诗作往往能让人百读不厌,反复吟哦,并铭记于心④。1748年有一篇专论巧智的匿名文章也指出,真正的激情是不会寻求

---

① 本书所有约翰逊的译文都出自本人笔下,部分出自本人翻译的《饥渴的想象:约翰逊散文作品选》(生活·读书·新知三联书店 2015 年版),有适当改动。下文不再一一标注。
② 约翰逊认为玄学派诗人在日常话题上常故作敏锐深奥,既无必要,也无诗意,但可以允许学究式思考的地方,他们学问的丰富,看问题的深透,理应值得赞赏(213)。
③ 依据约翰逊的《英语词典》,"pathetic"有"触动激情(affecting the passions),富有激情(passionate),感人"(Dict., 2: 306)的意思,它所激起的情感并不一定是悲伤、哀楚的,这有别于它在当代英语中的意义。本书将"pathetic"译为"触情"。在约翰逊的文学批评中,"触情"与"激情"(passion)常放在一起使用,既不同于"巧智",也不同于"崇高"。参见本节下文以及第二章第三节相关论述。
④ 参见大卫·休谟:《论道德与文学(休谟论说文集卷二)》,马万利、张正萍译,浙江大学出版社 2011 年版,第 76-81 页。

炫目的观念或夸张的比喻，与巧智相比，纯朴自然的情意反而能打动和教导读者的心灵①。这篇文章把"巧智"划入小巧诗作的范畴，认为意图传达教诲和感动读者的大作品不适宜使用以警句或隽语为载体，简短犀利、欢快嬉闹的巧智②。约瑟夫·沃顿把自己划出的第三等级诗人，即"巧智者"，看成是有优雅品味的诗人，在描绘熟悉的生活时具有一定的"幻想力"③，但富有巧智的诗歌并不具有那种"充满创造和热情的想象"，无法呈现"纯粹诗歌"的"崇高"或"触情"效果④。这样的观念一直持续影响到约翰逊撰写《诗人传》的十八世纪七十年代末，甚至一直到十九世纪末。与上述批评者相比，约翰逊在《考利传》中对巧智和激情的互斥关系论述得更为充分清楚，而且他以新古典主义的"摹仿论"为基础，强调触动激情是优秀诗歌的一大显著效果，同情想象是优秀诗人的重要品质，显然对巧智的批判更有效力，要胜过休谟等人的论述。

另外，还要指出的是，约翰逊之前的新古典主义批评者在品评玄学派诗歌的时候，多是强调玄学派的巧智不符合真实、得体、节制、朴素的标准。例如，艾迪生批判"混合型巧智"时所举的例子就是考利在《情人》中围绕"爱"与"火焰"的词语关联炮制了一系列机智妙语，但由于语言的相似性盖过了观念的真实相似性，这些妙语失去了真实的基础⑤。约翰·欧德弥森1728年指出多恩和考利虽有才华，却不知道何为恰当思考，喜欢炮制"虚假巧智"，并将它与有用、宜人的真知混合在一起，

---

① 参见 "Essay on Wit," *Series One: Essays on Wit No. 2*, pp. 6-13.
② 同上，pp. 13-15。
③ 参见 Joseph Warton, *An Essay on the Writings and Genius of Pope*, p. v.
④ 同上，p. x。
⑤ 参见 Joseph Addison, *The Works of Joseph Addison*, Vol. 5, pp. 184-185.

对人的理智会造成无穷危害①。蒲柏在十八世纪头四十年里对玄学派诗人牵强造作、浮夸堆砌的巧智也多有批评。到十八世纪中后期，批评者对玄学派诗人，尤其是考利不自然、不得体的"巧智"依然有大量议论。休·布莱尔在1759—1762年间的演讲中表达了对考利"造作、不自然的巧智"和缺乏"纯朴"的鄙夷，并得到同时代很多诗评者的呼应②。凯姆斯勋爵在1762年的《批评原理》中分析并否定了考利奇异的巧智、无意义的术语、细微至晦涩的隐喻和荒诞的混合型比喻手法③。1769年詹姆斯·贝提亚在肯定考利丰富学识和无限巧智的同时，指出他的学识损害了自身的才华，体现了他的品位粗俗④。这些诗评者所关注的玄学巧智的缺陷，约翰逊的《考利传》也有论述，体现于他对巧智的界定部分。不过，约翰逊将笔墨更多用在剖析玄学派诗歌对人世风情摹仿不够，无法表现人类激情方面，触及玄学派诗人创作中更为根本的问题。

约翰逊分析考利的具体作品时，常将批评矛头指向他心灵中情感潜能的贫乏以及诗歌中激情的缺失。约翰逊论及《情人》这部诗集时指出，虽然考利常说自己的满腔情意容易如烈火般炽腾，内心常在多位女子中间徘徊，不知属意于何人，可事实上他一辈子只恋爱过一回，还不敢把心意透露给那位女子（193）。缺乏爱恋体验和情感畏缩导致考利的情诗不具有"诱惑

---

① 参见 Arthur H. Nethercot, "The Reputation of the 'Metaphysical Poets' During the Age of Pope," p. 175.
② 参见 Arthur H. Nethercot, "The Reputation of Abraham Cowley (1660-1800)," p. 619.
③ 参见 Arthur H. Nethercot, "The Reputation of the 'Metaphysical Poets' During the Age of Johnson and the 'Romantic Revival'," p. 92.
④ 参见 Arthur H. Nethercot, "The Reputation of Abraham Cowley (1660-1800)," p. 620.

的力量",只在眼前回绕,没有进入读者的内心(218)。考利对女人并没有发自内心的爱,只是把她们当成写作任务的对象,而且他喜欢在诗中大谈植物的作用和花朵的颜色;所以《情人》既不高贵优雅,也难触动真情(pathetic),既非殷勤有礼,亦非爱意缱绻,可以说这样的情诗只能出自听闻过而没亲见过女性的隐士或打油诗人笔下(217-218)。这样的评论有别于之前众多批评者对《情人》的态度。之前的评论者多是称赞《情人》中诗人对爱这种激情的描写深刻感人,如托马斯·斯普拉特就曾说,在这充满"甜情蜜意"的作品里,诗人对"所有'爱'的激情作了无与伦比的描写,包括她浩大的随从队伍:希望,欣喜和不安"①。有些批评者则着眼于批评诗歌中令人目不暇接的夸张巧智,如新古典主义批评者约翰·欧德弥森在评判《情人》时,就曾说考利巧智过剩而判断不足,虽富有思想但不知"恰当地思考"②。与欧德弥森等新古典主义批评者比起来,约翰逊可以说更深刻地触及考利充斥着"丰沛巧智和丰富学识"(217)的诗歌背后的创作态度问题。针对普拉斯特等人的评判,约翰逊则回应说,考利赞美情人是"为表达或激起爱意,但太牵强,太夸张;每一诗节都堆满了锐箭和烈焰、创伤和死亡、交叠的灵魂、破碎的心"(217)。他从普通读者的立场指出,由如此虚假造作的巧智所构成的情诗,大凡有过恋爱经历的人都不会认为写得多么出色(217)③。

在评论考利哀悼威廉·赫维(William Hervey)之死的诗作

---

① Arthur H. Nethercot, "The Reputation of Abraham Cowley (1660-1800)," p. 597.
② 同上,p. 612。
③ 有趣的是,约翰逊本人也没有恋爱经历,却以过来人的身份来评判考利的情诗。他写情诗,恐怕也会落入自己所诟病的玄学派窠臼。

时，约翰逊也说到考利常以局外人的身份来评说生命凋零，却忘了情感投入："他想要让我们哭泣，却唯独忘了自己先要哭泣。"（215）约翰逊指出诗中一个细节，即考利在抒发心中悲情的时候，竟然写道：如果把自己头上的桂冠（象征诗才）烧掉，将会听到它在火里噼啪作响的声音。约翰逊认为这个联想不是无意出现的，一位能注意到如此微小物理细节的悼亡诗作者不大会真心感到悲痛（215）。从约翰逊对考利的情诗和悼亡诗的评论可以看出，他将考利诗中巧智横溢归因于玄学派诗人不健康的心智癖好和写作态度："卖弄学问"便是这群有学问的人"写作的全部"，他们"搜索自然与艺术，只为阐释、对比与暗指"（200），而非带给读者情感的愉悦。另外，要指出的是，约翰逊并没有认为丰沛、深奥的学识绝不能出现在任何类型的诗歌中，或者相距甚远的观念绝不能以奇巧的手法结合来阐明议题。他不赞成的是诗人在涉及自我与他人的情感关系这一日常话题上，沉溺于援引深微隐奥的学问，在各色观念间大胆地牵桥搭线，取譬引喻，却忘记了真情实感应成为这类诗歌兴发的动力和诉诸的对象[①]。

约翰逊认为追求巧智的玄学派诗歌还有一大弊病，即分析性过强：倾向于解析事物的外部形象或人的心灵状态，将它们拆解为碎片，而不是对它们作宏观、整体的呈现（201）。这一点

[①] 威廉·R. 基斯特认为约翰逊的文学批评有一大缺陷，即过于关注作品能否吸引读者兴趣、能否打动他们的情感，但他在描述作品的文学效果时，又只提供一些适用于所有文类的笼统论说，他没有一套系统的方法用来检视不同类别的诗歌所产生的特殊效果，并分析和判断这些效果得以产生的手段，如隐喻、复义、反讽和悖论等。参见 William R. Keast, "Johnson's Criticism of the Metaphysical Poets," *ELH*, Vol. 17, No. 1 (Mar. 1950), pp. 61-62 & p. 70. 基斯特显然是在用二十世纪学院的精细批评，即"新批评"实践，来衡量十八世纪印象式批评。

可以说是之前谈论玄学派的评论家几乎未曾触及的,体现了约翰逊在玄学派巧智问题上的又一洞见。约翰逊认为玄学派诗人靠"琐碎的心裁和造作的细节",即各种着眼于微末细节的巧智,是"无法再现世界的景象或生活的现象"的(201)。他把玄学派的写作比成科学家对自然现象原理的解析:"这就好比一个人用棱镜去分解阳光,以为这样就能表现出夏季亮堂无边的正午阳光。"(201)玄学派的分析性描写有别于力臻"崇高"的整体呈现:"崇高是由'聚合'所生,而琐碎则由'零散'所生。崇高的思想总具有普遍性,它存在于不受各种个例所限的观点之中,不自降格调、不细入毫芒的描摹之中。"(201)约翰逊认为"崇高"突出的是事物普遍、宏大的特点,要高于琐碎、新奇的"巧智":"宏大而壮阔的思想能立刻充盈人的心灵,虽然顷刻间不免心有震撼,但随之而来便是理智的赞赏"(201);但围绕细碎的思想进行煞有介事地取譬设喻,却显得滑稽可笑(220)。在约翰逊看来,时刻留心搜集新奇"巧智"的玄学派作家,几乎是无望臻至"崇高"的,毕竟"崇高"的事物显而易见,不大可能会逃过前人的眼睛(201)。考利和其他所有玄学派作家一样,常把事物的观念解析到最细小的枝节的地步,反而没有抓住它们那种"宏大的普遍性"(220)。约翰逊举《大卫纪》中关于加百列衣裳的描写为例来说明考利如何在巧智诱惑下把观念分解到精细入微、无以复加的地步。约翰逊指出,考利呈现天使加百列这一虚构的观念,其实只要说他身上披着天空最柔和或最耀眼的颜色就可以了,剩下的就留待读者自行想象和添补;但是,考利却把天使的形象分解为各个细部,如皮肤、斗篷、饰带和围巾,并逐一引来苍穹中的意象作比,但这种"拘泥于细末的罗列"摧毁了描写的力量(200),使考利的诗歌满篇都是"绸布商和裁缝的术语"（226）。约翰逊在评论《大卫纪》一诗时，称这样的做法叫"学究做派"，即专注于从具体学问和研究中获取细微、琐碎的知识，无法形成那种在广览生活和自然后所获得的普大观念（227）。

　　这种分析特点不仅体现在考利描绘事物形象时穷纤入微的剖析，还体现在他常用论断或推论来替代形象的展示。约翰逊在《英语词典》中用"imagination"和"fancy"这两个词来定义"巧智"。依据词典，"imagination"是一种"将不在眼前的事物向自己或他人再现出来的能力"，"在心灵中组构出画面的能力"（Dict., 1: 1050）；"fancy"也是"心智组构关于事物、人或人生景象的意象或图像的能力"，即"想象"（Dict., 1: 772）。在这两条释义里，"imagination"和"fancy"都有"形象地展现"的意思。但是在《考利传》中，约翰逊切断了"巧智"与形象、图画之间的联系，而把它与观念、思想绑定在一起。例如，他说，玄学派诗人在描写事物时，"寻求的不是形象，而是奇想（conceits）"（212）；考利所展示的不是"意象"，即眼前所见，而是"论断"（inferences），即从眼前所见做出的推断（224）；塔索和考利的区别在于前者呈现的是意象，而后者呈现的是思想（sentiments）（227）；考利的写作带有"丰富的思想"，而少有"意象"（228）；考利致力于把"论断"（sentences）强加给人的理智，而不是把"意象"刻印在人的"幻想"上（230）。约翰逊在传记中举了一些有代表性的例子。比如，考利在《情人》一诗里把破碎的心比作因盛了毒药而碎裂的威尼斯玻璃瓶（212）；他还将该隐杀弟的情景浓缩在这两行诗里："我看见他扔出一块巨石，那是/杀人的凶器，也是葬人的墓石。"（225）考利显然意在炫耀学识典故，借它们来论说故事场景或人物的心灵状态，

第一章 玄学派的"巧智"

而不是直接呈现它们。正是在这个意义上,约翰逊把"巧智"与"想象"或"幻想"区分开来,强调前者的思想性或理智特点。也就是说,约翰逊在《考利传》中仍然把玄学派的巧智视为意象或观念的联系,但他认为巧智的目的并不是呈现可感的形象,而是进行比较分析、推理论断,所以在这篇传记中"巧智"的内涵也很接近《英语词典》中"理智""判断"的意思。

玄学派诗人痴迷奇异的巧智,在造成诗歌激情消歇,解析性太强的弊病的同时,还让诗歌过于突显作者人格,阻断了作品应带给读者的审美愉悦感。例如,约翰逊在评论《情人》时就说读这样的作品,印在读者脑海中的并不是诗人浓烈的爱意或所爱的女人,而是诗人自己。在批评玄学派作品这种缺陷所造成的效果的时候,约翰逊最常用的是与"delight/pleasure"相对的"admire/admiration"之类的词。例如,他说读玄学派诗人的作品,读者会觉得受益颇多,但所付代价不菲,尽管读者"常会钦叹不已,却很少会真心觉得愉悦"(201);玄学派这群诗人更愿意被人"钦慕",而不是"理解",所以常从生僻的学问里摄取巧喻来让普通读者感到惊奇(202);他们的诗歌欲让读者敬服,反而无法愉悦他们(214);像考利这样的诗人,"有时因博学而被敬重,有时因轻佻而被鄙视,但总是因智巧而被赏慕,因不自然而被谴责"(218);读像《大卫纪》这样无益抛洒"巧智"和学问的作品,读者时常会觉得惊奇,但从来不会觉得愉悦,他们发现作品有很多地方值得钦叹,却很少值得认可(228)。约翰逊反复使用"admire/admiration"一词来暗示玄学派诗人对他人缺乏同情、过于强大的自我①。用某位当代批评家的话说，玄学派的写作方法，在约翰逊看来，不仅是一种"文学缺陷"，同时也是一种"道德缺陷"②。这是因为这群以"卖弄学问为唯一要务"（200）的作家在引譬作喻时，多是把读者的注意力转向喻体而非本体，转向释例自身而非释例所要阐明的对象（220）；而醒目的喻体和释例继而又把诗人满腹学伦的人格形象推到读者的视野之中，截断了作品与读者之间情感交流的通道。

十七世纪玄学派诗人虽然富有学识，巧智出众，对措辞和音律却不甚上心。约翰逊在《考利传》中将多恩视为英国玄学派诗歌的奠基者，声称他的学识"博广丰瞻"，但他的音律"粗涩糙砺"（202）。考利作为后来者，拥有可与前辈相媲美的丰富思想，但他的诗歌更具音乐感。不过，考利过于痴迷"巧智"，不知如何改进诗歌的措辞和音律。他对辞藻不做甄选，对短语的使用也不纯熟，所以诗作毫无典雅可言（230）。尤其值得一提的是，考利尤其致力于把意见刻印在读者的理智上，而不是让形象烙印在他们的想象里，所以在他的诗歌里很少会见到用于修饰的形容词；散落在他诗篇里的那些修饰语，大多用得不恰当，与语境不合（230）。当然，与其他小作品比起来，考利的英雄

---

① 约翰逊不喜欢这种以自我指涉为宗旨、使用一切手段来放大和拔高自我人格的写作。在《莎士比亚戏剧集》序言中，约翰逊对比莎士比亚的《奥赛罗》和艾迪生的《卡托》时说道："我们在《卡托》中发现了无数妙笔，不禁对它的作者心醉神迷，但我们从中看不到任何能让我们熟悉人类的想法或行为的东西……《卡托》奇妙地展示了造饰的、做作的社会风俗，它用流畅、拔高、谐和的语言来传达得体、高尚的思想，但是作品中的希冀和恐惧却无法抵达和触动我们的心灵；这部作品只会把我们引向作者自身；我们口中念的是卡托的名，心里想的却是艾迪生。"（*Works*, 12: 17）这段文字不仅在谈论《卡托》在文学艺术方面的不足，也在含蓄批评艾迪生的自恋人格。

② 参见 John N. Morris, "Samuel Johnson and the Artist's Work," *The Hudson Review*, Vol. 26, No. 3 (Autumn 1973), p. 451.

第一章 玄学派的"巧智"

史诗在措辞方面相对高贵,不那么浅近、日常化,但约翰逊指出,这是题材的必然要求,而不是考利自觉甄选的结果(230)。另外,考利翻译阿那克列翁和品达两位诗人的作品,也没有通过措辞体现出前者的温和与后者的激烈(230)。对考利的诗律,约翰逊也多有批评。他承认考利靠着宏壮思想的推动,确实有时会写出音律雄壮的诗句,绝非"谨小慎微"的沃勒所能企及,但这并不是考利作诗的常态。总体上看,考利对待音律是十分粗疏大意的,不会想着斟酌格律,常掉入粗粝、鄙俗的陷阱(230)。例如,他的缩略语处理得刺耳难听,作为尾韵的词经常是介词、副词或无足轻重的词语,听起来毫不顺耳,他对不同类别的格律的调配显得很不谐和,令人厌恶(230)。总之,在约翰逊看来,十七世纪玄学派诗人热衷于卖弄巧智,同时又疏于提炼辞藻,改善音律,共同造成了他们的诗歌在审美愉悦方面的失败。

在检视玄学派诗歌种种弊病的同时,约翰逊承认这类作品最大的优势就是丰厚学识底蕴和强大思想力量。这样的优势取决于作者的"读书和思考",没有人生来就可以成为玄学派诗人(201)①。从他们以别出心裁、离奇古怪的方式汇聚的材料里,读者时常能发现"真正的巧智和有用的知识"(202)②。这是因为这些人以才能为向导,费尽心力取象作喻,并不总是劳而无功:

---

① 约翰逊在1752年《漫游者》第194期中说到丰沛的巧智意味着要以"知识的积累"为前提,诗人的记忆需储备观念,这样"想象才能从中挑选以构成新的组合"(*SJ*, 4: 133)。

② 休谟也在1757年说:"过人的才智和思想的力量"时常从考利不自然的构想中,从他最牵强、最极端的思想中"迸发"出来。转引自 Roger Lonsdale, "Notes to Cowley," *The Lives of the Most Eminent English Poets; with Critical Observations on their Works,* Vol. 1, p. 352.

"他们频繁地将巧智投掷于虚假的比喻,有时当然也能击打出意想不到的真理;虽然他们诗中本体和喻体相距过远,但通常是值得设喻作比的。"(201)所以,读者阅读他们的作品,可以使心智得到锻炼:不仅能重温已知的学问,还能探析新得的知识(201)。虽然玄学派的宏壮很少能提振读者的心灵,他们的敏锐却常令读者惊诧;尽管读者的想象并不总能得到满足,但至少他们可以让反思和对比的能力得以应用(201-202)。例如,约翰逊在批评《情人》的问题之前,承认这部诗满篇皆是学问,人们读的时候不胜惊奇,从中颇觉受益(217)。约翰逊还指出,如果说《大卫纪》未完卷对后世来说是一件憾事的话,这要归因于散布于全诗的知识和大量相关的脚注(227)。约翰逊在传记末尾针对考利的成就总结道,考利"把一颗智识饱满的心带入诗歌耕耘中,他的诗篇缀满了书本所能提供的所有修饰"(234)。这些评断说明在约翰逊看来,考利的作品对后世读者之所以仍具有价值,或者说之所以具有经典性,很大程度上是因为他的诗作汇集了从人类历史传承下来的知识。

约翰逊在称赞玄学派诗人的巧智和学问时,也在含蓄地讽刺十八世纪诗人的创作弊病。正如戴维·帕金斯指出的那样,约翰逊在大部分十八世纪诗歌中所未发现的,正是玄学派的巧智品质①。约翰逊把十七世纪非戏剧诗创作粗略分为两大传统:其中一大传统是多恩等人奠定的玄学派,后来被萨克林、沃勒、德纳姆、考利、克里弗兰、弥尔顿等人传承,以学问丰赡和诗律粗涩为显著标志;另一大传统是受玄学派影响的德纳姆和沃勒在十七世纪后半叶为求取文学名声另辟蹊径,以和谐优美、

---

① 转引自 David Perkins, "Johnson on Wit and Metaphysical Poetry," *ELH*, Vol. 20, No. 3 (Sep. 1953), p. 202.

自然得体为目标改革玄学派诗歌的音律和思想(202)。而十八世纪诗歌总体而言正是遵循德纳姆、沃勒以及德莱顿等人所引向的轨道,向自然得体的情意和流畅谐美的音律逐步演进,最终在蒲柏手中登峰造极。但是,约翰逊发现在此过程中也出现了因精致化所造成的思想平庸、创新不足的弊端[①]。这种弊病最常见的表征是诗人的作品里充斥着大量的"庸常手法",即约翰逊所说的"抄袭别人抄自别处的描写,摹仿别人仿自别处的文段,俗套的意象和因袭的比喻",以及"轻畅的音韵和流畅的音律。"(201)在约翰逊看来,落入"得体"的窠臼,不做积极思考,只注重优美修辞,并不必然能造就出色的作品。有时候,约翰逊看似在批评玄学派诗人不注重语言锤炼,其实是在讽刺那些思想贫瘠、专注于修辞的作家:玄学派诗人"很少想着为自己的观念披上优雅的外衣,因此,自然就无法获得那些懒于思考、勤于装饰思想的诗人所能赢得的注意和称赞。"(210)约翰逊还提出可以利用玄学派的优势来解决十八世纪诗人的创作问题:把埋没在他们粗糙言辞下的巧智或思想锤炼得更清楚、打磨得更优雅,加以借用,则能为那些过于端正得体、但思想不够丰富的作品增光添彩(202)。

　　总而言之,约翰逊对玄学派的诗歌成就持复杂的态度。一方面,他秉持新古典主义原则,批判"玄学巧智"有悖于真实、自然和得体的缺陷;他用比十八世纪中期前后的批评者更重的笔调突出"玄学巧智"与"激情"的分离,详尽阐述玄学派诗歌

[①] 约翰逊之前的批评者也曾注意到十八世纪优雅诗歌的局限性。参见 Roger Lonsdale, "Notes to Cowley," *The Lives of the Most Eminent English Poets; with Critical Observations on their Works*, Vol. 1, p. 331. 十九世纪诗人罗伯特·骚赛注意到约翰逊扭转笔锋赞扬玄学巧智,与他对十八世纪诗歌创作的反思有关系。参见 David Perkins, "Johnson on Wit and Metaphysical Poetry," pp. 212-213.

无法摹仿人世风俗、触动普通人情感的缺憾；他指出玄学派诗歌偏重解剖和分析，无法抵达"崇高"，可以说触及新议题，发前人之所未发。另一方面，约翰逊又肯定"玄学巧智"中蕴含着巨大的思想能量和创新潜能，认为可以用它来解决十八世纪艺术精致化导致诗歌活力消退的问题。但必须承认的是，从总体而言，玄学派诗歌并不符合约翰逊心目中理想的诗学标准，在《诗人传》所勾勒出的英国诗歌演进图上，玄学派只是处于起点位置，无论就措辞、韵律和思想而言，都远未达到"得体"这个目标，绝不能因为约翰逊对玄学派学识思想的肯定而忽略了《考利传》中占据主导的批判态度[①]。

约翰逊的《考利传》比之前所有批评者都更翔实有力地强化了玄学派作为整体的特征。这篇传记成为十八、十九世纪众多版本的考利作品选集的批评序言[②]。约翰逊对"玄学派"的命名和对"巧智"的定义常被后世的批评者提及[③]。他对这一流派

---

① 帕金斯的论文《约翰逊论巧智和玄学派诗歌》意图纠正 W. B. C. 沃金斯（Watkins）、W. R. 基斯特等学者所强调的约翰逊对玄学派的消极评价。帕金斯从《考利传》和《诗人传》的其他篇章中寻找大量论断来说明约翰逊如何看重"新颖""原创性""思想"，以此突显约翰逊对玄学派"巧智"的积极评价。但帕金斯的阐释有个问题，就是他试图淡化约翰逊在《考利传》中对"自然""得体""触情"标准的大力强调和对玄学派诗歌缺陷的深透分析，从而把理应占主导地位的批评态度降到次要地位。

② 例如，1806 年约翰·艾金（John Aikin）博士编辑的三卷本《亚伯拉罕·考利作品集》、1809 年理查德·赫德（Richard Hurd）编选的《A. 考利先生的散文和诗歌作品选》和 1822 年奇西克（Chiswick）出版社推出的《亚伯拉罕·考利诗集》都收录约翰逊的《考利传》作为文集的前序。1868 年普森·罗（Sampson Low）推出的《亚伯拉罕·考利散文选》基本照搬《考利传》的材料和观点。

③ 直到 1880 年，约翰·W. 赫尔斯在介绍多恩的批评序言里仍然不忘提及是约翰逊给了多恩诗派"玄学派的名称"。赫尔斯论及这一派诗人以涩僻的学识入诗来炮制奇异巧智时，就曾引用约翰逊在《考利传》中对"巧智"的定义，即"蕴含和谐的不和谐"。参见 John W. Hales, "Critical Introduction to John Donne," *The English Poets: Selections with Critical Introductions,* ed. Thomas Humphry Ward, 4 vols, Vol. 1 (London: Macmillan, 1880), pp. 558-560.

第一章 玄学派的"巧智"

短处和长项的论述，包括对考利创作得失的评论，成为十八、十九世纪批评史上的权威论断，被广泛称赞、指涉或引用[①]。如果从诗学概念演变的角度来考察约翰逊与后世玄学派批评史的关系，可以说他所起的一个重要作用是在沿用洛克等人的"巧智"概念的同时，切断了它与可感的形象之间的关联，强调它分析、推理的一面。不过，尽管约翰逊试图把"巧智"与"想象"或"幻想"区别开来，但他并没有解决好这些与文学才智相关的概念之间的关系。这个任务留给了十八世纪末其他学者，如威廉·杜夫（William Duff）、詹姆斯·贝亚提（James Beattie）和杜格尔德·斯图亚特（Dugald Stuart）[②]，和十九世纪初倾向于浪漫主义的诗人或批评家，如华兹华斯[③]、柯尔律治[④]和黑兹利特[⑤]

[①] 参见 Joseph Towers, "An Essay on the Life, Character and Writings of Dr. Samuel Johnson," *Samuel Johnson: The Critical Heritage*, p. 376. Alexander Chalmers, ed., *General Biographical Dictionary* (1812-1817), Vol. 10 (London: John Nichols and Son, etc., 1813), p. 389. Robert Bell, "Abraham Cowley," *Biography of Eminent Literary and Scientific Men* (London: Longman, etc., 1839), pp. 50-51. William Howitt, "Abraham Cowley," *Homes and Haunts of the Most Eminent British Poets*, 2 vols, Vol. 1 (London: Richard Bentley, 1847), p. 60. Thomas B. Shaw, *A History of English Literature* (London: John Murray, 1864), p. 176 & pp. 184-185. Alexander B. Grosart, "Memorial-Introduction," *The Complete Works in Verse and Prose of Abraham Cowley*, 2 vols, Vol. 1 (Blackburn: Chertsey Worthies' Library, 1881), p. cxi.

[②] 参见 John Bullitt & W. Jackson Bate, "Distinctions Between Fancy and Imagination in Eighteenth-Century English Criticism," *Modern Language Notes*, Vol. 60, No. 1 (Jan. 1945), pp. 11-14.

[③] 参见 William Wordsworth, "Preface," *Poems*, 2 vols, Vol. 1 (London: Longman, etc., 1815), pp. xxxiv-xxxvi.

[④] 参见 Samuel Coleridge, *Coleridge's Poetry and Prose* (London: W. W. Norton & Company, 2004), p. 418 & p. 489.

[⑤] 参见 M. A. Goldberg, "Wit and Imagination in Eighteenth-Century Aesthetics," *The Journal of Aesthetics and Art Criticism*, Vol. 16, No. 4 (Jun. 1958), p. 504. W. P. Albrecht, "Hazlitt on the Poetry of Wit," *PMLA*, Vol. 75, No. 3 (Jun. 1960), pp. 245-256.

来完成。这群诗人或理论家倾向于用"想象"取代"巧智"来代表一种更高级的文学才华或创造力,而让"巧智"降到"幻想"的层次或比它更低的地位。他们对"想象"的推崇,不仅止于《考利传》所强调的对可感形象的呈现,而且在"想象"和"巧智"孰高孰低这个问题上,他们的态度比约翰逊更明确,辨析得更为清楚①,即从"想象"与"幻想"这两个更相近的概念辨析出发对"巧智"进行定位。可以说"巧智"在诗论中地位的显著下降,是伴随着十八、十九世纪之交"想象"与"幻想"的分离而开始的。而玄学派在英诗经典中地位进一步下降,则与诗论领域"巧智"概念被贬抑有重大关系②。

就观念的传承而言,约翰逊的《考利传》与十九世纪关于玄学派批评史,尤其是十九世纪末玄学派诗人经典地位的恢复,还存在另一层重要联系。《考利传》突出玄学派诗歌以理智分析为主导,强调巧智与情感的分离,成为从十九世纪末起试图恢复玄学派经典地位的批评者所必须面对的问题,也为他们

---

① 只有仔细对比约翰逊关于《失乐园》和《大卫纪》的批评才可以看出,尽管约翰逊也将"巧智"视为诗人的一种文学才智,但对"巧智"的评价远不及他对"想象"的认可。参见本书第二章第三节关于约翰逊比较考利和弥尔顿的部分。

② 值得一提的是,在十八世纪末十九世纪初,玄学派出现了一次短暂的"复兴",表现为选本和传记增多,批评关注度和肯定度提高,但这个时期批评者所欣赏的只是玄学派诗中陈旧的措辞、已被废弃的句法结构、生僻晦涩的知识、他们某些作品所蕴含的抒情力量。但是,对玄学派的巧智或奇想,这些批评者也与约翰逊所处的阵营一样,是持批评态度的。参见 Arthur H. Nethercot, "The Reputation of the 'Metaphysical Poets' During the Age of Johnson and the 'Romantic Revival'," p. 130. 玄学派对十九世纪诗人创作的影响,参见 Joseph E. Duncan, "The Intellectual Kinship of John Donne and Robert Browning," *Studies in Philology*, Vol. 50, No. 1 (Jan. 1953), pp. 81-100. 尽管玄学派的艺术因子和思想资源融进了十九世纪诗歌血脉里,他们的存在不容忽略,但是,要想让玄学派在经典地位上有实质性突破,批评界仍然必须从理论上解决"巧智"问题,为其"平反"。

第一章 玄学派的"巧智"

提供了解决这个问题的反向思路。也就是说,这些批评者必须重新审视"玄学巧智"的属性,即思想与情感在玄学派诗歌中结合的可能。事实上在艾略特提出"统一感受力"之前,维多利亚后期就已经有人为他作了充分的思想铺垫。约瑟夫·E.邓肯曾对这一时期的铺垫工作做过总结[①]。亚历山大·B.格劳沙特(Alexander B. Grosart)是十九世纪末最早肯定玄学派诗歌中思想和情感融合的批评家之一。他在点评克雷肖诗歌时曾援引多恩的一个诗段来说明这两位诗人的思想"富有激情",能让人感受到其间"情感的颤抖";他还声称"不管何时何地,只要情感的本能被触动",考利的思想都会"与情感一起律动"[②]。在格劳沙特看来,思想并未阻碍情感流淌或与其抵触,而是互通相连,一同向前推进。阿瑟·西蒙斯(Arthur Symons)曾如此评说多恩情诗中的言说者:他"用他全部的本能来爱,爱得如此冷静,是因为在他身上理智并不与激情相冲突,而是激情的联盟"[③]。莱斯利·斯蒂芬(Leslie Stephen)声称玄学派诗人将激情的爆发嵌入逻辑框架里,演绎法和情感的奇异结合酿造了他们诗歌的独特风味[④]。赫伯特·格里尔逊(Herbert Grierson)也相似地指出"激情和论说的亲密婚配"是玄学派抒情诗最本质的特点[⑤]。英国诗人鲁伯特·布鲁克(Rupert Brooke)认为多恩看待人间的世态能兼顾情感和理智两面,他的作品既有激情的震撼,也有幽默的巧智,两者不是依次交替,而是相合无间[⑥]。与此同时,美国批

① 参见 Joseph E. Duncan, "The Revival of Metaphysical Poetry, 1872-1912," pp. 658-671.
② 同上, p. 664。
③ 同上, p. 664。
④ 同上, p. 665。
⑤ 同上, p. 665。
⑥ 同上, p. 666。

评界在评价玄学派诗歌方面也呈现出相同的趋势①。所有这些评论说明到十九世纪末、二十世纪初批评界开始推翻约翰逊等人的论断，承认玄学派巧智融合了思想深度和情感力量，为推动其经典地位的提高准备了理论依据。

艾略特正是在这些批评资源的基础上提出了"统一感受力"这个概念②，用以指称玄学派诗人这种能熔铸思想和情感的才华属性。"统一感受力"出自艾略特1921年发表的《玄学派诗人》一文。它本质上属于一种"情感"（feeling），或者说一种更广义上的"情感"机制；它能"吞噬"、容纳或融合所有"混乱、无序、片断式"的人类经验，包括以书本为载体的艰深学问，并构筑出全新的整体③。它能直接地感受"思想"，以直接的感性方式来把握"思想"，将"思想"再创造为"情感"④；同时，这种"感受力"吸纳了"深奥的学问"，受阅读和思考所塑造⑤，不同于简单、自发的"情感"。在艾略特看来，十七世纪玄学派正是一群具备能使"情感"和"思想"相互交融或塑造的"统一感受力"的诗人。艾略特有时把这群诗人称作"智性诗人"（the intellectual poet）⑥，以区别于维多利亚时期的"感怀诗人"（the

---

① 参见 Joseph E. Duncan, "The Revival of Metaphysical Poetry, 1872-1912," p. 665.
② 弗兰克·克莫德指出艾略特提出"统一感受力"和"感受力的分离"之说，从诗学角度来说，是试图从历史上为象征主义诗学运动寻找正当理由的举动。艾略特的这些学说深刻影响了后来学者对英国诗歌发展史或十七世纪英国思想生活的想象和梳理。参见 Frank Kermode, "Dissociation of Sensibility," *The Kenyon Review*, Vol. 19, No. 2 (Spring 1957), pp. 169-194.
③ 参见 T. S. Eliot, "The Metaphysical Poets," p. 287.
④ 同上，pp. 286-287。
⑤ 同上。
⑥ 艾略特认为"统一感受力"本质上是一种情感，却又把玄学派称作"智性诗人"，命名看似矛盾混乱，其实并非如此。在艾略特看来，玄学派诗歌里的"智性"即"情感"，"情感"也即"智性"。只不过艾略特在对比时突出了不同的侧面。

reflective poet）①。在他看来，"感怀诗人"的思考和感受是"间歇性"、"不均衡"的②，即处于分离的状态，未形成交互影响的关系。艾略特指出"感受力的分离"是从十七世纪中期开始的，弥尔顿和德莱顿加剧了这个问题的严重性③。由此可见，艾略特对于英诗中"思想"与"情感"关系走向的看法，恰好与约翰逊相反。依据约翰逊的看法，在玄学派诗歌中占据主导的是理智、思想，而不是感性、激情；甚至连弥尔顿和德莱顿也都没有弥合"思想"和"情感"之间的裂缝④。可以说，艾略特完全颠倒了约翰逊所认为的英诗"思想"和"情感"之间关系的发展走向。另外，艾略特认为随着语言的精致化，英诗中的情感，即与智性分离后的情感，变得愈发"粗糙"，《墓园挽歌》蕴含的情感就不如《致他羞涩的情人》精致⑤。这也显然有悖于与约翰逊的观点，即英诗情意的得体化、精致化与语言的改进是同步演进的。虽然艾略特的评价在很多方面与约翰逊背道而驰，但仔细比对《玄学派诗人》一文和约翰逊对英诗的看法，可以发现约翰逊的批评思想在很大程度上（或者说从相反的方向）塑造了艾略特对玄学派的批评思路。

---

① 参见 T. S. Eliot, "The Metaphysical Poets," p. 287.
② 同上, p. 288。
③ 虽然艾略特没有明言，但从语境可以推断，弥尔顿和德莱顿在英国诗歌发展中所起的作用是分别以未经情感熔化的学究思想和未经思想浸润的轻浮情感推动了"感受力的分离"。同上, p. 288。
④ 如果一定要从约翰逊的评论中去寻找作品兼备思想和激情的诗人，这个人应该是蒲柏，尽管约翰逊并没有明说二者水乳交融地结合在蒲柏的某一部作品里。
⑤ 参见 T. S. Eliot, "The Metaphysical Poets," p. 288.

第二章 弥尔顿的"崇高"

从 1674 年弥尔顿去世到约翰逊撰写《诗人传》的大约一百年时间里,弥尔顿在英国本土的诗名日渐显赫,影响日趋显著,成为可与荷马和维吉尔相提并论,与莎士比亚齐驱并驾,有众多门徒追随其后的大诗人。在弥尔顿的"崇高"之名享誉诗坛的同时,崇高美学也开始在英国批评界风生水起。巧合的是,在弥尔顿逝世的 1674 年,布瓦洛出版朗吉弩斯的《论崇高》法译本,书前附有长篇译序,对崇高论在英国学界传播并转化为崇高美学影响至深。弥尔顿的诗名和崇高美学在发展过程中逐渐合流,两者相互映照,弥尔顿的诗作常用以阐释崇高观念,崇高美学常用以解释弥尔顿作品的艺术效果。与此同时,"崇高"逐渐成为"才华""创造力""想象"的近义词,成为十八世纪中后期的诗人打破新古典主义诗学的教条以及贬低新古典主义诗歌的突破口。约翰逊在十八世纪七十年代撰写《弥尔顿传》时所面临的难题,便是如何评判蕴藏在弥尔顿的诗歌以及才华中这种几乎众口交赞的崇高品质,如何将弥尔顿的才情与其他经典诗人作本质的区分,并为当时的诗歌创作提供有益教训或警示。从《弥尔顿传》中可以找到约翰逊对这些问题的思考。

第一节　弥尔顿经典地位的形成

　　弥尔顿生前的名声主要来自宗教和政治类的论战散文。1646年他出版《诗集》，收录了青年时代所做的几部重要作品，像《耶稣诞生的清晨》《论莎士比亚》《欢乐颂》《沉思颂》《利西达斯》《科马斯》等。根据肖克洛斯的研究，这部诗集出版后反应平淡，几乎未被其他作者提及，而且销量也不佳，多年后仍没有全部售出[①]。1667年史诗巨作《失乐园》出版以后，公众的反响并不强烈，销量也极不乐观，以至于接下来两年出版商必须将未售出的旧书换上新的标题页，充作新版来销售[②]。虽然弥尔顿在世时他的诗作出过多个版本或多次被收入其他选集中，但从总体上看，他的诗歌并未给英国读者留下深刻或长久印象，远不及他作为散文家和论战者的名声。不过，弥尔顿过世后没多少年，他的长篇史诗《失乐园》就被有学识眼光的读者、出版商重新发现。到1683年为止，《失乐园》已出现三版。1688年出版商雅各布·汤森（Jacob Tonson）推出精美插图版，即第四版，该版本问世后引起了英国读者对弥尔顿诗歌的广泛阅读兴趣。1682年《失乐园》翻译成德语，1690年《失乐园》《复乐园》《力士参孙》出拉丁语译本，由此可见弥尔顿大概是在辞世

---

① 参见John T. Shawcross, "Introduction," *John Milton: The Critical Heritage*, ed. John T. Shawcross, 2 vols, Vol. 1 (London: Routlege, 1995), p. 8.
② 同上，p. 16.

十多年后才诗名渐起①。

安德鲁·马韦尔是最早肯定《失乐园》难以模仿的艺术品质和弥尔顿冠群绝伦的诗才的英国文人。1674年他在《失乐园》第二版的题诗中盛赞这部史诗主题和诗体兼具崇高，两者相得益彰（第53-54行）②。可以说，他的题诗开启了以崇高论弥尔顿诗歌的先河，该诗所包含的"飞翔"意象，以及"神圣真理"与"史诗"的关系、素体诗的合法性这些议题，都被后世的批评家所继承和讨论。从1674年弥尔顿逝世到十七世纪末，英国文人作家开始产生要为弥尔顿盖棺定论的想法，他们试图在英国和世界诗歌史上寻找一个与他成就相当的位置。德莱顿在1688年的《题诗》中让弥尔顿与荷马和维吉尔齐驱并驾，声言荷马以"思想的崇高"为胜，维吉尔以"高贵的气派"为妙，而弥尔顿则是二者的结合。《题诗》虽然简短，却是较早借用史诗大家的声名来确立弥尔顿经典地位的论断③。艾迪生在1694年的诗歌《英国最伟大诗人之概述》中将弥尔顿置于英国诗歌发展的脉络里，热情歌颂了《失乐园》的大胆、庄严与崇高，描绘了诗中场景的逼真、阅读的喜悦与恐惧，并清楚地将弥尔顿的作品风貌

---

① 约翰逊也认为直到1688年"光荣革命"后，《失乐园》才广为读者所知并获得好评。《失乐园》出版后之所以遭受冷落，与当时读书群体较小，广告宣传手段落后，弥尔顿的诗律不合时代品味有关系。此外，弥尔顿有参与弑君的"前科"，其作品难投复辟王朝所好，文人因忌惮政治牵连，不敢公然评论或颂扬这部作品，也导致它长期不为公众所认识或认可（*LP*, 1: 270）。

② 参见 "Marvell on Paradise Lost," *John Milton: The Critical Heritage*, Vol. 1, p. 82.

③ 参见 "Epigram," *John Milton: The Critical Heritage*, Vol. 1, p. 97. 不过需指出的是，德莱顿很多时候并不愿意承认弥尔顿与荷马、维吉尔是平等的三巨头关系，而且对弥尔顿在英国诗人世系表中的位置问题，他的态度也相当模糊。参见 Dustin Griffin, *Regaining Paradise: Milton and the Eighteenth Century* (Cambridge: Cambridge University Press, 1986), pp. 142-143.

第二章 弥尔顿的"崇高"

与其他诗人区分开来①。

十八世纪前三十年是弥尔顿经典地位得到广泛承认、他的诗歌传统逐渐形成的时期②。这个阶段文人学者对《失乐园》的评论更为丰富和全面,点评深入到文本的具体细节。约翰·丹尼斯(John Dennis)和艾迪生是其中两位贡献最卓著的批评家,他们亲手教导读者用前人的理论来鉴赏弥尔顿作品之美,在指导大众精细阅读的过程中推动《失乐园》经典地位的确立。朗吉弩斯《论崇高》的第二个英语译本恰于此时出现,继布瓦洛的法语译本之后,进一步扩大了英国人对"崇高"这个术语的接受,弥尔顿的"崇高性"成为这三十年最常被论及的议题。越来越多的人开始深刻认识到,弥尔顿的天赋在于处理宏大的题材、表现崇高的思想,如果说在其他方面还有英国作家可与他相媲美,就崇高性而言,绝没有人比他更胜任《失乐园》的创作。虽然在此之前也有批评家论及弥尔顿的独特品质,但是尚未有人这么强烈肯定以及明晰表述弥尔顿长于演绎崇高的理念,触动读者"高扬的激情"(enthusiastical passions)③,尚未有人像丹尼斯和艾迪生那样去细致分析《失乐园》崇高的特质以及支撑的基石④。在这段时间,英国诗坛开始逐渐掀起一股模仿弥尔顿作品风格或借鉴其作品主题思想的热潮,其中较为知名的诗

---

① 参见 Joseph Addison, "An Account of the Greatest English Poets," pp. 143-144.
② 参见 John T. Shawcross, "Introduction," p. 23. 詹姆斯·索普也认为弥尔顿的诗歌传统形成于 1730 年左右。参见 James Thorpe, "Introduction, a Brief History of Milton Criticism," *Milton Criticism: Selections from Four Centuries*, ed. James Thorpe (New York: Octagon Books. Inc., 1950), p. 5.
③ 参见 "Dennis on *Paradise Lost*," *John Milton: The Critical Heritage*, Vol. 1, p. 132.
④ 参见 "Dennis on *Paradise Lost*," *John Milton: The Critical Heritage*, Vol. 1, pp. 125-136 & pp. 233-235. Joseph Addison, "*The Spectator* No. 279," *Addison's Criticisms on* Paradise Lost (New York: G. E. Stechert & Co., 1926), pp. 14-20.

人有约翰·菲利普斯（John Philips）、托马斯·纽柯姆（Thomas Newcomb）、詹姆斯·汤姆逊等①。通过批评家的推动以及诸多创作者的模仿，1730年左右弥尔顿在英国诗坛逐渐确立了由他所引领的崇高诗派②的传统。

从十八世纪三十到七十年代，虽然弥尔顿作品的政治宗教观或文学品质时常遭受攻讦，但他的总体影响力不断往广度和深度上延伸，英国批评家明确授予他第一流的民族诗人的名号。依据达斯廷·格瑞芬的研究，在十八世纪中后期包括托马斯·沃顿在内的批评家常用"经典"（classic）一词来评判弥尔顿的作品和成就③。格瑞芬指出，在十八世纪的语境中，"经典"一词并非简单地指具有永恒价值的作品，而是指一个民族的文学中最上乘和最巅峰的作品④。在这个阶段，弥尔顿不仅稳固了自己在民族文学经典中的地位，还成为其他诗人跻身经典所需借助的

---

① 相关论述参见 Dustin Griffin, *Regaining Paradise: Milton and the Eighteenth Century*, pp. 188-202.
② 所谓"崇高诗派"并非严格定义的文学术语，本书指的是18世纪主要以素体诗为体裁，追求宏壮的风格和自由的想象，语言庄重古朴，带有拉丁化特点，并在主题、情节模式、人物形象、意象、词句等方面呼应《失乐园》等诗歌作品汇聚形成的流派。
③ 参见 Dustin Griffin, "Introduction," *Regaining Paradise: Milton and the Eighteenth Century*, p. 35.
④ 同上。

第二章　弥尔顿的"崇高"

权威，或批评者评判其他诗人的地位时所需引用的标准①。很多诗人在风格上模仿或戏仿弥尔顿诗作，甚至在标题上直接点明是效仿弥尔顿诗体、风格或片段的作品②。相较于前一阶段，这几十年里模仿弥尔顿的诗人和作品数量更多，成就更高，出现了像马克·艾肯塞德、沃顿兄弟、威廉·科林斯、威廉·库柏这样一批出色诗人③，这使弥尔顿的诗歌传统具有更丰富的范例，呈现更宽广的轮廓和更鲜活的生命力④。

在这个阶段批评家关注的作品仍以《失乐园》为主，但他

---

① 托马斯·格雷曾在1754年《诗之演进》一诗中将德莱顿列为成就仅次于莎士比亚和弥尔顿的英国诗人。格雷说弥尔顿诗才高蹈，有凌云之笔，能骛八极游万仞，最终得见光明异象，而德莱顿驾乘的"马车"虽不如弥尔顿的"天使之翼"那般可任意遨游天际，但拉车的双马却有庄严之态，其马蹄能踏出雷霆之音，永久回响于天地间（喻指德莱顿诗歌风格庄重，音韵蕴含力道）。格雷在诗中回顾了诗歌的神话起源和文艺之火从希腊到罗马再到英国的传递过程。他只列举了莎士比亚、弥尔顿和德莱顿三位缪斯最钟爱的英国诗人。通过借助弥尔顿的"翅翼"，格雷无疑将德莱顿提升至英国文学经典的最高处。参见 Thomas Gray, "The Progress of Poesy," *The Poetical Works of Thomas Gray* (London: William Pickering, 1851), pp. 35-36.
② 他们当中有一些小诗人以谦卑口吻声称自己是弥尔顿的"后裔"，追求与其相似便是他们写作的目标，绝不奢望能超越这位可作未来典范的诗人。参见 "Davies' 'Rhapsody to Milton,'" *John Milton: The Critical Heritage*, pp.118-120. 父子关系经常用来比喻后起的作家与已在经典中立足的作家之间的继承与竞争关系。理查德·泰瑞认为将创作影响比喻为父子血脉相连古已有之，但德莱顿是第一位让这个比喻广为英国人接受且沿用的作家。参见 Richard Terry, *Poetry and the Making of the English Literary Past 1660-1781*, pp. 145-151.
③ 相关论述可参见 Dustin Griffin, *Regaining Paradise: Milton and the Eighteenth Century*, pp. 72-82, pp. 110-114 & pp. 217-218.
④ 格瑞芬认为弥尔顿对十八世纪英国诗歌的创作产生了积极的催化影响，而不是抑制作用。他推翻了艾略特、哈罗德·布鲁姆和雷蒙德·哈文斯（Raymond Havens）等人关于弥尔顿抑制十八世纪诗人的创造力的看法。在他看来，这很大程度上与学术界对十八世纪诗歌成就的评价过低有关。参见 Dustin Griffin, "Introduction," *Regaining Paradise: Milton and the Eighteenth Century*, pp. 1-8.

们的笔墨常触及弥尔顿的其他诗作。像《耶稣诞生的清晨》《欢乐颂》《沉思颂》《利西达斯》《复乐园》《力士参孙》等作品，都有文人作较具体的褒贬分析，而且他们常会试图解释为何其中某些诗篇长期以来不受青睐，读者寥寥[①]。这说明这个时代的读者对弥尔顿诗作的了解更全面，对弥尔顿风格多样性的认识更深刻。这个阶段弥尔顿的文学地位所受的最大威胁也许要来自威廉·劳达对弥尔顿剽窃长达多年的指控。虽然最后学者发现劳达提供的证据大多为伪造，他个人因品行污点被迫离开英国本土，但是他的所作所为确实给弥尔顿的文学成就和地位蒙上了一层阴影，约翰逊曾因失察为劳达的文章作序，也应为此担负一定责任[②]。

从十八世纪三十年代到约翰逊开始写《诗人传》之前，批评家经常聚焦的一大问题仍然是如何评价弥尔顿和《失乐园》的"崇高性"这个源远流长的议题。像大卫·休谟和乔治·利特

[①] 参见 "Joseph Warton on the 'Nativity Ode'," *John Milton: The Critical Heritage,* Vol. 2, pp. 232-233. "William Mason on Samson Agonistes," *John Milton: The Critical Heritage,* Vol. 2, pp. 225-226.

[②] 威廉·劳达（William Lauder）1747年在《绅士杂志》上发表文章，声称弥尔顿的《失乐园》大量剽窃了十六、十七世纪德国、荷兰、苏格兰的作品。劳达当年在《绅士杂志》上与异议者展开了激烈交锋。1750年他将原文加以修改后，由塞缪尔·约翰逊作序，以《论弥尔顿在〈失乐园〉中对现代作家的借鉴与模仿》为题单独发表。同时代以及后世的很多文人都认为，约翰逊对弥尔顿有失敬重，评判他的作品常心怀恶意；这种看法的形成，与约翰逊身陷劳达的丑闻有直接关系。吉尼·R. 布林克撰文指出，约翰逊对弥尔顿的人品，尤其是公共品德十分敬重，并无构陷诗人的私心；对弥尔顿的作品，则持以理性批判的态度，并无诋毁意图。参见 Jeanie R. Brink, "Johnson and Milton," *Studies in English Literature, 1500-1900,* Vol. 20, No. 3 (Summer 1980), pp. 493-503.

尔顿（George Lyttelton）都曾论及弥尔顿作品的崇高性[1]。埃德蒙·伯克1757年发表《论崇高与优美》，以"崇高"作为独立的美学范畴，系统阐述了它产生的心理机制和引发的心理效果，并结合《失乐园》某些片段做了分析[2]。他的论述可以说是之前批评家对《失乐园》崇高特质的认识的深化，纠正了艾迪生因过于强调审美愉悦而将《失乐园》的气质阴柔化。休·布莱尔（Hugh Blair）1759年至1760年间在爱丁堡大学所做讲座的文稿《修辞与文学系列讲座》是探讨《失乐园》的崇高性最详细的著作。他与以前很多批评家的观点相似，认为弥尔顿超群绝伦之处就在于他的崇高性，而《失乐园》的题材恰与他那"石破天惊的崇高才赋"相称[3]。布莱尔给予《失乐园》很高的评价，肯定它是"诗之灵赋发挥到极致的一大结果"[4]。他关于弥尔顿的想象力以及作品崇高性的观点，与约翰逊对弥尔顿崇高性的评价有诸多相合之处。

综合前文所述，从十七世纪末起，崇高性一直是弥尔顿立足英国文学经典的基点。崇高性被普遍认定为弥尔顿的才华迥别于其他诗人、他的作品最不同凡响所在。所有批评家和传记作家在评估弥尔顿诗歌成就和影响力的时候，都绕不过这个问题。即使他们要批判弥尔顿的诗歌艺术，也不可避免地触及与崇高风格或崇高性相关的要素，例如当批评的矛头指向弥尔顿

---

[1] 参见 "Hume on Milton," *John Milton: The Critical Heritage,* Vol. 2, pp. 237-238. "Lyttleton on Milton," *John Milton: The Critical Heritage,* Vol. 2, p. 249.

[2] 参见 Edmund Burke, *A Philosophical Inquiry into the Origin of Our Ideas of the Sublime and Beautiful* (Basil: J. J. Tourneisen, 1792), pp. 88-90 & pp. 287-288.

[3] 参见 "Blair on the Sublime, the Twin Poems and *Paradise Lost*," *John Milton: The Critical Heritage,* Vol. 2, pp. 246-247.

[4] 同上，p. 246。

的宗教题材，过于庄重的拉丁化语言，或飞扬洒脱、具有阳刚气质的素体诗这种诗体时，实际上就已牵涉崇高问题。约翰逊在承认弥尔顿是英国诗歌史上最富创造性，才情高迈无人可及的作家的同时，他在《失乐园》的崇高性与读者的反应之间谨慎地划开了一条界线，这与他贬低弥尔顿的非主要诗作相比，无疑是对前人观点的更大挑战，因为这其实触及了弥尔顿经典地位的核心问题。为更好地理解约翰逊的评断，需要先对崇高理论在英国的萌生和发展作一番回顾。

第二节 "崇高"与"想象"

朗吉弩斯是西方崇高[①]理论的鼻祖。虽然他的《论崇高》基本是讨论修辞问题，但他的某些论断包含被英国十八世纪批评家发展为崇高美学的观点。例如，朗吉弩斯指出崇高风格有五大源泉，其中"思想的雄健和宏伟"与"能引发激情，提升至热烈激昂的程度"，属于"自然赋予的才情"，超越了修辞或技艺层

[①] "崇高"作名词时，在英文里有两个相对的表达，即"the sublime"和"sublimity"。塞缪尔·H.蒙克认为前者多用来指作品的风格，包括措辞和修辞手法，而后者常用来指蕴含在作品（如题材、主题或思想）中作者"心智和经验的某种特质"；前者是手段，后者是目的；前者以文字修辞为核心，后者与美学和心理更相关。参见 Samuel H. Monk, *The Sublime: A Study of Critical Theories in XVIII-Century England* (Ann Arbor: The University of Michigan Press, 1960), p. 12. 从形式上来说，"the sublime"译成"崇高"，"sublimity"译成"崇高性"较为合适。本书采纳"崇高"和"崇高性"两种说法，但考虑中文表达习惯问题，对二者不做严格区分。

面①。朗吉弩斯认为崇高归根结底蕴藏在内容中，而不在表达中，强调只有能激发人类情感的语篇才最显崇高②。《论崇高》最早是在1652年翻译成英语，但直到1674年布瓦洛翻译成法语出版之前，朗吉弩斯在英国远未成为文艺理论权威，知道他的文人学者也许不少，但引用或承袭他的观点的人寥寥可数③。名词"sublime"还只是用在修辞领域，其美学内涵尚未生成。

布瓦洛1674年出版法译本《论崇高》，并做了长篇序言。他指出崇高本质是在作品的思想内容和精神气质中，而不在语言和修辞中；换言之，是作者的才华，而不是创作的法则，决定了作品的崇高性。布瓦洛强调崇高具有能打动人情感的特点：令人内心欣喜、振奋、迷狂，不可自制。所以，正是布瓦洛将朗吉弩斯以修辞为重心的崇高论重塑为具有审美取向的崇高论，为英国十八世纪崇高的审美化开辟了道路。在布瓦洛的译介和德莱顿批评④影响下，朗吉弩斯在十八世纪英国逐渐成为与亚里士多德和贺拉斯平起平坐的批评家。约翰·丹尼斯是最早一位深入探究作品的崇高性与读者心理反应之间关系的英国批评家。丹尼斯认为诗人的才情和诗歌的本质都在于"激情"（passion），并将"激情"分为由眼前的事物、日常生活中的观念所勾起的"俗常的激情"（vulgar passion）和经过心智反思后的宏大观念

---

① 参见 "From On the Sublime Tr. William Smith," *The Sublime: A Reader in British Eighteenth-Century Aesthetic Theory*, eds. Andrew Ashfield & Peter de Bolla (Cambridge: Cambridge University Press, 1996), p.16.

② 参见 Samuel H. Monk, *The Sublime: A Study of Critical Theories in XVIII-Century England*, pp. 13-17.

③ 同上，p. 20。

④ 同上，pp. 43-44。

所引动的"高扬的激情"①。他比布瓦洛更进一步,将激情的反应作为判断崇高的统摄性标准,可以说,正是他将朗吉弩斯的崇高论彻底引向了美学这一新轨道。在丹尼斯之后,出现了像大卫·休谟和约翰·贝利(John Baillie)这样的哲学家,他们运用洛克的"联想"理论②,从更专业的心理学角度来解释外界事物如何触发人内心的崇高体验。在1747年贝利发表《崇高论》之前,英国学界仍存在将崇高视为事物客观品质的趋势,但在贝利之后,学者和批评家的兴趣点就主要集中在对主体感受的讨论上③。

埃德蒙·伯克在前人的崇高论基础上,进一步建立起具有完整体系的崇高美学。他的体系是以快感和痛感为基础,两者则分别源自人的两大激情,即"社会交往"和"自我保全"。伯克指出,凡与"自我保全"有关的激情,都离不开"痛苦"和"危险"这样的观念。人在遭遇不幸或身临险境时,"自我保全"的本能自然会让他感到痛苦;但是,人若是在安全无虞的情况下遭遇"痛苦"和"危险"这类观念,在"自我保全"的本能作用下,他感受到的将是一种特殊快感,伯克称它为"崇高感"。与"崇高"不同,"优美"产生于"社会交往"的本能,与爱或

---

① 参见 "From The Grounds of Criticism in Poetry (1704)," *The Sublime: A Reader in British Eighteenth-Century Aesthetic Theory*, p. 35.

② 洛克在《人类理解论》中专门开辟一章来讨论"观念的联想"(Association of Ideas)问题。他主要用这个短语来讨论人因为偶然和习惯形成的某些不理智、怪异的组合观念的方式。参见约翰·洛克:《人类理解论》(上册),关文运译,商务印书馆1959年版,第374-382页。大卫·休谟总结出"观念的联想"的三大普遍原则。参见 David Hume, *Essays and Treatises on Several Subjects,* 2 vols, Vol. 2, p. 22. 洛克和休谟等人的"联想"理论深刻影响了十八世纪英国的文艺理论,尤其体现在作品与审美反应的关系问题上。

③ 参见 Samuel H. Monk, *The Sublime: A Study of Critical Theories in XVIII-Century England*, p. 74.

相似的情感相联系①。伯克对"崇高"与"优美"所做的区分，触及深层的心理本能，相较于之前的文艺理论家，他的甄别和探究更为深入彻底。艾迪生可以说最早将"崇高"②与"优美"的范畴区分开来，但他并未将"崇高"与"优美"截然分离，而是认为两者也可共存于同一事物中。1744年诗人马克·艾肯塞德在长诗《想象的愉悦》中正式完成了对"优美"和"崇高"的分离。在他的诗笔下，"优美"与真知、美德和实用紧密相连，而"崇高"则蕴含在无限、永恒和人的神性中③。伯克则更为清楚和深刻地厘清了这两个概念的界限，并全面阐析了与其相关的各种观念（与"崇高"有关的，比如"模糊""力量""缺失""浩大""无限""难度""宏伟"等）。《论崇高与优美》成为十八世纪以及后世批评家探究或论述崇高问题所无法绕过的经典著作。

伯克将恐惧视为主导崇高感的最强烈的激情，所有由崇高而生的激情都与恐惧交织在一起④。丹尼斯是最早将"恐惧"引入十八世纪关于"崇高"的讨论中的英国批评家。他指出，最令

---

① 参见 Edmund Burke, *A Philosophical Enquiry into the Origin of Our Ideas of the Sublime and Beautiful,* pp. 47-48 & pp. 70-71.

② 需指出的是，大多数时候艾迪生用的是"宏大"（greatness）一词而非"崇高"，蒙克认为艾迪生可能有意避开"崇高"在十八世纪初的修辞学含义，并将它的用法从批评著述中扩展到自然万象。参见 Samuel H. Monk, *The Sublime: A Study of Critical Theories in XVIII-Century England*, p. 57. 艾迪生在《旁观者》中有大量论及"崇高"的篇章并专门评论过《失乐园》及弥尔顿的"崇高性"。不过，他更多的时候是在谈论崇高的自然景观作用于想象产生的效果。由于《旁观者》的受众影响力，他对"崇高"概念在英国的流行所作的贡献远胜过同时代的丹尼斯。

③ 参见 Samuel H. Monk, *The Sublime: A Study of Critical Theories in XVIII-Century England*, pp. 70-72.

④ 伯克例举了各种语言来说明这个问题。参见 Edmund Burke, *A Philosophical Enquiry into the Origin of Our Ideas of the Sublime and Beautiful,* pp. 80-82.

人恐惧的观念来自宗教,比如愤怒的上帝,因为他的怒火和报应是匪夷所思的,也是不可避免的①。从十八世纪初期开始,越来越多的英国诗人喜欢表现破败的城堡、阴肃的墓地、自然的淫威、超自然的鬼魅,或演绎惊险的情节,传达惊恐的效果。希尔布兰德·雅各布(Hildebrand Jacob)曾罗列过一长串能引发人恐惧心理的崇高景象,并以《失乐园》中涉及声音描写的片段来说明恐怖情景对想象的作用②。伯克运用洛克的"联想"学说逐一检视了能引发恐惧的各种观念,可以说既总结了之前批评家的论述和作家的艺术实践,也深刻影响了十八世纪中叶以后的哥特小说写作。从伯克发表《论崇高和优美》之后,"恐惧"几乎成为"崇高"的代名词。

伯克所检视和推崇的与"崇高"有关的观念,例如"模糊""缺乏""浩大"等,都有悖于新古典主义所提倡的"对称""平衡""秩序""明晰"等理念。伯克认为,"明晰的观念是琐屑的观念的代名词";"使意象明晰化是一回事,让意象打动人的想象,是另一回事"③。这意味着在伯克看来,崇高品味是与新古典主义旨趣不相合的。在伯克发表《论崇高与优美》前

---

① 参见 "From *The Grounds of Criticism in Poetry* (1704)," *The Sublime: A Reader in British Eighteenth-Century Aesthetic Theory*, pp. 37-38.
② 参见 "From *the Works* (1735)," *The Sublime: A Reader in British Eighteenth-Century Aesthetic Theory*, pp. 53-54.
③ 参见 Edmund Burke, *A Philosophical Enquiry into the Origin of our Ideas of the Sublime and Beautiful*, p. 85.

后，越来越多的英国批评家将"崇高性"与"才华"①"创造力"或"想象力"联系在一起②，以此贬低像蒲柏这样代表新古典趣味的作家的成就③，或抵抗以节制与得体为上的新古典主义理论。弥尔顿屡屡成为被用以挑战新古典主义权威的旗帜。约瑟夫·沃顿指出只有"充满创造和热情的想象"才能赋予作家与众不同的崇高风格④。他将弥尔顿归入崇高和触情的作家行列，即一等诗人之列，以区别于追求巧艺、精确与和谐的理智诗人蒲柏⑤。爱德华·杨格认为亦步亦趋模仿前人的作品，不思突破写作的框条，不让诗笔听从想象的召唤，不发挥作家"精神个性"⑥的作用，就无法产生崇高的作品。在杨格眼中，弥尔顿的

---

① 十八世纪诗评家的才华（genius）观大体可以分为两类。一类属于经验主义才华观；持这类观点的批评家承认每个人生来的潜质或悟性是不同的，也深信高超才华可以突破现实世界的局限和创作条框的束缚，但他们同时强调书本知识对才华的滋养、现实经验对它的塑造、创作法则和榜样对它的规训和完善、物质经济条件对它的保障。约翰逊和雷诺兹等人的才华观属于这一类。另一类属于神秘主义才华观，即把才华纯粹视为神启的灵感或先天的直觉，无须以知识或经验为土壤就能成长，可以独立于文明社会之外，冲破一切创作法则的制约。杨格和杜夫等人的才华观就属于这一类。虽然在才华的形成或来源方面，两派诗评家的观点大不相同，但是论及才华对成就卓越作品的重要性，两派的观点大同小异。参见 James Sambrook, "Aesthetics," *The Eighteenth Century: The Intellectual and Cultural Context of English Literature*, 2nd ed. (London: Longman Group Ltd., 1993), pp. 125-155.
② 下面的文献综述主要以蒙克的研究为依据并作适当补充。参见 Samuel H. Monk, *The Sublime: A Study of Critical Theories in XVIII-Century England*, pp. 101-106.
③ 参见 Thomas Warton, *Observations on the Fairy Queen of Spenser*, 2 vols, Vol. 2 (London: C. Stower, 1807), p. 106.
④ 参见 Joseph Warton, *An Essay on the Writings and Genius of Pope*, p. v.
⑤ 同上，pp. x-xi。
⑥ 参见 Edward Young, *Conjectures on Original Composition,* 2nd ed. (Manchester: Manchester University Press, 1918), p. 20.

原创才赋可与荷马相媲美①，而蒲柏则专务于崇拜与模仿，不知竞争与开拓，成不了具有崇高想象的原创诗人②。理查德·赫德1762年声称，"具有崇高性和创造性的诗歌"旨在调动读者想象，与以"人世风情"为主题、诉诸读者激情的诗歌相比，这类诗歌有更多偏离"自然"的自由，无须以历史真实的严苛标准来要求"诗性的真实"，或小心遵从创作的法则来确保可信度③。弥尔顿的诗歌创作常被赫德用来为文学中能造就崇高的罗曼司要素辩护④。威廉·杜夫在专论独创性才赋的著作中指出："崇高是属于伟大天赋的领域，在那里它可以欣然漫步，只有在那里它才可充分展现才能，或激发出才情。"⑤杜夫还暗示说，才华崇高的诗人创作时无须费力琢磨或屈从批评法则，只需专注于自己的情感，将其生动描绘出来，或依据自己的情感反应来描摹事物，即可创造出佳作⑥。杜夫指出，独创性才赋具有三大特征，都与"想象"有关，即"偏离规范的宏大想象""狂野的想象""热烈的想象"⑦。杜夫认为弥尔顿就"才赋的崇高性"而言，是绝不亚于荷马和奥西恩的诗人⑧；他也承认蒲柏是有一定原创才华的诗人⑨，却未将自己极力尊崇的崇高属性赋予这种才

① 参见 Edward Young, *Conjectures on Original Composition,* 2nd ed. pp. 26-27 & p. 34.
② 同上, p. 30。
③ 参见 Richard Hurd, *The Works of Richard Hurd, D. D. Lord Bishop of Worcester*, 8 vols, Vol. 4 (London: T. Cadell and W. Davies, Strand, 1811), pp. 325-326.
④ 同上, pp. 52-53 & pp. 57-59。
⑤ 参见 William Duff, *An Essay on Original Genius* (London: Edward and Charles Dilly, 1767), p. 150.
⑥ 同上, pp. 153-154。
⑦ 同上, pp. 163-169。
⑧ 同上, p. 287。
⑨ 同上, pp. 55-56。

华。总之,到十八世纪六十年代的时候,能否创作出崇高的作品,被很多批评家视为作家才华的体现;想象是将诗人的崇高才华转化为作品崇高性的中介,也是最后要作用或打动的对象;诗人为追求宏阔的想象,可以不受习俗或先例所拘束,由才华来引导自己,如此崇高独创之作才可能横空出世。"崇高""才华""想象""独创性"开始在弥尔顿批评中更紧密地联系起来,常被用作抬高弥尔顿经典地位,贬低蒲柏诗派的概念工具。

约翰逊对崇高的认识深受伯克影响。1769年他曾对鲍斯威尔说,《论崇高与优美》是一部"正宗批评的典范之作"(*LJ*, 2: 237),由此可见约翰逊对这部作品推崇之至。哈斯特卢姆认为在伯克1757出版《论崇高与优美》之前,约翰逊并未将"崇高"与"优美"看作两个截然对立的美学范畴;在他的著述中,"优美"还只是用以笼统地指称作品所呈现的吸引人的特征,既包括"优雅",也包括"庄严"[1]。但在两年后,即《拉塞勒斯》问世的那一年,约翰逊就已经接受伯克对"崇高"与"优美"所做的区分;他在小说第十章中使用"优美"与"宏壮"(dreadful)、"精美纤巧"(elegantly little)与"恢宏壮阔"(awfully vast)两组相对的表达来形容不同风格的自然景象[2]。到后来,"优美"与"崇高"、"崇高"与"触情"经常作为对立词出现在约翰逊的

---

[1] 参见 J. H. Hagstrum, "Johnson's Conception of the Beautiful, the Pathetic, and the Sublime," *PMLA*, Vol. 64, No.1 (Mar. 1949), p. 136. 但是本书在第四章指出,从约翰逊的《英语词典》对"beauty"以及相关词语的释义可以看出,《论崇高与优美》问世之前,约翰逊虽然在行文中没有将"the sublime"与"the beautiful"截然对立,但他已经在词典中对二者做了与伯克类似的区分。

[2] 参见 Samuel Johnson, *The History of Rasselas, Prince of Abyssinia*, ed. Thomas Keymer (Oxford: Oxford University Press, 2009), p. 28.

文学批评中①。另外，很多时候，约翰逊不局限于分析风格或修辞的崇高，而是将视角扩展到崇高对读者的心理作用，这符合十八世纪"崇高"由修辞范畴向美学领域转变的大趋势②。

如前所述，作为十八世纪批评语境中，与"崇高"密切相关的一大诗学概念是"想象"。约翰逊在《英语词典》中将"想象"定义为"将不在眼前的事物向自己或他人再现出来的能力"和"在心灵中组构出画面的能力"（Dict., 1:1050）③。这个定义包含了"想象"的两个层面，即"回忆"（memory）和"幻想"（fancy）。两者对文学创作而言都是必不可少的能力，但"幻想"与作家的文学虚构活动联系更为紧密。在十八世纪英国文人中，艾迪生最早对作为文学虚构才能的"想象"做过专门论述。他在《旁观者》第417期中指出，诗人应当形成自己的想象，如同哲人要培养自己的理智一般；崇高的诗人必须具备足够强大活跃的想象，从外部世界获得鲜活观念后，以打动读者心灵的方式对它们加以组合和排列④。蒲柏在《伊利亚特》的译者序中将荷马史诗中令人荡气回肠的激情归因于诗人强大的想象力，认为

---

① 详例参见 J. H. Hagstrum, "Johnson's Conception of the Beautiful, the Pathetic, and the Sublime," p. 137.
② 约翰逊在《英语词典》中将"崇高"（sublime）定义为"风格或思想的凌空高蹈"（Dict., 2: 811），说明到1755年，约翰逊就已认为"崇高"既源于作品文字的风格，也源于作品表达的观念。
③ 这两大层次又都可以归入艾迪生所谓的"次生的想象"。艾迪生将"想象"划分为两类：一类是"原生的想象"，即由眼前的事物而生的想象；另一类是"次生的想象"，即当事物不在眼前时，事物的观念被人的记忆召唤所产生的形象，或事物的观念重组后而形成的令人愉悦的幻象。参见 Joseph Addison, *The Works of Joseph Addison*, Vol. 6, p. 324.
④ 同上，p. 354.

第二章 弥尔顿的"崇高"

"荷马写的是所能想象的最富有生韵的自然"[①]。汤姆逊在《四季》中声言,想象具有自然的多彩色调,能以精湛的技巧调和出它最美的颜色[②]。这些论断说明在十八世纪五六十年代之前,文人学者已经开始逐渐强调想象在文艺创作中的角色。

但是根据艾布拉姆斯的划分,在这个时期,想象发挥功能的模式,仍主要表现为亚里士多德的经验理想模式和新柏拉图主义的超验理想模式[③]。也就是说,在十八世纪五六十年代之前,想象作为创作活动和才能,仍嵌置在艺术模仿论的思想构架中[④]。想象处理形而下的世界中的经验,主要采用挑选、提取、

[①] 参见 Homer, *Iliad*, trans. Alexander Pope, ed. Gilbert Wakefield, 6 vols, Vol. 1 (London: D. Baldwin, 1796), pp. 5-6.

[②] 参见 James Thomson, *The Seasons* (Chiswick: C. Wittingham, 1820), p. 19.

[③] 艾布拉姆斯在《镜与灯》中把新古典主义批评的模仿论分为两类:一类以亚里士多德的《诗学》为源头,认为艺术应当对经验世界中作为感官对象的事物进行选择或提炼,以表现经过改良或完善后的自然;另一类以普罗提诺等人的学说为支撑,主张艺术家应通过心灵的眼睛来再现超越了物质世界、独立自足、永恒不变的"理念"。参见 M. H. Abrams, *The Mirror and the Lamp: Romantic Theory and the Critical Tradition* (Oxford: Oxford University Press, 1953), pp. 35-46.

[④] 例如,艾肯塞德《想象的愉悦》(1744)一诗中的想象观,究其本质,不过是掺合了柏拉图式的理念说和洛克式的经验论,将想象的超验和狂喜功能与其机械组合的功能相调和,终究不同于华兹华斯的浪漫主义想象观。参见 Alfred Owen Aldridge, "Akenside and Imagination," *Studies in Philology*, Vol. 42, No. 4 (Oct. 1945), pp. 769-792.

组合、排列等机械方式①。而且，想象通常被视作理智的辅助②，必须以知识或学问为基础。直到十八世纪中后期，沃顿兄弟等诗人学者才借着崇高理论和弥尔顿的文学影响力的东风，将想象提到了作为诗歌创作源泉的崇高地位，推动了想象从机械摹仿到有机塑造的转变，并将人内在的情感和表达的欲望而非外在的经验世界当作想象兴发的推动力。在约翰逊的文艺观中，想象，不管是以超验的方式再现抽象的理念，还是以有选择的重组方式再现经验世界，基本可以归入新古典主义的模仿论范畴③。但是，在评判像弥尔顿这样的诗人时，约翰逊对想象的创作功能的体悟和认识，又接近十八世纪中后期正在酝酿的浪漫

---

① 休谟在《人类理解研究》(1748)中总结了想象的属性和作用方式，可以代表约翰逊的基本态度："我们的思想虽看似拥有这种不受拘束的自由，但如果观察稍仔细一点，就会发现其实它要受非常狭窄的范围所限制，心智的这种创造才能不过是一种将感官和经验所提供的材料进行组合、调换、扩增、缩减的能力。" 参见 David Hume, *Essays and Treatises on Several Subjects,* 2 vols, Vol. 2 (Edinburgh: Bell & Bradfute, etc., 1825), p. 17.
② 约翰逊在《弥尔顿传》中把诗歌定义为"一门通过召引想象作理性之助，将愉悦与真理相结合的艺术"(*LP*, 1: 282)。
③ 约翰逊的文学模仿论究竟该属于经验理想模式，还是超验理想模式，学者之间存有争议。哈斯特卢姆以《拉塞勒斯》第十章的郁金香之喻来说明约翰逊的美学观属于新柏拉图主义范畴。参见 J. H. Hagstrum, *Samuel Johnson's Literary Criticism* (Chicago: The University of Chicago Press, 1967), p. 88. 威廉·艾丁格反对此说，认为约翰逊更关注的并非如何通过新柏拉图主义式的"提纯"来探求和呈现"普遍的自然"，而是艺术家如何通过选择具体可感、特殊但又丰富的细节来呈现"普遍的自然"。艾丁格的立场更接近亚里士多德的经验理想模式。参见 William Edinger, *Samuel Johnson and Poetical Style* (Chicago: The University of Chicago Press, 1977), pp. 78-101 & pp. 199-205. 艾布拉姆斯在介绍经验理想模式时，对约翰逊的论断有所援引和阐发，但在超验理想模式部分却只字未提约翰逊的观点，由此可见作者本人的态度。参见 M. H. Abrams, *The Mirror and the Lamp: Romantic Theory and the Critical Tradition,* pp. 35-46. 关于约翰逊以及其他十八世纪批评者对这种想象的肯定，参见第四章第三节"蒲柏式的想象"。

主义文艺思想。这反映了弥尔顿才华出众,足以令约翰逊这样的批评家产生思想偏折,也说明约翰逊作为优秀的批评家,既具有一套相对稳定、系统的理论原则,也有面对具体案例时修正已有原则的灵活性。

第三节 约翰逊对"崇高"的复杂态度

约翰逊对弥尔顿文学地位的评判,没有离开前一百年弥尔顿文学批评史的一个核心问题:诗人心智和作品的崇高。但是,不同于大多数前人,约翰逊在力赞弥尔顿的崇高才情和《失乐园》的崇高效果的同时,又表达了他对这种才情造成的创作缺憾的反思。从约翰逊点评《失乐园》的部分,可以明显看到他这种复杂的态度。例如,约翰逊赞同艾迪生的观点,认为"因为题材的性质,这部诗优于其他所有诗作的地方,就是能让人普遍保持永久关切",因为"所有人,从古至今,都与亚当和夏娃有着共同的联系,必然都带有可追溯到他们身上的那种善与恶"(*LP*,1:285);但同时,他认为纵然亚当夏娃的违抗、天使的守护、魔鬼的诱惑、救赎的愿望、天堂与地狱的状貌都是人类所共同关心的,只不过"这些真理太过重要,早已成了老生常谈",难以让读者产生惊奇感或其他异常的情感(289)。约翰逊认为《失乐园》每一行诗都"散发着圣洁的思想和纯洁的态度",即使诗中的反叛天使也要被迫承认上帝的统治权,这无疑会"引发虔敬之情,坚定虔诚之心"(288);但同时,他认为《失乐园》所传达的宏伟观念,人们除非特殊的时刻或场合,通常会"因崇敬远而避之"或"因恐惧退避三舍",毕竟"与永生攸关的善恶观念,对才智的翅翼而言,太过沉重"(289)。约翰逊承认《失乐园》某些诗段能教给人们贴近日常生活的道理,比如亚当夏娃为自己的重错忏悔和祷告,阿伯狄不随波逐流信守忠诚,拉斐尔责备亚当好奇心过重;但同时,他指出《失乐园》整体上缺乏关于"道德教诲"和"审慎原则"(286)的精彩片段,这部作品"既不含有世人的行为,也不含有人世的风尚"(289),对待人接物、立身处世无多大作用。从这些正反评价可以得知,约翰逊在评价《失乐园》时,反复思考的问题是《失乐园》所涉的题材、传达的真知与普通人生活之间的关联,或者说是崇高的基督教史诗与凡世智慧之间的关系。这种紧张关系,源自约翰逊对弥尔顿的想象以及《失乐园》的崇高的复杂评价。

  约翰逊接受十七、十八世纪批评者给《失乐园》的经典地位所贴的"崇高"标签,认为"崇高性是在这首诗中占据总体优势的品质"(288)。约翰逊较少论及《失乐园》修辞意义上的崇高,在他看来,这部史诗的崇高性主要归因于作品的题材、观念和作者的才情。总的说来,约翰逊的复杂态度就是认为弥尔顿正是因其崇高的想象才能胜任如此题材宏大、气势磅礴、主旨高瞻的史诗创作,他的想象力实现了将简要素材和宏伟思想转化为丰富故事内容和可感形象的可能(约翰逊的字里行间似乎暗示创世题材和崇高思想可以通过想象传达给受众,《失乐园》是一部充满趣味和艺术感染力的作品);不过,约翰逊又认为诗人所观照的对象过于崇高,远离人间俗世,为常人难以企及,《失乐园》的崇高性与普通读者的接受之间存在不可跨越的鸿沟。最明显的例子是,当约翰逊从法国批评家勒·博叙(Le Bossu)的理论入手检视《失乐园》的故事情节时,他声言在编排故事以引发好奇和惊叹方面,弥尔顿的才能可与其他任何诗人媲美:"他的叙述涵盖了人的堕落、人堕落前和堕落后各自发生的事;他编织出整个神学体系,十分恰当,似乎每个部分都必不可少;读者很少会因为想要主情节快速推进而希望诗人的叙说变得简短。"(283)但是难以相信,约翰逊在总结对《失乐园》的阅读感受时,竟会宣称"没有人会希望诗人把它写得更长一些"(290)。很多学者认为约翰逊对《失乐园》的评价整体上存在矛盾态度,他们对此问题的把握方式有所不同。

迈克尔·培恩曾指出约翰逊的矛盾态度反映的是莎士比亚艺术所带给人的"想象投射的愉悦"和阅读弥尔顿时"想象"被"压倒"和"充斥"的体验之间的反差①,但是培恩对此问题并未展开,而是像他所理解的约翰逊一样,将它"放在一旁",匆忙转向论述别的问题②。斯蒂芬·菲克斯指出《弥尔顿传》存在两分结构,并将它作为重要的批评问题提了出来③。不过,他的解决办法是为约翰逊打圆场,认为他声称《失乐园》带给读者沉重的阅读体验,并不是否定这部作品的成就和地位,而是揭示更深刻的道德和宗教启示。这个启示就是要让读者从《失乐园》的阅读中去感受诗人如泰山压顶般、不得不令人屈服的才情,并从这种感受中体味出与"依顺"和"遵从"上帝相通的情感。但是菲克斯有意遮掩了这个事实:约翰逊在评论《失乐园》的整体缺憾时,是将它作为文学作品来对待的。本书采用克莉丝汀·瑞

---

① 参见 Michael Payne, "Johnson vs. Milton: Criticism as Inquisition," *College Literature*, Vol. 19, No. 1 (Feb. 1992), p 71.

② 同上, p. 72。

③ 参见 Stephen Fix, "Johnson and the 'Duty' of Reading *Paradise Lost*," *ELH*, Vol. 52, No. 3 (Autumn 1985): 649-671.

丝^①所认可的方法，即不把约翰逊的评价糅合成一个内在连贯的整体，作圆满融通的解释，而是对《弥尔顿传》批评部分所潜藏的两分结构尽可能依照原样勾勒出来。另外，本书倾向于使用"一分为二"这样的词来形容约翰逊的批评态度，而尽量少用"矛盾"一词，因为约翰逊对弥尔顿式崇高的评判很多时候体现的是他全面、辩证的视角，而非自相抵触的态度。

另外，值得注意的是，约翰逊在评论《失乐园》的文字中[②]，身份出现了从文学批评家到普通读者的转变，而伴随这种转变的是从对创作法则的强调到对读者心理反应的揭示。所谓"创作法则"，指的是约翰逊用以检视《失乐园》的理论框架所蕴含的准则，主要借鉴自以勒·博叙为代表的新古典主义史诗理论，与艾迪生在《旁观者》系列文章中的立论框架一致，基本是按"寓意""故事情节""人物""思想情感""语言"等范畴逐一评判。不过，在使用这类体裁范畴检视《失乐园》时，约翰逊往往显示出不胜其烦，甚至敷衍了事的一面，如文本中出现的这类表述："普通史诗通常包含有'或然'与'神奇'两部分……在这方面《失乐园》几乎就没有讨论的必要"；"'解围之神'是批评家论述颇丰的另一个话题……但此处并无篇幅讨论这个话题"；"有些读者会问，此诗的主情节严格说是否只有一条，此诗是否可以称作英雄史诗，谁是此诗的英雄？这些人显然是从

---

① 参见 Christine Rees, *Johnson's Milton* (Cambridge: Cambridge University Press, 2010), pp. 108-149. 除瑞丝以外，查尔斯·H. 欣南特也倾向于不替约翰逊自圆其说。参见 Charles H. Hinnant, *Steel for the Mind: Samuel Johnson and Critical Discourse* (Newark: The University of Delaware Press, 1994), p. 179.

② 即从评述开始，即 208 段到 252 段（282 页到 290 页）。过第 252 段以后，约翰逊继续评判《失乐园》的缺陷问题，但他又恢复了以法则为工具来解剖作品的批评家身份。

书本中去寻找评判依据，而不是依靠理智"（285）。这些表述说明约翰逊使用批评教条来评判《失乐园》，并不感到自在，而且意识到批评法则的局限所在。在转入检视《失乐园》的思想情感部分后，约翰逊就开始向普通读者的立场过渡，比较显著的标志是第242段（288）。需指出的是，在第242段之前的部分，约翰逊虽然套用新古典主义批评法则的痕迹更明显一点，但是也深入到《失乐园》对读者心理产生的崇高效果，他的行文似乎透露《失乐园》是一部充满震撼力和感染力的作品。不过从242段开始，约翰逊就转向考虑《失乐园》的崇高美学的缺陷，一直到252段，他这时更强调诗歌的本质力量以及读者的直觉感受。正如瑞丝概括的那样，约翰逊起初是以形式规则为出发点，力图展示个人批判权威以及对作品的理性把握，但是"有一种更本质的力量，即诗歌的力量，可以打乱和摆脱批评范畴的束缚，在它的压力作用下，约翰逊的策略开始逐渐瓦解"[①]。下面的论述分为两部分，先说明约翰逊如何看待弥尔顿的崇高想象与《失乐园》的艺术特征之间的关系，再探究为何约翰逊在高度评价《失乐园》的崇高品质的同时，又认为它是这部巨作的最大缺憾。

一、热火与翅膀：弥尔顿的崇高想象

约翰逊在点评《失乐园》之前逐一检视了诗人写史诗需必备的才能：一要熟悉历史，为叙事提供基本框架；二要熟知道德学，懂得善恶确切的界限和细微的差别；三要了解生活深谙人性，辨清世人不同的性格与激情；四要通晓格物学，学会形象的阐释和意象的使用；五还要练就极高的语言艺术（282-283）。除第五种才能以外，约翰逊认为其他四种都只是为史诗创作提供基本"要素"（282），要将这些"要素"转变为诗歌，诗

[①] 参见 Christine Rees, *Johnson's Milton*, p. 129.

人还必须具备"一种能够描摹自然和进行虚构的想象力"（282）。约翰逊的表述包含了"想象力"的两个方面，一是"描摹自然"的能力，二是"进行虚构"的能力。约翰逊在此处对"想象"内涵的阐释恰好符合他在词典中对"想象"的定义①。约翰逊在评析弥尔顿的想象力时，更加突出的是后一种的才能：

> 大自然的景象，生活中的现象，这些并不能饱餍弥尔顿追求宏伟的胃口。按本来面目描摹事物，需要专心细致的观察，需要运用人的记忆而非幻想。弥尔顿的乐趣就是纵情嬉戏在充满可能的广阔领域；现实的景象对他的心智而言太过狭隘。（287）

在约翰逊看来，弥尔顿的想象并不仅局限于通过观察和回忆来描绘现实景象，事实上这并非他的长项所在。譬如，约翰逊在《弥尔顿传》中就曾引用德莱顿的话，说弥尔顿是"透过书本的镜片"（287）来观察自然的；换言之，《失乐园》中的意象和描写的诗段，大多是衍生和化用自前人的著作，而非直接来自诗人对自然的观察，所以缺乏直接观察的"新鲜、生动和活力"（287）②。约翰逊并没有明言弥尔顿的作品在多大程度上合乎自然，他总体上淡化了自然标准和诗人表现自然的能力，而突

---

① 依据词典的定义，"描摹自然"可以理解为将不在眼前的事物通过回忆忠实表述出来的能力，而"进行虚构"则指的是将已有事物或观念重新组合，在心灵中组构出全新画面的能力。
② 威廉·黑兹利特说，弥尔顿"所描述的对象都是他从书中读到的，他的描述却有直接观察的生动性"。参见 William Hazlitt, "On Shakespeare and Milton (1818)," *Milton Criticism: Selections from Four Centuries*, p. 101. 黑兹利特的评价显然针对的是约翰逊这一论断。

第二章 弥尔顿的"崇高"

出了弥尔顿想象力中的虚构才能,乃至将它变为想象力的全权代表。

不过,从约翰逊有关弥尔顿的想象的描述可以发现,它在虚构创作中所扮演的角色远不只是机械重整。约翰逊解析创作史诗所需才能时就声言,诗人面对诸多历史素材,需要一种"更高超的才艺"将其加以整编和提升,需要一种"戏剧才情"往其中"注入活力"(282)。"更高超的才艺"和"戏剧才情"其实都是指创作者的想象力;"注入活力"(animate)①一词意味着想象的作用超越了对经验的整合。约翰逊所用的一个隐喻可以说明他对想象或者说弥尔顿的想象有更深刻的认识。约翰逊检视《失乐园》的"思想情感"部分,先是用"炽热"(fervid)和"跃腾"(active)这两个词来形容弥尔顿的想象,紧接着又用"想象"的同义语"心智的热力"作替换(286)。约翰逊其实是把诗人的想象比作一团热火,并指出它燃烧的是"研习"与"好奇心"(286)所提供的原料,即知识或学问。约翰逊写道,弥尔顿的心智所散发的热力"使自身的学识得以升华,使自己的作品充盈着学问的轻灵,而去除了粗沉的杂质"(286)。也就是说,经过想象之火的燃烧,弥尔顿储藏的学识转化成为轻烟灵气②,与故事妙合无契,作品中弥漫着"学问的轻灵",而没有了"知识"未经转化前的粗硬和沉重。约翰逊其实是用科学实验的过程来形容弥尔顿的想象在创作中所起的作用。实验对象"升华"

---

① 英语中"animate"有赋予事物生命,使其变得生动鲜活的意思。在《蒲柏传》中,约翰逊也说:"才情的作用在于聚集、结合、扩展,并注入活力。"(*LP*, 4: 65)

② 前面引文中的"升华"一词译自原文的"sublimate"。这个词和中文的"升华"一样,原指"通过火的化学反应让物质上升"(*Dict.*, 2: 811),即从固态转化为气态。

后，因去除杂质而变得更为纯净，产生了质的变化，这说明弥尔顿的想象在约翰逊看来，并非只是组合与重整那么简单，它能让材料形态和成分发生转化，甚至赋予材料有机活力；也就是说，弥尔顿的想象能对包括知识在内的各种要素进行组合和扩展，甚至熔炼和提升，最后让它们化合成一部情节完整、形象丰富的鸿篇巨制。

在《艾迪生传》中约翰逊虽然没有直接使用"想象"一词，但他对传主的诗才所做的总体评断，与对弥尔顿的想象的评价恰好相反。约翰逊说艾迪生的思想情感缺乏"能使语言鲜活起来"的"伟力"，他的诗歌缺少"令人热血沸腾、心魄俱与、情难自禁"的效果，缺少"恢宏壮观"的气势（3：23）。约翰逊觉得艾迪生的悲剧《卡托》没有一种"能勾起无边恐惧和无限忧愁的神奇力量"（26），充满了"过于雄辩的对话，不能打动人的优雅，还有冷冰冰的学问"（27）。从这些表述可以看出，约翰逊认为艾迪生欠缺弥尔顿那种能给语言注入活力、用热度去燃烧学问、并夺人心魄的崇高才情或想象。约翰·菲利普斯是十八世纪早期以模仿弥尔顿风格为文学抱负的诗人之一，将约翰逊对他的判词与《弥尔顿传》做比较，弥尔顿高绝的才情更是显而易见。约翰逊认为菲利普斯颇为博学精思，但他最大的缺陷就是不具备崇高的禀赋："他似乎不是为宏伟和崇高而生。他从没有巍峨的气势，也没有出人意表的卓越表现"；他未完成的绝笔之作"富有技巧，却少见才情如火的迸发。"（2：70）正是这种温和平淡的才华使得菲利普斯虽有满腹学识，却无法写出一部题材宏大的史诗杰作。他的史诗《布伦亨》只能算是差强人意的作品，而名气较响的讽刺史诗《闪耀的先令》能被称道的地方，也不过是新颖讨巧的特点，并不具有真正意义上的崇高。《诗人传》中有一些小诗人的才情更是与弥尔顿形成鲜明反差。例如，约翰逊就曾说约翰·谢菲尔德（John Sheffield）的诗歌往往"无生趣；但他的回忆录非常生动，让人爱读；他有历史学家的清晰优雅，却没有诗人的热火与想象"（3：47）①。在约翰逊看来，想象或才华，正如体现在《失乐园》中一样，具有像热火一般能激活材料的分子，使其产生新生命形态的功能。

约翰逊对弥尔顿式想象的评价相当接近浪漫主义诗人或诗评家对想象的认识。华兹华斯曾在1815年出版的《诗集》序言中引用查尔斯·兰姆的话说，想象"能将所有事物聚合为一，使所有有生或无生之物、各有自身特色的存在物……都呈现出一种色彩，服务于一种效果"②。他还说，想象专注的是这些事物在"本质和内在属性"上的相似性③。柯尔律治在《文学传记》中比华兹华斯更强调想象的化合与激活的功能：想象，更确切地说，"继发的想象"④，"为再创造而消融、扩散、散逸……不断试图理念化并统一为整体。它实质上是有活力的，即使所有事

---

① 对比约翰逊对这些诗人的评判，可以推断得出，他在撰写《诗人传》时，五十二位诗人按照才情高下和成就大小在他的头脑中大体形成了一个前后呼应或映衬的网络结构。

② 参见 William Wordsworth, "Preface," p. xxix.

③ 同上，p. xxxiv。

④ 柯尔律治把"想象"分为两种，即"原发的想象"和"继发的想象"。前者是"推动人所有感知的鲜活力量和基本要因"，它是对神的创造行为的无意识模仿，可赋予人认识普遍真理的直觉感受力。而"继发的想象"则是有意识的创造，是一种诗歌才能。参见 Samuel Coleridge, *Coleridge's Poetry and Prose* (London: W. W. Norton & Company, 2004), p. 488. 柯尔律治对"想象"的命名与艾迪生颇为相似，但显然柯尔律治赋予了"想象"更多神奇功能和启示色彩，艾迪生所说的"原生的想象"和"次生的想象"具有经验主义属性，基本可归入柯尔律治的"继发的想象"范畴。

物……实质上是不动的,僵死的"①。威廉·黑兹利特评论弥尔顿的诗歌时沿用了约翰逊的"热火"隐喻:弥尔顿的"火热想象如同熔炉一般,即使是最矛盾的材料,也能被它熔化,并变得有延展性"②。也就是说,创作素材受弥尔顿想象的熔炼后,获得了可屈伸收展、随物赋形的特性,能塑造出诗人所求的艺术整体。这与约翰逊使用"热火"隐喻要传达的意思基本吻合。不过,约翰逊没有使用明晰的抽象语言,而是用隐喻来表述他对弥尔顿式想象的认识,这说明他对那种想象的认可只是一种直觉把握,只体现在弥尔顿这种罕见诗人的个案中。

除了肯定弥尔顿的想象能赋予作品生命活力以外,约翰逊还认为它具有将"少"演绎为"多"的功能。这突出体现在弥尔顿对"创世"这个高难度题材的处理。约翰逊指出,《圣经》关于"创世"所述不多,散落于经文各处,能提供创作者发挥的只是几个基本要点,而且难以自由发挥,因为"对宗教的敬畏并不容许他肆意虚构"(1: 289)。在这种情况下,弥尔顿仍凭借着自己"蕴含万象和蕴蓄活力的心智",将这些要点"扩展成为如此浩大宏广的著作,扩散成为如此繁复多变的诗篇",实在令人叹为观止(289),几乎只有独属于弥尔顿的超凡想象,才能与这样崇高题材相结合。约翰逊的观点使人想起休·布莱尔在相关问题上的表述。布莱尔说,弥尔顿依靠自身的"想象力"和"虚构能力","在《圣经》所暗示的零星细节基础上打造出一个符合规矩的完整结构,使诗中的情节内容异常丰富"③。在作品效果方

---

① 参见 Samuel Coleridge, *Coleridge's Poetry and Prose* (London: W. W. Norton & Company, 2004), pp. 488-489.

② 参见 William Hazlitt, "On Shakespeare and Milton (1818)," p. 101.

③ 参见 "Blair on the Sublime, the Twin Poems and *Paradise Lost*," *John Milton: The Critical Heritage*, Vol. 2, p. 246.

面,约翰逊的总体评价也与布莱尔大体相近;布莱尔说,弥尔顿能"牢牢抓住人的想象","引起我们的兴趣,提升我们的思想,触动我们的情感"①。总而言之,虽然约翰逊认为《失乐园》所传达的真理早已家喻户晓,并无新意,但他仍然因为该史诗浩大的篇幅和丰富的内容,给予弥尔顿的想象力和作品效果以极高的评价。

约翰逊论及的想象的"激活"和"衍生"功能,华兹华斯在1815年出版的《诗集》序言中也有所阐述:想象可以"将'多'整合为'一',将'一'消解和分裂为'多',产生以及支配这样的变化的,是心灵对自身强大,乃至几乎神圣的能量的崇高意识"②。接着华兹华斯引用《失乐园》中的两个片段来说明想象如何把宏大的意象分解为众多的意象,把众多的意象聚合成统一的意象③。华兹华斯对弥尔顿式想象的功能的认识,与约翰逊有共通之处。约翰逊所说的想象的"激活"功能,偏向于将多种要素化合为整体,而"衍生"的作用则更接近将"一"扩展为"多"。虽然华兹华斯在其语境中重在谈论想象与意象的塑造的关系,而约翰逊着重阐述想象与素材(如学识)的关系,但在他们著述中,弥尔顿式想象的运行模式及其崇高属性是大抵相同的。约翰逊对弥尔顿崇高才华的体悟或认知与浪漫主义时期的

---

① 参见 "Blair on the Sublime, the Twin Poems and *Paradise Lost*," p. 246.
② 参见 William Wordsworth, "Preface," p. xxvii.
③ 同上, pp. xxvii-xxviii。

文人学者有一致的地方，只不过后世批评家对此有所失察①。

在《弥尔顿传》中约翰逊给予了弥尔顿的诗才至高且中肯的评价。如果将《弥尔顿传》与《考利传》中的判词进行比较，还能发现同样作为有史诗遗世的诗人，为何在约翰逊眼中，弥尔顿要比考利有更高的文学成就。虽然考利在十七世纪声名如雷，读者甚众，但《大卫纪》长久以来一直鲜为人提起，足见它不受欢迎的程度。约翰逊指出原因有二，一是这部诗以"圣史"为题材，二是作品自身的艺术水准不够(223)。他认为"圣史"不适宜用以创作诗歌，因为读者向来是以顺从和虔敬的态度看待"圣史"的文本，难以接受创作者任何程度的发挥(*LP*, 1: 223)。而且，"圣史"记载的神奇事件和先民生活与今相距过远，不易使读者设身处地，体味故事中人物的喜怒哀乐，这势必难以保证读者兴趣永在(224)。再者，原有的"圣史"文本足以达到宗教的目的，诗人将其改编为诗歌，毫无意义(223)。综合《考利传》所述，在约翰逊看来，对"圣史"所做的"任何扩展"或"任何增添""都是不严肃和徒劳的"(223)。虽然"圣史"在通常意义上并不包括"创世"，但两者同出自《圣经》，题材性质相近，向诗人提出了同样的创作难题；在约翰逊看来，

---

① 后世批评家之所以忽略约翰逊对弥尔顿式想象的高度肯定，很大程度上是因为他们将过多注意力放在约翰逊对弥尔顿政治态度的批评，对包括《利西达斯》在内的小诗的抨击以及对《失乐园》缺点的揭露。德·昆西和威廉·黑兹利特是其中典型。可参见 Steven R. Phillips, "Johnson's *Lives of the English Poets* in the Nineteenth Century," *Research Studies*, Vol. 39, No. 3 (Sep. 1971), 178-179.

第二章 弥尔顿的"崇高"

大卫的故事难以入诗,无须入诗,创世传说也是如此①。不过,如果仔细对比,就会发现在《弥尔顿传》中,约翰逊并没有暗示弥尔顿对"创世"的演绎是轻浮和徒劳的;相反,他极力赞美弥尔顿将其扩展为丰富而宏大的叙事诗的才能。所以,关键问题就在于诗人是否具备崇高的想象;从约翰逊的行文中推断,考利显然欠缺这样的才华。约翰逊说,那些直接体现神的意志,由神直接干预发生的事件,"人的才情是无法昭显其崇高的"(223)。这等于暗示说,考利的诗情有限才华尚浅,无法得心应手地处理这类崇高题材。这突出体现在他欠缺"向心灵展示图像的能力"(224),即将观念转化为形象并呈现给读者的能力,以致他只能告诉读者"某个景象暗示了什么样的观念"(224),却不是将情景形象地描画出来。对比《弥尔顿传》和《考利传》中所引用的诗段,可以说明考利为何在这方面不如弥尔顿。

约翰逊在《弥尔顿传》中盛赞弥尔顿取象作喻,即所谓的"史诗明喻",不狭隘死板,相反格局开阔,气象宏大,能在本体与喻体之间留出广阔空间,充盈读者的想象,因此读者心中才有崇高感的产生。他说作喻之"宏阔"(amplitude)恰是弥尔顿的卓越之处(287)。约翰逊特意提及《失乐园》第一卷中将撒旦的盾比作月球的诗行(第284-291行)②,通过这个比喻,弥尔顿"让作为观测用的望远镜以及观测所见的奇异景象充满了人的

---

① 宗教诗歌大体可分为两类,一类是"圣诗",以游吟诗人或先知的声音重写圣经中记载的事件或真理,另一类是"灵修诗",即以诗歌为载体向上帝祈祷或忏悔。参见 Stephen Fix, "Johnson and the 'Duty' of Reading *Paradise Lost*," p. 657. 依据这种划分,虽然"创世"一般不被归入"圣史",但《失乐园》仍然可与《大卫纪》一同视为"圣诗"。此外,"圣诗"往往包含"灵修诗"的成分,比如《失乐园》第三卷和第七卷的卷头就有"灵修诗"的特点。
② 参见 John Milton, *Paradise Lost*, ed. Barbara K. Lewalski (Oxford: Blackwell Publishing Ltd., 2007), pp. 19-20.

想象"(287)。不过,联系文中语境可知,虽然这几行诗引入现代天文仪器的意象,约翰逊并没有将此比喻贬斥为玄学派的"奇思怪喻";相反他肯定月球的壮观以整体的方式表现出了本体那种崇高的形象。《大卫纪》叙事中所穿插的比喻虽然也是源自具体的学问门类,但是似乎并不受约翰逊待见。比如第235页中考利将人的生命比作圣墓里的明灯,将人因刀剑刺入胸膛殒命比作圣墓豁口大开风打灯灭。在约翰逊看来,这个比喻虽然奇绝,根本目的只是卖弄学问,并不服从于叙事目的,无法让读者在头脑中想象考利所要描写的情景,与弥尔顿的月球之喻相比,差别更是显而易见。约翰逊在对比塔索的《被解放了的耶路撒冷》和《大卫纪》时有此一说:"塔索呈现的是意象,而考利呈现的是观念。"(227)也就是说,考利在史诗中多借用知识或典故来间接暗示读者,而不是采用直接呈现的方式。

虽然在《考利传》中约翰逊没有将《大卫纪》和《失乐园》做直接对比,但对照相关文字仍可窥见约翰逊的评断:《失乐园》优于《大卫纪》之处恰在于诗人的想象,这不仅体现在《失乐园》对形象的展现,也体现在弥尔顿的想象将学识熔炼和提升,并糅合进叙述与描写中,避免了考利无端且不当的比喻。在这一点上,约翰逊的看法与艾迪生既有相似之处,也有不同之处。艾迪生在《旁观者》第303期中替弥尔顿的譬喻方法辩护,他声言,弥尔顿的"史诗明喻"动辄数行,洋洋洒洒,似乎看不出本体和喻体之间任何令人惊叹的相似点,但"史诗明喻"的目的主要是突显出"某个壮丽的意象或情思,以便激起读者热火般的情感,让他亲身体验某种崇高的乐趣"[①]。不过,另

[①] 参见 Joseph Addison, "The Spectator No. 303," Addison's Criticisms on Paradise Lost, p. 50.

第二章 弥尔顿的"崇高"

一方面,艾迪生又批评弥尔顿"毫无必要地炫耀个人学识"[①],似乎在他看来,弥尔顿在作品中卖弄的学识(多体现于《失乐园》的"史诗明喻"中)与考利的"奇思怪喻"相似,都属于约翰逊所说"粗沉的杂质"(286)。但约翰逊对《失乐园》中包含丰富学识的明喻的态度更为积极,他认为在《失乐园》这样一部蕴含"全世知识"(290)的作品中,弥尔顿对来源不同的知识做了"理智的消化和想象的组合"(290),并恰如其分地用它们来阐发和装饰自己的思想。

《失乐园》和《大卫纪》都是以《圣经》为题材创作的基督教史诗,选择这样的题材会给诗人的创作造成诸多障碍和限制,即使像弥尔顿这样有崇高禀赋的作家也依然如此。约翰逊强调这一点,有两方面的目的:一方面,他认为这是《失乐园》与生俱来的缺陷(下一节将有论述);另一方面,他借此来反衬弥尔顿的惊人才华。正如迈克尔·培恩指出的那样,约翰逊评判弥尔顿的作品,常采用迂回肯定的模式,即先摆出一套约定俗成的理论,再检视弥尔顿作品与理论不合之处,最后指出尽管与成规不合,弥尔顿作品的光华却难以遮掩,或者说恰是因为与成规不合,弥尔顿的才华才愈显卓绝。在《漫游者》第 90 期和第 139 期中,约翰逊就曾用这样的模式来批评弥尔顿诗歌格律的停顿、转接问题(*Works*, 2: 213-218)和《力士参孙》的悲剧结构问题(*Works*, 3: 166-172)[②]。不过,这里还需着重指出培恩未强调的两点:第一,迂回肯定只是附带结果,约翰逊的本意仍是揭示弥尔顿诗作的缺陷;第二,这些缺陷之所以瑕不掩瑜,

---

① 参见 Joseph Addison, "*The Spectator* No. 303," *Addison's Criticisms on* Paradise Lost, p. 39。

② Michael, Payne, "Johnson vs. Milton: Criticism as Inquisition," pp. 65-66.

甚至反能衬瑜，是因为弥尔顿才华崇高，非一般诗人所能企及或效仿，一旦他们自不量力勉强模仿，效果反而更糟糕。同样，论及《圣经》题材与基督教史诗问题，约翰逊大体也采用了相同模式来评估弥尔顿的作品：首先，有个隐含的假设——普通读者早已对《圣经》中的故事和教诲烂熟于心，演绎成史诗乏新意可陈，难度颇高，且接受效果难以保证；其次，指出众人早已对《失乐园》所蕴含的宗教真理深知熟虑，所蕴含的"恐惧"观念非普通人所能企及，难以产生打动人心的艺术效果[①]；但最后，他仍然肯定弥尔顿的才情突破了题材本身的限制，并对他那孕育出世界一流的史诗、充满原创活力的想象给予了高度评价[②]。

约翰逊评论弥尔顿素体诗的时候，也是采用迂回肯定的模式：先阐明英语在节奏方面的不足和英雄诗体的弱点，以及用每行尾韵来弥补这种缺陷的必要性，再指出弥尔顿式素体诗的弊病所在，最后表明不管押韵有何好处，自己也不希望《失乐园》是用韵诗来写，呈现与今日不同的面目。约翰逊提出一个

---

① 参见《弥尔顿传》第 289 页第 246、248 段。
② 参见《弥尔顿传》第 289 页第 249 段，第 294 页 277 段。沃尔特·亚历山大·雷利爵士 1900 年在《弥尔顿》中也论及诗人创作《失乐园》所面临的各种限制以及所需的想象高度："他（即弥尔顿）的题材要求创作者应有某种绝技。他深远的构思是由抽象的哲理和思想构成，他必须赋予这样的构思以物理学、几何学般精确的物质形态。"参见 Walter Alexander Raleigh, *Milton* (London: Edward Arnold, 1915), p. 85. 雷利爵士认为弥尔顿对这样高难度题材的处理并不缺乏"诗歌的藻饰"："弥尔顿成功地克服或避开了很多的……限制，却没有牺牲戏剧的得体。"（第 96 页）他还分析了弥尔顿所用的具体策略，其中包括阐释性和修饰性的比喻，他指出通过采用这些手段，弥尔顿"摆脱了因为题材似乎不得不对面对的想象匮乏的问题"（第 104 页）。也就是说，弥尔顿依靠丰富而巧妙的想象，成功超越了题材对艺术创作的限制，才有了《失乐园》这样一部既不触犯宗教忌讳，又想象大胆、高远的作品。从布莱尔到约翰逊再到雷利爵士，可以看到一百五十年来英国批评家在弥尔顿的想象与题材限制关系上的一脉相承之论。

带有妥协性的结论:"若有人认为自己有写出惊心动魄的诗作的才能,大可去写素体诗;若有人只希望写出愉情悦性的诗作,不妨屈就韵诗吧。"(294)这句话中的"才能"和"屈就"暗示,在约翰逊看来,写出素体诗佳作,对才华要求更高,其难度远胜于写韵诗。所以,他说像弥尔顿这样的文学大家,只能"崇仰"而不能"效仿"(294)。约翰逊之前很多批评家都认为自由的素体诗天然具有阳刚气质,比韵体诗更利于塑造崇高诗风。丹尼斯曾较早地指出,韵体诗是"柔婉娇弱"的,不足以承载弥尔顿"阳刚、雄健和崇高的激情"[1]。英语诗歌并不一定需要押韵,弥尔顿不靠押韵而成为英国诗人中最崇高的一位[2]。伊萨克·沃兹也曾在十八世纪初期称赞弥尔顿是"崇高诗人,憎恨堕落的韵诗;挣脱了锁链,缔造了崇高的诗篇"[3]。到十八世纪中后期,休·布莱尔依然声称素体诗的"大胆、自由和多样性"更适于写出崇高风格的作品[4]。凯姆斯勋爵认为素体诗有一独特优势,即"无论多奔放的想象,都可以自由相随"[5]。但无论是在《漫游者》还是在《弥尔顿传》中,约翰逊对素体诗与崇高的关系,似乎一直不愿意做出回应。在《弥尔顿传》中他宣称素体诗既没有"散文的行云流水",也没有"韵诗的悦耳怡人",而且"接连不辍,易让人倦烦",它的音乐"作用于人耳,微弱无息,极易被

---

[1] 参见 "Dennis on Milton's Reputation," *John Milton: The Critical Heritage*, Vol. 1, p. 231.
[2] 参见 "Dennis on Rhyme," *John Milton: The Critical Heritage*, Vol. 1, p. 99.
[3] 参见 "Watts's Tribute to Milton," *John Milton: The Critical Heritage*, Vol. 1, p. 139.
[4] 参见 "Blair on the Sublime, the Twin Poems and *Paradise Lost*," *John Milton: The Critical Heritage,* Vol. 2, p. 244.
[5] 参见 "Kames on Rhyme and Blank Verse," *John Milton: The Critical Heritage,* Vol. 2, p. 252.

忽略"（294）。似乎约翰逊更愿意承认，正是弥尔顿喷薄的才情使他能够出色驾驭这种难出佳作的诗体，而不是素体诗成为辅助弥尔顿想象腾飞的翅翼。

论及弥尔顿的诗歌语言，约翰逊也采取了大体相同的评价策略。他首先声言，弥尔顿较重要作品的语言有一种"独特的怪异"特征，既不同于以前任何一位作家的诗歌语言，也不同于日常惯用的语言；不熟悉的读者打开他的作品，往往会以为自己接触到了一门"全新的语言"（293）[①]。约翰逊进而指出，弥尔顿是依据"悖理和腐旧的风格"来塑造诗歌语言，其措辞杂糅了包括意大利语在内的多门外语的特性；约翰逊称这种语言为"非人的语言"，"刺耳和粗蛮"的"巴比伦式方言"（293）[②]。但是，约翰逊又说弥尔顿才赋崇高，知识渊博，所做的诗歌魅力不可阻挡，"读者感觉自己不由自主被这样一颗更崇高、更高贵的诗心所俘获，'批评'也因景仰而臣服。"（293）因为弥尔顿才华横溢，无往不克，即使"从这样的畸形中我们亦能瞧见风度"（293）。最后，约翰逊似乎觉得这样迂回的表述不够尽意，他改成更直接地承认弥尔顿是语言艺术的大师："不管他的措辞有何缺陷，它总不会缺少丰富多变的优点；他是自己语言的大师，到了炉火纯青的地步；他为选用音调悦耳的词语下尽苦工，单

[①] 艾略特在1947年的演讲中表达了对约翰逊这一评断的基本认同。他也认为弥尔顿的语言风格是一种个性化的风格，"所植根的基础并非日常口语或俗常文字，也并非对意义的直接传达"。参见 T. S. Eliot, "Milton (1947)," *Milton Criticism: Selections from Four Centuries*, p. 320.

[②] 所谓"巴比伦式方言"（babylonish dialect）即"杂乱的方言"的意思。早在1724年，威尔斯蒂德就在《论英语语言、诗歌状况等的完善》一文中指出，弥尔顿的语言风格是"第二座巴别塔（Babel），是所有语言混乱的集合"。参见 "Welsted on Milton's Language," *John Milton: The Critical Heritage*, Vol. 1, p. 244.

从他的书中,就可以学会英语诗歌的艺术"(293)。由此可见,面对批评法则与弥尔顿诗才之间的紧张关系,约翰逊是有一套将其化解并心安理得地接受的方式的。

约翰逊之前的批评家在探讨这个问题时,也流露出与他相似的复杂心理,尤其在面对弥尔顿式充满异国情调和古香古色的杂糅语言的时候。例如,德莱顿就曾断言,在搬用荷马的希腊习语和模仿维吉尔的优美拉丁语方面,没有人能胜过弥尔顿的得体做法;但是他又暗示,不管是创造新词,还是恢复废旧词语,弥尔顿似乎不够节制有度,几乎到了矫揉造作的地步[①]。但最后,德莱顿指出:"弥尔顿的崇高思想包裹着美妙的希腊语汇和从乔叟和斯宾塞的矿藏中挖掘出来的古老词汇",显示出"一种真正的崇高";他说,搬用自乔叟和斯宾塞的词语"虽然质朴,却含有几分令人赞叹的苍然古色"[②]。德莱顿的行文似乎显示出与约翰逊同样复杂的态度,一方面不认同弥尔顿的语言技艺所蕴含的诗学态度,另一方面又被弥尔顿的诗才所深深折服,不得不高赞他的语言才艺。另外,在德莱顿看来,弥尔顿的语言与其题材相契合,共同铸就其诗歌崇高的风格。这样的观点得到了十八世纪批评家的呼应。乔纳森·理查逊就在他的《弥尔顿传》中说:"弥尔顿有意用这样的语言来服务题材的崇高,以永久吸引读者的注意。"[③]艾迪生认为,弥尔顿这种杂糅了古希腊拉丁语和现代方言的英语达到了前所未有的高度,它的

[①] 参见 "Dryden on *Paradise Lost*," *John Milton: The Critical Heritage*, Vol. 1, p. 101.

[②] 同上, p. 102。

[③] 参见 Jonathan Richardson, "An Account of the Life and Writings of John Milton," *The Works of John Milton, Historical, Political and Miscellaneous* (London: A. Millar, 1753), p. lxv.

崇高风格恰好与诗人的崇高思想相匹配。虽然弥尔顿常走向极端，造成语言僵硬和晦涩，但从总体上看，他脱离常规用法的语言与素体诗相得益彰，促成了他风格的崇高①。不过，约翰逊倒没有暗示这样的语言有助于制造崇高效果，他明确表态的一点是：弥尔顿的崇高才情使他的诗歌语言变得独有风味。约翰逊似乎在含蓄地传达一种态度：如果其他诗人不磨炼诗艺，只是生搬硬套弥尔顿的个人语言标签，却不具备那种内化于诗人精神气质中、充溢着生命活力的才华，很可能只会写出不伦不类的作品。

约翰逊在《菲利普斯传》中以菲利普斯的创作实践为例来说明自己的担忧。他认为菲利普斯对弥尔顿独特风格（包括诗体和语言）的模仿是不明智的：

> ……凡读者希望应从弥尔顿的作品里去除的东西，凡是腐旧、怪异、恣肆的东西，菲利普斯都小心翼翼地积存了下来……菲利普斯坐下来写作，铁定心肠要创造弥尔顿诗歌中的乐音；他要追求他师傅所追求的一切，虽然远不具备他师傅所具备的一切。那些在《失乐园》中令人起敬的粗粝特征，在《布伦亨》中就显得可鄙了。（2: 69-70）

菲利普斯"远不具备……的一切"指的就是弥尔顿那种能将"粗粝"变为令人钦叹的独特品质的崇高才情。在约翰逊看来，菲利普斯的才华远不及弥尔顿，但他没认识到自身的特长和局限，反而舍本逐末照搬弥尔顿诗歌所独有的形式特征，从而误入文

---

① 参见 Joseph Addison, "*The Spectator* No. 285," *Addison's Criticisms on* Paradise Lost, pp. 26-27.

学创作的歧途。在《科林斯传》中,约翰逊也对这种拙劣的模仿提出了批评。依据约翰逊的评判,科林斯的诗歌才华要高于菲利普斯。约翰逊说他的"心智并不缺乏火焰"(3:121),在约翰逊眼中,科林斯的禀赋居于常人之上,辅以不懈的努力,他往往"能在较恰当的时刻展现崇高与壮美"(121)。虽然科林斯像弥尔顿一样,喜欢让"想象的腾飞超越了自然界限",但约翰逊认为喜爱神怪魔幻,却"是他性情的流露,而非才华的表现";另外,科林斯的诗歌措辞故作陈旧,有意颠倒正常语序,行文滞涩,音韵刺耳(121)。约翰逊认为科林斯浸淫于超自然的神鬼传奇,倾心于再造弥尔顿式的语言和诗体,使他的心智"因偏离正道,追寻乖谬之美,而耽误了前行的进度"(121)。如果将约翰逊对弥尔顿和这些模仿弥尔顿诗风的诗人的评判联系起来,就会发现约翰逊似乎在通过对经典的梳理含蓄地警示英国诗人,像弥尔顿这样有独创天才的崇高作家,不宜简单效仿,生搬硬套;诗人意图创新,须考虑个人的禀赋才具,选择与之相称的创作道路,包括题材、诗体和语言等的选择,否则将有可能把属于原作家独特风姿的"缺陷"变成自己作品中面目可憎的"缺陷"。

  天才作家的表现常有与通行法则或现有规范格格不入的"缺陷",如何评判这样的"缺陷",既不贬低诗人的成就,又不误导其他诗人,是约翰逊在《弥尔顿传》中要应对的棘手问题。早在约翰逊之前,威廉·杜夫就曾试图解释为何在天才作家的作品中会产生这种"缺陷"。他在《论独创性的才赋》中指出原因有三,一是天才作家在表现自然界或人类生活中某些庄严雄奇的事物或观念时,力不从心,以失败告终[①];二是天才作家凭

---

① 参见 William Duff, *An Essay on Original Genius*, pp. 164-165.

其独创性的崇高想象突破批评法则的限制，跳脱权威和习俗的藩篱时，被"新奇"和"神妙"所障目，而无视"得体"与"自然"①；三是受才情所限，崇高的想象易疲软无力，难以长时间翱翔于长天②。在约翰逊心目中，《失乐园》的不足显然并非源于第一个原因，却与第二个原因有无法脱离的关系。综合前文所述，可以看到约翰逊的应对态度是，先是指出弥尔顿作品的某方面违背普遍的批评法则或自己心目中理想的诗歌理论，揭示因此形成怎样的缺陷，接着换以宽容的态度来对待这样的缺陷，并以它来反衬弥尔顿冠绝古今的独特才华。杜夫说，像这样有宏大想象但写作偏离常规的作家，"无论是其欠缺还是美好之处，都不可模仿"③，显然这个观点，与约翰逊对待弥尔顿的优缺点的态度相吻合。另外，约翰逊还暗示道，诗人只有具备足够崇高的才情或足够火热的想象，才能将作品的缺陷转变成一种独具魅力的美学品质，但这种品质不可被其他诗人复制，或难以迁移到其他作品中④。也就是说，天才诗人的创造力难以通过批评量化成具体的诗歌写作手册，供后人毫无想象地、亦步亦趋地模仿。这在某种程度上反映了约翰逊在处理僵硬的批评法则和作家才华之间关系时的灵活态度，同时，也是对十八世纪英国

---

① 参见 William Duff, *An Essay on Original Genius*, pp. 165-166. 休·布莱尔也认为"几乎每位有石破惊天的崇高才赋的诗人注定是做不到均衡与得体的"。参见 "Blair on the Sublime, the Twin Poems and *Paradise Lost*," *John Milton: The Critical Heritage*, Vol. 2, p. 248.

② 参见 William Duff, *An Essay on Original Genius*, p. 166.

③ 同上，p. 168。

④ 艾略特也认为弥尔顿不适宜作为其他诗人的模仿对象。他在1947年演讲中说："弥尔顿作为诗人，在我看来，大概是所有怪杰中最了不得的。他的作品示证不出优秀作品的普遍章法；他的作品唯一能示证的写作章法，就只适合弥尔顿本人来遵从。"参见 T. S. Eliot, "Milton (1947)," p. 320. 艾略特对弥尔顿诗才"怪异性"的看法，可能受到约翰逊的影响。

诗坛模仿弥尔顿诗歌的热潮的一种微妙警示。

除了前文提及的"热火"意象外,批评家在形容崇高的想象时,往往会用"飞翔"的意象来作比。杜夫曾将诗人运用独创的才赋比作雄鹰的飞翔,虽然"脱离正轨",却是"凌空高蹈"①。说到弥尔顿的文学批评史,其实早从安德鲁·马韦尔开始,英国的文人学者就已经在使用"飞翔"的意象来形容弥尔顿的崇高诗才②。约翰逊承袭了这个套路,也将弥尔顿的崇高才情描述为能飞离狭隘的现实,"纵情嬉戏在充满可能的广阔领域":"他把个人的才情送上求索的征途,送往想象才能飞临的世界;他欣喜地构建出新的生命型式,赋予高贵的神灵以情感和行为,地狱的商谈会,天界的唱诗班,都成了他寻游踏访的对象。"(287)约翰逊使用飞跃现实世界这个比喻来描述弥尔顿上天入地、无所不往、磅礴大气的想象。这是诗人当中罕见的才情,弥尔顿不仅深知自身天赋,而且竭尽其用。不过,约翰逊承认诗人的想象很难长久飞翔于高空,这一点与杜夫的观点无异,但是他并不认为从高处降落必然意味着败笔,相反,却可能是从崇高到优美的转换。约翰逊指出,虽然《失乐园》的主调是崇高的,但其间也点缀着无数优美诗章。他用"飞升"以及"回落"的动作来比喻《失乐园》这个特点:"他总不能永远停留在其他世界中;他必须时不时地重回人世来讲述可见与可知的事物。当他不能用心灵中崇高的一面来引人惊叹,他就用丰沃的一面来逗人欢欣"(287)。约翰逊行文喜欢对仗,构成对仗关系的前后分句意思或相反或相近。这里"崇高"与"丰沃"

---

① 参见 William Duff, *An Essay on Original Genius*, p. 167.
② 参见 "Marvell on *Paradise Lost*," *John Milton: The Critical Heritage*, Vol. 1, p. 82. Joseph Addison, "An Account of the Greatest English Poets," p. 143.

（fertility）恰好构成意义相反的对仗。"丰沃"原用以形容土壤肥沃，土地多产，带有人间气息。约翰逊在行文中用词的讲究，由此可见一斑。

在文中另一处，约翰逊明确使用"下降"一词来表示风格从崇高到优美的转变：

> 他让自己的想象力不受束缚，自由驰骋于天地，所以他的观照包容万象。他的《失乐园》的典型特征是崇高。有些时候他也从崇高下降至优雅，但他表现宏伟的事物最得心应手。他偶尔也给自己披上优美的外衣，但他天生的气度是高壮宏拔。当需要愉悦的时候，他就能使读者喜悦，但他独家的本领是令读者惊奇。（286）

引文再次证明约翰逊用"飞升"和"回落"的隐喻来形容《失乐园》以崇高为基调间杂以优美，弥尔顿的才情以崇高为长项兼擅优美的特点。约翰逊在给《失乐园》的评论收尾的时候，还特意回应了德莱顿关于弥尔顿诗歌崇高与平淡并存，好坏不均的评论[1]。他说，诗歌如宫殿，宫殿有自己的通道，诗歌也得有自己的过渡，不能强求所有诗段都是华章，这是没有必要的；而且，要求人的"才智"永远明耀，就如同要求午日永远高悬，这也是不可能的（292）。所以，"伟大的作品经常是华彩与暗淡相接，如同地球上昼夜交替一般"（292）。"当弥尔顿已经在云

---

[1] 除德莱顿以外，蒲柏、切斯特菲尔德、休谟等人都曾抱怨过《失乐园》整首诗的质地不够均匀，虽然大部分以崇高、华耀为主调，但很多时候陷于平庸、暗淡、缺乏想象。参见 Roger Lonsdale, "Notes to Milton," *The Lives of the Most Eminent English Poets; with Critical Observations on their Works,* Vol. 1, p. 430.

第二章 弥尔顿的"崇高"

霄徜徉一番后,就可以允许他时而重回人间;毕竟有哪位作家能像他这般飞至如此的高处,飞得如此的久远?"(292)如果联系《蒲柏传》中约翰逊对德莱顿和蒲柏才情的对比,就不难发现在约翰逊眼中,弥尔顿集合了德莱顿和蒲柏两人的所长。约翰逊说:"如果说德莱顿能飞到更高处,蒲柏则能飞得更久远"(3:66);而弥尔顿论想象的高度和恒久度,都要远胜于这两位诗人。约翰逊在含蓄地告诉读者,弥尔顿的才华以及在诗歌经典中的地位居于德莱顿和蒲柏之上,列《诗人传》中数十位诗人之冠。

上文从"想象"的两个隐喻以及"崇高"与题材、诗体、语言的关系,阐述了约翰逊对弥尔顿才华与作品的崇高性的高度认可,以及他对弥尔顿在英国文学经典中鳌头地位的确认。弥尔顿的崇高想象,作为其经典地位的标志,究竟从何而来,与其人生有何关联?约翰逊在《弥尔顿传》的传记部分,通过展现弥尔顿的生平世事和性格特征,试图为这样的想象寻找支撑的基础。在《弥尔顿传》中,但凡涉及弥尔顿为人处世的态度,都可以看到约翰逊的行文万变不离一宗:弥尔顿才学惊世,但是性情孤傲,以自我为中心,以私见评判是非,不屑与平庸之辈相往来,致使自己与普通人的生活和情感相隔绝。斯蒂文·菲克斯曾在其论文中对文本相关细节做了归纳[①]。《弥尔顿传》刚开篇没多久,约翰逊就发表了他对弥尔顿作品的总体观感:"似乎在所有作品里,他都显露出高才硕学通常会有的品质,即坚定的高度自信,也许还带有对他人的不屑。"(246)在约翰逊的笔下,弥尔顿这种强大的自我体现在他思想生活的各个方面:在

[①] 参见 Stephen Fix, "Distant Genius: Johnson and the Art of Milton's Life," *Modern Philology*, Vol. 81, No. 3 (Feb. 1984): 245-251.

教育思想上，他不屑教授"中小学的普通知识"，如宗教和道德，偏喜爱传授高深的天文地理知识（248）；在政治上，他信奉共和思想，但这种思想"所植根的基础，恐怕是对'伟大'的艳羡与妒恨，对'独立'的病态渴望，是急于操控他者的暴脾气，是鄙视居上位者的自尊心"（276）；在宗教上，他几乎不出入教堂做礼拜，也很少单独或与家人一同祈祷，他似乎相信"人可以靠对自我的嘉许来生活，向自我辩护自己的行为"（276）；在夫妻关系和友谊的问题上，弥尔顿也表现出难以合群并享受其中乐趣的特点，与培护伦理关系相比，他似乎更关心个人学问的精进①。综合这些方面，约翰逊展现给读者的弥尔顿，确实是一个落落寡合、矫矫不群的孤傲人物，有别于《诗人传》中取媚俗众的德莱顿和处事圆滑的蒲柏，也有别于喜欢流连于酒馆茶肆，与众友高谈阔论的约翰逊。

弥尔顿的性格进而决定了其创作特点，即更擅长表现非现实主义的题材或遗世独立者的思想情感，而很少去创作偏重表现俗世中人的情感和交往的作品。《失乐园》《复乐园》《力士参孙》就是这类以宗教故事为题材的非现实主义作品。约翰逊高度赞扬了《失乐园》所展现的具有原创性的诗意想象。这种无须取法于先人的原创性，是约翰逊给予弥尔顿的才华及作品的最高礼赞，它与诗人独立自主、恃才自负的性格之间存在着一种

---

① 在个别方面，约翰逊的论断显然违背了"硬事实"。例如，他认为弥尔顿并不注重宗教和道德教育，这与弥尔顿的《论教育》和《失乐园》的基本宗旨严重不符。参见 Stephen Fix, "Distant Genius: Johnson and the Art of Milton's Life," p. 246. 此处重点并不在于检视约翰逊《弥尔顿传》与其他传记所呈现的弥尔顿形象究竟有何差别，约翰逊笔下的形象在哪些方面与事实不合。本章主要致力于考察约翰逊如何通过构建自己心目中的弥尔顿来揭示诗人的文学才智和诗歌特质的形成原因。

第二章 弥尔顿的"崇高"

深层的联系。在《弥尔顿传》最后一段,约翰逊将这层联系明晓地揭示了出来:

> 在所有借鉴了荷马的诗人中,弥尔顿也许是最无须对他感恩戴德的。弥尔顿天生就是独立的思想者,对自身的才能充满自信,不屑他人的扶助或阻扰;他并不能拒绝接受前人的思想和意象,却从未刻意去追寻二者。他并未从同时代人那里寻求过帮助,也从未接受过他们的帮助;在他的作品里,找不到任何东西能满足其他诗人的自尊或虏获他们的青睐;没有相互的恭维,也没有乞求他人的扶持。他诸多伟大的作品都是在困窘和失明的状况下写就的;他是为艰巨的伟业而生;《失乐园》不是最伟大的英雄史诗,只因为它不是第一部。(294-295)

从引文可知,就创作的现实环境而言,弥尔顿因眼睛失明和时局变化,陷入孤立隔绝的状态;就面对的文学资源而言,诗人也处于同样状态中,但与前者不同,这是他有意而为的结果。不管是何种情形,都可以反映或烘托出弥尔顿独立自信的性格。在约翰逊看来,这种性格以及处境构成了弥尔顿的崇高想象和作品原创性的生平基础。除了与众不同的诗意想象外,弥尔顿的原创性还体现在个人的语言风格上,即前文所说的"独特的怪异"(293)语言。约翰逊还说,弥尔顿的早期诗歌呈现出一种能预示他日后才情的特征:"独立自创和不求假借的风姿。"(278)所有这些表述都以一种有机的方式将弥尔顿的作品风貌与性格特征联系了起来。

弥尔顿不仅擅长处理《失乐园》这样需要超越现世生活进

行虚构的题材,他也善于传达《欢乐颂》和《沉思颂》这类诗作中孤独者的思想情感。这两首诗所表现的"欢乐"和"忧愁"都不是在大庭广众或亲朋好友之间集体抒泄的情感,相反,它们是"孤独而沉默地寓居于人的心胸中,既不向外敞开,吐露心声,也不接纳他人的情意。所以诗中没有提及任何一位智慧的朋友或愉悦的同伴"(280)①。《欢乐颂》和《沉思颂》是约翰逊评价最高的弥尔顿小诗;当约翰逊说这两首诗是"'想象'的宏伟之作"(280),总能在《欢乐颂》的说话者身上发现忧郁的影子时,他其实是在暗示孤傲的性情使弥尔顿能充分想象离群索居者的心境以及他们眼中的世界,并使他歌颂欢乐女神的作品蒙上一层忧郁色彩。

《失乐园》天马行空的想象、《欢乐颂》和《沉思颂》中的心灵景象,都在约翰逊的文笔点拨下,与弥尔顿的生活体验和个人性格产生了微妙呼应。约翰逊在肯定弥尔顿的生活和性情给创作带来独一无二的优势的同时,也对其负面效果进行了批评。引用菲克斯的话说,弥尔顿的诗歌"也具有自我中心主义,与现实经验脱离,与普通人的兴趣没有关联"②。这在《失乐园》中就表现为缺乏人的情味,只有师长的教导,而无同伴的安慰(*LP*, 1: 290)。如果将这样的评语与前面所归纳的弥尔顿形象作比对,会发现他作品与人格的神韵惊人相似。下文就约翰逊如何看待弥尔顿作品的缺憾以及背后的原因展开论述。在约翰逊看来,作品的缺憾追根究底要归到诗人的崇高想象与所选题

---

① 虽然《欢乐颂》描绘了欢闹热腾的集会和婚礼场面,但约翰逊认为说话者"仅是一个旁观者"(1: 280),与众人始终保持疏离的态度。
② 参见 Stephen Fix, "Distant Genius: Johnson and the Art of Milton's Life," p. 252. 必须指出,约翰逊的看法是有偏颇的,他忽略了弥尔顿十四行诗中涉及个人感情生活或际遇的作品。

材的结合。

二、"人情味的缺乏":弥尔顿的作品缺憾

崇高的想象所产生的一大艺术效果就是令人惊奇和恐惧,而弥尔顿恰恰擅长表现这种效果。对此,约翰逊用了一套伯克的语汇加以解释,他说弥尔顿善于"展现宏阔的气象,昭显壮观的气派,增强威严的气度,使阴郁的气质更暗淡,使恐怖的气氛更惊悚"(286)。"宏阔""壮观""威严""阴郁""恐怖"这些形容词概括了《失乐园》的崇高性的具体形态。不过,约翰逊通过排比句如此玩味这部史诗的崇高性的同时,却暗示崇高性是它"与生俱来的缺陷"(original deficiency)(290),即《失乐园》题材的选择、寓意的确立、情节的虚构以及由此衍生的诸多观念必然导致作品缺憾。例如,针对《失乐园》所传达的崇高观念,约翰逊是这么评论的:

> 由《失乐园》庄严景象所暗示的那些观念,有一些我们会因崇敬远而避之,只有在需要联想起它们的具体时刻,才会去接纳它们;有一些我们会因恐惧退避三舍,只把它们当作有益的惩罚,用以抵抗利益与激情对自我的影响。这样的观念,只会阻碍而非激发奔腾的想象。
>
> 愉悦与恐惧其实是诗意真正的源泉;但诗意的欢愉至少必须是人的想象力可以体味的;诗意的恐惧必须是人的力量和坚忍可以击退的。与永生攸关的善恶观念,对才智的翅翼而言,太过沉重;才智受到它们的重压,处于消极无助的状态,只好满足于温和的信仰与谦卑的仰慕。(289)

约翰逊指出,蕴藏在前文所说的"宏阔的气象""壮观的气

派""威严的气度""阴郁的气质""恐怖的气氛"之下的其实是读者因崇敬和恐惧唯恐避之不及的沉重观念,这样的观念很难让普通读者产生同情的想象。

虽然弥尔顿能靠其举世罕见的崇高想象来把握和呈现这类崇高的理念,但它们所激发的喜悦是普通人无法体验的,所引发的恐惧也是普通人无法应对的[①]。瑞丝指出,这种心理体验,恰好与"源自美学'崇高'的热烈高扬的情感"构成相反关系[②]。引文中"沉重""重压""谦卑"等词无不让人产生下坠或处于下位的联想。约翰逊这样描述阅读体验,显然有别于在其他部分盛赞弥尔顿能发挥崇高才情,创造出《失乐园》这样一部令人震撼的宏伟史诗。虽然布莱尔声言如果弥尔顿选择一个更贴近世人生活,而非关乎神学义理的题材,塑造更多的人物,展现更多类型的情感,他的诗作会更"令人愉悦和着迷",但是他仍然承认弥尔顿的作品"总体基调"是"引人兴趣"的[③]。相较而言,布莱尔的评判没有约翰逊那么复杂。约翰逊在评论《失乐园》后半部分,更突出了《失乐园》缺乏通俗趣味。他的身份似乎发生了微妙变化:从手持批评戒尺、文化素养很高的评论家转变为

[①] 乔纳森·理查逊觉得《失乐园》中的崇高观念是"以最有效、最迷人的方式传达给读者。读者的心智被愉悦所缓和,被调制,它被吸引,被诱感,它被唤醒,被激活,接受了诗人意欲传给它的印象"。参见 Jonathan Richardson, "Explanatory Notes and Remarks on Milton's *Paradise Lost*," p. 62.

[②] 参见 Christine Rees, *Johnson's Milton,* p. 141. 瑞丝指出这种心理体验是宗教体验,不过本书认为约翰逊其实也在谈论文学体验,两种体验在阅读《失乐园》的过程中很难区分开来。

[③] 参见 "Blair on the Sublime, the Twin Poems and *Paradise Lost*," *John Milton: The Critical Heritage,* Vol. 2, p. 246.

第二章　弥尔顿的"崇高"

更看重直觉感受和个人兴味的普通读者①。站在转变后的立场上，约翰逊对阅读《失乐园》的个人体验加以总结：《失乐园》没有"人的情味"（human interest），它是"一本读者尊崇，可一旦释手就不会记得捧起的书"，"阅读它是一种义务，而不是一件乐事"（290）。约翰逊还向读者坦白："我们读弥尔顿是为了教诲，我们离去的时候，感到心神不安，心情沉重，只能去他地另寻消遣；我们抛弃了导师，去寻找自己的同伴。"（290）也就是说，在约翰逊看来，弥尔顿的心灵境界远非普通人所能企及，他的作品虽好，但人们无法从中感受到人情的温暖，得到心灵的慰藉。

在十八世纪美学批评中，"崇高"往往含有这种难以令普通人亲近、与社会大众隔绝的伦理意味。例如，伯克就将"崇高"视为"优美"的对立面，认为后者产生于"社会交往"的本能，与喜爱、好感以及类似情感有关联②。由此可推出，在伯克看来，"崇高"多与孤独内省相关，它绝不同于人在俗世往来中互存的友爱之情。艾迪生将史诗作品中的思想情感分为"自然型"（即凡夫俗子所拥有的令人愉悦和着迷的情感）和"崇高型"③。约翰·贝利认为能引发崇高感的自然景象除了具有宏大、均质的

---

① 约翰逊作为普通读者，虽然文化修养很高，古今各种经典无不涉猎，但他身上也有贴近俗趣的一面。他从小起就喜欢阅读各种罗曼司和小说作消遣，他会觉得阅读《失乐园》的体验过于沉重，其实是把自己作为普通读者的标准引入对经典的评价中。
② 参见 Edmund Burke, *A Philosophical Inquiry into the Origin of our Ideas of the Sublime and Beautiful*, p. 54.
③ 参见 "Addison's Papers on *Paradise Lost*," *John Milton: The Critical Heritage*, Vol. 1, 156.

特点外,还要"非同寻常"(uncommonness)①。所有这些比照或观点都暗示"崇高"有与普通人的往来和情感相脱离,追求宏大和高远,不流于俗常的意味。正如杰弗里·提洛森研究约翰逊的崇高观所指出的那样:"崇高的存在,是尽可能与人保持疏离"②;在约翰逊眼中,"崇高是一种诱惑,它让作者忽略了诗歌的'合适'题材,即人的日常事务",比如伦敦街道"无比令人着迷的汹涌人潮"③。对约翰逊而言,追逐崇高不仅关乎写作者的美学风格,也关乎他的伦理关怀。这也正是为何约翰逊在塑造弥尔顿的人格形象和评判他的诗歌时,沿用了之前批评家的区分,尤其突出了"崇高"与"俗常"的比照,将"人情味的缺乏"视为弥尔顿人格和作品缺陷的重要表征。

约翰逊对《力士参孙》这部作品的缺憾的评断,与《失乐园》相近:缺乏人的趣味。不过,他在此处的表述,更接近批评家的表述:

> 弥尔顿在戏剧方面并不出类拔萃;他对人性知而不详,从未细察个性之间有何细微差别,也从未细察激情投合时所起的作用,或激情相抵触所引发的迷乱。他博览群书,深谙书中教导;但涉世不深,阅历不足,所以缺乏相应的知识。(293)

---

① 参见 "John Baillie, an Essay on the Sublime," *The Sublime: A Reader in British Eighteenth-Century Aesthetic Theory*, p. 90.
② 参见 Geoffrey Tillotson, "Imlac and the Business of a Poet," *Studies in Criticism & Aesthetics 1660-1800*, eds. Howard Anderson & John S. Shea (Minnespoli: The University of Minnesota Press, 1967), p. 308
③ 同上, p. 303.

第二章 弥尔顿的"崇高"

约翰逊强调弥尔顿的戏剧缺乏对人性、个性、激情、人世的深刻体味。如果将《莎士比亚戏剧集》序言中的论断①与这段文字作对比,就会发现实际上约翰逊是以莎士比亚作参照来评价弥尔顿的作品,用的是"自然"和"触情"这两大相关联的标准②。依据约翰逊对"触情"的定义,它指的是"触动人的激情;富有激情;令人感动"(*Dict.*, 2: 306)。正如哈斯特卢姆所指出的那样,约翰逊经常在行文中将"触情"和"崇高"对立起来,暗示这二者并非相互交叠③。他在《弥尔顿传》里也是坚持这种用法:"在堕落之前,人的激情还未进入人世,所以诗人几乎没有机会触动读者的情感……激情的触动只出现在一处场景中;崇高性

---

① "莎士比亚的剧作充满了实用真理和家常智慧……从莎士比亚的作品中我们可以搜罗到一整套关于细谨持家、勤谨治国的箴言。"(*Works*, 11: 329)"要使形象丰满并具有普遍性的人物相互有别并长存于世并不容易,不过迄今还没有诗人会比莎士比亚更能塑造截然不同的人物。"(331)"莎士比亚的作品却大不相同,遁世隐居的人从中可以学得对人间事务的判断,聆听忏悔的神父从中可以预知七情六欲的走向,观览剧中的景象,体味富含人性的语言中人的思想,读者也许就能治好他对幻想的狂热与痴迷。"(332)《莎士比亚戏剧集》序言中的这些论断说明莎士比亚的才赋在于擅长塑造具有普遍性但又相互区别的人物,表现人的七情六欲和俗世的景象。莎士比亚这种深谙世事并长于表现世事的才能,与弥尔顿形成鲜明反差。
② 欣南特对弥尔顿和莎士比亚的才华特征做过对比,认为两人各自代表了典型的"独语型"(monologic)才华和"对话型"(dialogic)才华。参见 Charles H. Hinnant, *Steel for the Mind: Samuel Johnson and Critical Discourse*, p. 32. "崇高"与"触情"是这两种才华各自产生的文学效果。
③ 例如,约翰逊在《沃勒传》中说沃勒的诗歌是"从不触情的,也很少是崇高的"(*LP*, 2: 54)。玄学派的诗人的作品"不近于触情,同样也不近于崇高"(1: 201)。参见 J. H. Hagstrum, "Johnson's Conception of the Beautiful, the Pathetic, and the Sublime," p. 142.

是在这首诗中占据总体优势的品质。"(288)① 约翰逊的"触情"与"自然"(即包括大自然、社会、人性、激情等)联系更紧密,而"自然"恰恰是约翰逊在前面评论《失乐园》时所淡化的标准②。对约翰逊而言,《失乐园》的优长不在于描摹自然,而在于虚构人间之外的故事,因此也就无法触动普通人心中的喜怒哀乐。这一点迥然有别于观众观看莎剧时的反应:"不管是逗观众开心,还是使观众感伤,或者只是通过熟悉流畅的对白,不动声色、平平淡淡地把故事展开,他都能轻易地达到自己的目的;我们一旦被他所掌控,就只能高声大笑或者黯然伤怀,又或者安安静静地坐下来,满怀期望地等待。"(Works,11:337)综上所述,虽然《失乐园》的崇高性能震撼人的心魄,甚至令人胆战心惊,但是这并不等于莎剧中那种更加贴近于俗世生活的"激情"。

约翰逊所谓的"激情",接近丹尼斯的"俗常的激情",而《弥尔顿传》中所论及的"崇高"的心理效果,则大抵相当于丹尼斯的"高扬的激情"③。在丹尼斯看来,"恐惧"作为"高扬的激情"的一种,主要源自宗教观念,"凡在宗教中令人恐惧的事

---

① 艾迪生对《失乐园》的触情效果的认可要高于约翰逊。他认为弥尔顿兼擅崇高和触情写作,《失乐园》第七卷"崇高"与"激情"相结合,一同被激发起来。参见 Joseph Addison, "The Spectator No. 339," Addison's Criticisms on Paradise Lost, pp. 99-100.
② 在评价《失乐园》部分,约翰逊其实也使用过"自然"标准。在第252段之后的文字里,约翰逊逐一点评了弥尔顿对天使和魔鬼形象的刻画、对寓言人物的处理、对人未堕落前的状态的描写中不符合"自然"标准的地方(290-292)。不过,这些评判与"崇高"这个批评问题关联不大,所以不在本章中讨论。
③ 有时候丹尼斯会称这种"高扬的激情"为"虔情"(enthusiasm)。参见"From The Advancement and Reformation of Modern Poetry," The Sublime: A Reader in British Eighteenth-Century Aesthetic Theory, p. 33.

物,则是在世界中最令人恐惧的"①。换句话说,丹尼斯认为宗教观念或神圣题材极其适合创作成诗歌,因为它们最能有效地激起人的崇高情感②。在十八世纪的英国,宗教往往与崇高联系在一起。在当时神学家和批评家的争论和著述推动下,越来越多的人开始注意到《圣经》文本(包括其中的希伯来诗歌)的崇高性,将它视为崇高的典范③。他们认为《圣经》文本的崇高性不仅源自其简单朴素的语言,也源自其公正、伟大和神奇的思想,是受神启示的结果④。在这样的语境中,诗人认为以神圣题材入诗可产生崇高效果,并利用崇高性来达到灵修目的,就是自然而然的事。活跃在十八世纪早期的诗人,像理查德·布莱克默爵士(Sir Richard Blackmore)、伊萨克·沃兹、亚伦·希尔(Aaron Hill),甚至倡议用《圣经》的题材和希伯来诗歌来改造当时英国的诗歌创作⑤。当然也有反对声音,像沙夫茨伯里就认为神圣题材不宜入诗,尤其是当赐予诗人灵感的是俗世缪斯的时候⑥。丹尼斯则提倡现代诗人应将基督教神学与诗歌的构思结

---

① 参见 "From *The Grounds of Criticism in Poetry*," *The Sublime: A Reader in British Eighteenth-Century Aesthetic Theory*, p. 38.
② 乔纳森·理查逊的立场与丹尼斯基本相同。参见 Jonathan Richardson, "Explanatory Notes and Remarks on Milton's *Paradise Lost*," p. 59.
③ 参见 David B. Morris, *The Religious Sublime: Christian Poetry and the Critical Tradition in 18th-Century England*, Lexington: The University Press of Kentucky, 1972.
④ 关于十八世纪宗教与崇高问题的论述,还可参见 Samuel H. Monk, *The Sublime: A Study of Critical Theories in XVIII-Century England*, pp. 78-80.
⑤ 参见 David B. Morris, *The Religious Sublime: Christian Poetry and the Critical Tradition in 18th-Century England*, pp. 82-85.
⑥ 参见 Anthony Ashley Cooper, "Advice to an Author," *Characteristics of Men, Manners, Opinions, Times with a Collection of Letters* (Basil: J. J. Tourneisen & J. L. Legrand, 1711), p. 308.

合起来，如此才能获得高于古人的优势①。约翰逊的看法与沙夫茨伯里有一致之处，即认为写圣诗并非平庸之人所能胜任，对"圣史"作文学虚构易亵渎宗教等。

除此以外，约翰逊反对宗教诗歌的另一个重要原因，是他认为宗教默想或神学教义并不一定能勾起读者的审美反应；正如他在《沃勒传》中所说，"默想的虔诚，或者上帝与人之间的交流，很难富有诗意"，因为"诗歌的本质在于创造，通过创造出意想不到的东西，使人感到奇妙和喜悦"，但是宗教诗歌至少就其语言表述和思想情感而言，并不能带给读者新奇感和审美快乐（*LP*, 2: 53）。即使有像弥尔顿这样才情崇高的诗人，能用想象创造出一部令人震撼的基督教史诗，但约翰逊仍然认为普通读者的想象与《失乐园》的"崇高性"之间存在着不可飞渡的巨大天堑。丹尼斯恰好相反，无论是在《现代诗歌的发展和变革》还是在《诗歌批评原理》中，他都没有对宗教诗歌中的"高扬的激情"作批判性反思，他并不承认存在这样的鸿沟；而且，他对叙事题材的崇高度提出了几乎苛刻的要求。例如，他曾批评《失乐园》的后三卷无法营造崇高效果，是因为在前九卷里弥尔顿让上帝、天使甚至伊甸园中的人来讲述创世神迹，但在后三卷里竟然安排天使来预言人类被驱逐出失乐园的堕落史，使得后三卷的格调显得十分低下、无趣②。约翰逊对"崇高度"的问题则有所警惕，他在《沃勒传》中说："凡是伟大的、理想的、宏贯的，都集合在最高者的名下。'全能'难再有提升；'无限'

---

① 参见 "Dennis on Milton's Sublimity," *John Milton: The Critical Heritage*, Vol. 1, p. 127.
② 参见 "Dennis on *Paradise Lost*," *John Milton: The Critical Heritage*, Vol. 1, pp. 131-132.

难再有扩展;'完美'难再有增进。"(2:53)也就是说,让"最高者"进入"灵修诗歌",作叙述、歌咏或敬献的对象,诗人其实并无可作为之地,很难让读者的"想象飞升"(2:53)去贴近这样崇高的对象。在《弥尔顿传》中,约翰逊也说《失乐园》那类崇高的理念"只会阻碍而非激发奔腾的想象"(1:289)。所以,当约翰逊揭示弥尔顿作品的局限的时候,其实是在呼应《沃勒传》中对十七世纪盛行的"灵修诗歌"的评判,也是在与之前提倡诗歌要表现宗教教义和情感的批评家之间展开对话[①]。

约翰逊最后以普通读者的身份来总结他的批评意见:阅读《失乐园》给人一种欲离其而去,离去后又不愿复返的隔阂感和沉重感。对约翰逊而言,《失乐园》所蕴含的神圣真理并不是无足轻重,与其人生脱节的,只不过作为文学作品来欣赏的时候,《失乐园》崇高的创世题材以及由此而生的人情味不足的缺憾,让约翰逊感到不安和焦虑。这种感受预示着《失乐园》十九世纪英国读者在思想情感上与这部史诗渐行渐远的趋势。维多利亚时期的牧师兼作家马克·帕蒂森就曾在他1879年专论弥尔顿的册子中总结了当时英国人阅读《失乐园》时的直觉感受:

> 如果说作为诗歌语言的宝库,《失乐园》的魅力与日俱增的话,作为神圣真理的仓库,它的影响则已大幅下降。我们今天这个时候,比以往任何时候都更懂得欣赏它表达的力道、措辞的优雅、音律的和谐,但是它失去了对我们

---

① 十八世纪末有很多有影响力的诗人或学者反对约翰逊的观点,继续探索诗歌的审美与宗教的启示、"崇高"与"神圣"、《失乐园》与《圣经》、弥尔顿的人格与上帝的神格之间的关系。相关论述参见 Lucy Newlyn, *Paradise Lost and the Romantic Reader* (Oxford: Oxford University Press, 1993), pp. 51-56.

想象力的占有。这部诗的构造所蕴含的生命力之所以衰败，说来奇怪，恰恰是与弥尔顿为确保永传不朽而选择的题材有关。不满足于成为凡人的诗人，不满足于描摹人类的激情和日常的事件，弥尔顿渴望要呈现整个人类的命运，讲述创世的故事，展现天堂与地狱的大会……犹太人的经书对英国男男女女的想象的影响竟有衰弱的一日，对弥尔顿而言，实在是难以置信的。然而，这个进程确实已经开始了。①

帕蒂森接着指出，《失乐园》中的"魔鬼学""天使学""人格化神学"，所有这些方面都已不再对维多利亚时期的读者的信仰产生直接、真切的作用，也妨碍了他们对诗歌艺术效果的接受②。在这本书的末尾，论及弥尔顿经典地位的时候，帕蒂森坦认：

> 我们是否欣赏这位诗人，不应当以我们是否选他作为自己最喜爱的内室密友或是否经常阅读他为衡量标准……我们更偏爱阅读每一季度最流行的小说家，但是在全世界诗人的大会上，我们将选择莎士比亚和弥尔顿作为自己的代表，莎士比亚居先，弥尔顿在后。③

帕蒂森所表明的这种立场，反映了在世俗化的现代社会中大众对历史悠久的经典作家普遍抱有的态度：以他们的成就为荣耀，

---

① 参见 Mark Pattison, *Milton* (Cambridge: Cambridge University Press, 2011), pp. 199-200.
② 同上, p. 200。
③ 同上, p. 223。

第二章 弥尔顿的"崇高"

却不愿去打开他们的作品。联系帕蒂森在书中其他地方的论断,即俗世人的欲望、激情、善恶、雄心抱负是比任何神学体系都更稳固的创作基础[1],可以知道在他看来,弥尔顿成为鲜有人问津的经典作家,与他作品的崇高题材脱离世俗生活、他的神学思想与现代人存在隔阂密切相关[2]。如果说约翰逊认为阅读《失乐园》是一种需要去承担、却并不好忍受的义务,那么一百年后帕蒂森则声称他同时代的人已经抛弃了这种义务;如果说约翰逊的行文透露出离开导师后虽得解脱却心怀愧疚的意思,帕蒂森则坦言维多利亚人为寻找自己的亲密同伴已经一去不复返。约翰逊关于《失乐园》作品缺憾的直觉感受和批评意见,指向了十九世纪英国读者大众对弥尔顿的态度将要发生的转变。

在约翰逊看来,弥尔顿的崇高才智除了造就《失乐园》这个最大的局限以外,还影响了诗人小诗的创作。约翰逊发现弥尔顿的这种才智很早就已显露出来:诗人少年时代所做的意大利语、拉丁语和英语诗歌,就具有"独立自创和不求假借的风姿";不过,也许是因为弥尔顿才智尚未成熟的缘故,约翰逊并不认为这些是非常优秀的作品,其中最好的短诗,最多也只能称作"利落得体"(1:278)。他将弥尔顿比作一头不擅长与幼狮戏耍的威猛雄狮:"弥尔顿从没学会把小事做得漂亮;他看不上温文圆融这类较温和的品质;他是一头巨狮,笨手笨脚,不知怎么哄弄幼崽。"(278)这头"文学巨狮"没有"哄弄"好的

---

[1] 参见 Mark Pattison, *Milton* (Cambridge: Cambridge University Press, 2011), p.200.
[2] 沃尔特·亚历山大·雷利爵士在 1900 年也指出《失乐园》的人物与神话无法为现代读者所接受,所以这部作品与生俱有的"普世性"几乎所剩无几,弥尔顿的文学成就也难以与现代读者产生重要联系。相关论述参见 French Fogle, "Milton Lost and Regained," *Huntington Library Quarterly*, Vol. 15, No. 4 (Aug. 1952), p. 359.

作品，至少包括《利西达斯》和十四行诗等。约翰逊说弥尔顿的十四行诗不值得费笔墨去评论，因为"其中最好的，也只能说是不坏"（282）。这样的评判曾惹怒了后世很多英国批评家。

约翰逊有此评价的一个重要原因是，在他看来，弥尔顿狂傲独尊、睥睨天下的性格往往导致包括十四行诗在内的作品中激情的缺失①。这种缺失对诗人作品的艺术趣味的影响并不相同。以《复乐园》和《力士参孙》为例，约翰逊对前者的评价要稍高于后者，部分是因为他认为前人过于贬低《复乐园》，抬高《力士参孙》，有必要作一纠正。但更关键的原因正在于激情的缺失所导致的不确定后果。约翰逊暗示《复乐园》和《失乐园》一样，也具有"丰沛大气的想象和崇高的智慧理念"（292）；这显然是肯定弥尔顿的心智脱离了俗常现实和人世激情的束缚，对诗歌创作起到的正面作用。但在评论《力士参孙》时，约翰逊偏向于强调这种脱离所可能引向的另一潜在极端：自闭于书斋之中，专注于宏大的政治、宗教问题，疏远日常生活的人和事，必然会缩小一位作家的写作空间。正如前面所说，约翰逊认为弥尔顿"博览群书，深谙书中教导；但涉世不深，阅历不足，所以缺乏相应的知识"（293），既然诗人描摹不出微妙复杂的人性，也就难以创作出吸引读者兴趣的戏剧作品。约翰逊显然认为《力士参孙》不受好评，不应归咎于当下读者的素质不高，这其实等于否定了威廉·梅森1753年的观点②。艾略特认同约翰逊的评价，他含蓄地指出，力士参孙的题材与弥尔顿的才情十分

---

① 弥尔顿的十四行诗其实并不缺乏普通人的感情，约翰逊这一暗含在《弥尔顿传》中的观点值得商榷。
② 参见"William Mason on *Samson Agonistes*," *John Milton: The Critical Heritage*, Vol. 2, pp. 225-226.

相宜,却没有在他的手下变成一部杰作,与弥尔顿对"人类的个体兴趣索然,且缺少了解"有关系①。这样的问题是弥尔顿在创作《失乐园》时无须面对的:像亚当和夏娃这类的角色,虽然不乏世上男女的心理特征,但他们却不能算是"普通的俗子",他们属于某种"原型"②;描摹他们,不需要那种"对人类的兴趣",那种"源自对世上男女充满爱意体察的理解"③。而且,相对而言,弥尔顿更擅长呈现摩洛克、彼勒、玛门这类代表不同"癖性"(humor)的角色④。这可以用前面引述过的约翰逊的话做注解:弥尔顿"对人性知而不详,从未细察个性之间有何细微差别,也从未细察激情投合时所起的作用,或激情相抵触所引发的迷乱"(293)。艾略特关于弥尔顿才情以及局限的评判,显然来自约翰逊关于弥尔顿缺乏"人的情味"的观点⑤。

当约翰逊说弥尔顿其人其作缺乏"人的情味"的时候,他其实也在谈论作家应如何处理文学写作与人生体验的关系。约翰逊的基本态度可以用《漫游者》第4期中的一句话来概括:作家"除了应具备可从书本获取的学识以外,还需走出闭门造车的状态,从广结知交,人事往来中获取人生的阅历,并学会精细入微地观察世事"(*Works*, 1: 20-21)。这就是他对很多作家在罗曼司和田园诗这两种体裁上的表现感到不满的缘故:这些作家都表现出了"对自然一无所知,对生活也是一窍不通"(1:

---

① 参见 T. S. Eliot, "Milton (1947) ," p. 321.
② 同上, p. 322。
③ 同上, p. 321。
④ 同上, p. 322。
⑤ 马克·帕蒂森认为弥尔顿的作品只有"个别知音",部分是源于诗人自身的局限:"他缺乏同情的性格,他的想象中人的元素的匮缺,他对虚幻而非现实存在物的呈现。"参见 Mark Pattison, *Milton*, p. 215.

20),经常让体裁所规定的套路替代了真情的表达和对现实的模仿。约翰逊在《漫游者》第37期中指出田园诗创作中的一个普遍现象:"他们学会用田园诗的风格来表现事件或行为的本领后,只要情境有所需要,他们就会急不可耐地要达芙妮口诉悲情,要塞西斯口吐欢言;荒唐的事自然总是前后相连,前仆后继,到最后他们写出来的作品完全不顾生活与自然的原状,充斥着神话典故,惊人的虚构和……无论激情或理性都无法左右的情感。"(Works,1:244-245)这就是为什么他在《弥尔顿传》中断言《利西达斯》这首田园挽诗不是"真实激情的流露,因为怀有真情,就不会追逐生僻的典故和晦涩的意思";"这首诗里没有真实,也就没有自然"(LP,1:278),悲悼的方式"无法引人共鸣"(279)。这里约翰逊仍然是引用自然与触情的标准来评判弥尔顿的田园挽歌。约翰逊认为,弥尔顿既是在现代语境中写悼念少年同学的诗歌,就应注重表现真人真事和真情实感,但是《利西达斯》显然是套路多于真情。斯蒂文·菲克斯甚至指出,弥尔顿采用田园挽歌的体裁以及造作的技巧,可能是他一向对其他个体兴趣寡淡的表现,目的是要让自我及诗才在读者意识中突显出来,这对写过《悼念罗伯特·莱维特医生之死》这样一首重在回顾好友生前美德的作者而言,实在是难以接受的[1]。

约翰逊对《失乐园》之外的作品评价较低的另外一个原因是,他一直以《失乐园》所展露的诗人才华以及这部史诗的成就

---

[1] 参见 Stephen Fix, "Distant Genius: Johnson and the Art of Milton's Life," p. 254.

第二章 弥尔顿的"崇高"

作为参照标准①。例如,他说"要是不知道出自谁笔下,大概没有人会觉得自己读《利西达斯》时很愉快"(279)。这句话的潜台词即如今的读者会喜欢读《利西达斯》、高捧它,多半是因为它出自《失乐园》的作者笔下。约翰逊在评论《复乐园》部分时也说,如果这部诗"不是弥尔顿,而是某位模仿者所作,它理应获得并且能获得全世的称赞"(292)。换句话说,《复乐园》出自弥尔顿这样高才情的诗人之手,就不值得惊叹了。约翰逊要纠正之前的批评家,如约瑟夫·沃顿②,和读者因爱屋及乌,把小作品抬得过高的评判。正如他所说,那些欣赏弥尔顿才华的人,往往"曲解自己的判断,去错误地嘉许他的小作品"(278)。约翰逊和他所指责的人一样,都在用弥尔顿的崇高才情作标准来评估弥尔顿除《失乐园》之外的作品,只不过得出的结论刚好相反;可以说,约翰逊有为矫枉而不惜过正的嫌疑。而且,矛盾的是,既然约翰逊承认弥尔顿的才情只适合创作像《失乐园》这样宏伟的作品,就不应该如此贬低诗人的其他作品。

综合前面所述,约翰逊对"崇高"采取了一分为二的评判态度:一方面他既认为想象的崇高使弥尔顿能利用人的堕落和救赎、永恒的善与恶这类题材和观念,创作出一部叙事宏大、

---

① 约翰逊在评判某位诗人的某部作品时,往往会先通过统观该诗人的全部作品或代表作来衡量他的才华高下,以他的才华为参照来评价具体作品。如果诗人才华并不突出,资质一般,约翰逊倾向于放低标准来考量他的表现,在行文中多不吝赞辞。这就是他对乔治·史特普尼(George Stepney)(2: 65)、尼古拉斯·罗伊(Nicholas Rowe)(2: 206)、安布洛斯·菲利普斯(Ambrose Philips)(3: 16)这类诗人的个别作品有较高评价的缘故。相反,如果是弥尔顿、蒲柏这类怀有高才大志的诗人,约翰逊的批评就会严苛很多,而且常常以诗人最好的作品为参照来评价其他作品。

② 参见 "Joseph Warton on the 'Nativity Ode,'" *John Milton: The Critical Heritage*, Vol. 2, pp. 232-233.

形象丰富可感、充满巨大魅力的史诗作品，约翰逊的文字表露出他对这样精彩作品的浓厚兴趣和惊叹，也暗示弥尔顿的想象能超越创作的局限，将作品的崇高效果传递给读者；但另一方面，他又认为题材和观念的崇高特质使普通读者难以因触情进入作品的虚构世界与诗人的想象中，这是《失乐园》的崇高品质所存在的最大不足。约翰逊之前的批评家从未对弥尔顿式想象的"崇高"有如此深刻的认识和丰富的阐释，也从未论及"崇高"可能给文学创作和接受带来的负面效果。这两点可以说是约翰逊在宏观层面上对评价弥尔顿文学经典地位所做的独特贡献。不过，还需承认的是，约翰逊如此评价《失乐园》，不免过于求全责备，事实上纵观英国文学史，很少有作品既能以赎罪的忧虑和堕地狱的恐惧为题而获得崇高，同时又具备通俗趣味或日常人情味。虽然约翰逊的苛责是以其真诚的阅读反应为基础，且带有提醒读者和诗人的良好意图，同时他在最后仍然毫无保留地给弥尔顿戴上一流诗人的桂冠，但是这样的批评对弥尔顿的诗歌，尤其是《失乐园》来说，仍然是有失公允的。

第三章　德莱顿的"敏博"

到十八世纪七十年代末，德莱顿已经确立在英国文学中的大师级地位，被众多著名诗人和批评家尊奉为主宰诗界的君王、个人创作的"文学之父"。虽然德莱顿已然成为前有先驱后有继任者、能在经典谱系中找到位置的作家，并被编入多部传记合集中，但是像约瑟夫·沃顿这样贬损德莱顿诗歌地位的声音，仍不时回响在十八世纪中后期的批评界，而且到此时为止，关于德莱顿的批评还只拘囿于作品的细枝末节，尚未有人从更宏观的角度来检视德莱顿的才华特征和总体成就，探寻他的人生阅历、文学才情与具体作品之间的关系。约翰逊正是在这样的背景下，以相似才华和同情心理来全面点评德莱顿的文学天赋和创作，在诗学理念的变革已经初露端倪之时，强有力地稳固了德莱顿在英国诗歌经典中的地位，坚决肯定了他所代表的奥古斯都文学传统。"敏博"（comprehension）是约翰逊对德莱顿心智属性的概括，贯穿在《德莱顿传》的全篇中，集中体现了约翰逊对诗人才华的宏观把握。

第一节　德莱顿经典地位的形成

与弥尔顿相比，德莱顿生前在诗坛的知名度和影响力要高出很多。瓦尔特·司各特爵士在1808年的《德莱顿传》中作如此描述："从复辟时期到他逝世，德莱顿一直保持着明显高于同时代所有其他诗人、广受承认的优越地位。"①长年丰富的作品产出、以市场为导向的写作、对时局的直接介入、与文人政客的争辩、与英国王室的密切关系，这些都使德莱顿及其诗作在当时拥有广泛的受众和社会影响力，使他成为十七世纪后三四十年英国文坛的风云人物。如果说弥尔顿最后是在偏僻角落里默默无声地等待"时间"赐予他无上的尊荣，那么，德莱顿终其一生都在前台用纸笔为自己的声名呐喊，为自己的作品正名。他在英国文学经典中地位的形成可以追溯到为自己作品所撰写的各种序言，其中既有他对自己诗歌理论与实践的辩护，也有面向读者大众的作品导读和鉴赏②。除撰写自序以外，德莱顿也常将文友溢美，甚至夸诞的赞辞印于书前，来推销自己的作品③。与此同时，也有很多文人学者对德莱顿的作品缺陷和创作态度展开铺天盖地的批评。他们的诗文或虚构作品充满大量出

---

① 参见 Walter Scott, ed., *The Works of John Dryden*, 18 vols, Vol. 1 (London: William Miller, 1808), p. 4.

② 参见 "Dryden on *All for Love*," *John Dryden: The Critical Heritage*, eds. James Kinsley & Helen Kinsley (London: Routledge, 1995), pp. 124-126. "Dryden on *The Spanish Fryar*," *John Dryden: The Critical Heritage*, pp. 126-127. "Dryden on *Love Triumphant*," *John Dryden: The Critical Heritage*, pp. 216-217.

③ 参见 "Verses on *Absalom and Achitophel*," *John Dryden: The Critical Heritage*, pp. 216-217.

于个人私怨、政治偏见或宗教分歧的恶意攻讦①。尽管如此,从1660年到1700年德莱顿逝世之前,在英国仍然没有人可与德莱顿在诗坛所受的瞩目和尊崇相匹敌。1693年托马斯·萨瑟恩(Thomas Southerne)和贝韦尔·希金斯(Bevil Higgons)都曾在诗中将德莱顿比作戏剧诗界的君王,并认定康格里夫是最有资格登上他宝座的继承人②。后起文学之秀康格里夫和艾迪生也曾在1693年各自写诗盛赞德莱顿拥有能令古人起死回生、令今人钦叹不已的才情和译笔③。1694年艾迪生在另一首诗,即《英国最伟大诗人之概述》中,将德莱顿置于沃勒、罗斯哥门伯爵、德纳姆所延续下来的优美婉转的诗歌传统中:"谐美的缪斯,为他带去/最优美的音律和最恰当的辞句。"(第116-117行)④艾迪生还预言道,德莱顿的衣钵将在康格里夫身上传承,后者必定让德莱顿的声名万古流传(第130-131行)⑤。这些诗作表明到此时德莱顿已经能在下一代作家中找到自己的"文学子嗣",大体上可以视为诗人经典地位形成的标志。

1700年德莱顿逝世,英国很多人写诗悼念,歌颂他的文学才华。他们称他是英国"君王般的德莱顿",留下了"空王座",却难以寻觅继任者;因他的离去,"诗才的帝国开始削弱和衰

---

① 参见 "Ravenscroft Requites Dryden," *John Dryden: The Critical Heritage*, pp. 109-110. "Dryden, the Tory Poet," *John Dryden: The Critical Heritage*, pp. 151-156. "Reflections on 'The Hind and the Panther'," *John Dryden: The Critical Heritage*, pp. 186-189.

② 参见 "Dryden and Congreve," *John Dryden: The Critical Heritage*, pp. 203-204. "Higgons on *Persius*," *John Dryden: The Critical Heritage*, pp. 207-208.

③ 参见 "Congreve to Mr. Dryden, on his Translation of *Persius*," *John Dryden: The Critical Heritage*, pp. 205-206. "Tribute from Dryden," *John Dryden: The Critical Heritage*, pp. 213-214.

④ 参见 Joseph Addison, "An Account of the Greatest English Poets," p. 146.

⑤ 同上。

亡","造物主不会赐予第二个德莱顿"①。这些评判虽不乏悼词溢美过誉的痕迹,但仍然反映出德莱顿当时在公众心目中的重要分量②。从1700年到十八世纪中后期,德莱顿的文学地位更加稳固、更为卓著。他在众多诗人的写作中扮演着激发灵感和哺育诗才的父亲或师长角色。乔治·斯维尔(George Sewell)在1720年献给纽卡索公爵的诗中祈求德莱顿赐予自己灵感,并声言德莱顿曾化身为康格里夫、塞缪尔·加斯(Samuel Garth)等人③。十八世纪四十年代,蒲柏宣称德莱顿完善了英语诗歌的格律和语言,而自己正是以德莱顿为师开始诗歌写作的生涯④。蒲柏通过这样的声明以及斐然可观的个人成就,稳固了德莱顿在新古典主义诗歌传统中的元老地位。1754年托马斯·格雷在《诗之演进》一诗中将德莱顿判定为成就仅次于莎士比亚和弥尔顿的英国诗人⑤。虽然约瑟夫·沃顿在《论蒲柏的作品与才赋》前序中将德莱顿和蒲柏贬为第二等级的诗人,但是他仍然多次称赞德莱顿充满活力和热度的优美音律、丰富且强劲的语言、纯熟的技巧,甚至崇高的风格,而且多处以蒲柏为对照来拔高德莱顿

---

① 转引自 Howard D. Weinbrot, *Britannia's Issue: The Rise of British Literature from Dryden to Ossian*, p. 122.

② 司各特爵士在《德莱顿传》中提到,德莱顿死后两个月,有个叫亨利·普雷弗德(Henry Playford)的出版商将当时的诗人(包括牛津剑桥的师生)悼念德莱顿逝世的诗歌结集出版,取名为《英国缪斯们的眼泪——悼念约翰·德莱顿之死》。参见 Walter Scott, ed., *The Works of John Dryden*, Vol. 1, p. 472. 由此可见德莱顿对当时诗人学者的影响和号召力。

③ 参见 Howard D. Weinbrot, *Britannia's Issue: The Rise of British Literature from Dryden to Ossian*, p. 123.

④ 参见 "Alexander Pope on Dryden," *John Dryden: The Critical Heritage*, pp. 269-270.

⑤ 参见 Thomas Gray, "The Progress of Poesy," pp. 35-36.

的诗艺①。另外,在这段时期,出现了第一篇关于德莱顿的真正传记,收录在托马斯·贝奇的《大辞典,含历史与批评》第四卷(1736)中。1760年塞缪尔·德里克(Samuel Derrick)在约翰逊帮助下发表了一篇德莱顿传记,作为其作品的序言。这些传记的出现反映了十八世纪英国人对德莱顿的生平世事的持续关注。

但这些传记对德莱顿的作品评论下笔不多,而且缺乏文学才情和批评见地②。事实上,一直到约翰逊撰写《诗人传》的时候,大凡关于德莱顿的严肃批评意见都围绕诗人在具体作品中的得失,或在某种体裁的表现,多作寻章摘句之类的雕虫之戏,即使论及诗人的才华,也大多围绕巧智问题③。尚未有批评家从总体上把握贯穿德莱顿作品的那种灵慧通博的才情,并揭示这种才情与诗人作品的优缺点之间的内在联系,以及诗人创作与人生经历之间的关联。而约翰逊的《德莱顿传》正是在这个意义上把十八世纪德莱顿批评和经典地位向前推进了一大步。正如詹姆斯·金斯利和海伦·金斯利指出的:"约翰逊是第一位能在

---

① 参见 "Joseph Warton on Dryden," *John Dryden: The Critical Heritage*, pp. 274-278.

② 例如,《大辞典》涉及德莱顿作品的部分,重在介绍作品的具体内容,少有词条撰写者的梳理和点评,即使有,也大多引用作品发表不久后评论者的观点。所以,"德莱顿"这个词条的评论部分更像是零散资料的汇总,看不到撰写者本人的立场和用心。参见 Thomas Birch, ed., *General Dictionary, Historical and Critical*, 10 vols, Vol. 4 (London: Bettenbam, 1736), pp. 676-687. 而德里克《德莱顿传》的文学评论部分,虽然比《大辞典》的"德莱顿"词条丰富一点,却没有触及具体的批评议题,而且德里克的表述局限于一长串意义模糊的形容词和"主语加表语"的句式结构,作者才情低下、笔力不逮可见一斑。参见 Samuel Derrick, "The Life of John Dryden, Esq.," *The Miscellaneous Works of John Dryden, Esq.*, 4 vols, Vol. 1 (London: J. and R. Tonson, 1760), p. xxxiv.

③ 参见 "Dryden and Congreve," *John Dryden: The Critical Heritage*, pp. 54-108.

与德莱顿相当的层次上评论他的作品,并提出一些永远有效或有争议的重要论断的批评家兼传记作者。"① 只有约翰逊具备与德莱顿不仅相似而且相当的心智来完成这样的批评任务②。

第二节 德莱顿的"敏博"与文学贡献

在《德莱顿传》中约翰逊认为德莱顿的心智具有"敏博"（comprehension）的特质："通观德莱顿创作的成果,他似乎有一个生来就非常敏博,储备了丰富知识的心智。他的作品是一颗饱含活力的诗心作用于大量素材的结果。"（2: 148）由此可知,约翰逊所说的"敏博"首先指读书或阅世所涉广泛、兼容并蓄、博闻强记的能力。所以,"他的作品总是充满着丰富的知识,闪烁着实例的光辉。几乎没什么学问或才技不能为他提供应景的意象和恰当的比喻；每一页都展示出一个对技艺和自然兼有广泛涉猎、储备大量思想财富的心智"（122）。约翰逊在《蒲柏传》中对比德莱顿和蒲柏的才华特点时,所强调的就是这个意义的"敏博"：

> 德莱顿的思想更广博,他搜集的意象与事例来自更广阔的知识领域。德莱顿更了解普遍的人性,而蒲柏

---

① 参见 James Kinsley & Helen Kinsley, "Introduction," *John Dryden: The Critical Heritage*, p. 15.
② 英国历史学家亨利·哈勒姆在 1808 年 10 月的《爱丁堡评论》指出："约翰逊的心智构成恰好使他能欣赏得了德莱顿的卓荦之处：雄健有余,精细不足,理智有余,激情不足。"参见 Henry Hallam, "A Review of the Works of John Dryden Edited by Water Scott Esq.," *Edinburgh Review*, No. 25 (1808), p. 117.

第三章 德莱顿的"敏博"

更了解局地的风俗。德莱顿的观念形成于宏阔的思考（comprehensive speculation），而蒲柏的观念形成于精细的观想。德莱顿的学识更见大气，而蒲柏的学识更见准确。（3：65）

宽广的见闻、大气的学识、宏大的思考、普遍的观照，所有这些心智属性都与蒲柏的"精细""微观""准确"形成鲜明对比，并呼应了约翰逊在《德莱顿传》中对诗人心智的把握和呈现。另外，一个人要想广闻博取，还需具备聪颖敏捷、殊异于常人的领悟力，这是约翰逊赋予"敏博"的第二个内涵。约翰逊认为德莱顿能通过包括交流在内的各种渠道获取知识，要归因于"他迅捷的领悟、明智的选择、高明的记忆、对知识的强烈欲求和强大的消化力；不会让任何东西从眼前不经意错过的警惕性；不会错失任何有用东西的反思习惯"（2：122）。约翰逊把"迅捷的领悟"放在最前面，是因为这种对信息的快速理解和回应构成了"选择""记忆""消化""反思"的前提条件。约翰逊接下来说德莱顿的心智"永远充满好奇""永远活泼好动"，他的才情具有"冲动奔放"特征，总是急于奔向能"生动、快捷地教导自己的人"（122）；这些论断也暗示德莱顿能在书本外的世界中迅速接受和消化各种知识或经验的能力。博闻广记、心悟神解的天赋带给德莱顿一大优势，即能依据题材或修辞所需，随时启动记忆宝库，将心中珍藏如数倾倒出来，各种思想、事例、语辞可信手拈来，无须绞尽脑汁，费尽心力。

约翰逊对德莱顿"敏博"心智的描述，符合他在《英语词典》中对"敏博"一词的定义，一是博大宏放，二是机敏慧捷。前一个特征体现在德莱顿为英语诗歌发展所做的卓异贡献。约翰逊继承普莱尔①、艾迪生②等人所持的观点，认为德莱顿是继沃勒和德纳姆之后对英诗卓有贡献的诗人。"在造作情思与诘屈音律主宰大约半个世纪以后，沃勒和德纳姆终于将诗歌朝自然与谐和的方向推进了一些；他们向我们表明，如果将长篇的韵诗破为一组组对句，它会更加愉心悦耳；诗歌之所以是诗歌，不仅在于音节的整齐，也在于音节的排列。"（123-124）而德莱顿的成就在于继承了沃勒和德纳姆开启的改革③，通过创作有一定数量规模和思想价值的作品，促进了英语诗歌情意的端正、语言的提炼和音律的完善。

论及德莱顿诗歌的情意，虽然约翰逊认为他的作品（尤其是早期作品）不乏玄学派痕迹，但所蕴含的情与意总体而言是合乎自然、恰当得体的。约翰逊在《德莱顿传》末尾总结德莱顿对英语诗歌的贡献时就曾说，德莱顿教会了英国人"sapere et fari"，即"以不做作的方式思考和有力道的方式表达"（to think naturally and express forcibly，155）。所谓"以不做作的方式思考"，指的是改变玄学派把不相伦类的观念和意象强行结合的做法，设譬作喻避免夸张离谱，使诗歌的思想内容符合自然之态或人世情理。不做奇思异想，并不意味着德莱顿作品的关注视角或思想格局狭小。从约翰逊在《沃勒传》中的评价可以窥见沃勒与德莱顿在心智广度方面的不同。约翰逊说，沃勒作品的

① 参见约翰逊《德纳姆传》（1: 237）。
② 参见 Joseph Addison, "An Account of the Greatest English Poets," pp. 145-146.
③ 德莱顿对探索诗歌艺术的道路的回顾，参见 John Dryden, "A Discourse concerning the Original and Progress of Satire," *Selected Criticism*, p. 274. 德莱顿在诗歌艺术上师从沃勒和德纳姆并超越他们，这个说法广为十七、十八世纪批评家所接受。十九世纪早期，司各特称德莱顿为"经改革的英语诗歌流派"的奠基者，与蒲柏共享帕纳塞斯山的"统治权"。参见 Walter Scott, ed., *The Works of John Dryden*, pp. 474-475.

主题常常不值得动笔谱写成诗:"致一位一旦取悦他人就难以入眠的夫人""致一位一旦取悦他人就可入眠的夫人""致一位穿过人群的夫人""咏四位美人所编织的彩鞶""咏一棵以纸剪成的树",诸如此类的琐碎主题(2:47)。沃勒的作品所流露的褊狭情怀,可以说与德莱顿在宏大时事中舞刀弄墨、题材涵盖宽广形成鲜明反差①。虽然德莱顿也写了很多应景唱和、主题流于俗常的诗歌,但在约翰逊看来,即使是这样的作品也能显露出诗人的博大心智。约翰逊认为德莱顿哀悼克伦威尔的诗歌蕴含"有力的思想","显示诗人装满各种观念的心智"(127)。所以,当约翰逊在《德莱顿传》中说沃勒和德纳姆的"心智不够敏博"(124)的时候,他的言外之意其实是:德莱顿正是靠敏博的心智和有分量的作品才得以完成上承沃勒和德纳姆、下启蒲柏的角色。也就是说,德莱顿推动英国诗歌情意的端正化改革,与他的博学广知和作品的思想分量是不矛盾的。

德莱顿除了教会英国人"以不做作的方式思考"外,还教会他们以"有力道的方式表达"(155)。从《德莱顿传》的其他部分,可知约翰逊所谓"有力道的方式",其实是指风格多样化的得体语言以及铿锵有力的和谐音律。关于德莱顿与英语诗歌语言的关系,约翰逊认为在德莱顿以前,除了个别"自然的宠儿"(即莎士比亚),大多数作家"不知道如何精细地挑选语言;英语的表达无比混乱地堆放在他们面前,每个人都随机捡起一些符合各自目的所需的表达。"(2:124)所以,英语并没有专用于诗歌的语言,"没有形成一个这样的语词体系:它既去除了

---

① 马克·凡·多任称德莱顿是"用诗写新闻的记者"(the Journalist in Verse)。参见 Mark Van Doren, *John Dryden: A Study of His Poetry*, (Bloomington: Indiana University Press, 1967), p. 140.

日常用法的粗俗不雅，又摆脱了专用于具体技艺的那类术语的粗硬生涩"（124）。虽然沃勒和德纳姆也雕琢语言，但毕竟作品数量有限，不足以形成一个宏大而又丰富的诗歌辞藻系统："那时我们的语言还未开出几朵秀丽雅致的花；语言的玫瑰尚未从荆棘灌木丛上摘下来，不同色彩还未搭配在一起，交相辉映。"（124）也就是说，一方面德莱顿之前的诗人作品论规模不足以提供形成这样系统的语言资料，另一方面从他们的作品中还看不到得体自然的语言所表现出来的多样风格，以及这些风格在同一部作品中融汇的可能。德莱顿正是在前人开辟的道路上，通过长年笔耕不辍，对各种诗歌体裁的开垦和对不同思想主题的挖掘，逐渐形成一个包罗广泛、相对稳定、可供借鉴，而且取用不尽的诗歌语言体系。正是这个体系完成了沃勒和德纳姆所遗留下来的部分历史任务，即"压倒长久以来大行其道，甚至受到考利庇佑的那些诗学成见"，最终奠定一门"新的诗艺"（124）。约翰逊认为如果没有德莱顿，玄学派粗糙的语言仍可能死灰复燃，并使诗歌从健康的发展方向产生逆转；但是，"自德莱顿的时代以降，英语的诗歌就不再有回到原先粗蛮状态的可能"（124）。这一切得归因于德莱顿对诗歌语言的提炼和完善所起的压舱石般的作用。

在诗歌韵律方面，德莱顿在沃勒和德纳姆的基础上，又往前推进了一大步。约翰逊认为经过沃勒和德纳姆等人锤炼，英语诗歌的音律已经表现出了软柔、和谐、顺畅的特征，但在谐美音律中尚未能感受到英语的"全部力道"："柔婉流畅的诗歌通常是孱弱无力的。"（153）约翰逊的言外之意是，德莱顿之前，虽然有弥尔顿这样声调铿锵激昂，蕴含千钧之力的英国诗人，但是走柔婉流畅路线的诗人作品却缺乏应有力量或气势。

第三章 德莱顿的"敏博"

德莱顿就是在这个时候为英诗的音律注入了雄健阳刚的伟力，同时又保留了沃勒等人柔顺谐婉的诗律①。约翰逊认同蒲柏关于德莱顿对诗律所做贡献的观点：

> 沃勒柔婉流畅；但德莱顿教会了诗人
> 将深沉回响的音韵、跌宕有致的格律、
> 悠长庄严的笔法、神妙的气韵相合聚。
>
> （第 267-269 行）②

接着约翰逊大体用自己的话解释了蒲柏的诗句：与考利不同，"德莱顿知道如何选用发音流畅而又洪亮的词语；变化停顿位置，调整抑扬顿挫；令音调丰富多变，同时又保留了格律的流畅"（153）。虽然约翰逊并未说得十分明了，但从字里行间似乎可以体味到，在他看来，德莱顿的诗律糅合了弥尔顿式的雷霆万钧与沃勒式的温婉优美；《纯真状态》可以说是诗人在这方面所做的试验中最有说服力的证明。

综上所述，约翰逊认为德莱顿对英诗的贡献体现在三处，韵律的完善、语言的提炼和情意的端正。但德莱顿在这三方面的改革是通过数量丰富、种类众多的作品来实现的。正如约翰

---

① 约翰·米特弗德在 1832 年的《德莱顿传》中说，德莱顿语言风格的确立并不是像弥尔顿那样，通过"引入外语词汇和学究句法"，"而是通过唤起英语自身固有的力量"，"在恢复英语已经遗失的优美"的同时，"用普通和熟悉的表达来创造最强劲的效果"。米特弗德虽然谈论的是语言风格问题，但观点和表述很接近约翰逊对德莱顿诗歌音律特点的描述。参见 John Mitford, "The Life of Dryden," *The Poetical Works of John Dryden*, 4 vols, Vol. 1 (London: William Pickering, 1832), p. cxliv.

② 参见 Alexander Pope, "The First Epistle of the Second Book of Horace Imitated," *Alexander Pope: The Major Works*, p. 380.

逊援引蒲柏的话所说，读者可以从他的作品里"挑选到任何类型诗歌的样本，其优异程度要超过其他英国诗人所能提供的"（155）。德莱顿正是凭靠这些范本，才完成了沃勒和德纳姆没有实现的一个重要历史使命：提供数量更多、类型更丰富、堪称典范的诗作，强有力地推动以"规范"和"得体"为目标的诗学理想在英国文坛的落实。就诗歌的音律而论，假若德莱顿没有融合前人所长，化为个人风格的宽阔胸襟，则势必难以实现对风格的调和。最后约翰逊使用奥古斯都用过的比喻来总结德莱顿使英语诗歌发生的改变："lateritiam invenit, marmoream reliquit"，即"接手的是土砖，留下的是云石"（155）。奥古斯都最早用这句话来夸耀自己改造罗马城立下的功勋：将一座布满土楼砖房的古城变成一座用大理石建造的庄严新城。约翰逊不仅用此喻来形容德莱顿对英语诗歌从形式到内容的改革，也用它来指示德莱顿在"奥古斯都文学传统"中享有的元勋地位。

约翰逊评判德莱顿在英国诗歌经典中的位置，采用的是十八世纪英国批评界流行的"文学进步说"。詹姆斯·安格尔指出从1650年到1825年间，欧洲的文人学者对文化或文学进步和退化的问题情有独钟，他们的观点基本可划分为四类，即"进步说""退化说"[①]"循环说"[②]"不置可否说"[③]。英国批评家对本国文学，尤其是诗歌走向的判断，大体也可归结为上述四种态

[①] 十八世纪很多英国诗人，像约瑟夫·斯祢德莱（Joseph Smedley）、汤姆逊、哥尔德史密斯都曾表达过对本国诗歌日趋蜕化、颓靡不振的现状的忧虑和反思。参见 James Engell, *Forming the Critical Mind: Dryden to Coleridge*, p. 54.

[②] "循环说"以托马斯·皮科克（Thomas Peacock）的《诗的四个时代》为代表，认为一个民族的文学要经历兴起、发展、成熟、衰败的过程。同上，pp. 68-70。

[③] "不置可否说"以威廉·罗斯科（William Roscoe）的《论文学、科学和艺术的起源和变迁以及它们对社会现状的影响》为代表，认为问题纷繁复杂，是进化、退步还是循环发展，难下定论。同上，p. 71。

度,只不过像德莱顿和约翰逊这样的批评家态度更为复杂;他们在坚持"进步说"的同时,又意识到进步下面可能暗藏着一股蜕变的逆流。"进步说"是十七世纪后期和十八世纪中早期具有很大影响力的一派观点。持这一立场的学者倾向于将从乔叟、斯宾塞以降的文学史看作战胜迷信和无知,脱离野蛮和粗鄙,向文明、学识、技艺、品味的疆域行进的过程。也就是说,这派学者所认为的"进步"包括作品风格(如语言、音律)和作品承载的思想的双重进步。"精致"(refinement)、"端正"(correctness)、"文雅"(polish)、"优雅"(elegance)是他们常用以判定优质诗歌的标签。艾迪生的《英国最伟大诗人之概述》(1694)、塞缪尔·科布(Samuel Cobb)《论诗歌》的第二部分"诗之演进"(1707)、伊利加·范顿(Elijah Fenton)的《致塞任先生的书信》(1711)、朱迪思·玛丹(Judith Madan)的《诗之演进》(写于1721),以上这些理查德·泰瑞所谓的"'诗之演进'诗歌"(progress-of-poesy poems)[①]大多将缪斯拟人化,以神话的形式追溯英国诗歌(包括戏剧诗)的源起和发展。它们虽然肯定乔叟、斯宾塞、莎士比亚等诗人的诗歌蕴含有"古朴""自然""富于幻想和创造"等令人愉悦的特点,但仍然认为他们的作品是荒蛮无知的时代的产物,音律佶屈聱牙,语言古旧难懂;随着历史的推进,英诗要逐渐被技艺所修饰,被文化所充实,显现出与理智时代相符合的谐美风格和得体思想。在这些诗论的立场下暗含着一大假设,即艺术必将随着文明的发展而进步。其中一些持论者,如艾迪生、科布和玛丹,将德莱顿视为这个

---

① 参见 Richard Terry, *Poetry and the Making of the English Literary Past 1660-1781*, p. 51.

发展链条的集大成者①。玛丹在《诗之演进》中歌咏了沃勒细雪飘落式的柔美和弥尔顿英武雄壮的气魄，紧接着她指出德莱顿的诗歌集合了各种类型的美，如雄健、柔婉、动人、崇高；这等于暗示德莱顿集沃勒和弥尔顿的优长于一身②。玛丹的评判与约翰逊对德莱顿的经典地位的评价有共通之处，但是约翰逊"进步说"中隐含着玛丹和科布等人所未论及的担忧，即技艺的精致化是否会削弱诗歌风格与思想的双重活力③。

如前所述，在约翰逊看来，沃勒和德纳姆对英诗的音律实施和谐化的变革，但同时他们的作品失去了前人的音乐力道；他们将缪斯的飞翔限制在自然得体的范围内，却造成作品思想格局的狭小。而德莱顿的广博心智恰好解决了英诗演进过程中因过于精致而出现靡弱衰退的问题。在《蒲柏传》中约翰逊流露出了同样的担忧④。约翰逊认为蒲柏的锤炼功夫已经将英诗语言和音律的谐美推到了极致，"别人可以炮制出新的情思和新的意

---

① 德莱顿并未在著述中公然宣称自己是这个发展链条的集大成者。不过，他也倾向于把英诗艺术的完善看作文明和语言发展的必然结果。参见 John Dryden, "Preface to Fables, Ancient and Modern," *Selected Criticism*, p. 293.

② 参见 Judith Madan, *The Progress of Poetry* (London: J. Dodsley, 1783), pp. 16-19.

③ 在约翰逊的文学批评中，像"vigor"（活力）、"energy"（魄力）、"strength"（强力）这类与男性身体机能相关的词语既可以指诗歌具有给读者心灵带去强大震撼的思想品质，也可以指诗歌语言和音律具有雄健、奔放、流畅特质，诗歌所呈现的现实世界和表达的情感能深刻烙印在读者印象中。这从约翰逊的《英语词典》可见一斑（1：361；2：435；2：534）。例如，在"vigor"和"strength"的词条里就各有一项定义是关于人的心智特点。在约翰逊看来，充满活力或力量的心智是善于判断、富于识见的。

④ 在《懒散者》第 63 期，约翰逊把英语以及英诗放在人类文明的发展规律中，回顾了二者从原始粗糙演进到优雅谐和的过程。约翰逊在文章末尾指出，如今人人都力求精确，争相展示语言的华美，但这其间暗含一个危险，对语言的考究很有可能转变为矫揉造作的风格（*Works*, 5：300-304）。

象,但若在作诗风格上进一步推进,则必将危险"(3:79)。这个危险便是诗艺精致化引发风格的单一和思想的孱弱,以及整个诗坛的退步。德莱顿在《致我亲爱的朋友康格里夫》中曾流露出类似约翰逊的担忧。在这首诗里德莱顿简要回顾了英国戏剧从文艺复兴到复辟时期的发展。虽然德莱顿持的是"进步说",并声称"这个时代的才智令上个时代黯然失色"(第2行),但他注意到隐藏在这个进步过程中的蜕化潜流:通过扶植文艺,查理二世使不讲规矩、粗鄙的英国舞台服从于优雅的风尚和秩序,"赋予了粗狂喧闹的才情以巧艺"(第10行),但是"我们在技艺上增进,却在力道上受损"(第12行)①。德莱顿宣称康格里夫的到来解决了这个危机,他既有前辈弗莱彻风行水上的流畅,也有琼生判断、见识的伟力,既可与复辟时期戏剧的优美相抗衡,又胜过这时期作品的力道②。德莱顿对康格里夫这位后辈的才华的评价,与约翰逊对德莱顿的评判,显示出了极其相似的模式和结论。约翰逊十分谙熟德莱顿的诗歌、戏剧作品和批评思想,在评价德莱顿文学贡献的时候,可能受到这位前辈的影响和启示。

总之,约翰逊认为德莱顿在促成英诗语言、音律精致化和思想端正化的同时,又能保留诗歌形式和思想的活力。从十八世纪中后期开始,在学术研究、文学创作、文艺批评推动下,英国更早期的本土诗歌传统被重新发现和肯定;批评者认为乔叟、斯宾塞、弥尔顿等诗人质朴或古奥的语言、粗涩的音律和大胆的想象,要比德莱顿所开启的奥古斯都时代的诗歌更有诗

---

① 参见 John Dryden, "To My Dear Friend Mr. Congreve," *Dryden: Poetry, Prose and Plays* (Cambridge: Harvard University Press, 1965), p. 253.
② 同上。

意，成就更高。到十九世纪三十年代以后，批评者失去了对德莱顿为英诗演进所做贡献这一批评议题的兴趣，即使偶尔提及，也多作为批判对象。维多利亚学者乔治·圣茨伯雷（George Saintsbury）在1881年的《德莱顿传》中就批驳了约翰逊的"土砖与云石"之喻。他认为德莱顿接手的并不是莎士比亚和弥尔顿这样质如"云石"的英语，而是考利、达文南特之流等而下之的英语，但即使这些人所用的语言，也未必尽是"土砖"。如果说德莱顿确实有功于英语诗歌，他只不过是打造了一个可供才华平庸的人使用、稳妥不易出错的语言工具①。不过，相对而言，十九世纪批评家对德莱顿的诗歌形式和思想的活力似乎兴趣更大，关注度更高，他们赋予了这种活力某种雄放刚健的男子属性②。观点最接近约翰逊的司各特在《德莱顿传》中明确指出，德莱顿"第一次证明了英语是可以融合谐畅与刚健为一体"③；"德莱顿的应景诗有显著的阳刚气质"④。像圣茨伯雷、杰拉德·曼利·霍普金斯、西德尼·柯尔文、阿道弗斯·沃德爵士这些维多利亚时期或20世纪初的批评者都曾肯定过德莱顿诗歌的男性气概⑤。可以说，约翰逊所塑造的具有博大宏放的心智、赋予英诗刚健筋骨⑥的德莱顿，引领了十九世纪德莱顿批评的这一

---

① 参见 George Saintsbury, *Dryden* (London: Macmillan Co., Ltd., 1902), p. 189.
② 简·路易斯对此问题做过梳理。参见 Jayne Lewis, "The Type of a Kind; or, the *Lives* of Dryden," p. 8.
③ 参见 Walter Scott, ed., *The Works of John Dryden*, p. 485.
④ 同上, p. 507。
⑤ 还可参见 George Saintsbury, *Dryden*, p. 27. Richard Colvin, *Keats* (London: Macmillan and Co., Ltd., 1909), p. 30. A. W. Ward, "Dryden," *The Age of Dryden* (Cambridge: Cambridge University Press, 1912), p. 57.
⑥ 德莱顿这种刚健气魄，表现在风格形式上，是一种相对于蒲柏齐整优美而言的粗放、豪迈特征。下一节将具有具体论述。

脉络。

"'诗之演进'诗歌"的作者有两条立论假设,除了前文所说的艺术必将随着文明的发展而进步之外,还有一条,即英国诗歌的演进与语言、韵律的演化是同时并进的[1]。对于这个问题,约翰逊在《诗人传》中的态度比较复杂:一方面他将语言和韵律的演化当作一条线索来贯穿《诗人传》所涵盖的一百五十年英国诗歌史,并把"精致"和"优雅"当作判定诗人成就的重要标准;但另一方面,他并没有试图用这条标准去覆盖或排挤成就经典性的其他文学品质,如诗人的原创想象力。从《弥尔顿传》中可以看到,弥尔顿诗歌的语言和音律虽然属于这个发展链条的起端,但约翰逊仍然承认弥尔顿是有独特风格、难以模仿的诗艺大师,并将此归因于诗人的崇高才华。由此可以假设,即使《诗人传》收入斯宾塞这样语言更古涩的诗人,约翰逊也可能不会从"进步观"的立场来贬低斯宾塞在语言风格之外的才艺和

---

[1] 参见 Richard Terry, *Poetry and the Making of the English Literary Past 1660-1781*, p. 58.

成就①。

"敏博"还有一层内涵,即"机敏慧捷",最可见于德莱顿所做的"应景诗"(occasional poetry)。德莱顿非戏剧类的诗歌绝大多数可归入这一范畴,这要归因于德莱顿善于巧应妙对周遭情境的神敏诗才。约翰逊说他的"才情通常是由某种个人的关切所引发,所以很少下笔写普遍的话题"(102)。所谓"普遍的话题",指的是像《失乐园》中人的堕落和救赎这一类不以一时一地之事为动因,具有超越时空的泛泛意义的话题。正如下文将指出的,现实的生存境遇问题,在很大程度上让德莱顿无暇用细刀慢磨的功夫来完成一部巨著,也使得德莱顿在长年卖诗文的生涯中逐渐练就敏捷的诗才。约翰逊认为由个人关切所产生的应景诗写作存在两大难度:一是题材受限,作者想象的余地不大,难以别出心裁;二是时间有限,为求一时轰动效果,作者需要有及时变通、灵活转换的急智。"不能坐等想象恰好被激活的时刻;优雅词句和物象人事的扩增不能通过逐步积累"

---

① 约翰逊对斯宾塞的古旧语言和仿意大利的诗体向来多有诟病,而且对田园诗这种体裁评价不高。参见《漫游者》第 36 和 37 期(*Works*, 1: 232-245)以及第 121 期(*Works*, 3: 56-62)。但是,在约翰逊第一版《英语词典》中,出自斯宾塞作品的释例有 2878 条,占据《英语词典》释例总数的 2.9%,其中有一小部分是带有道德说教的诗句。参见 Maxine Turnage, "Samuel Johnson's Criticism of the Works of Edmund Spenser", *Studies in English Literature, 1500-1900*, Vol. 10, No. 3 (Summer 1970), pp. 559-561. 约翰逊在《漫游者》第 121 期中明确地说:"模仿斯宾塞的故事和思想并无可厚非,寓言体毕竟是最令人愉悦的传道工具之一。"(3:61)可见,约翰逊虽然严厉批评斯宾塞的语言风格和诗节,但对他的文学虚构能力、作品体裁和思想寓意仍然持有不低的评价。约翰逊曾写信鼓励托马斯·沃顿研究斯宾塞,晚年甚至透露过想搜集新材料为斯宾塞作传的愿望。参见 Maxine Turnage, "Samuel Johnson's Criticism of the Works of Edmund Spenser," p. 564 & p. 566. 所有这些证据都意味着,假使斯宾塞被收录进《英国诗人作品集》,约翰逊对他的评判不可能仅拘囿于"进步主义"链条之中。

(126)。这需要作者平时就有兴趣广泛的涉猎,并能随时激活自己的想象,倾倒自己的平生所学。同时,约翰逊也指出:"应景之作也可能给作者带来博学与机敏的盛誉;因为应景之作是不能靠长期研磨而成的,须刻不容缓地从心智的宝库中获取资源。"(126)①约翰逊对德莱顿一些应景诗给予了较高的评价,像他奉承克拉瑞登伯爵爱德华·海德的诗作;约翰逊认为德莱顿用的某些奇喻是他"既纤细又博大的诗心的证明"(129)。

在德莱顿的应景诗中,有一类属于论辩类的作品,也能体现诗人敏博的才情。"他一旦投入论战之中,想法就从四面八方涌来:他不再茫然不知所措;反驳的论据,破解的方法,他总是能招之即来,供其驱遣;只要给他作诗的题目,他就能毫不费力地为题目找到相应的诗。"(149)德莱顿这种不拘囿于场合与题材,可随时提笔赋诗的才能②,与《诗人传》中包括格雷在内的众多诗人形成鲜明对比。在《格雷传》中,约翰逊指出格雷怀有一个很多人常会有的想法,即"只能在某些具体的时段、某些合适的时刻动笔写作"。约翰逊说:"这简直是一种离谱的矫饰(a fantastic foppery),像格雷这样有学问和美德的人,我真心希望他能克服这样的习气。"(4:180)"foppery"一词由"fop"(纨绔子弟)变化而来,约翰逊其实在暗指格雷一生无衣食之忧,生活养尊处优,浸淫于各类学问,恃才矜贵,产出却颇为

---

① 詹姆斯·B. 密森海默指出,如果说约翰逊在《考利传》中将博学突显为玄学派诗歌特征的话,在《德莱顿传》中他不仅将丰富学识与诗人心智储备联系起来,还指出了它与诗人作诗方法之间的关联。参见 James B. Misenheimer, "Johnson and Critical Expectation," *Fresh Reflections on Samuel Johnson: Essays in Criticism* (Troy: The Whitston Publishing Company, 1987), p. 23.
② 维多利亚时期的学者理查德·加内特曾就德莱顿作应景诗的才能问题转述了约翰逊的观点。参见 Richard Garnett: *The Age of Dryden* (London: George Bell & Sons, 1895), p. 15.

有限，其借口便是盛行的"灵感说"。正如哈斯特卢姆所指出的，约翰逊确实承认作家写作如同从事其他劳动一般，发挥的状态并不稳定，时而泉涌华章，时而文笔枯竭[①]，但是令约翰逊反感的是将这样的现象解释成神秘灵感造成的结果而忽略写作者的惨淡经营，并因此形成一种过于讲究写作条件或环境的矫揉做派。德莱顿这种无须坐等灵感降临、可随机应变的才能迥然有别于格雷等人那种更纤弱或娇贵的才华。约翰逊本人的才华特点与德莱顿十分相近，这是他理解和欣赏德莱顿，而对格雷评价不高的一个重要原因。

在《德莱顿传》中，博大宏放和机敏慧捷的结合又为诗人的"敏博"才华添了一层新的含义；在文学创作中，它表现为一种取之不尽用之不竭，能源源不断再生，自由穿越、灵动转化，不拘泥于定式的创造力。这层意思最明显体现在约翰逊对德莱顿散文风格的评价中："化作它身，而真体不变"（another and the same）。约翰逊认为德莱顿的散文虽然产量颇丰，但风格并未因此变得单调、重复，相反却显示出千变万化、摇曳多

[①] 参见 J. H. Hagstrum, *Samuel Johnson's Literary Criticism*, p. 94. 不可否认，约翰逊确实认为存在所谓的"神来之笔"（felicities）；正如他在《德纳姆传》中所说，这样的"神来之笔无法靠机智之才和研磨之工获得，而必须在某个如有神助的时刻出人意料地显现"（1：239）。但是，更多的时候约翰逊强调勤苦用功的重要性，正如他在十八世纪五十年代所说："一个人只要有锲而不舍的意愿，他无论何时都能提笔写作。"（*LJ*, 1：160）十八世纪传记作家乔纳森·理查逊在《弥尔顿传》中提到，弥尔顿作诗，有时文思如泉涌一般，有时彻夜不能吟出一句，以此凸显弥尔顿与众不同之处。约翰逊的《弥尔顿传》对理查逊所描述的现象进行去神秘化。他认为艺术家的创作与工匠的劳作有共通之处，即"无法随时随刻都能同等娴熟地运用斧头和锉刀……不免有手里出错的时候"（1：268）。约翰逊指出这个规律，并不是着意强调神赐灵感的重要；相反，他认为在这样的规律面前，创作者必须有长期坚持的意志和努力。

第三章 德莱顿的"敏博"

姿的风采。但在这富含变化的面貌下,约翰逊又察见了德莱顿的文字永恒不变的本质:"他不会两次用同样的形式来展现同样的得体,他所有技艺似乎也只有这一种:清晰地表达有力道的思考。"(123)这个短句前半句指向德莱顿的风格"总是丰富多变"的一面,而后半句则指向他的风格"总是稳然不动"的一面(123)。这也就是约翰逊所说的"化作它身,而真体不变"的具体含义。"化作它身,而真体不变"这个短语出自德莱顿所译的奥维德《变形记》第 15 卷第 581 行,本用以形容凤凰浴火重生,虽然化身为新鸟,但其固有属性不变。虽然约翰逊用这个短语来概括德莱顿文章的风貌,但如果细察他对德莱顿在其他领域的写作的评价,可知这其实也是德莱顿敏博之才的具体内涵。在《诗人传》中,德莱顿是少数几位在戏剧、诗歌、批评和翻译等领域皆有卓荦成就并泽被后人的作家之一。无论是写诗作文,还是编戏译书,德莱顿都能让自己的文笔适应乃至超越不同门类的规范,他的才华表现出了流变不居、绵柔可塑的特点。

在约翰逊眼中,德莱顿是第一位能将诗歌和议论很好地结合起来的诗人(155)。约翰逊认为学理思辨或观点争鸣都不宜以诗歌为载体,因为诗歌必须以可感的形象、悦耳的音律和情感的冲击才能打动读者,但复杂逻辑演绎或抽象辩说势必有悖于诗歌这一使命。约翰逊并不认为论理和诗歌完全不可兼容,只是难度极高,不易于驾驭,在长诗中尤其如此。"阐发观点的长诗极易让读者觉得乏味;虽然各部分都不无力道,每行诗皆能引发新的愉悦,但假如没有可安慰和舒缓想象之物介入,读者势必会厌倦了对作品的欣赏,把其余部分留待他日再读。"(136)即使是德莱顿这等才华的诗人也只能受制于这样的结合,无法淋漓尽致地发挥自己的诗才。但即便如此,在约翰逊看来,德莱顿依然是"以诗论理"(poetical ratiocination，143)中的第一人。他发表于1682年的《平信徒的信仰》，约翰逊认为是"折中之作"(the middle kind of writing)的典范。所谓"折中之作"，指的是诗歌的高雅与散文的通俗相融合，形象的丰富与论理的清晰相辅助，不相牵制或有所偏倚的那种类型的作品。在《平信徒的信仰》中，"'随意'间杂以'庄重'，'严肃'间杂以'幽默'，非常妥帖；格律既未削弱论理的力道，也未遮蔽论理的明晰……虽然某些部分有散文的平淡，其他部分却有诗歌的高雅；它既不至于高耸入云，也不至于匍匐贴地"(140)。关于德莱顿1687年的《牝鹿与豹》，约翰逊认为整个寓言设计是"不明智的、难施行的"(140)，但他又将这首长诗看作"折中之作"中的佼佼者：它含有"极其流畅的音律、涵盖博广的知识、丰富多样的意象"，同时在争论中"用警言妙句来修饰，用物象为例来点缀，用连串的怒骂来增色"(142)，所以诗中动人的音韵和形象的修辞并未妨碍深刻复杂的意理的传达。德莱顿凭靠敏博的才智[①]将本不相容的两大文体融会贯通起来，形成一个包容或兼顾两面的平衡整体。尽管由于各种原因，到十八世纪中后期《牝鹿与豹》的读者已是寥寥无几，但约翰逊依然认为它是可值得揣摩和模仿的"以诗论理"的经典之作。

同样作于十七世纪八十年代的讽刺诗《押沙龙和亚希多弗》也属于说教意味浓厚的论争型作品。这首诗所牵涉的政治题材，也具有前文所说的"以诗论理"的难度。但是，德莱顿在这首诗

[①] 约翰逊在他编辑的《罗密欧与朱丽叶》最后一个脚注中指出，德莱顿的才华有别于莎士比亚之处，就在于德莱顿的所长"并非层出不穷的取笑作乐、信手拈来的插科打诨；它具有尖锐、辩说、敏博、崇高的特征"。转引自Leopold Damrosch, *The Uses of Johnson's Criticism*, pp. 180-181。约翰逊将"敏博"与"辩说"并置，可能与高超的辩说才能需以博学聪敏为基础有一定关系。

中的表现仍然超越了题材所设置的创作障碍,而将众多优点融为一体:"尖刻的批评、优雅的赞语、巧妙的人物刻画、跌宕有力的思想、措辞得体的词句、和谐悦耳的音律"(135)。约翰逊认为,德莱顿能兼顾作品的众多方面,在每一个方面都有出众表现,这是《押沙龙和亚希多弗》在英诗经典中所达到的高度几乎为其他作品难以企及的原因(135)。约翰逊对德莱顿这类说教、论理诗歌的高度评价,后来遭到包括约瑟夫·沃顿在内的众多诗评家的否定。在 H. J. 陶德(Todd)1811 年版的《德莱顿诗歌作品》中,就有一段沃顿对这首诗的评论:"这首诗就本质而言,纯粹属于政治性、争论性的作品,不过如此而已;它并没有真正诗歌的精髓。"① 沃顿把说教诗、论理诗排除在"真正诗歌"的范畴之外,并不承认这类诗歌有任何审美价值。但是,后世也有很多批评家,例如圣茨伯雷,接受约翰逊的批评意见;他们在承认说教、论理诗是一种特殊诗歌范畴的同时,认为就这类范畴而言,几乎没有人可与德莱顿相提并论。在他们看来,德莱顿擅长写包括论辩、说理诗在内的各类应景诗歌,可以说德莱顿具有不受题材束缚,能在各种场合中扮好言说者的才华。亨利·哈勒姆②、托马斯·麦考利③、霍普金斯④、圣茨伯雷⑤、理查

---

① 转引自 Roger Lonsdale, "Notes to Dryden," *The Lives of the Most Eminent English Poets; with Critical Observations on their Works*, Vol. 2, p. 358.

② 参见 Henry Hallam, "A Review of *the Works of John Dryden* Edited by Water Scott Esq.," *Edinburgh Review*, No. 25 (1808), p. 132.

③ 参见 Thomas Macaulay, "Dryden," *Selections from the Edinburgh Review,* ed. Maurice Cross, 6 vols, Vol. 2 (Paris: J. Smith, 1835), p. 105.

④ 转引自 Upali Amarasinghe, *Dryden and Pope in the Early Nineteenth Century: A Study of Changing Literary Taste*, (Cambridge: Cambridge University Press, 1962), p. 92.

⑤ 参见 George Saintsbury, *Dryden*, p. 192.

德·加内特[①]、艾略特[②]都继承了约翰逊对德莱顿诗才的肯定,强调他能将本质上最不具有诗意,甚至十分枯燥、抽象、俗常的题材或观念转化为充满力量和趣味的形象诗歌(论理诗是其中一种)。在约翰逊看来,这其实是诗歌才华的一种本质属性,与弥尔顿能将难以演绎的"创世"题材和宗教义理谱写成宏伟史诗有异曲同工之妙;只不过在德莱顿身上,它更突出地表现为一种快捷巧妙地应对各种随机而来、无法自主选择的写作话题的才能。

德莱顿的敏博才华不仅体现在论理诗的写作上,也反映在诗歌翻译领域。作为译者,德莱顿能游刃有余地周旋于源语和目的语之间,既不对原诗做机械的逐字翻译,同时又避免让译诗变成对原作的释义,能在硬译和释义之间保持平衡。约翰逊认为要防止译作大尺度改写原作,译者就必须确保译作语言风格与原作相互吻合,即用原作者的语言风貌来再现其内容:"粗犷而又庄重的,不应柔媚化;夸张炫弄的,不应轻描淡写;故作的警句,也不应钝化其锋芒。译者必须要酷似原作者;他的任务不是要超越原作者。"(125)约翰逊认为至少德莱顿的《埃涅阿斯纪》译本符合这个要求,不过要做到这一点并不容易。维吉尔的"优雅和壮美"不易在译语中保留,译者无权选择自己想要的意象和思想,必须使其与原作相契合,此外,论谐美,英语逊色于拉丁语,所有这些因素都决定了《埃涅阿斯纪》的翻译难度和德莱顿译本的可贵(144)。约翰逊指出,德莱顿最后不孚众望,他的《埃涅阿斯纪》虽有错译和不当之处,但仍要胜过历史上所有英语译诗。尽管约翰逊曾严厉谴责德莱顿在其他译

---

① 参见 Richard Garnett, *The Age of Dryden*, p. 40.
② 参见 T. S. Eliot, "John Dryden," *Selected Essays*, p. 310.

作中的表现和态度,但他总体上肯定了德莱顿在长期翻译生涯中能灵活自如地展现不同作家的风貌,较好地完成对不同个性的角色的塑造。

之前的文人学者在赞叹德莱顿的神妙译笔时,也强调他能一人饰演不同角色。例如,在德莱顿译的《维吉尔作品集》(1697)前面就附有一系列题诗,其中有位作者称赞德莱顿有让古罗马天才诗人起死回生的本事:重新燃起奥维德情爱的温火,用自己的竖琴弹奏贺拉斯优美的曲调,用怨毒的新胆汁来蘸染朱文纳尔的诗笔,让脾气乖戾的波西蔼斯变得优雅和平易,还让维吉尔"雄健的诗心"和"刚劲的气魄"披上英诗外衣[1]。艾迪生也曾在献词中称赞德莱顿让英国人认识了古罗马的英杰;他的译诗使维吉尔的庄严更上一层,令贺拉斯也为自己的重生惊诧不已,他让波西蔼斯用更流畅的音律和清晰的风格教导英伦岛民,使朱文纳尔讽刺的笔锋更尖锐,充满更深的愤恨[2]。这些表述说明德莱顿在面对气质风貌迥然不同的作家时,能将自己移植到他们的文本和心灵世界里,揣摩他们的神态气韵,通过拿捏得当、惟妙惟肖的模仿来实现从源语到本国语的转化,甚至最后打造出来的译作比原作更胜一筹。这些作家对德莱顿译才的描绘,可以说映照了前文所说的"化作它身,而真体不变":德莱顿手执一支译笔,摇身化作不同的诗人,但他的真我却岿然不动。在1697年《维吉尔作品集》的一些题诗里,就有作者说,德莱顿不像那些终生与一位缪斯厮守的才子,他能左

---

[1] 参见 "To Mr. Dryden, on his Excellent Translation of Virgil," *John Dryden: The Critical Heritage*, pp. 218-219.

[2] 参见 "To Mr. Dryden. By Mr. Jo. Addison," *John Dryden: The Critical Heritage*, pp. 213-214.

右逢源，驱使多位缪斯衷心侍奉自己；也就是说，他的"真体"是众多才赋的集合：

>于是发现你的身上集合了不同的才赋；
>你的才智戴上了宝冠，成为全世的主；
>……
>所有缪斯、所有"美惠"，都属于你，
>无须单守一人，你可与她们逐一狎戏，
>稍才宠幸完这个，你便飞奔向另一个。
>你就像苏丹，昂然挺立在你的后宫里，
>缪斯们都在等着你的传召，渴切无比。①

虽然这首诗言辞轻佻浮夸，奉承之意明显，但确实道出了德莱顿心智最突出的一面，即综合的才能。另有一位诗人称德莱顿是"来自天上的魔法师""谐和的灵魂"，各色作者的各式才情都要在他身上汇集和焕发出来②。就根本而论，这样的赞辞是与约翰逊对他敏博之才的鉴定相吻合的。

约翰逊肯定德莱顿的译作忠实于原著风格，但并不认为忠实的传达是通过逐字逐句来实现的。在约翰逊看来，德莱顿的译作虽然不乏细节错漏，不忠于原文，但这样的瑕疵无法掩盖

---

① 参见 "To Mr. Dryden," *John Dryden: The Critical Heritage*, p. 222.
② 参见 "To Mr. Dryden on His Translations," *John Dryden: The Critical Heritage*, p. 223.

译品自身的艺术光彩①。评判译品质量高下,应当以读者反应为依据,从整体上来检视它的效果。依据约翰逊的观点,亦步亦趋地紧扣原文的字词,缺乏灵动笔法和适度发挥,将难以产出符合原作精神气质并征服读者想象的优秀译作。"想象作品"需要"以魅力和欢悦来取胜;以能让人全神贯注、心无旁骛的力量来制胜。只有让读者心智欢喜地臣服下拜的人,才是真大师;读者会迫不及待地一页页翻阅下去,为体味新的愉悦甚至反复阅读,待读到末尾时,眼里不禁流露出悲伤,就如同旅人望着渐渐西坠的斜阳"(147)。在约翰逊眼中,德莱顿的《埃涅阿斯纪》译本正具有这样的感染力。他引用蒲柏的话说,这个译本是"我(蒲柏)知道的所有语言的译本里最庄重、最有气魄的"(144)。即使将他的译诗中不当的译法剔除出来,强行代以更贴切的表达,也只会损伤整体效果,"也许批评家会拍手称赞,读者可能会感到烦厌"(147)。由此可见,德莱顿发挥其才气之所长,灵活穿梭在源语和译语之间,不拘泥于一词一句的得失,着力于整体艺术效果的转化,使笔下的译诗充满了令读者欲罢不能的吸引力。

约翰逊把德莱顿的翻译地位放在以本·琼生为起点的十七世纪英国翻译史中来评判。他把本·琼生、欧文·费尔萨姆(Owen Feltham)、乔治·桑狄斯(George Sandys)、巴登·霍利

---

① 论及德莱顿所译的《埃涅阿斯纪》,约翰逊成页地引用了牧师卢克·米尔本(Luke Milbourne)对德莱顿译本中具体词句的指摘。不过约翰逊的总体态度是,德莱顿的翻译固然有其错漏或夸张失度的地方,但若是从译者所面临的挑战以及成品的艺术感染力来评判,他的译本无疑是非常出色的。约翰逊如此肯定德莱顿版的《埃涅阿斯纪》,其实针对的是约瑟夫·沃顿之前所做评判。沃顿1753年主编《维吉尔作品集》时,采用的是克里斯托夫·皮特的译本,并在献词中指出在德莱顿的版本中误译数量惊人,而皮特的译诗更忠实于原作(2: 364)。

戴（Barten Holiday）都归入考利所说的"卑躬屈膝"的"摹仿者"（125），即不考虑英语固有特征以及英诗形式美感，严格按照字面意思和行数多寡，不做任何创造地翻译诗人作品。约翰逊认为考利是十七世纪打破这种风气的先驱之一，但他又认为，考利"坚持自由的权利，大胆地展开诗才的翅膀"虽然可嘉，可他实践的后果却是"过远地飞离原作。"（125）"确立译诗自由的界限，确定译诗的合理规则，并提供译诗作典范，这一切都留给了德莱顿来完成"（125）。这个论断暗含了德莱顿对英国文学翻译的两大贡献。一是他确立了翻译自由的尺度，即译者既要忠实于原文的意思和风格，又突显译作自身的文采，在二者间保持平衡；正如前文指出，只有像德莱顿这样有绵柔多变的综合才赋的诗人，才可胜任这样的翻译伟业。二是德莱顿翻译了《埃涅阿斯纪》这样极有分量的大部头文学经典，并最终奠定了由爱德华·费尔法克斯、理查德·凡肖爵士、考利等人开启的意译方法，使其为十七世纪后期和十八世纪广大读者和译者所接受。德莱顿的这一作用与他以敏博之才对英语诗歌的发展所做的贡献有可比之处。

　　针对德莱顿的文学批评，约翰逊如此评价："德莱顿的批评是诗家的批评，并不是一堆命题的乏味堆聚，也不是对败笔的粗暴揭露……德莱顿的论述行文活跃，富有生韵，愉悦与教诲相结合，作者用创作的能力来证明评判的正确。"（120）在约翰逊看来，德莱顿的批评以个人诗才为底蕴，摆脱了机械的学理阐析和狠毒的揭丑攻恶，他的评论甚至带有诗歌气质。约翰逊以寻幽探胜为喻把德莱顿的批评与莱默相比较。莱默意图让读者以最短的距离直截了当地奔向真理，所以他选择的道路是充满"荆棘灌木"，崎岖难行的，而且他倾向于让真理以不加修饰、粗陋可憎的面貌呈现于读者眼前(120)。与其相反，德莱顿所选的道路虽然迂回绕远，一路上却是花香鸟语、风光旖旎，若真寻见真理，读者必定为其优雅的风度所动，倘若访遇不成，亦觉得不负此行(120)。换言之，德莱顿不拘泥于干瘪的教条，不屑于枯燥的说教，而是以更富有想象力的方式让读者欣然接受他的道理，即使他的观点并不是完全合乎学理，但读者也能从中得到莫大启发①。如果没有一个包容宏大、超脱学问束缚的心智，必定难以做到诗与批评的融合。

以上从诗与说理、诗的翻译、诗与批评三个方面检视德莱顿"化作它身，而真体不变"的敏博才情。约翰逊对德莱顿才华的鉴定，与他对诗人整体形象的"塑造"在本质上是相通的。约翰逊在传记中提及德莱顿一生中政治立场和宗教信仰的两次急剧大转变：1659年他刚为克伦威尔的逝世写完歌功颂德的悼诗，回头又为查理二世登基奉上邀宠献媚的诏诗；1682年他在《平信徒的信仰》中批驳自然神论、天主教以及清教思想，声言自己对英国国教的信奉和拥护，但詹姆斯二世登基后未多久，他就宣布皈依天主教，并在《牝鹿与豹》一诗中以豹为寓言象征，重新审视英国国教的组织和教义。在文学批评方面，约翰逊认为德莱顿有很大一部分批评著述属于应景而作，如为推介自己的作品，所以他的观点常常前后矛盾，自相拆解；约翰逊就曾直言，德莱顿在这一方面"绝不是忠诚于自己的人"(121)②。可以

---

① 此处约翰逊再次援引"普通读者"标准来评判德莱顿与莱默的文学批评的优劣。

② 例如，在戏剧诗问题上，他曾多次在序言和开场白中为韵体诗剧辩护，但后来又在《一切为了爱》中主动摆脱韵体的限制(*LP*, 2: 121)。在古希腊罗马史诗适宜译成韵诗还是素体诗的问题上，他的观点和实践也是自相矛盾的(*LP*, 2: 121)。

说,《德莱顿传》论及的作品题材和体裁十分丰富,每部作品、每种体裁、每个议题似乎都能折射出一个大不相同的传主形象。从约翰逊刻画德莱顿的整体人格的部分还可以看到,他展现给读者的是一个既谦虚低调又自视甚高、文思如泉涌却言语迟钝、有八斗高才却屈节自辱、有严肃的道德关怀却又常为风化的堕落推波助澜的文人形象。总之,约翰逊所塑造的德莱顿是一个形象模糊、矛盾、易变的人物,他可以将各种错综、龃龉的人生经验或信条统一在自我人格中①。这恰好与约翰逊用以形容德莱顿文才的短语"化作它身,而真体不变"有共通之处②。

约翰逊在《弥尔顿传》和《德莱顿传》中构建这两位诗人的心智和性格,用的是两种对立的图式,一种是以孤傲自立为核心,另一种是以软柔善变为主线。利普金对约翰逊塑造的弥尔顿和德莱顿的才华做了精当的总结:《弥尔顿传》所呈现的是一种"过于桀骜不驯、卓尔不群的才华,虽令人高山仰止,却难摹拟一二",而《德莱顿传》所刻画的却是这样一位高才:"心甘情愿献媚取宠,与俗众的吁求相妥协,而非孜孜以求止于至善,乃至于自辱诗才。"(445)与这一区别相关的是两人文学创作路

---

① 贝尔兰德指出,约翰逊笔下的德莱顿在性格和事业等方面,无不受这一缺陷所害,即对任何政治、宗教和文学准则缺乏深度的忠诚。贝尔兰德认为这是约翰逊版的以某种激情为主导的传记模式。参见 K. J. H. Berland, "Johnson's Life-Writing and the 'Life of Dryden,'" *Eighteenth Century: Theory and Interpretation*, Vol. 23, No. 3 (Autumn 1982), p. 207.

② 司各特在他的《德莱顿传》中曾论及德莱顿身上这种自相矛盾的特点,尤其在辩论中表达观点的时候:"他的观点……通常是不相一致的,有时候甚至是完全前后对立;他常因情势所迫,需就眼前的对象做讨论,所以很少回过头去看自己之前说了什么,也很少展望一下自己将来有可能必须说什么。"参见 Walter Scott, ed., *The Works of John Dryden*, pp. 503-504. 圣茨伯雷也曾评论说:"前后连贯绝不是德莱顿的伟大人格。"参见 George Saintsbury, *Dryden*, p. 92.

线不同:弥尔顿的诗歌主题多关乎全人类的罪恶、救赎和福报,而德莱顿的诗歌多与一时一地的人情世理有关。另外,两人才华的差异也导致了他们对传统资源的处理方式的不同。正如约翰逊在《弥尔顿传》末尾的指出的那样,弥尔顿并不刻意借鉴前人的作品(1:294-295),而德莱顿却有意化用他人的成果,所以,约翰逊说"他的戏剧通常是转借的"(2:126)①。这两种图式的对立,说明约翰逊为大诗人立传,不仅力图从宏观角度把握每位诗人的人格形象,也力图揭示诗人的性格、心智、才华与他们作品之间的内在关联。

第三节 德莱顿诗歌的缺陷

德莱顿的敏博才华形成于长年周旋于出版商、观众、读者和恩主之间、以卖文为生的写作生涯。德莱顿终其一生都无固定收入来源,虽然查理二世1668年授予他"桂冠诗人"的荣誉,后来他又被派予史官的职位,但复辟王朝一结束,德莱顿就失去了这些官职以及相应的年金,不得不从宫廷回到市场上,继续以写剧本、诗歌和翻译为生。约翰逊说,在德莱顿的时代剧本写作报酬低廉,出版商待人十分苛刻,德莱顿不懂得以俭节流,虽然想方设法寻求恩主的赞助,但仍常年处于入不敷出的状态,诗人为此常怨叹贫苦,自哀不幸(2:116-117)。德莱顿正

---

① 约翰逊没有明说他从何处得知弥尔顿并不刻意借鉴前人的作品。这样的论断反映的是约翰逊在阅读弥尔顿作品和生平资料过程中所形成的对其人格的直觉感受,虽然颇似臆断,却不无见地。

是在这样的生存处境中被迫训练出敏博之才[①]。如前文所述,这种才能的显著特征是博闻强记,广见深识,面对突如其来的事件和话题,能快速地搜索记忆储藏,下笔敏捷流畅,左右逢源,如有神助一般,一人兼善多门技艺,且不拘囿于其中的界限和规定。这种才情使德莱顿能如鱼得水地适应十七世纪末写作体制出现的新变化,即贵族恩主的长年庇护和稳定资助,正逐渐被文学市场中更为不稳定的力量所取代。在这段新旧体制交替的历史时期,德莱顿进行文学写作,不仅要听观众的掌声,看出版商的脸色,也要附和包括贵族恩主在内的当权者所好,所以无法独立选择写作题材和内容,确立作品要传达的道德寓意,往往要违背良心做阿谀逢迎,奉旨填词之事。正如詹姆斯·亚当斯所说,在《德莱顿传》中"约翰逊强调了在德莱顿作家事业中两种生产活动之间的深刻矛盾:对德莱顿而言,写作作为一种智力和道德活动的完整性,正不断受到文学买卖的要求的威胁"[②]。完整性受破坏的后果就是导致德莱顿作品的一大缺陷,充满了"纵情恣乐的放荡和卑鄙无耻的谄媚"(2:113),前者明显体现在诗人的戏剧创作中,后者尤其体现在他的应景诗中。

约翰逊指出,这种"放荡"和"谄媚"其实是"人为和被迫

[①] 约翰逊形容德莱顿的敏捷心智,常用"财富"作比喻,例如,"大量思想财富的储备"(great stores of intellectual wealth, 122)的心智,"心智的宝库"(treasures of the mind, 126),"一颗包含活力的诗心作用于大量的素材"(vigorous genius operating upon large materials, 148)。约翰逊说德莱顿的"才智从不缺少素材,他的想象从未因思想的乏匮(penury of ideas)而凋萎"(122)。这些语句表明约翰逊有意突出德莱顿物质的贫乏和心灵的富有之间的反差以及用后者来解决前者的可能性。

[②] 参见 James Eli Adams, "The Economies of Authorship: Imagination and Trade in Johnson's 'Dryden,'" *Studies in English Literature*, Vol. 30, No. 3 (Summer 1990), p. 468.

的",是德莱顿"深思熟虑刻意为之的结果",是"他的买卖生意,而非他的平生乐事"(113)。约翰逊向读者暗示,德莱顿的作品充满"放荡"和"谄媚",并不是因为作者心灵深度腐化,对此不加反思,反而甘之如饴,而是因为买卖的游戏规则和生存压力的重负逼使作者采取这样的写作策略。对德莱顿而言,在充满压力和诱惑的体制环境中,以诗媚上博取名利并没有触犯道德的禁忌。正如约翰逊所说,德莱顿"认为尊崇奉承大人物是天经地义的事,他把颂词当作贡物而非薄礼献给他们,他并不因为出卖个人判断而深感羞愧……实在很难说,在这些场合中,他的判断力是否与个人私利做过剧烈抗争"(113)。约翰逊接着指出,世界上确实有一些像德莱顿这样的人,一旦受到物质需求的胁迫、权力和财富的招引,就容易见异思迁,趋炎附势,丧失自己的主心骨和判别是非的能力:他们的"心智极易膝软臣服,一看到家世显赫的,就不加甄别一律敬拜起来,大凡有人位高权重,财如山积,他们就被迷了眼,看不到人家的缺陷"(113)。如此才有了德莱顿对"高贵天赋"和"高超才能"(113)的滥用①。约翰逊在文中虽然直斥德莱顿奴颜婢膝的做派,说他写谄诗的本领从古至今仅次于阿芙拉·贝恩(Aphra Behn),一赞美起恩主,就抛开心中的廉耻感,也不觉得恩主其实也是有廉耻感的;对这种堕落的罪恶言行不能不感到"悲痛和愤怒"(113)。但与此同时,约翰逊却以微妙的方式多方暗示诗人正因为生存处境才屈从于利益得失,从而放弃自己的理智判断,这多少显露了约翰逊有为德莱顿辩护的私心。

---

① 列奥坡德·达姆罗什只注意到约翰逊在文字表层对德莱顿的谄媚行为的批判,但没有体察他对德莱顿的行为所做的含蓄辩护。参见 Leopold Damrosch, *The Uses of Johnson's Criticism*, pp. 173-174.

前文提到的被德莱顿滥用的"高贵天赋"和"高超才能",其实指的是诗人的敏博才情。约翰逊敏锐地发现,即使在德莱顿"卑屈下贱的夸张谄媚"中,仍然可见他如汪洋恣肆、不可蠡测的诗才:"他的脑海中储藏了'至善'的各种表现,有知性的,也有德性的,组合形式变化无穷;他刚为今日的一位主角降下才智和美德的金色'媚雨',就已经为明日要奉承的人物备好了新的才智和美德,别具一番裁制。"(113)从约翰逊这番评语中,可以发现"化作它身,而真体不变"的影子。不管德莱顿的心智是否用于正道,其敏慧而博大的本质是没有增损的,即使从他承欢献媚的应景诗作里,仍可以看到才气的光芒,类似撒旦刚下地狱时身上隐隐闪现的神光。约翰逊把德莱顿的心智比作香味永不会散发殆尽的物体:"我们会看到很多香物年复一年散发着香味,却总见不到体积变小,重量变轻;德莱顿也是这样,不管怎么大手大脚地花用,他铸造媚语谄词的工坊,似乎从未有存量告罄的时候"。(113)[1]这个隐喻与凤凰的比喻有内在的联系,都指向了诗人的心灵所蕴含的千变万化、不可穷极的创造力。这样的创造力正是在见风使舵、曲意奉承的过程中被发挥得淋漓尽致,导致了德莱顿作品中有相当一部分是属于夸张得露骨惊心、但又令人拍案叫绝的献媚诗;这类诗歌,用詹姆斯·亚当斯的话说,就是"道德的堕败"与"丰沛的创意活力"的结合体[2]。约翰逊对这类的作品的态度是相当复杂的,正如格列格·克林汉姆所指出的,他的态度"既是质疑又是同情

---

[1] "存量告罄"的原文是"impoverish",这个词再次暗示德莱顿正是靠其永不穷匮的敏博心智来解决现实生活中的贫匮问题。

[2] 参见 James Eli Adams, "The Economies of Authorship: Imagination and Trade in Johnson's 'Dryden'," p. 477.

的"①：一方面约翰逊带着道德的义愤质疑德莱顿怀有高才却行低俗之事，另一方面他又对德莱顿自降格调后不减的才华抱有"富于想象的理解和洞察"②。

另外，敏博的才华使德莱顿能在短时间内把作品交给出版商的同时，也导致他作品的另一大缺憾，即不够精益求精，作品中粗疏不当之处不胜枚举。事实上，德莱顿是《诗人传》中细节被挑剔最多的一位诗人。"他的作品好坏分布不均，十行诗里很少没有令读者为其羞愧的地方。德莱顿并不是严格评判自己书稿的人；他几乎没有尽力争取，以臻完善的时候，总是匆匆忙忙抓起自己手边可用的东西；只要能让其他人称心满意，他自己也就心满意足了"（152）。约翰逊指出德莱顿的创作是一种纯粹以市场反响为风向和动力的行为：只要保证大部分是能取悦公众的上好词句，并盖过疏漏蹩脚之处，就算达到写作目的，至于反复修改、润色，以臻完美，德莱顿既无闲暇也无意愿去做；而且作品出版以后，他也没有对文稿做修改以待再版的习惯。约翰逊指出："急着出版可能是情势所迫的结果，但接下来束之高阁除了无钻研的耐心，就没有其他理由了。"（152）德莱顿无论在作品问世前后，都表现出缺乏细斟慢酌的耐性，归根结底，这实际上是诗人长期以一时的公众口味、市场需求为导向进行写作，将文学当作可获利的商品来售卖所形成的习惯。列奥坡德·达姆罗什曾指出约翰逊的《德莱顿传》呈现了传主的诗歌创作的两个方面：就宏观而言，德莱顿提炼了英语诗歌的

---

① 参见 Greg Clingham, "Another and the Same: Johnson's Dryden," p. 126.
② 同上，p. 126. 后世的批评家，像司各特、圣茨伯雷，也都曾论及德莱顿的献媚诗，但在约翰逊蕴含"富于想象的理解和洞察"的精彩比喻面前，他们对德莱顿谄媚才华的评价则显得简陋很多。可参见 George Saintsbury, *Dryden*, p. 65 & p. 151.

语言，端正了它的思想，完善了它的音律，但就微观而论，他的作品是"临时情况和匆忙大意的结果"，缺乏对局部的精雕细琢，瑕疵颇多①。这两方面看似有一些矛盾，但约翰逊都让它们与德莱顿的心智产生了直接或间接的关联。

然而，约翰逊行文语气十分复杂，有些时候，他的文字看似在批评德莱顿的写作习惯，实际上却暗含着对他的敏博才华的称赏，乃至惺惺相惜之情：

> 他把自身的学识一股脑地倾倒出来，无须刻苦经营；虽然他的作品数量众多，但是有足够的理由怀疑他并不喜欢苦心经营。饱含浓情蜜意地下笔写作，永无止境地润色修饰，不忍与纸上的思想挥手告别，锲而不舍地追求永无法获致的完美，在本人看来，都不是他性格的一部分。（120）

利普金指出"浓情蜜意"（fondness）这个词在十八世纪的英语里带有强烈的"虚妄""愚蠢"的意味②。除此以外，"刻苦经营""不忍……告别""无法获致的完美"这些措辞以及排比结构的短语，都暗示德莱顿的作品虽然不够精益求精，却有着天然、流畅的优点。在《蒲柏传》中，约翰逊以野地和草坪为喻将

---

① 参见 Leopold Damrosch, *The Uses of Johnson's Criticism*, p. 183.
② 参见 Lawrence Lipking, *The Ordering of the Arts in Eighteenth-Century England*, pp. 445-446. 约翰逊在《英语词典》里为"fondness"这个词列了四项含义，其中三项包括"愚蠢"（foolishness）、"缺乏理智"和"判断"，"荒唐的爱"（foolish tenderness），"非理性的喜欢"（unreasonable liking）（*Dict.*, 1: 831）。如利普金所言，"浓情蜜意"（fondness）在十八世纪英语里确实带有"愚蠢""荒唐"的意味。

第三章 德莱顿的"敏博"

德莱顿与蒲柏作对比,突出德莱顿随意洒脱、天然多姿的风格,有别于蒲柏的工整和严谨:

> 德莱顿的风格随意多变,而蒲柏的风格谨饬整齐;德莱顿任笔头受思想所驱遣,而蒲柏则把思想限在笔下的框条里。德莱顿时常显得热烈而急促,蒲柏却总是顺畅、匀称、温和。德莱顿的文章是天然野地,此起彼伏,草木丰茂,错落间尽显百态,而蒲柏的文章则是丝绒般的草坪,因镰刀割刈而齐整,因滚筒碾压而光滑。(4: 65)

虽然约翰逊这段文字对比的是德莱顿和蒲柏的文章风格,但其实也是对两人诗风的鉴赏。德莱顿写作粗心大意,作品质量不均匀,在约翰逊的比照下,却转变成了一种美学优点,它弥补了蒲柏过于整齐划一,斧凿痕迹明显的缺陷。虽然约翰逊之前的十八世纪批评者都曾对比过德莱顿和蒲柏诗风的迥异[①],但表述得最醒目生动、最翔实尽意,对后来批评者影响最大的当属约翰逊的论述。暗含在约翰逊文字中的观点,即德莱顿因风格缺憾而别具优势,被十九世纪早期的批评者进一步阐发。例如,司各特就受约翰逊影响,既将德莱顿的疏略和粗放视为他作诗之法的一个重大缺陷,又认为其中蕴含着德莱顿所独有才情和

---

① 参见 "Dennis on Dryden," *John Dryden: The Critical Heritage*, p. 258. "Joseph Warton on Dryden," *John Dryden: The Critical Heritage*, pp. 274-278. James Beattie, "On Poetry and Music as they Affect the Mind," *Essays* (Edinburgh: William Creech, 1776), p. 359. Hugh Blair, "A Professional View," *John Dryden: The Critical Heritage*, p. 315.

气势①。

　　约翰逊认为在德莱顿的敏博诗才中占主导力量的是"强大的理智，而非敏锐的感受"（148），这也造成德莱顿诗歌的另一大缺憾，即不擅长表现纯质简单、自然流露的人类情感，而更倾向于观照、思忖、揣摩在复杂社会情境中人的情感关系。德莱顿长于理证，善于论辩，但即使在表现人物喜怒哀乐的时候，德莱顿也展现出理智力量的强大主导作用。这尤其体现在"德莱顿不是很了解从人的心灵中所生出的那种简单、根本、未经混合的激情"，他笔下的人物激情总是"因为各种社会关系而交缠在一起，因为生活的骚乱和不安而变得混杂"（148）。以爱情为例，约翰逊认为德莱顿无法体味朴素、柔婉、微妙之爱的"温柔怀抱"，他更擅长描摹的情爱往往是与其他欲望相结合、激荡的，例如"当它因争风吃醋而激情万丈，或因受人阻挠而停步不前的时候；当它激起出人头地的壮志，或触发誓死报复的决心的时候"（149）。正因为如此，德莱顿的写作总是倾向于用"奇妙新颖"的事件和意象来引起读者注意，而不满足于唤醒沉睡

---

① 司各特发现，十八世纪很多诗人欲图模仿蒲柏千篇一律的谐美音律，经过苦练诗艺，他们果真习得蒲柏遣词造句、审音定韵的技艺，但结果只是让诗歌变得机械，没有生命力，甚至令人厌恶；为改变这种状况，一些英国诗人，像丘吉尔（Churchill），返身回去借鉴德莱顿的"豪迈疏放"（brave negligence），刻意追求粗糙刺耳的音律和好坏不均的质地。尽管司各特并不赞同这样的做法，但他至少认同这样的看法，即在德莱顿相对粗放的诗风中，蕴含着一种比蒲柏更活跃、更奔放的生命力。参见 Walter Scott, ed., The Works of John Dryden, Vol. 1, p. 479. 约翰·米特弗德也大体化用了约翰逊和司各特的表述："在德莱顿的诗中有一种流畅、粗放、对个人才能的自信"；与蒲柏不同，德莱顿"忽略了细小的粗糙，也不屈就于细微的妙处……他似乎从未企盼要止于至善，也从未将'好胜才华'的眼睛转向那虚无缥缈的完美"。参见 John Mitford, "The Life of Dryden," The Poetical Works of John Dryden, 4 vols, Vol. 1 (London: William Pickering, 1832), p. lxxxiv.

于心灵中的那种天然情感(149)①。所以,约翰逊认为德莱顿并不是"触情"(149)诗人,这一点与约翰逊对弥尔顿的评判颇为相似。如果说弥尔顿不谙人情世故,不知如何进入多种激情微妙结合或碰撞的心灵世界,那么,德莱顿则擅长将人物放置在纠葛不清的关系网中,以一种审视分析的态度来设计人物复杂的情感反应;但两位诗人的才华或者表现为超脱于人世的"崇高",或者表现为以理智为主导的"敏博",他们的作品都达不到熨帖和抚慰普通人心灵的触情标准。

司各特也认为德莱顿的才情最出色的地方就在于"理证,并用恰当的语言表达理证的结果"②。司各特给予这种推理和说教才能很高的评价:"这种辩理证说的才能,这种考察、发现和欣赏至善之事物的才能,是一位诗人所能拥有的最相关的品质。"③但是,司各特也发现它给诗人创作所造成的负面影响:"德莱顿的敏锐心智所导致的结果就是,戏剧人物在只应用心感受的地方,却在谈玄论道或推导因果。"④司各特说,德莱顿观察世人的生活是采取"分析模式"的,因此他偏向于表现"骄傲、愤怒、雄心等较为壮烈的情感,以及其他高昂的激情",而对于那些需要写作者亲自体验、相对细腻微妙和不易察觉的情感,德莱顿

---

① 约翰逊认为这与德莱顿"奴颜婢膝地屈从于无判断力的观众"(149),讨取"万千大众的掌声"(88)有关系。
② 参见 Walter Scott, ed., *The Works of John Dryden*, Vol. 1, p. 481.
③ 同上, pp. 481-482。
④ 同上, p. 483。

则不知如何表达①，即使勉强形诸笔墨，也多以"罗曼司中那类夸张、不自然、虚假、装模作样的雅致情感取而代之"。对比司各特和约翰逊的评判，可以发现前者基本是在复述和阐释后者的判词；这说明两位批评家认同奥古斯都诗歌中思辨的力量和诗人论理的才华，同时又对二者的局限进行清醒的反思。

直到 1828 年，托马斯·麦考利仍然认为德莱顿"完全缺乏展示现实中的人的才能"，包括表现正常人的情感②，但他同时也肯定了德莱顿具有"以诗说理"的非凡能力：他的论述方式"简洁、明了、准确"，援引的事例"使推理更明朗，又能增色添彩"，可供诗人借鉴③。不过，早在十八世纪五十年代，从约瑟夫·沃顿发表《论蒲柏的作品与才赋》起，批评家已经试图将"辩理证说"的才能从诗人的才华中剔除出去，认为诗歌的本质在于通过想象抒发创作者内心的感情，以此来唤起读者对美和真理的认识④。德莱顿和蒲柏被排除在"崇高"和"触情"诗人的行列之外，甚至不被视为诗人，而被称作"讽刺家""巧智之人""道德学家"等。华兹华斯 1805 年在致司各特的信中，就

---

① 参见 Walter Scott, ed., *The Works of John Dryden*, Vol. 1, pp. 483-484。司各特分析德莱顿翻译的乔叟故事《阿塞特和帕拉蒙》时就曾说："在这首诗的对话或辩论部分，德莱顿通常比原作更胜一筹，而在简略描写和触情效果方面，则不及乔叟。"参见 Walter Scott, ed., *The Works of John Dryden*, Vol. 1, p. 499。司各特论及德莱顿的悼亡诗时，说德莱顿的挽诗"确实含有一丝半缕的真情实感，尤其在展示较强烈激情之处，但很多时候他满足于用辩理来替代激情，他向我们说明为什么我们应该悲痛，而不是自己先给我们树立悲痛的榜样"。参见 Walter Scott, ed., *The Works of John Dryden*, Vol. 1, pp. 507-508。所有这些评论都承袭了约翰逊在《德莱顿传》中的观点。
② 参见 Thomas Macaulay, "Dryden," p. 97.
③ 同上，p. 103。
④ 麦考利将德莱顿判定为二等诗人中的一流诗人，显然承袭了约瑟夫·沃顿的观点。同上，p. 94。

曾声言德莱顿不具有"诗的才华",德莱顿身上能跟诗沾点边的,不过是他"炽烈和急猛的心智以及异常敏锐的耳朵",他的语言"无关乎想象,也无关乎激情",即使充满诗意的激情,也大多是论述一些令人生厌的抽象话题①。在华兹华斯这些浪漫主义诗人看来,这种"以诗论理"的才能显然是奥古斯都派诗人的强大理智或者"批评智识"(critical intelligence)的表现;如乌帕利·阿马拉辛哈所说,华兹华斯认为"诗歌存在的缘由是要抚慰、镇定并提升人的心灵,但受'批评智识'的干扰,华兹华斯无法对奥古斯都时代诗歌产生共情反应"②。弗兰西斯·杰弗里在1811年一篇文章中也曾论及德莱顿诗才的这一特征,"德莱顿所写的诗歌没有一句是触情的,很少可以被视作崇高的"③。维多利亚时期诗评家马修·阿诺德如此概括德莱顿、蒲柏等人的诗歌和才华特点:"他们的诗歌是用巧智来构思和创作的,而真正的诗歌是用心灵来构思和创作的。"④阿诺德认为这类诗人作诗,并没有用心灵之眼看事物,他们一般是先动用理智形成关于事物的观念,而后"为它披上漂亮鲜艳的外衣,供他人幻想和理解"⑤。他们展开诗歌的方式是"知性"的,表现为"辩理证说、正反对照、采用灵巧的措辞和奇喻"⑥。而真正的诗人作诗是

---

① 参见 "No Great Favorite of Wordsworth's," *John Dryden: The Critical Heritage*, p. 323.
② 参见 Upali Amarasinghe, *Dryden and Pope in the Early Nineteenth Century: A Study of Changing Literary Taste*, p. 147.
③ 参见 Francis Jeffrey, "A Review of *The Dramatic Works of John Ford with an Introduction and Explanatory Notes*," *The Edinburgh Review or Critical Journal*, Vol. 18 (Edinburgh: D Willison, 1811), p. 284.
④ 参见 Matthew Arnold, "Thomas Gray," *Essays in Criticism; First and Second Series Complete* (New York: A. L. Burt Company, 1909), p. 328.
⑤ 同上, p. 328。
⑥ 同上, pp. 328-329。

将"深扎于他心灵中的事物以自然和必然的方式展开",他们在读者心中唤起的是一种"能看到事物真实和美的情感"①。阿诺德将知性的力量从诗人才华中排除出去,强调诗歌的直觉和情感本质,可以说继承了由沃顿延续到华兹华斯这一脉络的诗学观,颠覆了约翰逊和司各特等人对德莱顿的评判。

纵观德莱顿经典地位的变化,可以说1756年约瑟夫·沃顿的"四等级说"为德莱顿日后地位的下降开启了理论先声。与理论声音同时并行的,是沃顿父子、艾肯塞德、格雷、柯林斯等人所倡导的偏重质朴风格、感性体验和内在激情的诗歌创作。这种新的创作潮流逐渐形成与德莱顿、蒲柏所奠定的诗歌流派迥然不同的气象。在这样的背景下,十八世纪七十年代末约翰逊发表《德莱顿传》,以个人批评权威强有力地稳固住了德莱顿的文学地位,并将他的诗歌影响力一直推向十九世纪早期。约翰逊的批评意见深刻影响了司各特、约翰·米特弗德等十九世纪早期传记作者对德莱顿的评判。但是从十九世纪二三十年代起,形势开始发生转变,浪漫主义诗学影响日趋扩大,潜移默化地改变了英国读者的诗歌品味;与此同时,批判奥古斯都诗人以及诗学标准的声音愈来愈多,读者兴趣和认同感趋于减弱②。德莱顿不过是英国诗歌史上的大工匠、二流诗人之类的表述,已然成为批评界的套语。美国诗人洛威尔(Lowell)在十九

---

① 参见 Matthew Arnold, "Thomas Gray," p. 329.
② 一位书评人在1855年的《爱丁堡评论》中发表对罗伯特·贝尔(Robert Bell)版《德莱顿的诗歌作品》的评论。这位书评人在文中感叹道,"德莱顿的作品已被英国人以罕有的方式遗忘";他指出导致这个现象的四个原因,包括以华兹华斯和济慈为代表的浪漫主义诗人极度无知,人们盲信约瑟夫·沃顿所留下来的观点,即德莱顿和蒲柏都不能算是真正的诗人。转引自 Mark Van Doren, *John Dryden: A Study of his Poetry*, p. 245.

世纪六十年代所做的评论可以大体反映德莱顿在维多利亚中后期的地位:"没有几个诗人比他更彻底地埋在'英国诗人'的大公墓里。"①用塞缪尔·蒙克的话来解释,就是在当时的阅读气氛中,德莱顿不再被视作"活生生的诗人,而成了标本,被分类,被贴标签,在文学博物馆中被派予一个固定的位置";虽然德莱顿作品的精彩片段散见于四处,不时被人引用,但鲜少有人完整阅读他的诗作②。直到二十世纪二十年代凡·多任发表德莱顿研究以后,英国人对德莱顿个人以及作品的兴趣才逐渐复苏③。艾略特在1922年的文章《约翰·德莱顿》中高度肯定了凡·多任的研究专著,尤其是他对德莱顿诗歌的"公正、适度而又热情的欣赏"④;他指出二十世纪读者深受十九世纪诗学观的影响而不自知,他们应当超越十九世纪诗歌的"狭隘的欣赏品味和特殊的时代风尚",扩展个人的诗歌视野,以全新的感受力来品味十八世纪的讽刺和巧智⑤。艾略特的文章颠覆了浪漫主义诗歌传统的"正统地位",为德莱顿正名,将是否喜爱他视为"检验是否对诗歌怀有包容欣赏力的一种标准"⑥;他比这时期的其他诗人和学者更明确、更坚定地抬高德莱顿在文学经典中的地位,为德莱顿作为诗人在二十世纪重新被广泛赏识发出了最铿锵有力的声音。

从十九世纪三十年代到二十世纪二十年代,德莱顿的地位和影响力下降很多,但是约翰逊关于德莱顿的一些批评意见,

---

① Mark Van Doren, *John Dryden: A Study of his Poetry*, p. 245.
② 参见 Samuel Holt Monk, "Dryden Studies: A Survey (1920-1945)," *ELH*, Vol. 14, No. 1 (Mar. 1947), p. 47.
③ 同上, p. 47。
④ 参见 T. S. Eliot, "John Dryden," p. 307.
⑤ 同上, p. 305。
⑥ 同上, p. 305。

例如德莱顿对英语诗歌的卓著贡献，他不拘于题材和情境的敏捷诗才，他和蒲柏诗艺的区别（包括他诗歌的思想分量和雄健风格），德莱顿以理智为主导的心智属性，善于以诗论理的才具，仍然是这近百年间很多批评家必须要面对的问题，约翰逊所继承或开启的这些批评议题仍然被这个时期的学者继续讨论下去。到维多利亚末期和二十世纪初期，依然有不少学者在评介德莱顿的著作中引述约翰逊的观点，包括他对德莱顿具体作品的评断①。可以说，在十九世纪末二十世纪初，即德莱顿的地位被重新评估的这段时期，来自十八世纪约翰逊的权威身影依然游荡在英国文学经典建构的"工程现场"。另外，还要简单指出的是，对比到二十世纪初为止诸多《德莱顿传》或德莱顿批评著作，约翰逊对德莱顿的心智、才华的同情和洞见，对作家人生、性格与才情的整体把握，可以说是不遑多让的。

---

① 维多利亚时期学者理查德·加内特在1895年出版的《德莱顿的时代》中，至少二十处明显引用了约翰逊的观点。参见 Richard Garnett, *The Age of Dryden*, London: George Bell & Sons, 1895. 在1912年出版的《剑桥英国文学史》第八卷《德莱顿的时代》中，专门有一章用来评介德莱顿的生平和作品，编者沃德（Ward）至少有四五处提及约翰逊对德莱顿某个作品的评价。参见 A. W. Ward, "Dryden," pp. 1-57. 这说明约翰逊的观点对十九世纪末二十世纪初向同时代读者评介德莱顿的学者来说，仍是不可绕过的权威声音。

第四章　蒲柏的"明慎"

从 1709 年发表《田园诗》起，蒲柏就与当时的文人学者有了笔墨之争。笔头论战贯穿蒲柏的写作生涯，与交战者的私利以及爱憎相互纠缠。蒲柏在世时英国人对他的评价，很难说做到了客观公正。但结合其作品影响力、当时批评言论，以及后世传记作者的佐证，我们可以将 1720 年《伊利亚特》英译本全本出版视为蒲柏跻身英国诗歌经典的重要标志。1744 年蒲柏逝世以后，诗评家为他寻找适合的经典位置，并将他与本土文学的传统连接起来的意图更为明显，论说也渐趋公允。纵观十八世纪二十到七十年代批评史，关于蒲柏经典性的争议主要涉及两大问题，即如何评价蒲柏的优美诗风和文学想象力。这也正是约翰逊 1780 年撰写《蒲柏传》时必须回应的问题。

第一节　蒲柏经典地位的形成

蒲柏的文学生涯是一段毁誉参半、争讼不已的历史。从 1709 年《田园诗》面世到 1744 年诗人逝世为止，英国人对他的评价形成了两大极端阵营。友善的一方悉心竭虑地为他援笔助威，壮显声势，赋予他的才华和作品各种美好的文学品质；而敌对的一方则处心积虑地对他笔诛墨伐，极尽损辱，从各个层面贬毁另一大阵营抛给蒲柏的文学桂冠。假如其中一方认为蒲柏的想象活跃，虚构生动，作诗能真中求新，平中见奇[1]，另一方则认为他欠缺新颖的想象，偏好模仿古人，但才力不逮，笔下的仿品几近于滑稽之作[2]。一方声称蒲柏集才智与判断于一身[3]，另一方则声称蒲柏既无判断，亦无才情[4]。一方称赞蒲柏的诗歌音义相和，落笔言之有物，理据充实[5]，另一方则批评他的诗歌空有美妙词韵，而缺乏实在之意[6]。一方认为蒲柏的诗歌音律谐美，蕴含变化和力道[7]，另一方则声言他的作品音律流畅，却过于平淡，缺乏跌宕气势[8]。一方称赞蒲柏的讽刺充满刚劲力

---

[1] 参见 "Wycherley Welcomes the Young Poet," *Alexander Pope: The Critical Heritage* (London: Routledge, 1995), p. 43. "Addison on 'An Essay on Criticism'," *Alexander Pope: The Critical Heritage*, pp. 78-79. "Trumbull's and Berkeley's Immediate Response," *Alexander Pope: The Critical Heritage*, p. 93.

[2] 参见 "John Dennis's 'Character' of Pope," *Alexander Pope: The Critical Heritage*, p. 47.

[3] 参见 "Wycherley's Public Acclamation," *Alexander Pope: The Critical Heritage*, p. 62.

[4] 参见 "John Dennis's First Attack on Pope," *Alexander Pope: The Critical Heritage*, p. 71. "Dennis's Opinion," *Alexander Pope: The Critical Heritage*, p. 97.

[5] 参见 "Wycherley's Public Acclamation," *Alexander Pope: The Critical Heritage*, p. 61.

[6] 参见 William Bond, "Another Comparison with Cooper's Hill," *Alexander Pope: The Critical Heritage*, p. 92. "William Bond's Opinion," *Alexander Pope: The Critical Heritage*, p. 108.

[7] 参见 Giles Jacob, "Two Assessments," *Alexander Pope: The Critical Heritage*, p. 57.

[8] 参见 "Welsted on Pope's 'VulgarArt'," *Alexander Pope: The Critical Heritage*, p. 53.

道，直抵人心，令读者不寒而栗①，另一方则声称蒲柏的讽刺诗艺钝拙如蚝刀，只会胡乱敲砍一通②。一方辩称蒲柏的讽刺诗针砭时尚，教化人心，有功于人类社会③，另一方则宣称蒲柏名为教化，实为挟私报复，歹毒残忍至极④。总之，一方声称蒲柏传承古代大师的薪火，才华冠绝当世⑤，另一方则声称蒲柏只是善于调弄诗律的巧匠，并无惊世才华⑥。

评价两极分化到如此激烈的地步，在之前诗人的创作生涯中并不多见。蒲柏与这些评价者存在复杂的利益纠葛关系，包括抢夺对读者大众接受态度的主导权。那些称赞蒲柏的人，多数与他结有或深或浅的交情，或持有与他相近的诗学理念；而诋毁他的人大多来自格拉布街，也大多与他结过仇怨，他们以小册子为载体的批判构成了贯穿蒲柏文学生涯的笔墨官司的主要内容。但是，即使是这样极端的两极评价，也蕴含了诸多被十八世纪后来的批评家所关注或阐发的议题，如蒲柏的优美是否是一种可贵品质，抑或仅仅是一种琐碎风格。而且相对于无人问津，热烈争议本身也是蒲柏在世时文学知名度和社会影响力的证明之一。蒲柏逝世后不到八个月，英国书市就已经出现了三个版本的蒲柏传记，包括威廉·艾尔（William Ayre）1745

---

① 参见 "Pope's Manly Satire," *Alexander Pope: The Critical Heritage*, p. 241.
② 参见 "Lady Mary Wortley Montagu Replies in Kind," *Alexander Pope: The Critical Heritage,* p. 270.
③ 参见 "Walter Harte Defends Pope's Satire," *Alexander Pope: The Critical Heritage,* pp. 230-235.
④ 参见 "'Orator' Henley on *The Dunciad* (1743)," *Alexander Pope: The Critical Heritage,* p. 243.
⑤ 参见 George Lyttelton, "Pope as Augustan Poet," *Alexander Pope: The Critical Heritage,* pp. 237-239.
⑥ 参见 Lord Hervey, "Satire: a Betrayal of Pope's Genius," *Alexander Pope: The Critical Heritage,* p. 251.

年出版的两卷本《蒲柏先生的生平和作品回顾》。由此可见,虽然当时抨击蒲柏的锋芒犹在,但依然无法掩盖他在读者中间的火旺人气。随着1744年蒲柏逝世,对他浮夸的称颂和恶意的攻讦逐渐平息,客观理性的态度开始占据上风。沃波顿编辑和注释的九卷《蒲柏作品全集》于1751年出版,使蒲柏成为继莎士比亚和弥尔顿之后享有此殊荣的英国诗人。后来,罗伯特·谢尔斯(Robert Shiels)、W. H. 迪尔沃思(Dilworth)、欧文·拉斐德(Owen Ruffhead)等人的蒲柏传记也相继于十八世纪五十到六十年代间问世。全集的刊行和传记的密集出版说明到十八世纪七十年代之前蒲柏已经在英国文学经典中确立稳固的地位。

在蒲柏实现经典化的过程中,很多文人学者都试图以诗文评说的形式将他推入经典,并整合他与现有经典秩序之间的关系。早在1720年,诗人乔治·斯维尔就在《致蒲柏先生:论他的诗歌和翻译》一诗中宣称蒲柏完成了德莱顿所未实现的"天命大宏图",为沃勒、德纳姆、德莱顿这一脉的事业画上圆满句号,开启了英国诗歌成就的新时代:在阿波罗殿堂里,英国缪斯终于可以与古希腊平分祭坛[1]。自从1720年蒲柏发表《伊利亚特》的译本以后,越来越多的人将蒲柏与古希腊罗马的诗人作比,把他推到英国诗坛的经典宝座上。虽然之前也有人论及蒲柏的诗作与古希腊罗马经典的对应关系[2],但是自从蒲柏翻译的荷马史诗面世后,诗评家从译诗的荷马气度中找到更充足的信心来确立蒲柏的尊崇地位。1727年沃尔特·哈特(Walter Harte)

---

[1] 参见 Howard D. Weinbrot, *Britannia's Issue: The Rise of British Literature from Dryden to Ossian*, p. 126.

[2] 参见 "Parnell Assesses Pope's Early Career," *Alexander Pope: The Critical Heritage*, pp. 54-56.

在《致蒲柏》一诗中赞美蒲柏的诗歌集合了萨福、品达、奥维德、维吉尔等人的魅力,堪称鬼斧神工,哈特还暗示蒲柏继承了荷马史诗般的想象和力道①。乔治·利特尔顿在1730年的一首诗中以热情洋溢的笔调高赞蒲柏是孕育于英国本土、可与荷马和维吉尔平起平坐的诗人,他将效仿前辈,承担起讴歌本国的自由和希望,为时代立言的光荣角色②。1731年伊萨克·沃兹从蒲柏翻译的《伊利亚特》和《奥德赛》中得出这样的结论:在英国尚未有诗人拥有蒲柏这样丰富多变、多无穷尽、栩栩逼真的描摹才能③。由此来看,蒲柏的史诗翻译确实对他跻身经典、声名巩固起到了很大的推动作用。

在返回古希腊罗马寻求经典化理据的同时,英国人还试图从本国文学的谱系中为蒲柏找到与本土最优秀的诗人地位相近却又独属于他自己的位置。1747年,年轻的剑桥诗人威廉·梅森(William Mason)写了《缪塞俄斯:一首纪念蒲柏先生的挽诗》。他想象缪塞俄斯(即蒲柏)躺在病床上大限将临,业已成圣的诗人乔叟、斯宾塞和弥尔顿前来相送,彰表其成就的情景。梅森最后让蒲柏躺在美德女神的臂弯中咽气,以此来寓指他在

---

① 参见 "Praise from a Young Admirer," *Alexander Pope: The Critical Heritage,* pp. 151-152.

② 参见 "Pope as Augustan Poet," *Alexander Pope: The Critical Heritage,* pp. 237-239.

③ 参见 "Isaac Watts on Pope," *Alexander Pope: The Critical Heritage,* p. 250. 朱迪思·玛丹在《诗之演进》一诗中声言蒲柏年纪轻轻,就敢挑战荷马诗曲中的雷霆之力,捧起他那把重如千钧的里拉琴,拨奏出崇高的曲调;玛丹说蒲柏借来希腊的火种暖热了冰冷的英伦岛,或许荷马神圣、火热的诗魂早已寓居于他的胸膛之内。参见 Judith Madan, *The Progress of Poetry,* pp. 21-22. 玛丹的《诗之演进》一诗写于1721年前后,于1783年发表,手稿经过多次扩充修改,在诗人学者中广泛传阅。

道德说教诗方面的成就以及生前对诗人的社会职责的重视①。梅森的挽诗借助业已入典的诗人为蒲柏的文学生涯增添荣耀,并替他在经典中寻找到了适宜的位置。1753年罗伯特·希尔斯在提奥费路斯·锡伯主编的诗人传记辞典中将蒲柏封为英国文学经典中仅次于莎士比亚、弥尔顿和德莱顿的一流诗人②。希尔斯比较蒲柏与德莱顿在各个领域的表现后,指出德莱顿诗歌涵盖面更宽广,思想更博大,才华更胜一筹,而蒲柏的语言思想更得体,技艺发挥更平稳,创作更令读者愉悦③。尽管希尔斯称量诗才的天平向德莱顿那一端倾斜,但能在同一平台上与业已入典的诗人称斤论两,就已经是才高望重、分量十足的明证。另外,对于蒲柏与英国诗歌传统之间的关系,到十八世纪四五十年代也有了被广泛接受的定论。大卫·休谟就曾在一篇文章中说道:"在英国,只有经过从斯宾塞们、琼生们、沃勒们,再到德莱顿们这样一个长期发展过程之后,才会出现艾迪生或蒲柏。"④休谟这句话代表了十八世纪中早期很流行的文学进步观:英国诗歌的发展是与语言的发展同时并进的,蒲柏在前人数百年的努力基础上,最终完成了对本土诗歌的改革,成为这条进化链条的集大成者。一位匿名作者在1744年一首悼亡诗中说到蒲柏的诗歌比沃勒和德莱顿更谐和婉转,引得崇拜者纷纷回头,聆听他的乐音;蒲柏作品的光艳令普莱尔、加斯、斯威夫特、

---

① 参见 David Fairer, "Creating a National Poetry: The Tradition of Spenser and Milton," *The Cambridge Companion to Eighteenth Century Poetry*, pp. 191-192.
② 参见 "A Mid-Century Comparison of Pope and Dryden," *Alexander Pope: The Critical Heritage*, p. 369.
③ 同上,p. 372。
④ 参见大卫·休谟:《论道德与文学(休谟论说文集卷二)》,马万利,张正萍译,浙江大学出版社2011年版,第130页。

康格里夫等其他诗人黯然失色①。这首诗道出了蒲柏对"改革诗派"既有成果的发扬以及他在其间的翘楚地位。

尽管蒲柏逝世后,恶意诋毁他诗艺的势头渐渐弱化,但是对他诗才和诗作的批判意见,仍然形成一股不小的气候。这些人针对的一个重要问题,就是蒲柏是否具备原创的想象力。在他们看来,蒲柏更擅长移花接木,翻旧为新的精细雕琢,而缺乏天马行空、落拓不羁的弥尔顿式想象。在那些认为蒲柏想象力匮乏的批评家中间,约瑟夫·沃顿是最早一位不受私人恩怨所挟制,仅是从个人诗学立场出发,持据推论都较公允的学者。虽然大多数批评家在评骘诗人才华时,都会将蒲柏置于莎士比亚和弥尔顿之下,但是沃顿所划分的"四等级"无疑是将蒲柏限定在"第二等级"之列,使他的诗歌无缘于以崇高或触情想象见长的"第一等级"。1757年塞缪尔·理查逊在致爱德华·杨格的书信中也声称,蒲柏的诗才并不属于那种能从无界无垠的荒漠里敲打出汨汨泉水的创造力,它只不过是一种在肥沃土壤里依据已有的安排培植、加工的才能②。在他眼中,蒲柏既无品味,也无才华,只能用叮当响的音韵为自己的贫乏想象力包羞遮丑③。杨格指出蒲柏的诗歌渊源虽然可追溯至荷马、维吉尔、贺拉斯这些人代表的古代传统,但他的创作最多只能算是模仿。杨格把作家分为两类,一类是原创作家,一类是模仿者;前者属于"自生",是以自己为父,日后将会有无数子孙荣耀自己,而蒲柏属于后者,既无"强大的想象",也无法抵达"真正的崇

---

① 参见 "An Elegy by a Friend," *Alexander Pope: The Critical Heritage*, pp. 347-348.
② 参见 "Richardson on Pope's Lack of Genius," *Alexander Pope: The Critical Heritage*, pp. 422-423.
③ 同上, p. 422。

高",将无法诞下自己的子嗣①。类似这样的评断,在十八世纪中后期的批评界并不罕见。正如迪尔沃思在《亚历山大·蒲柏先生传》(1759)中抱怨的那样:"有一些爱挑剔的人总是要居心不良地证明蒲柏不懂得虚构、幻想或想象,他所有的优点不过是一个行文得体的剽窃者。"②

当约翰逊1780年准备撰写《蒲柏传》时,他面对的就是这样一个关乎蒲柏经典性的批评议题:蒲柏是否算是具有想象力和原创性的诗人,他的作品是否可归入真正而纯粹的诗歌范畴?与此同时,约翰逊还要对另一个相关的问题做出回应,即如何看待蒲柏的优美风格,仅仅将它视为一种用机械技艺锤打出的饰品,还是把它看作一种决定诗歌的本质、蕴含着想象空间的美学风貌?事实上,从蒲柏开始发表作品起,很多批评者就已经对他的优美风格以及关乎风格的题材问题进行诘责发难。他们喜欢用"trifle"或"trifling"之类的词来形容蒲柏的诗歌特点,其中用得最浮滥的是蒲柏的毕生仇敌约翰·丹尼斯。丹尼斯在对比德纳姆《库珀山》和蒲柏《温莎森林》时,就声称蒲柏描写的景物或活动,大多数"零琐细碎"(trivial and trifling)③。他还将蒲柏的《劫发记》与布瓦洛的《经台吟》对比,认为前者"空洞琐屑","没有坚实或合理的内涵",无法以寓言形式传达道德寓意④。后来,丹尼斯在评价蒲柏之前的作品以及新近出版的《群愚史诗》时,仍然宣称在蒲柏这些"琐屑之作"中没有

---

① 参见 "Young on Pope's Lack of Originality," *Alexander Pope: The Critical Heritage*, p. 429.
② 参见 "Critical Cliches of 1759," *Alexander Pope: The Critical Heritage*, p. 424.
③ 参见 "A Letter to Barton Booth," *Alexander Pope: The Critical Heritage*, p. 89.
④ 参见 "Dennis's Opinion (May 1714ff.)," *Alexander Pope: The Critical Heritage*, pp. 99-100.

丁点"坚实质地""道德内涵"或"良好判断力",而所有这些都是上好诗歌的"原则和源泉"①。查尔斯·吉尔登讽刺蒲柏选择一绺青丝这样"琐细"的物件来大做文章,炮制出所谓"英雄喜剧诗"来取媚读者②。吉尔斯·雅各布(Giles Jacob)在致丹尼斯的信中义愤填膺地责贬蒲柏,说他的诗除了"对知名诗人极其琐碎的模仿和柔滑顺畅的语言以及悦耳的音律外",还有什么可值得称道?③除此以外,十八世纪中早期批评家还喜欢将蒲柏优美的诗风比成光耀夺目、华而不实的"金属片"或"亮片"(tinsel)。威廉·邦德(William Bond)就曾讽刺蒲柏"为自己的诗行安上舞蹈师的双脚/梳整幻想的羽毛,全身缀满金属的亮片"④。威廉·库柏声称蒲柏翻译的《伊利亚特》充满了各种"幼稚的奇想、夸张的隐喻,各处都尽可能点缀了时新的亮片"⑤。所有这些批评意见都将蒲柏的"优美"贬斥为轻浮而细琐的雕饰,把他作诗的功夫视为不可堪大任的雕虫小技。在这些文人学者看来,蒲柏诗风的优美不过是在掩盖个人的贫乏想象和空洞思想。这些批评者在贬抑蒲柏优美诗风的同时,也在为十八世纪中后期一种越来越脱离社会伦理关系、追求虚幻式孤独感的文学想象打开通途。针对这种业已出现的文学潮流,约翰逊在《蒲柏传》中试图重新界定蒲柏式"想象",对附着于这种"想象"之上的优美诗风重新辩护。可以说,在浪漫主义创作风潮即将来袭之前,约翰逊以蒲柏的"明慎"为向导,对他的诗歌宫殿做了一次

---

① 参见 "Dennis on *The Dunciad*," *Alexander Pope: The Critical Heritage*, p. 222.
② 参见 "'Bawdy' in *The Rape of the Lock*," *Alexander Pope: The Critical Heritage,* pp. 94-95.
③ 参见 "Jacob Supports Dennis," *Alexander Pope: The Critical Heritage*, p. 229.
④ 参见 "William Bond's Opinion," *Alexander Pope: The Critical Heritage,* p. 108.
⑤ 参见 "Cowper on Pope's Homer," *Alexander Pope: The Critical Heritage,* p. 367.

深层的探究和由内及外的加固[1]。

第二节 蒲柏的"明慎"与"优美"

"明慎"在十八世纪伦理道德语境中主要有三种用法。根据马丁·C.白特斯廷对此问题做的梳理[2]:"明慎"一词常用来指基督教人文传统中"最高的理性美德"[3],能辨别真假虚实,评判善恶曲直,知晓过去、现在和将来的联系,能采取有效或恰当的手段达到从善弃恶的目的,它是诚实正直之人所具有的道德视野和实践智慧。十八世纪文人克里斯托弗·斯马特(Christopher Smart)、詹姆斯·哈里斯(James Harris)、约瑟夫·斯宾思(Joseph Spence)、约翰·希尔爵士(Sir John Hill)都曾在这个意义上使用过"明慎"一词[4]。除此以外,"明慎"还常用以指示前面所说的这种真智慧的"阴影"或"反面",它披覆着"明慎"的外皮,其实不过是图谋不可告人的私利、达到卑鄙目的的虚假智慧和权宜手段[5]。放在基督教人文传统来看,这种"明慎"并非真正的"明慎",不过是要与它区分开来的幻影。到了十八世纪,像格雷西安(Gracian),德·布瑞特尼(De Britaine),富勒(Fuller)这些英国指导手册作家将"明慎"这个词从基督教人文

---

[1] 鲍斯威尔在《约翰逊传》中说过,约翰逊写《蒲柏传》的目的就是"通过揭示他的卓越之处让所有试图损毁他文学名声的人无话可说"(*LJ*, 5: 183)。

[2] 参见 Martin C. Battestin, "Fielding's Definition of Wisdom: Some Functions of Ambiguity and Emblem in *Tom Jones*," *ELH*, Vol. 35, No. 2 (Jun. 1968): 188-217.

[3] 同上, p. 200。

[4] 同上, pp. 191-194。

[5] 同上, pp. 194-197。

第四章 蒲柏的"明慎"

传统扩展到中产阶级世俗生活中,用它来指示一整套意在个人钻营、追逐名利,为了出人头地不惜耍弄诡计、摒弃真善的中产阶级处世原则①。在普通大众中间,它逐渐取代了第一种用法,并占据了主导地位。

但是,这个词的不同用法仍可能会同时出现在同一位作家的作品中,甚至同一部作品中。菲尔丁在《汤姆·琼斯》中就曾用"明慎"来指示本性淳良但历练不足的汤姆·琼斯所欠缺的明智与谨慎②,以及伪君子布利菲尔为构陷他人、攫取私利所费尽的心机和伎俩③。约翰逊在《懒散者》第57期中虚构了一个叫"Sophron"(代表"智慧")的寓言人物,并用了与"智慧"相关的"明慎"来概括一种既不与人交好也不与人结恶,不敢冒险追求荣耀和胜利,甘于平庸和无聊的处世原则(*Works*, 5: 278-282)。约翰逊显然是将"明慎"当贬义尤其前述的第三个意义来使用,并嘲讽和批判了它所代表的庸俗智慧④。不过,约翰逊更经常是在基督教人文传统中使用"明慎"这个词,例如在《萨维奇传》末尾处(*LP*, 3: 188)。约翰逊撰写《蒲柏传》,紧紧抓住蒲柏性格中的"明慎"特征,一方面他赞赏蒲柏立身处世时的审情酌势以及诗歌创作过程中的审思斟酌,但另一方面他又发现

---

① 参见 Martin C. Battestin, "Fielding's Definition of Wisdom: Some Functions of Ambiguity and Emblem in *Tom Jones*," pp. 197-200.

② 参见 Henry Fielding, *The History of Tom Jones, a Foundling* (London: Penguin Books, 2012), p. 176 & p. 856.

③ 同上,p. 103 & p. 122。

④ 在《漫游者》第18期中,约翰逊虚构了一个叫普鲁登修斯(Prudentius)的人物;如他名字所示,普鲁登修斯虽然没有敏捷才思,却不乏识物断事的才能,做事忧深思远,小心周全,可以说是"明慎"品格的化身。他奉行"明慎"原则,把一个家财万贯、名叫弗利娅(Furia)的女子娶进了家门,没想到这是个粗俗无知的悍妇,他为此吃尽了苦头。

蒲柏的"明慎"时常发展到世故圆滑、虚伪矫饰、名实相悖的地步。而与此并行的是蒲柏诗歌"优美"的两面：一面是作品恰当得体、令人愉悦的优雅风格以及作者对人性以及人世真心实意的体察；与之相反的是诗歌情意空洞，思想俗陋，却有一副魅惑人心的漂亮皮囊。下文就围绕"明慎"与"优美"的两面来检视约翰逊如何评价蒲柏的诗作以及他的经典地位[①]。

约翰逊认为蒲柏"才智（intellectual character）的重要组成与深层基础是良好的判断力（good sense）"（LP，4：62）。约翰逊具体解释道："蒲柏能凭借直觉敏锐地判断何为谐和，何为得体。从自己的构思中，他能立刻看出应当选取什么，舍弃什么；从其他人的作品中，他也能立刻看出应当避免什么，模仿什么。"（62）这种知取舍、善扬弃的判断力在具体创作中表现为"明慎的诗艺"（poetical prudence，63）。约翰逊在对蒲柏的心智和性格做总体勾勒时，详细谈到他对待诗歌如何审思慎问，精斟细酌，以臻完美之境。例如，他总是虚心向他人求教，聆听他人意见："他会动用所有求知手段，不错过任何信息渠道；他向死人求教，也向活人求教；他把自己的作品念给朋友听，在能冠群绝伦的地方，绝不甘于平淡无奇。"（62-63）即使在日常生活中，他也总是一心为诗，惟精惟诚：偶然吟得的"一组独立的对句，他都会保存下来，以伺时机将它插入诗中，他平时会藏一些小纸片，上面写着一些留待他日润色的诗行或片段"（63）。在写作修改方面，蒲柏并不像有的诗人那样，在腹中拟

---

① 劳伦斯·利普金最早提议将"明慎的诗艺"视作《蒲柏传》的核心主题，以它作为切入角度，可发现《蒲柏传》内在统一的结构，但利普金并没有具体展开论述。本章沿着利普金提供的思路，考察"明慎"在这篇传记中的复杂用法、道德内涵，以及与其他美学观念之间的关系。参见 Lawrence Lipking, *The Ordering of the Arts in Eighteenth-Century England*, p. 450.

出诗稿的大概,再倾倒出来,加以润色,而是采取更谨慎的步步为营的方法:"一有想法就形诸文字,然后逐渐将其扩展,点缀,修正,并提炼。"(63)在尝试诗歌体裁方面,约翰逊发现蒲柏更是慎而重之:"他几乎总用一种诗歌形式;他偶尔也会尝试使用其他形式,不过并没有因此名声更响。这种始终如一的成效,就是诗情的顺畅和诗艺的娴熟。"(63)总而言之,在约翰逊看来,蒲柏虚心纳谏,无所旁骛,对字句反复推敲,对体裁忠坚不渝,最终才练就了谐美流畅的诗律和语言。

蒲柏的诗艺有此特点,最直接的原因是他对个人才华有独立支配权,对创作题材也有独立选择权。约翰逊说尽管蒲柏喜欢炫耀自己与显贵的关系,但实际上"从没有把自己的才华拿去贱卖;他从没有奉承那些自己不喜欢的人,赞美自己看不上的人"(57)。与需在达官贵人中间迎来送往,被迫为应景题材提笔赋诗的德莱顿不同,蒲柏能自主挑选中意的题材,自由发挥个人的才情:

> 因为独立,凡枯燥的任务他都无须苦心经营,凡无趣的话题他也无须费力琢磨:他从来不用奉承换取钱财,也从来没开过"悼唁铺"或"道贺馆"。所以,他的诗歌很少是为一时而作。皇室举行加冕和婚礼,他多是视若无睹,不献一首颂词,他从未借机利用身边的时事,或借读者心血来潮来获取名声。他从未沦落到需要恳求太阳照亮某人的生辰,或请求美惠三女神或道德天使来参加某人的婚礼,或说一些千万人先于他说过的话。当他拿不出新东西的时候,至少有自由保持沉默。(63-64)

蒲柏享有的这种诗歌创作空间很大程度上取决于他在经济上的相对独立,而这种独立状态又与他原有的经济基础、精明性格和俭省习惯是分不开的。约翰逊在《蒲柏传》中提到,蒲柏的父亲长寿而终,留给他一小笔财产,尽管已经所剩不多(2)。除了这小笔遗产外,蒲柏的收入来源主要是文学写作以及股票投资①。在文学写作和出版方面,蒲柏擅长利用当时英国独有的订购制,在读者大众中间推销自己的作品。约翰逊详细介绍了蒲柏出版荷马史诗英译本时,如何精明地利用订购制为自己赢得了销量和收入的双丰收,为日后的生活解除了衣食之忧(12-14)。另外,约翰逊还提到成名后的蒲柏准备再版自己的诗作时,总会将最初删除的章段补充到原文中,有时采用旁注的形式将原先作为备用但最终没有采纳的精彩词句展示给读者。他不满足于已面世的作品带给自己的文学声名,还想尽办法利用没有发表的资源来获取读者的赞誉(28)。约翰逊还介绍蒲柏在四面树敌的情况下,为让《论人》一诗打开市场,如何采用投石问路、舆论造势、现身认领等一系列步骤来策划《论人》的发表(38-39)。所有这些发表策略不仅关系到作者的文学声誉和受众规模,也关系到诗人的经济收入和生活小康。不过,小康生活还取决于一个前提,即当事人必须足够"审慎"(discreet),戒奢克俭,不将这笔钱财挥霍一空(17)。在约翰逊看来,蒲柏恰恰具有慎守俭德的品质。约翰逊估计蒲柏每年的进项最多只有八百英镑(其中还要匀出一百英镑做慈善事业)(57)。所以,尽管蒲柏颇懂得如何备置酒宴款待宾客,但考虑到自己的经济状

---

① 约翰逊在《蒲柏传》中提及诗人购买南海公司的股票后,因"南海泡沫"破裂未能成为富豪的经历。不过,好在蒲柏较为谨慎,基本保住了投入的本金(29)。

况，他也只是偶尔为之；约翰逊说，这体现了他在为人处世时"雷打不动的审情酌势"（obstinate prudence）的品质（57）。蒲柏这一点与德莱顿在家庭财政方面"欠缺谨慎"（imprudence，2：116）而导致常年入不敷出形成鲜明对比。可以说，两人在经济状况和性格方面的差异影响了他们的诗歌创作风格。

在约翰逊看来，蒲柏立身处世善于审情酌势，懂得躲避风险，借助社会体制改善个人的收入和名声，与他对诗歌事业怀有"追求卓越之志"（2），善于师人长技化为己用，琢字磨句臻至完美，具有内在相通之处；这也就是约翰逊用"poetical"修饰"prudence"，创造"明慎的诗艺"这种说法的缘故。与"明慎的诗艺"相对应的，就是"明慎的理财"（financial prudence）。虽然约翰逊没有直接使用这样的措辞，但他不厌其烦援引的大量数据可以说明，蒲柏在经济财务问题上确实有审思明断的智慧（当然，这对蒲柏的生活而言是不能或缺，不得不为的）。蒲柏的审慎理财包括收支两方面，即出版收入与日常花用。前者涉及的数据尤为详细，包括印刷的数量、订购者的数量、版本的大小、每卷本的订购价、市场售价、作家的净收入（有时甚至精确到先令）（12-16 & 29）等。约翰逊如此详列出版流程中所涉及的各方利益关系以及蒲柏的收入所得，意在打破这样一种"神话"，即诗歌作品是诗人在斗室里才华喷涌挥笔而就的成果。正如凯瑟琳·曼海默所说，对约翰逊而言，"诗歌"更像是一种"劳作"（labor）[1]、"技艺"或"履行"；它是"一种对生命能

---

[1] 在《蒲柏传》中约翰逊用"labor""labored""laborious"这样的词来形容蒲柏诗歌创作过程或成品的次数达十六七次，远要超过《弥尔顿传》中的出现频率。虽然约翰逊在《德莱顿传》中也用这些词来描述德莱顿的写作行为或最终成果，但他评价德莱顿的写作习惯时，明确说"德莱顿不喜欢费力雕琢（labor）"（2：152）。

量的消耗，这样的消耗转化为作为货币的金钱，继而维持一个人的生存"①。当约翰逊感叹说"这样一个靠才智足有资格赢得瞩目的人，竟然如此喜欢谈论自己的钱"，"蒲柏似乎抱有一个在世人中间并不罕见的看法：没有钱就没有一切"（57），他其实也在无奈地承认这个事实：诗才要靠钱财来培植和养护。列奥坡德·达姆罗什也表述过类似曼海默的观点：《蒲柏传》承载着《诗人传》的一个重大主旨，即"实现天赋的潜能"②。而实现的途径就是约翰逊在《蒲柏传》中所强调的双重明慎：在技艺上字斟句酌，锲而不舍，在财务上铢积寸累，谨小慎微。

约翰逊认为正是这双重的明慎才造就了蒲柏作品中不同于德莱顿粗放风格的优美诗风。在约翰逊的批评著述中，"优美"（beauty/the beautiful）一词常用以指作品的修辞之美；正如哈斯特卢姆概括的那样，这种修辞之美包含了"文词的优美，音韵与意义的符应，修辞的雅致和精美"等③。随着伯克于1757年发表了《论崇高与优美》，约翰逊开始更有意识地将"优美"作为"崇高"的对立面，用以描绘自然景象及其在风景诗中的呈现④。受伯克影响，约翰逊把"优美"用在修辞学意义上的时候，也常会遵循伯克对"优美"和"崇高"的区分。在《弥尔顿传》中，约翰逊就用了"崇高"与"优美"这一组相对的概念来描绘《失乐园》的修辞风格：

---

① 参见 Katherine Mannheimer, "Personhood, Poethood and Pope: Johnson's Life of Pope and the Search for the Man behind the Author," *Eighteenth-Century Studies*, Vol. 40, No. 4 (Summer 2007), p. 633.

② 参见 Leopold Damrosch, *The Uses of Johnson's Criticism,* p. 220.

③ 参见 J. H. Hagstrum, "Johnson's Conception of the Beautiful, the Pathetic, and the Sublime," p. 137.

④ 同上，pp. 136-137.

第四章 蒲柏的"明慎"

  他的《失乐园》的典型特征是崇高。有些时候他也从崇高下降至优雅(the elegant),但他表现宏伟的事物最得心应手。他偶尔也给自己披上优美(grace)的外衣,但他天生的气度是高壮宏拔。当需要愉悦(pleasure)的时候,他就能使读者喜悦(please),但他独家的本领是令读者惊奇。(1:286)

需指出的是,在这段引文中,约翰逊并没有使用"beauty"和"the beautiful"这两个说法,不过他所使用的"the elegant""grace""pleasure"等几个表达都与"优美"有着密切关联,有时甚至可以与"优美"等同起来[1]。另外,在约翰逊的批评著述里,可以与"优美"产生联想的语汇还包括"谐和"(harmony)、"柔美"(sweetness)、"赏心悦目"(agreeableness)等[2]。所有这些语汇都经常在约翰逊的文学批评中相伴出现,并与以"崇高"为核心,包括"高拔"(loftiness)、"宏壮"(dreadful)、"恐惧"(terror)、"惊奇"(astonishment)在内的这一系列批评语汇形成对峙的阵营。如果说约翰逊在《弥尔顿传》中是以诗人心智和风格的"崇高"为核心来评论弥尔顿的诗作的,那么他在《蒲柏传》中则是以诗艺的"明慎"和风格的"优美"为线索串起他对

---

[1] 例如,约翰逊在《英语词典》中用"elegance""grace""beauty""pleasure"这些词相互定义,说明在他看来它们具有某种内在的修辞或美学关联,有别于能令人心惊神颤的崇高美。约翰逊编撰的《英语词典》比伯克的《论崇高和优美》问世更早;早在十八世纪五十年代,约翰逊其实已经注意到"优美"与"崇高"的差别,并大体划出与"优美"相关的批评语汇的范畴。

[2] 参见 J. H. Hagstrum, "Johnson's Conception of the Beautiful, the Pathetic, and the Sublime," p. 135.

蒲柏作品的评论。

在《蒲柏传》中，蒲柏风格的"优美"首先是指丰富多样、得体优雅的语言，以及语言与思想的相称。约翰逊在《蒲柏传》末尾检视诗人才华时，就曾论及蒲柏的语言才能："他的面前总是有丰富多彩的语言，他随时可用风采各异的优雅词句来装饰自己的话题，就像他在面对荷马诗里多姿多彩的情感和描写时，总能找到相匹配的辞藻。"(79)这样娴熟使用优美语言的才能来自常年斟酌、终日审思的练笔："通过不断练习，语言已经在他头脑中排成一个井然有序的阵列；他遣词造句都遵循相同的习惯，在挑选和搭配词语时总能得心应手，信手拈来。"(63)蒲柏风格的优美还包括诗歌音律的和谐动人。约翰逊指出蒲柏学用德莱顿的双韵体，将它用到登峰造极的地步，促成了作品中悦耳的音律(78)；就像《论人》这首诗，虽然其中的道理未必有新颖之处，但确实还没有诗人像蒲柏这样，用"如此优美的曲调，如此亮丽的修饰"来阐发(77)。所谓"修饰"(embellishment)指的是优美风格的第三个方面：用明晰得体、容易让人接受的意象、隐喻或事例来解释抽象的事理。约翰逊评判蒲柏的《美名之殿》，就引用了理查德·斯蒂尔的话说，这首诗有"千万处的美妙"(a thousand beauties)："每一部分都华美出众；缀满了华丽的饰品(great luxuriance of ornaments)。"(67)他说蒲柏的《论批评》各方面都很出色，其中包括"出彩的阐发"(splendor of illustration, 68)；例如，蒲柏把学问的进步比作旅人登山的明喻，就是批评者"不得不提"的一处"美妙"(68-69)。另外，值得一提的是，在《蒲柏传》中，约翰逊常用"beauties"或"beautiful"来形容诗人作品的优点。除前面一例外，约翰逊还提及《与阿布斯诺特医师书》一诗是由"散落的美辞华章串联起来"(the union of scattered beauties)的(77);他声称《群愚史诗》的"美妙之处(beauties)已是众所周知"(75);他称赞《论人的知识和性格》中有很多诗段"精致华美"(exquisitely beautiful,77)。虽然这些表述里的"beauties"可以理解为"优点""出色之处",但在《蒲柏传》中,约翰逊使用"beauty/beauties""beautiful"以及相关语汇来评价蒲柏诗歌的次数明显超出《德莱顿传》和《弥尔顿传》。也许就像哈斯特卢姆所认为的那样,约翰逊把优美的风格当作蒲柏诗歌最超群出类、最有别于德莱顿和弥尔顿的标志[①]。约翰逊在使用"beauty"或类似表述来形容蒲柏的作品特征时,可能已经将"优点"和"优美"双重含义寓于其中了。

与十八世纪中早期诋毁蒲柏诗歌成就的批评者不同,约翰逊并没有将优美风格当作一种附着在思想的表面、鄙琐细微无足轻重的饰品。在评价蒲柏的《伊利亚特》译本的时候,约翰逊对十八世纪中早期的批评声音做了回应。当时称赞蒲柏译本的艺术品质的声音不在少数,但也有很多人贬低蒲柏的译诗,很大程度上是因为在他们看来,蒲柏的译诗太过优美,缺乏荷马"庄严的简洁,无虚饰的宏伟,不造作的高贵"(73)。约翰逊承认蒲柏在很多地方都尽力表现奥维德似的优美轻柔,但同时他又指出这样的翻译处理是必要的。他将视角扩大到整个人类的思想发展史,指出各民族在文明初期都急于摆脱蒙昧无知,乐于追求真义或实理,所以不注重语言的包装,文字表达都倾向于简洁朴素风格。但后来随着文明发展,富足的生活催生了挑剔的习惯,丰富的学识助长了奢华的嗜好,器物和诗艺变得愈

[①] 参见 J. H. Hagstrum, "Johnson's Conception of the Beautiful, the Pathetic, and the Sublime," p. 134.

加精美，人的品味变得愈加精细，"知识只有用文采藻饰来传播，才可让人欣然接受"（74）。维吉尔创作《埃涅阿斯纪》的时代，虽然与荷马相去不远，但社会风俗已经大变，世人对典雅精致的喜爱远甚于前人，光靠"自然"难以让诗歌流传久远；即使借鉴了荷马的一些诗段，维吉尔也大多做了修饰加工。依据约翰逊之见，十八世纪英国人业已习惯精美雅致的品味，与古希腊人更是迥然有别，如果此时英国人阅读的是按字面直译成英语、尽力保留荷马粗朴风格的译本，势必无法从中获得与古希腊人同等乐趣。蒲柏和维吉尔一样，为自己的时代而写作；为达到同等效果，他觉得有必要"给原作的意象增色，让原作的情感更突出"，当然，这不可避免削弱了原作的"崇高性"（74）。总之，约翰逊从时代变迁和效果等值的角度来考察蒲柏的译本，认为他的译诗虽然缺乏原作的简洁和崇高，却取得了如今翻译界所说的"功能对等"①。

约翰逊在揭示蒲柏译本的优美与时代品味之间的关系的同时，也在解释蒲柏的优美诗风的价值所在。他的论述呼应了自己之前对作家任务、诗歌性质以及真知与形象的关系的看法。约翰逊在《漫游者》第3期中说过，作家的任务"或是教导前人未知的真理，或是按自己的装饰方式推介已知的真理；或是让新光芒照进人的心灵，让新风景向人的视野敞开，或是给普通

---

① 约翰逊说，蒲柏的译本是为自己时代的读者而作，能令其真心感到愉悦；所有那些试图贬斥蒲柏译本这种功能的批评，都应该置之不理（74）。这里约翰逊坚持用阅读效果——而不是批评法则——作为评判译本优劣的标准。不可否认，约翰逊在《德莱顿传》中确实说过译者应尊重原作的风格（2:125），但这并不意味着他自相矛盾。坚持基本的文艺法则，同时又灵活考虑对读者产生的效果，这样的批评方式在约翰逊著述中并不罕见，与他评析弥尔顿式崇高的方法有共通之处。

对象披上不同外装,放入不同情境,让它们展现新的风姿和更强大的魅力"(*Works*, 1: 14)。不管是何种性质的写作,都是同样重要而且艰难的。约翰逊甚至认为,"相比获取新知,人更经常需要的是反复提醒"(*Works*, 1: 13),而要把已知的道理反复灌输给世人,则势必要借助优美的语言、形象的修辞和阐释。作为一种文学体裁,诗歌也承担有前述的这两种功能,正如约翰逊的定义所示,"诗歌是一门通过召引想象作理性之助,将愉悦与真理相结合的艺术"(*LP*, 1: 281)。要召唤起读者愉悦的想象,优美而形象的修饰必不可少;正如《懒散者》第79期所说:"诗歌的本质正在于避开简要的叙述,而使用所有能激发想象的修饰物。"(*Works*, 6: 9)约翰逊在《蒲柏传》中论及明喻的时候,也说过好的明喻能够在它的所指之外,展现出"一个令人愉悦的形象"(69)。这个形象自然是要召唤起读者的愉悦感受,便于他们理解诗人所描述的事物性质或接受其所阐释的道理。结合这些论述以及约翰逊对蒲柏译本的辩护来看,可以肯定,对约翰逊而言,蒲柏的优美风格并不是金属亮片那样虚巧琐细、华而不实的饰品,而是承担着在文明兴盛的时代里传道明智的使命[①]。

约翰逊肯定了蒲柏的优美风格对英诗语言的提炼、音律的谐和以及情意的自然化所做的巨大贡献。前文说到约翰逊经常用"优美"或类似表达来形容蒲柏作品中得体的语言、婉转的音律和端正的"修饰"。因为"修饰"涉及用于譬喻的意象或观念

[①] 约翰逊对诗歌修饰与真理的关系的看法,大体继承了艾迪生的观点,有别于洛克对比喻性语言的批判态度。参见 David A. Hasen, "Addison on Ornament and Poetical Style," *Studies in Criticism and Aesthetics, 1660-1800* (Minneapolis: The University of Minnesota Press, 1967), pp. 94-102.

与被阐释的观念之间的关系,所以它实际上可以视作"情意"的范畴。约翰逊在《德莱顿传》中花了不少篇幅检视德莱顿作品中受玄学派影响、情意乖谬的诗段,但是在《蒲柏传》中他却并未举例说明蒲柏背离自然之道,追求奇思异想,可以说是在间接肯定蒲柏依靠"明慎的诗艺"比德莱顿更进一步推动英诗朝得体与自然的方向演进。鉴于约翰逊写《德莱顿传》时已经论及英语诗歌的演进问题,在《蒲柏传》中他就不再费大笔墨把蒲柏的诗歌成就放在这个历史脉络中来评介。他着重介绍蒲柏翻译的荷马史诗对十八世纪中早期英语诗歌的精致化所做的卓越贡献。蒲柏译本的影响力甚至超越了他之前创作的英语诗歌。约翰逊指出,蒲柏继承了德莱顿的《埃涅阿斯纪》译本中所有英雄史诗的词汇以及得体的搭配方式,并添加了大量自己的发现所得。通过对英语的勤苦耕耘和不懈雕琢,蒲柏留给了英国人"一个满是优雅诗藻的宝库"(73),所有"词语的得体搭配或英语中具有文雅诗性的短语"都被蒲柏收进了译本中(79)。蒲柏的译本对调和英诗的音律所起的作用不容低估,因为"自从他的译本问世以后,作家们不管其他才能多么不足,却唯独不缺优美的音调"(73)。得体优雅的诗句,谐调优美的曲调,令俗众和学人纷纷侧耳倾听,痴迷不已(73)。约翰逊的评论从英语诗歌发展的角度进一步佐证了蒲柏出版荷马史诗的译本可以视为他步入英国文学经典的重要标志。

不过,蒲柏的明慎有时也会表现出世故圆滑、机巧虚诈的一面。约翰逊发现蒲柏待人接物十分工于心计,喜欢惺惺作态,斤斤计较:"和所有人往来时,他都会以耍心计为乐事,以旁敲侧击、不动声色的手段来达到所有目的。即使是跟人喝口茶,他也很少有不用心机的时候。"(56)约翰逊还举例说蒲柏在别人家里做客,如果缺少什么物品,他多不会直接向主人提出来,而是以迂回的方式向主人暗示,说这件物品适合这个场合,是大家都需要的,等物件拿出来后,大家才发现原来他这么说全是为了自己(56)。这样一种"深藏不露、耍奸取巧"(secrecy and cunning)的行为几乎都表现在细小的事情上,约翰逊称之为"狡诈的小把戏",它已经成为蒲柏难以改变的日常习惯(56)。例如,他经常故作鄙视自己的作品,漠视批评的声音,藐视豪门权贵,看周围的人和事,常装出满不在乎或阴郁愤恨之态(59-60)。在躬行节俭的生活准则时,他虽然总体上是在明智得体的法度内行事,可有时也免不了要弄"吝啬的小伎俩"(57)。例如,他会把《伊利亚特》的译文草稿写在书信背面,只为了五年内能省下五先令的钱(57)。如果说这样的做法尚未涉及自我形象的塑造,约翰逊所举的另一个例子则可以说明蒲柏如何将某些"俭省"习惯装扮为对朋友的"慷慨"。约翰逊说蒲柏在家里招待朋友,即使有两个客人,他也只会备上一品托的酒,自己喝了两杯,就已所剩不多,然后他会离开饭桌,并跟朋友说:"绅士们,这酒就留给你们喝了",那语气就仿佛在说"我的心是归大家的,我的房子是归大家的……我的财产是归大家的"(57)。约翰逊在传记别处明确提到蒲柏对朋友总体而言是很慷慨和忠诚的,常出资帮助他们纾解经济窘迫,但他认为蒲柏在一些小事上大做文章着实没有必要。

十八世纪三十年代蒲柏与他人通信的出版,可以说明他的"算计"性格如何塑造了作品中"优美"和"伪饰"的两面。约翰逊说蒲柏在跟人书信往来过程中,就一直盘算着有朝一日要将这些书信拿去发表,所以遣词造句、谋篇布局就格外用心;他还特意从中挑选了一些自认为"构思最得体""雕琢最下功夫"的信函以备日后出版(38)。因此,约翰逊发觉他的绝大多数书函要比集子中的其他作家"更刻意,更造作"(38)[1]。而且,蒲柏有意在书信中拔高自身形象,把自己伪饰成比现实更好的人。1735年他的信函公开出版以后,全国的读者都在称赞他的"坦诚、亲切和仁慈,他的纯洁心意和忠贞友谊"(37)。这种以书信为媒介的自我表现方式,与他平日里喜欢在众人面前"谈论自己的美德"(6)如出一辙。不管是对字句的刻意雕琢,还是对自我形象的塑造,这种因爱慕虚荣而不得不绞尽脑汁的写作,使蒲柏的书信就像是"经过蓄谋和造饰的"(59),它和直抒胸臆、畅言心声的写作迥然不同。将书信发表的过程也能说明为何约翰逊认为蒲柏是一个心思细致缜密、手段圆滑老练的人。蒲柏考虑到英国当时尚未有作家把书信结集出版,为摆脱虚荣的嫌疑,他先将书信托陌生人交给出版商埃德蒙·科尔(Edmund Curll);科尔不知道蒲柏这一安排,为图利将书信刊印出来;蒲柏去上议院告科尔,进行舆论造势,接着他以书信被偷印为名,光明正大地出版一套正版的书信集(36-37)。蒲柏的这些行为,用凯瑟琳·曼海默的话说,就是有意模糊"公域与私域、职业与家居、作家与做人"之间的界限,使自身的"人性"难以和作品的"诗性"区分开来[2]。而约翰逊则是试图揭露蒲柏以此来壮大文学声名的企图,以及他在此过程中仔细审度、缜密运筹的一面(有时这几乎到了处心积虑的地步)。不过,这

---

[1] 约翰逊发现蒲柏这种造作风格已经演变为个人"习惯":"一个人一旦刻意练就某种风格,他往后写作很少会文笔轻畅自如。"(38)虽然约翰逊认可蒲柏的优美风格,但有时他也会觉得这种风格近乎矫揉造作,这有别于他对德莱顿自然流畅的诗风的褒扬。

[2] 参见 Katherine Mannheimer, "Personhood, Poethood and Pope: Johnson's Life of Pope and the Search for the Man behind the Author," p. 640.

样的"算计"性格一旦体现在诗文写作中，很可能表现为对诗文反复推敲，精益求精，力臻完美之境。约翰逊正是通过蒲柏的性格来暗示他为何有如此圆熟精湛的语言艺术，会对作品字斟句酌、反复思量。

《蒲柏传》的"诗人生平"和"人物素描"这两大部分内容与"作品评鉴"部分形成一种相互平行的结构；维系这种结构的线索，就是"明慎"和"优美"之间的对应。如前所述，蒲柏勤于审思，精于斟酌，才练就了优美的诗风，但他的明慎有时会表现出表里不一、自私自利的特点，诗作的优美也免不了沦为以假乱真，饰虚为实的把戏。约翰逊说，很多时候蒲柏"没有表达自己平日里形成的思想情感，而是有意掩盖自己的真实本性，或者更有可能的是，他赋予自己某些即兴的特点，向外迸发出这一时半刻的光华"（60）。虽然约翰逊这里谈的是蒲柏日常与人交往的行为特征，但他的措辞无不显示这其实也是对蒲柏的写作方式的描述：某些情感或观点并不是自己真心感受或认同的，却持为己用，并披覆上华美的外衣。说理诗《论人》就是约翰逊举出的最典型的一个例子。对这首诗的优美风格，约翰逊的评判态度是复杂的。一方面，他真心承认这首诗展露了蒲柏的高超诗艺：虽然涉猎不广的人也知晓诗中的道理，但毕竟还没有人用"如此优美的曲调，如此亮丽的修饰"来阐释它们（77）。另一方面，约翰逊又对华美风格的魅惑效果及其背后意义的贫乏保持警惕。他说，这首诗从表面上看确实"彰显了杰出的才华"，充满了"令人炫目的华美意象，诱人上当的雄辩力量"（76），"思想或是作了有力的凝缩，或是作了华丽的铺陈，事例随手拈来，诗句时而庄严，时而温柔"（77）。这样包装精美的诗篇在读者中间自然是畅行无阻，广受称赞：《论人》充满了美妙的铺陈和闪亮的诗句,我们读后常会赞叹不已,却不大理会它们最终的要旨;这朵鲜花吸引我们的目光,因为我们看不到鲜艳的花瓣下隐藏了什么,它沐浴着普世称赞的阳光,红火一时。"(40)但是不着痕迹地掩盖在"鲜艳花瓣"下面的,却是"学识的匮乏和思想的粗俗":"读者只觉得脑袋里满满的,虽然什么都没学到;不过是他母亲和奶娘常说的话,现在披上了新衣,他见到却不认识了。"(76)约翰逊由此不禁问道:如果将诗中"令人惊叹不已的音律还原为意义,将《论人》的道理剥去修饰的外衣,只留下裸真的卓识和力量,我们从中还能看到什么?"(76)他回答说,从中看到的不过是些并不怎么高明,而且诗人自己未必就通达的道理。但是精致的诗藻、优美的音律和炫目的修辞却能让广大读者,甚至包括富有学养和智识的批评家,抵挡不住它们带来的快感,纷纷拍手叫好:"它们用不可抗拒的愉悦使'学问'束身就缚,把'批评'弃置高阁,让'判断'俯首称臣。"(77)总之,约翰逊以《论人》一诗为典型来说明蒲柏的明慎诗艺一旦用之不当,就会造就常被论敌诟病的虚饰浮夸、缺乏实意支撑的"优美"。当然,约翰逊并没有认为这种虚浮不实的优美在蒲柏作品中占据主导,也不认为它是优美的理想形态。

约翰逊之后的批评家对蒲柏优美风格的意见林林总总,大体可以分为四类。第一类是承认蒲柏的优美风格,但同时认为这种风格有缺陷,并非尽善尽美。例如,威廉·鲍尔斯声称蒲柏的英雄双韵体缺乏停顿上的变化,不够和谐,德莱顿和库柏等人在诗律的谐调方面要更胜一筹①。鲍尔斯的反对者托马斯·康贝尔也承认蒲柏的诗歌在停顿方面确实缺少花样,而且措辞过于追求正反对照的形式;蒲柏的风格深刻影响了十八、十九世纪的诗坛,公众耳旁尽日回响这样的诗乐,容易产生审美疲劳②。德·昆西甚至否认了蒲柏诗作的"得体性",认为《论批评》的写作恰恰违反了诗人在作品中提倡的"得体"原则③。第二类观点是肯定蒲柏诗艺的工细精美,将此视为衡量诗歌成就的重要标准,并且认为蒲柏通过这样的风格能愉悦读者的想象,阐明真理。威廉·罗斯柯认为蒲柏的诗歌虽然"高度修饰",但很少会滥用无度,他的意象和譬喻总是服从主题,遵从用字经济原则④。萨克雷在公共演讲中将蒲柏尊为"英国曾有过的最伟大的文学艺术家之一",认为他的诗歌风格精致,思想博大⑤;他的《群愚史诗》是"完美艺术"⑥的典范,用"最高贵的诗歌形

---

① 参见 W. L. Bowles, "Concluding Observations on the Poetic Characters of Pope," *The Works of Alexander Pope, Esq. In Verse and Prose*, Vol. 10 (London: J. Johnson, etc., 1806), pp. 374-348.

② 参见 Thomas Campbell, "An Essay on English Poetry," *Specimens of the English Poets with Biographical and Critical Notices and an Essay on English Poetry* (London: John Murray, 1844), p. 86.

③ 参见 Thomas de Quincey, *Biographies: Shakespeare, Pope, Goethe, and Schiller* (Edinburgh: Adam & Charles Black, 1863), pp. 141-142. 约翰·柯宁顿在十九世纪六十年代对此问题的反驳,参见 John Coninton, "The Poetry of Pope," *Miscellaneous Writings of John Coninton*, ed. J. A. Symonds (London: Longmans, Green and Co., 1872), pp. 1-16.

④ 参见 William Roscoe, "Estimate of the Poetical Character and Writings of Pope," *The Works of Alexander Pope*, 10 vols, Vol. 2 (London: C. and J. Rivington, 1824), p. xiv.

⑤ 参见 William Thackeray, "Prior, Gay and Pope," *Thackeray's Lectures: The English Humorists & The Four Georges* (New York: Harper & Brothers, 1867), p. 156.

⑥ 同上, p. 186.

象和最恰当、最堂皇、最和谐的语言来阐释最普遍的智慧"①。罗斯金在演讲中将蒲柏与维吉尔的艺术和道德情操作比,宣称蒲柏能用精确、严谨、简短的完美语言表述人类社会的所有真知或法则②。所有这些评论基本上与约翰逊的看法一致,强调真知和优美风格在蒲柏诗作中的统一。

第三类承认蒲柏风格精致,臻善臻美,但是倾向于将他的诗风框缚在易于模仿的机械技艺的范畴内。威廉·库柏在《桌边闲谈》中坦承蒲柏"听觉细腻,笔触微妙",处理诗歌节奏的手法高超,但他抱怨蒲柏还是把诗歌变成"一门机械的技艺",每个蹩脚的歌手都能将他的曲调烂熟于心③。济慈在《睡梦与诗》一诗中将蒲柏为代表的奥古斯都诗派的创作比成手工艺制作过程;这是一项在"蹩脚的尺子"和"拙劣的圆规"划出的框条内进行,包含了"抚平、嵌饰、裁剪、调适"(第195-197行)各道工序的流水作业④。济慈说这门技术很简单,平庸的艺匠一旦掌握,就会纷纷戴上诗人的面具⑤。另外,"造饰"(artificiality)是持这一类观点的人常给蒲柏的风格附加的标签。威廉·黑兹利特如此评价蒲柏的完美诗艺:"蒲柏无处不是典雅的楷范……他的流畅是苦心经营的结果……风格经雕磨的,属于同类中几

---

① 参见 William Thackeray, "Prior, Gay and Pope," p. 185.
② 参见 John Ruskin, *Lectures Delivered before the University of Oxford in Hilary Term* (Oxford: Clarendon Press, 1870), p. 56.
③ 转引自 Upali Amarasinghe, *Dryden and Pope in the Early Nineteenth Century: A Study of Changing Literary Taste*, p. 79.
④ 参见 John Keats, "Sleep and Poetry," *The Poetical Works of John Keats*, ed. H. Buxton Forman (London: Clarendon Press, 1906), p. 48.
⑤ 同上。

乎完美无缺的。"①尽管如此，黑兹利特依然认为蒲柏的风格属于"造饰"类型，要比乔叟、斯宾塞、莎士比亚、弥尔顿的"自然"风格低等②。马修·阿诺德在专论荷马史诗翻译的系列演讲中认为，蒲柏的语言和诗风是"造饰、文艺的"③，与荷马简洁直接的风格形成天壤之别，从本质上说是"反荷马的"④，所以蒲柏的译本并不算成功之作。约翰逊所强调的明慎诗艺以及诗歌即劳作的观念被这些诗人或批评家转化成奠定蒲柏机械或造饰风格的基础。正如马克·帕蒂森在十九世纪末所说："完全不依法则在那时（即十九世纪早期）是受推崇的，而费力经营则受鄙弃，被当作是一个无想象力的造作诗派的标志。"⑤但约翰逊的整部《诗人传》，包括《弥尔顿传》和《德莱顿传》，其实都在强调劳作对天赋的实现意义以及对风格的塑造作用。

  第四类观点比第三类更进一步，在把蒲柏的优美定性为矫揉造作、不自然的同时，认为这与他作品中的虚假情感和浮夸思想是相对应的，甚至赋予这种风格某种低劣的道德属性。华兹华斯在《抒情歌谣集》（1802年版）序言中就把矛头指向了

---

① 参见 William Hazlitt, "A Critical List of Authors Contained in This Volume," *Select English Poets* (London: WM. C. Hall, 1824), p. ix.

② 参见 William Hazlitt, "Lecture IV: On Dryden and Pope," *Lectures on the English Poets* (London: Taylor and Hessey, 1818), p. 135. 拜伦勋爵认为蒲柏的诗艺完美得无可挑剔，但不公平的是，英国人恰恰因为这一点，认定他是造饰的诗人。参见 John Byron, *Letter to (John Murray) on the Rev. W. L. Bowles's Strictures on the Life and Writings of Pope*, 3rd ed. (London: John Murry, 1821), p. 55.

③ 参见 Matthew Arnold, "Three Lectures on Translating Homer," *Essays by Matthew Arnold* (Oxford: Oxford University Press 1914), p. 287.

④ 同上，p. 258。

⑤ 参见 Mark Pattison, "Critical Introduction to Alexander Pope," *The English Poets: Selections with Critical Introductions*, ed. Thomas Humphry Ward, 4 vols, Vol. 3 (London: Macmillan, 1880), p. 58.

包括德莱顿、蒲柏在内的十七、十八世纪诗人。在他看来,蒲柏等前人的诗歌题材和思想是"琐碎而卑俗"①的,脱离了人原始本真的状态,浑然不具有诗意。他们的语言显得"俗丽而空洞"②,充满了"虚空的精致"③所需要的修饰④。莱斯利·斯蒂芬也曾论及诗人的"造饰"风格,指出它的根源在于诗人让个体情感和诗笔屈从于外在形式,而不是让心灵内生的冲动来驾控语言和诗体⑤。斯蒂芬认为蒲柏总是妄图给平淡、平庸的人类情感罩上尊贵礼服,使他的诗歌具有"浮华夸恣"的缺陷⑥。如果说华兹华斯和斯蒂芬只是针对蒲柏的诗情以及语言缺乏真挚性,尚未触及创作者的道德情操,托马斯·麦考利则全面否定了蒲柏的道德品质,下重笔强调蒲柏"心肠歹毒",喜爱玩弄"手段"⑦。他不仅将蒲柏擅长的诗艺比成打马掌、修铁锅这类卑浅的技艺,还用"trick"一词来形容由蒲柏发现的英雄双韵体的使用门道:

---

① 参见 William Wordsworth, "Preface," *Lyrical Ballads with Pastoral and Other Poems* (London: T. N. Longman & O. Rees, 1802), p. x.

② 同上, p. vi。

③ 同上, p. x。

④ 同上, p. xxv。华兹华斯批判包括蒲柏在内的十八世纪诗人,目的是突出《抒情歌谣集》的使命(关注普通乡民纯朴的生活状况)以及他的诗歌创作观:诗人在真实情感的作用下自然而然就能调动起姿彩多样、富含生动隐喻的语言(p. xxvi)。马修·阿诺德指出,新古典主义的诗歌创作模式一般是诗人先形成某种观念或锁定某种情感,再竭力(从自然界或人类社会)寻找意象来修饰或作比,为要表现的对象编织一件"漂亮鲜艳"的外衣。参见 Matthew Arnold, "Thomas Gray," p. 328. 与新古典主义相比,浪漫主义更倾向于强调诗笔和文意同生共成、有机相联。

⑤ 参见 Leslie Stephen, *Alexander Pope* (London: Macmillan and Co., Ltd., 1908), pp. 69-70.

⑥ 同上, p. 70。

⑦ 参见 Thomas Macaulay, *The Life and Writings of Addison* (London: Spottiswoodes & Shaw, 1843), pp. 77-78.

"发现其中的把戏(trick),学会娴熟操用它,教给其他所有人,这只能留待蒲柏来做了。"①麦考利的措辞和语气流露出蒲柏的诗歌技巧与他要奸弄巧的处世手段有异曲同工之妙的意味。同样,德·昆西从心理病学的角度对比蒲柏与德莱顿的心智属性,指出德莱顿虽然游移善变,反复无常,但其中贯穿着他对真理忠贞不渝的探索;而蒲柏为人则毫无真诚、严肃可言,嘴上称颂一套宗教教义或道德法则,心里则不坚信任何原则,而且毫无羞耻感,这是蒲柏很突出的心灵痼疾②。蒲柏的诗艺则恰恰生发自这种心智属性:"我钦佩蒲柏,他是个烟火制艺家,能利用内在生命短暂即逝的材料制造出瞬时的璀璨效果。"③换言之,在德·昆西看来,蒲柏内心没有坚守的信念或法则,他能接受任何来自他人的思想,将它装扮一番,制造出令人炫目的修辞效果,但是稍纵即逝,思想本身并不会在他心灵的天空中留下印迹。德·昆西的论说表明在他眼里,蒲柏缺乏真诚、严肃的思想,虚伪的品性与他靠人工制成的优美而短暂的诗歌特效是相通的。如果说约翰逊总体上认可蒲柏的道德水准,并认为虚情矫饰只是他个别作品的弊病,那么,这些后世诗人或批评家却将局部的缺陷放大为蒲柏诗歌的整体表征,并把风格的造饰视作诗人整体心灵状态的显现,将后者作为否认前者的道德依据。但不管如何,约翰逊所暗示的蒲柏表里不一、自私自利的明慎与矫饰的对应关系,很可能影响了麦考利、德·昆西对蒲柏的批评思路。

---

① 参见 Thomas Macaulay, *The Life and Writings of Addison*, p. 13.
② 参见 Thomas De Quincey, "Lord Carlisle on Pope," *Speculations Literary and Philosophic* (Edinburgh: Adam & Charles Black, 1862), pp. 27-29.
③ 同上, p. 26。

第三节　蒲柏式的"想象"

在诗文创作中，优美风格不仅取决于文字的精纯、音律的谐和、修饰的堂皇，也取决于诗文所承载的思想情感的属性。优美诗文所传达的情意，迥然不同于崇高的观念或高扬的激情。在十八世纪美学语境里，"优美"在与"崇高"作比照的时候，通常带有平易、实用、社会性的意味。艾迪生在《旁观者》第412期剖析什么样的事物特点能产生想象的愉悦时，指出与"宏大"和"奇异"相比，"优美"更直接快捷地作用于想象，使心灵毫不费力地接受它，从而产生喜悦和满足感[1]。这和休谟所描述的产生崇高感的心理过程形成鲜明反差[2]。除了平易性以外，优美作为真与善的化身，还对现世生活具有引导作用。艾肯塞德在《想象的愉悦》中把优美比作天上的理念，她道成肉身，从云端降到人间，目的是将世人引向真理和良善：

> 那么，就请告诉我，因为你们知道，
> 在"优美"寓居的地方，"健康"与"积极的效用"
> 难道会格格不入？事物显现"优美"的魅力，
> 难道没有任何缘由，注定无用？难道"自然"
> 曾把这悦耳动人的召唤当作谎言的信使？

---

[1] 参见 Joseph Addison, *The Works of Joseph Addison*, Vol. 6, pp. 329-332.
[2] 休谟在1739年的《人性论》中描述了人面对距离遥远的事物产生崇高体验的心理过程。这个过程牵涉人性在面临因距离而产生的阻力时的应激反应。这样的阻力对激发人的想象力，促使它突破困阻、飞临崇高之境很有必要。参见 "From *A Treatise of Human Nature* (1739-1740)," *The Sublime: A Reader in British Eighteenth-Century Aesthetic Theory*, pp. 200-201.

第四章 蒲柏的"明慎"

去遮掩纷争和痼疾所带来的耻辱?
用徒有其表的虚言假行来捕捉信仰
怠惰的心?(1.349–357)[①]

在艾肯塞德的表述里,"优美"的存在蕴含目的,要结出善果的,她要引导世人过上健康和有用的生活,而不是纵容他们借自己行凶作恶。诗人甚至一度宣称自己要把诗笔从墓园、荒漠、泥潭等阴森恐怖的景象中抽离出来,手上挽着柏拉图的橄榄叶(代表真善的理念)和维吉尔的月桂(象征优美的诗艺)去描写风光优美的自然:离群索居的阴郁和孤独不再浮现于笔端,有的只是"智慧"与"雅典的儿子"促膝深谈,还有圣贤、英雄和游吟诗人所汇成的长长队列(1.391-417)[②]。在这里,优美风景成了蕴含人世智慧以及心灵交流的场域。对约翰逊的《蒲柏传》影响最深的可能要属埃德蒙·伯克的《论崇高和优美》。伯克将"优美"视为"崇高"的对立面,认为它源自社会交往的本能,产生的是"爱"以及类似的"社会激情":"我把'优美'称作一种社会性的质素"[③];"事物当中所有那些能在我们内心激发出怜爱、温情或其他极其相似的情感的质素,我都会用'优美'来形容"[④];在"优美"所激发的社会激情中,最普遍的是"喜悦",仅次于"喜悦"的是"同情","同情的本质是不管他人身处何种境

[①] 参见 Mark Akenside, "The Pleasures of Imagination," *The Poetical Works of Mark Akenside* (London: W. Suttaby, 1807), p. 26. 蒙克对此片段有重要阐发。参见 Samuel H. Monk, *The Sublime: A Study of Critical Theories in XVIII-Century England*, pp. 71-72.

[②] 参见 Mark Akenside, "The Pleasures of Imagination," p. 27.

[③] 参见 Edmund Burke, *A Philosophical Inquiry into the Origin of Our Ideas of the Sublime and Beautiful*, p. 54.

[④] 同上,p. 71。

地,它都能让我们身临其境,感同身受"①。由此可见,在伯克的美学观念中,与偏重孤独内省,向往无限永恒的"崇高"不同,"优美"更贴近人类的日常往来和生活智慧,蕴含对俗世情感的理解和同情。这是约翰逊在评判弥尔顿和蒲柏的心智与作品时所遵循的两种图式。

如果说蒲柏辞句、音律和修辞的优美是他搜肠刮肚推字敲文的明慎诗艺的产物,那么,优美所意味的与社会相融合的日常经验,则与蒲柏立身处世的明慎有不可分割的联系。在优美的情思与创作者的明慎性格之间起到过渡作用的,是蒲柏基于日常经验的想象。约翰逊之所以认可优美风格的价值,除了前述的原因外,还因为这样的风格与蒲柏的想象力相得益彰,密不可分。这种想象不同于弥尔顿飞离现实人生、心游万仞、神骛八极的崇高想象;相反,它始终扎根在现实的土壤中,关注现世中人的道德法则和伦理关系。从这样的想象透射出的是诗人对"自然"的悉知和领悟。约翰逊分析蒲柏才华的构成要素时,分别肯定了蒲柏的"虚构""想象""判断"的能力。其中判断力这一项,毫无疑问,涉及对大自然或人间万象的评判和筛选,采用的标准包括艺术再现的对象是否满足当下的写作目的,是否揭示了必然的事理,是否比现实更有代表性。但是,即使论及蒲柏的"虚构"和"想象"的时候,约翰逊依然偏重于强调二者与现实的关联。例如,约翰逊说蒲柏的虚构能力表现为一种巧构新的故事情节,展现新的形象和场景的本领,如在《劫发记》中;它还表现为用外在的修饰、来自他处的事例阐发已熟知的话题,如在《论批评》中(78)。这两种表现其实都涉及

---

① 参见 Edmund Burke, *A Philosophical Inquiry into the Origin of Our Ideas of the Sublime and Beautiful*, p. 71.

"变寻常为新异"的才能。依据约翰逊的解释，它指的是将生活中司空见惯、普通至极的事件或话题加工成一件面貌焕然一新、给人以陌生愉悦的艺术品的能力（71）。约翰逊谈论蒲柏的想象的时候，也依然强调它和现实的关联："它能使作者向读者传达大自然的各种风貌、生活的各类事件、激情的各色力量，就像《爱洛伊斯致亚伯拉德书》《温莎森林》《伦理信札》这几首诗一样。"（78）约翰逊强调蒲柏的想象传达的是包括大自然、生活和人心在内的血肉丰满的现实。他声称这样的想象能让这样丰富的现实在读者"心灵中深深地刻下烙印"（78）；也就是说，蒲柏具备向读者再现想象内容的卓绝才能，这与他敞开心灵地观察和接纳周围的世界是分不开的。

但是在《蒲柏传》中，"想象"绝不止于再现外部现实的能力。例如，当约翰逊说蒲柏"会让纷乱的想象先沉静下去，让新颖的虚构变熟悉起来"（64），或者爱洛伊斯与亚伯拉德的"故事如此新颖和感人，它取代了虚构的叙事，（蒲柏的）想象有足够的空间可以驰骋，却不会误入荒诞情境里"（72），他其实是在"虚构"的意义上使用"想象"这个词。当约翰逊说蒲柏的想象"圆柔丰美"，能召唤"各色鲜亮的辞藻"来"缀饰和装点自己"时（10），他其实把修饰能力也纳入"想象"的范畴中。由此可见，在《蒲柏传》中"想象"和"虚构"这两个术语都可以指示文学创作中的编构和修饰能力，两者大体可以等同起来。

在约翰逊看来，不管是再现、编构或修饰，蒲柏所发挥的想象大体都是基于世事洞明、人情练达。正如戴维·惠勒所说的那样，约翰逊并不反对追逐想象的诗歌，但这种想象必须建立在"经验"或"真实"之上①。约翰逊对蒲柏式想象的承认以及定性,可以说是反驳约瑟夫·沃顿观点的反拨。事实上,《蒲柏传》中的很多论断都隐含着对沃顿的批评声音的回应,只有将沃顿的《论蒲柏的作品和才赋》与《蒲柏传》对照分析,才能更好地理解约翰逊立论的初衷或所指②。在约翰逊看来,支撑并提升蒲柏作品的优美风格的心智力量,正是诗人以现实经验为源泉,能将寻常经验变为新奇体验的想象。约翰逊以《劫发记》为例说明蒲柏如何调用普通人生活的细节进行艺术想象:"关于闺中女子一天的细节全都呈现在我们眼前,他做了如此多的人工修饰……所有细节都让人印象深刻,我们以前看到这样的情景都会不堪忍受,千万次把头转过去,现如今却只觉得饶有兴趣。"(71)换言之,若不是蒲柏对女子的闺中生活颇为熟悉,它在作品中就不会呈现出令读者兴趣盎然的新异面貌。这样的观点呼应了沃顿在《论蒲柏的作品与才赋》第一卷中对这首诗的评判;沃顿说《劫发记》展示了"一幅最真实、最生动的现代生活的画像",蒲柏"对这个世态具有深透的认知",他的艺术加工丝毫没有偏离"高雅和文明生活所确立的准则"③。但是沃顿并不

---

① 参见 David Wheeler, "Crosscurrents in Literary Criticism, 1750-1790: Samuel Johnson and Joseph Warton," *South Central Review*, Vol. 4, No. 1 (Spring 1987), p. 32.

② 戴维·惠勒曾详细考察十八世纪后半期约翰逊和沃顿两人在诗学观上的分歧,以及由此引发了怎样你来我往的争辩,两人的友谊如何受到时代创作潮流的压力而破裂。参见 David Wheeler, "Crosscurrents in Literary Criticism, 1750-1790: Samuel Johnson and Joseph Warton," pp. 24-42.

③ 参见 Joseph Warton, *An Essay on the Writings and Genius of Pope*, p. 246. 本杰明·博伊斯研究发现约翰逊在撰写《蒲柏传》的文学评论部分时,可能把沃顿《论蒲柏的作品与才赋》第一卷(当时第二卷尚未出版)摊开在面前,因为他的很多观点或表述都与沃顿有雷同或针锋相对之处。参见 Benjamin Boyce, "Samuel Johnson's Criticism of Pope in 'the Life of Pope'," *The Review of English Studies*, Vol. 5, No. 17 (Jan. 1954), p. 38.

认为这与蒲柏的想象力有任何关系;当他说《劫发记》"展现了比蒲柏所有其他作品加起来还多的想象力"的时候,他所谓的"想象力"指的是类似虚构精灵体系作为推动情节发展的"装置"(machine)这样的才能[①]。但遗憾的是,蒲柏并不是这个"装置"的发明者;在沃顿看来,《劫发记》并不具有原创性,因为故事的构架和虚幻角色"气精"(sylphs)都非诗人独创,而是抄袭前人的点子。约翰逊则声称这简直就像批评荷马的《伊利亚特》并非原创一样。他说,事实上,除了精灵的名称之外,蒲柏在不少方面都有自己的创意:"难道他没有赋予这些精灵之前尚未听过的角色或行为?难道他不是最起码破天荒头一次将它们创作成诗歌?"(71)在约翰逊看来,如果这还不足以表明蒲柏作品的原创性,恐怕真的没有人写过原创的作品[②]。约翰逊还更直接地引用本克利的话说,蒲柏在《劫发记》中展示了"真正的诗歌才华"以及"无限丰富的虚构才能",这首诗堪称是无与伦比的经典"滑稽诗"(10)。总之,约翰逊既认可了蒲柏杜撰或编构非现实人物或故事的想象力,也肯定了他能将平常现实转化为充满魅力的世界的想象力,进一步充实了沃顿语焉不详的论断。

不过,在《蒲柏传》中,约翰逊更强调的是蒲柏建立在现实经验之上,观照社会人生的文学"想象"。《爱洛伊斯致亚伯拉德书》一诗也能说明蒲柏的想象蕴含着对世事人情的体悟;或者说,这首诗体现的是蒲柏式的想象对世间男女悲欢离合的理解和诠释。约翰逊说亚伯拉德和爱洛伊斯的故事有历史文献为

[①] 参见 Joseph Warton, *An Essay on the Writings and Genius of Pope*, p. 248.
[②] 约翰逊以荷马史诗为类比替蒲柏的文学创造力辩护,其实是借鉴了拉斐德的思路和表述。参见 Owen Ruffhead, *The Life of Alexander Pope, Esq. Compiled from Original Manuscripts; with a Critical Essay on his Writings and Genius* (London: C. Bathurst etc., 1769), pp. 451-456.

依据，本身就很"新颖和感人"，无须编造情节、人物或情感，创作者的"想象有足够的空间可以驰骋，却不会误入荒诞情境中"（72）。蒲柏正是在处理好这个故事所需要的现实空间里施展他对人性和情感的想象。约翰逊强调蒲柏的想象基于现实经验之上，不背离真实生活，所回应的正是之前约瑟夫·沃顿对这部作品的评判。同样评论《爱洛伊斯致亚伯拉德书》，沃顿却认为在这部作品中蒲柏很难称得上是"伟大的有创意的发明者"，最多算是"无可比拟的改善者"，即他善于从有限的书信和史书中搜罗关于这对苦命恋人的线索，并将这些线索演绎成一部感人至深的诗作①。沃顿在自己的诗学理论语境中使用"改善者"（improver）②一词来形容蒲柏的创作地位，显然是将蒲柏的文学虚构能力类比为他善于锤字炼句、臻于完善的才艺，也就意味着即使沃顿承认蒲柏的某些作品表现了自然和激情，他仍然要否认这与诗人的想象力有必然联系。

事实上，约翰逊并非第一位对蒲柏的想象力或虚构才能做出辩护的诗评家。阿瑟·莫菲在1762年的《亨利·菲尔丁作品集》序言中就把"虚构能力"（invention）分为两类，一类是开天辟地创造出全新观念或想法的能力，即"原生或原创的虚构"，另一类是把已有观念按照新的角度重新排列，通过措辞或编构赋予它们崇高或优美的新奇感的能力，即"继生或次属的虚构"③。依据莫菲的标准，第一类才能高不可及，拥有者凤毛麟角，即使在荷马诗中也不多体现，他的虚构才能主要属于第二

---

① 参见 Joseph Warton, *An Essay on the Writings and Genius of Pope*, pp. 298-299.
② 同上，p. 298。
③ 参见 "Pope, Homer and the Nature of Genius," *Alexander Pope: The Critical Heritage,* p. 450.

类；而后者也是蒲柏虚构能力的主要表现①。但这并不意味着莫菲降低了蒲柏想象力的档次：一方面莫菲大幅度提升了原创虚构力的级别；另一方面他又扩展了第二类想象力所包含的内容，像赋予作品优美与谐和风姿的精细想象，按照自然之理设计故事的大纲并借来外物修饰的能力，这些都被莫菲扩充进第二个范畴中②。以《劫发记》为例，虽然各色精灵和故事框架都并非蒲柏原创，但是恰到好处的典故、塑造高贵风格的隐喻、随处可见的华美辞藻、和谐的音律、富有诗意的行文，都归蒲柏所独有，无疑都是虚构能力的产物③。约翰逊和莫菲两人早在十八世纪五十年代就已相识，而且过从甚密，这也就是为何约翰逊处理蒲柏想象力的思路以及具体观点，与莫菲有契合之处，只不过约翰逊并没像莫菲表述得那么直接明确④。

欧文·拉斐德是十八世纪六十年代继阿瑟·莫菲之后，另一位对蒲柏的想象力和作品的诗性进行辩护，并公开反驳约瑟夫·沃顿指控的批评家。拉斐德将"虚构"（invention）与"想象"（imagination）区别开来，将前者定义为将各色观念以新异、优美的方式联结起来的能力，而把后者定义为用新异、恰当或醒目惊人的意象或修辞来阐释或修饰那些观念的能力⑤。拉斐德

---

① 参见 "Pope, Homer and the Nature of Genius," *Alexander Pope: The Critical Heritage,* pp. 450-451.
② 同上，p. 452。
③ 同上，p. 451。
④ 约翰逊借荷马的权威为蒲柏的想象力辩护，可能是借鉴了莫菲的这篇文章。但莫菲在这一点上受到约翰逊的影响，也不无可能。另外还需一提的是，1753年罗伯特·谢尔斯在他的《蒲柏传》中也曾宣称蒲柏是个善于虚构的原创诗人，《劫发记》和《群愚史诗》就是他的佼佼之作。参见 "A Mid-Century Comparison of Pope and Dryden," *Alexander Pope: The Critical Heritage,* p. 370.
⑤ 参见 Owen Ruffhead, *The Life of Alexander Pope, Esq. Compiled from Original Manuscripts; with a Critical Essay on his Writings and Genius,* p. 448.

认为二者都是诗人才华必不可少的成分，蒲柏两者兼而有之；而之前的诗评家批评蒲柏才华疏浅，其实主要是针对他的虚构才能①。拉斐德以荷马的史诗和蒲柏的《劫发记》为例对这样的批评做出回应：任何诗人的创作都免不了利用丰富现实经验或既有文化资源，包括传说、习俗、信念等；不能以此为依据断定诗人缺乏文学虚构的能力，而要仔细探查诗人如何组构这些经验或资源，细化加工，最后转化成故事并引申出道德寓意，还要检视诗人如何以形象生动的手法和庄重或优美的音律来再现虚构内容②。拉斐德一方面去除了"虚构"才能中无中生有、凭靠捏造，无须以经验现实为基础的潜能，另一方面他又把善用修辞、雕琢辞藻、调和音律的手法提升到"想象"的层次，以此来为蒲柏的才华和地位正名。拉斐德的《蒲柏传》可以说是对沃顿的《论蒲柏的作品与才赋》的反驳，它深刻地影响了约翰逊《蒲柏传》的写作。约翰逊对蒲柏才华各要素的分析，显然是承袭了拉斐德对"虚构"和"想象"所做的区分，只不过在这篇传记其他地方以及《诗人传》大多数篇章中，约翰逊将二者等同起来③。

---

① 参见 Owen Ruffhead, *The Life of Alexander Pope, Esq. Compiled from Original Manuscripts; with a Critical Essay on his Writings and Genius*, pp. 448-450.
② 同上，pp. 451-456。
③ 在拉斐德的《亚历山大·蒲柏传》面世当年，约翰逊在《绅士杂志》上发表评论文章。虽然他并不同意拉斐德所有观点（比如，拉斐德认为诗歌的本质在于风格，而不在于内容；蒲柏是最伟大的诗人，不过是因为他的风格最协调悦耳，技巧最精湛娴熟），但他却认可拉斐德对蒲柏创造力所做的辩护，认为这道出了诗人真正伟大之处。参见 "Johnson Reviews Ruffhead," *Alexander Pope: The Critical Heritage*, pp. 464-465. 十八世纪七十年代还有一位与约翰逊同属一阵营的批评者撰文驳斥约瑟夫·沃顿的观点。这位批评者就是珀西瓦尔·斯托克代尔（Percival Stockdale），他于1778年对沃顿所推崇的诗意标准、哥特式或超验式崇高做了公开反驳。参见 John Hardy, "Stockdale's Defence of Pope," *The Review of English Studies*, Vol. 18, No. 69 (Feb. 1967), PP. 49-54.

第四章 蒲柏的"明慎"

论及蒲柏刚出道时发表的田园诗,约翰逊虽然没有给予这类作品很高的评价,但是他仍然含蓄地批驳了沃顿的评断,指出仅根据蒲柏在田园诗中的表现并不足以否认诗人的想象。据沃顿的观点,蒲柏的田园诗全无"新鲜的乡村意象"①,在创造力方面无法与提奥克利图斯、维吉尔、弥尔顿这些文学前辈相提并论,值得称道的不过是优美和谐的诗律②。针对蒲柏的田园诗"创造力贫乏"③的指控,约翰逊认为田园诗作为一种体裁,从来就不需要诗人发挥多少创造力;展示诗人的学问,学习调和音律,临摹练笔,便是田园诗写作的全部目的。约翰逊之所以认为田园诗不需要多少创作才华,与他对这种体裁的性质的认识有关。在他看来,田园诗并不是"模仿真实的生活,所以不需要经验,它表现的是非混杂的激情产生的简单效果,也就用不到细微的推理或深透的探究"(66)。换言之,想象力与生活经验,甚至推理探究的能力不可分离;如果没有后者作为基础或辅助,想象或创造也就会变成躲在斗室里的胡编乱造。沃顿在《论蒲柏的作品与才赋》中提到过蒲柏曾经有以美洲为背景创作田园诗的设想,他认为这一设想可以让诗人充分发挥创造力,让作品中充满丰富多彩、最具诗意的意象④。约翰逊1756年的书评则不以为然,他说蒲柏从未亲临美洲,没见过当地的风土人情,创作美洲田园诗充其量不过是"想象的自娱自乐","无法对自然或生活进行再现"(*Works*, 13:208)。约翰逊以观照自然与生活的想象为标准否认了田园诗创作需要创造力,以此来驳斥

---

① 参见 Joseph Warton, *An Essay on the Writings and Genius of Pope*, p. 2.
② 同上, pp. 3-10。
③ 同上, p. 9。
④ 参见 Joseph Warton, *An Essay on the Writings and Genius of Pope*, p. 11.

沃顿对蒲柏的田园诗缺乏想象的批评①。

除了对沃顿贬低蒲柏的想象存有异议之外,约翰逊还对沃顿过于强调蒲柏作品所表现的忧郁孤独的心境或极端剧烈的激情持有保留意见。沃顿在评论《爱洛伊斯致亚伯拉德书》这首诗时,对诗中描写阴森肃穆的修道院和身披黑丧的忧郁女神的诗段大加称赞,说这在蒲柏所有作品中最具"真正的诗意",最具"画面感",带给人"沉郁的欢乐"和"神圣的敬畏"②。但是在约翰逊眼中,这显然不是这首诗最值得称道的地方,也不是他愿意予以强调的。沃顿点评《追念一位不幸女士的悼诗》,一开始就称赞这首诗是以一位女子爱情受阻无奈引剑自刎这一"可悲的灾难"为题材,极其"哀楚感人",而且他对开篇描绘女子魂魄归来、浑身白衣红血的诗段也是不吝赞辞③。但是这绝不是约翰逊的兴趣所在,他更关心的是这首诗传达的道德讯息。约翰逊认为蒲柏把"一位爱得狂热,疯言疯语姑娘塑造成高贵的形象"灌输给读者,这显然有悖审慎的生活原则(8-9)。依据约翰逊的观点,并非所有激情都适宜形诸笔下并加以美化,尤其是那些偏激、暴烈、不受理智约束的情感。这两位批评家即使面对一致赞好的作品,所强调的维度也不尽相同。沃顿用了大量笔墨来分析《爱洛伊斯致亚伯拉德书》女主人的激情如何跌宕起伏,急转突变。沃顿说:"没有掺上一点高扬的激情,真正的

---

① 弥尔顿的《利西达斯》同样属于田园诗传统,约翰逊对其的批评要严厉很多,而此处约翰逊却为蒲柏早年的田园诗作品辩护,似乎有厚此薄彼之嫌。其实这两处并不矛盾。《诗人传》中的评语往往隐含着约翰逊与其他批评者的对话,或者他对某种观点的回应,只有找出这背后所指,才能更好地理解约翰逊的态度或语气。
② 参见 Joseph Warton, *An Essay on the Writings and Genius of Pope*, pp. 316-318.
③ 同上,pp. 249-251.

第四章 蒲柏的"明慎"

诗歌……就失去了存在的基础，至少是不震撼人心的，而突然的转折往往能起到很好的激情效果。"①将挣脱现实的强烈激情及其突变视为真正诗歌的基础，这样的看法无法获得约翰逊的认同。早在1756年评论沃顿《论蒲柏的作品与才赋》的文章中，约翰逊就说沃顿对《爱洛伊斯致亚伯拉德书》的品评并没有多少"批评深度"，因为这首诗的"美妙就在于自然的情感，不管是学士还是白丁，都能感同身受"（Works，13：215）②。也就是说，尽管男女主人公都是历史上赫赫有名的人物，但在约翰逊读来，这首诗所展示的仍然是符合人心世态的普遍情感③。只不过在《蒲柏传》中，约翰逊指出了一点他之前尚未论及的："宗教救赎和隐忍服从赋予了破灭的爱情某种庄严和高贵，而这是单靠天然的意象所无法赐予的。"（11）但约翰逊轻描淡写，点到为止，并没有展开论述。不管约翰逊对《爱洛伊斯致亚伯拉德书》一诗的定位是否准确合理，但至少可以肯定，他试图重新定义蒲柏的"想象"，赋予它贴近现实或自然的面向，并将它归还给被沃顿降为"二等诗人"的蒲柏。

约翰逊不仅要重构抒情诗和英雄喜剧诗中蒲柏想象的特质，还力图将想象重新召回到诗人"辩理证说"的诗歌中。沃顿将想象排除出蒲柏的心智的一个原因，就是针对蒲柏的道德说教诗。沃顿在《论蒲柏的作品与才赋》第一卷的序言中说："清醒的头

---

① 参见 Joseph Warton, *An Essay on the Writings and Genius of Pope*, p. 320.

② 博伊斯认为约翰逊对《爱洛伊斯致亚伯拉德书》何以是佳作的解释，大量参考了沃顿的意见。参见 Benjamin Boyce, "Samuel Johnson's Criticism of Pope in *The Life of Pope*," p. 38. 但是博伊斯没意识到两人在更大的问题上——即哪一种性质的文学想象更高超、更值得提倡——存有巨大分歧。

③ 欧文·拉斐德也说这首诗展示了诗人"对人性的准确认识"，"诗人似乎十分谙熟心灵中隐秘的运行机制，相抵触的激情所触发的各种冲动及其影响力"。参见 Owen Ruffhead, *The Life of Alexander Pope,* p. 171.

脑和敏锐的见解"（这二者无疑属于本章所谈论的"明慎"范畴）不足以成就一位诗人，只有"创造和火热的想象"才能造就"纯粹诗歌"①；"将对人类生活最坚实的观察用最优雅和简练的语言来表述，这是道德学，而不是诗歌"②。沃顿这些论断指向的作品显然包括蒲柏阐述哲学或伦理的诗篇；把这类作品驱逐出诗歌或"纯粹诗歌"的领域，也就意味着否认蒲柏具有想象力③。约翰逊则认为即使在这类诗歌里，蒲柏也依然不缺乏高超的想象或创造力，这尤其体现在道德说教中用以阐发抽象道理的各类意象、比喻或事例（78）。约翰逊特别论及《论批评》中"登阿尔卑斯山"这一明喻，声称它既能解释清楚学无止境的道理，易于读者接受，又能在读者的想象中展开一幅令人惊叹、"更显壮观"的画面，这样的明喻既"帮助理解，又提升想象"，所以是英语中最好的明喻（69）。不仅如此，综合约翰逊对蒲柏的道德说教诗的评述，可以得知在他眼中，蒲柏的想象力还表现为洞彻人生事理，谙悉人性和人心，有能力将阅历和体会创作成艺术作品。虽然沃顿承认蒲柏具有"熟悉人世，判断成熟和洞察人性"的品质，但他认为这样"清晰的头脑和强大的理智"最多只是让诗人"坚实而深刻地观察人生，观览书籍"，并将阅历与

---

① 参见 Joseph Warton, *An Essay on the Writings and Genius of Pope*, pp. iv-v.
② 同上，p. v.
③ 欧文·拉斐德在《亚历山大·蒲柏传》中声言，"想象"自古以来就属于诗歌的疆域，诗歌的创作意在与人的"想象"对话，这都是毋庸置疑的，但如果诗歌创作只是为了愉悦人的"想象"，而不指向任何德性或智性的目的，这样创作出来的作品也不配列入最优秀诗歌的行列。拉斐德甚至认为"想象"的愉悦虽然比感官的愉悦层次更高，论纯粹诗性却比不上知性的愉悦。参见 Owen Ruffhead, *The Life of Alexander Pope,* pp. 441-442. 拉斐德这里的论述针锋相对、直截了当地回应了约瑟夫·沃顿的诗学观。他的观点属于典型的奥古斯都派诗学观，约翰逊对此是大体认同的。

学识"表述成更简洁克制的风格"①。不同于沃顿,约翰逊将这样的能力也归入蒲柏的想象力,将它视为诗人想象性写作的经验基础。

在蒲柏的想象作品中,大凡有观照人生现实、劝人明德慎行的一面,不管有何缺陷,约翰逊多少都会予以肯定。例如,约翰逊称赞蒲柏论男人和女人性格的组诗是"勤谨思考人类生活的产物";《论女人性格》这首诗展现了蒲柏在"探究女人天性,挑选女性美德"方面的"敏锐深透",远胜布瓦洛同主题的讽刺诗(77)。反之,像《美名之殿》这样雕琢精美、出类拔萃的诗歌,约翰逊在点评时不忘指出它与"普遍的风俗和普通的生活"(67)没有什么关联,不受读者青睐,势必要退出经典名录。约翰逊甚至在为《劫发记》这样充满大量虚构元素的英雄喜剧辩护时,也不忘强调这首诗是有着严肃道德寓意的作品,驳斥了丹尼斯的毁贬观点。丹尼斯认为《劫发记》没有明确道德指向,成就要远低于布瓦洛的《经台吟》,后者揭露了教士阶层的"傲慢"和"纷争"(71)。约翰逊在承认文学作品干预现实的效果也许不如我们想象的那么强大的同时,指出假设二者确实都推动了现实的改变,世人从《劫发记》中所得的教益要远胜过《经台吟》,这是因为:"女人突发的念头、善变的情绪、冲天的怨气、虚荣的念头常把家家户户闹得纷争不休,鸡犬不宁,她们在一年内引发的幸福生活的倒退,要远远超过一群野心勃勃的教士在无数个世纪里的所作所为。"(72)约翰逊把文学作品对日常生活的道德规劝作用当作衡量其价值的一大标准。只有这种与现实人生或普通人性的关联,才可能确保诗歌作品长久的经典地位。在约翰逊强调诗意的想象与日常经验的关联的背后,是他一向

---

① 参见 Joseph Warton, *An Essay on the Writings and Genius of Pope*, pp. 101-102.

对诗歌的伦理道德价值的关注。

以上主要围绕约翰逊与沃顿之间的论争来阐述约翰逊如何在传记中重新界定蒲柏作品的想象力。这两位批评家之间的矛盾，从根本上说，是在诗人如何处理诗歌与社会现实这个问题上产生的分歧。而这与两位批评家生活方式的差异以及由此而生的诗学观念有重要关联。正如戴维·惠勒指出的那样，沃顿长期在温切斯特公学过着与学生和书本为伴，相对隔绝、安静的生活，虽然他也是约翰逊"俱乐部"的成员，但并不常去伦敦参加团体活动。在这样的书斋生活中，他形成了一整套标准更严格、逻辑更严密的诗学体系，并著成了像《论蒲柏的作品与才赋》这样更重细节考据、学究气更重的作品[1]。与沃顿不同，约翰逊长期在伦敦以卖文鬻技为生，常游走在各个阶层、职业的人士之间，他喜欢居住在伦敦这样人来人往、千形万象的繁华都市，爱好结交朋友，与人争辩[2]。相比而言，沃顿更像"学者、思想者、理论家"，而约翰逊更像生活的"观察者和体验者"[3]。这就可以解释为何沃顿会认为诗意的灵感源自个体的想象，诗歌的本质在于创作者对自我心灵的探索，为何他总喜欢在诗中描写原始蛮荒的时代、阴森寂寥的景象和孤独忧郁的心境，并

---

[1] 罗伯特·J.格列芬曾指出当时温切斯特公学的封闭和保守性质。温切斯特公学与牛津大学的关系，以及来自父兄的影响，在很大程度上塑造了约瑟夫·沃顿的诗歌创作路数以及诗学观念。参见 Robert J. Griffin, *Wordsworth's Pope: A Study in Literary Historiography* (Cambridge: Cambridge University Press, 1995), pp. 56-57.

[2] 参见 David Wheeler, "Crosscurrents in Literary Criticism, 1750-1790: Samuel Johnson and Joseph Warton," p. 31.

[3] 同上。

对他人作品中类似要素情有独钟①。约翰逊与沃顿迥然有别,他更希望诗歌能面向人情风俗,介入社会现实中,对提醒和教化读者,改变人心世貌起到一定的作用。当然,约翰逊并不希望诗人都像德莱顿那样,紧步不舍地跟随发生在自己时代的大小事件,甚至为此交出创作主动权。他希望诗人能超越一时一地的拘囿,去选取和当下现实相关,又能产生永恒意义的话题,表现普遍、永恒的自然②。于是,约翰逊在《蒲柏传》中修正了沃顿对想象的定义,肯定了蒲柏这种超越了自恋式的内心独白,关注复杂的现实社会和人的精神道德,围绕更广阔的、普通人的日常经验的想象力。

在《蒲柏传》末尾,约翰逊在品鉴完蒲柏的优美诗风和想象以后总结道:"蒲柏能否算是诗人?现在再来回答这个别人问过的问题,确实是多余了;我们倒是要反问一句:如果蒲柏不算是诗人的话,诗歌还可以在哪里找得到?"(79-80)③。约翰逊这里谈论的,实质上是蒲柏能不能算作"真正的诗人"的问题④,但是他不愿意采取"真正的诗人"这种表述,是因为他更愿意留给诗歌和诗人更广阔的定义空间:"通过定义来限定诗歌的范畴,只能说明定义者自身的狭隘。"(80)最后,约翰逊敦促读者回顾过往历史,展望现今诗坛,看看"人类都众口一词

---

① 关于沃顿兄弟的诗歌创作以及他们对蒲柏的评价之间的关系,参见 Henry A. Beers, "The School of Warton," *A History of English Romanticism in the Eighteenth Century* (Boston: Indy Publish, 2006), pp. 124-126.
② 从约翰逊的评判可以推断得知,蒲柏的诗歌,除了像《群愚史诗》这样的作品,大多都做到了这一点。
③ 约翰逊这个问题显然又是针对二三十年前约瑟夫·沃顿将蒲柏驱逐出"真正的诗人"王国,并限禁在"二等诗人"行列的做法。
④ 后世评论家在争论蒲柏是不是诗人这个问题的时候,其实也都是在争论蒲柏能否算作"真正的诗人"或优秀、上乘的诗人。

地把诗歌桂冠判给了哪些人","仔细检视他们的作品,阐明他们名高位重的原因,这样关于蒲柏应得的荣誉就不会再有争议"(80)。也就是说,约翰逊希望读者把蒲柏放在更宽广的历史视野中,通过更理性的比较来评价他的诗歌成就,唯有这样,才不会武断质疑他的经典地位。十八世纪中后期这场以约翰逊与沃顿为代表的、关于蒲柏是否算是"真正的诗人"的批评争论,深刻影响了后来长达一百多年关于蒲柏经典性的讨论。

自约翰逊的《蒲柏传》问世以后,不承认蒲柏才华的批评者往往将批评的矛头指向约翰逊所肯定的这种想象力。威廉·鲍尔斯[1]以"自然"和"人艺"作为判定"诗意想象"的标准来批驳约翰逊所代表的诗学立场。鲍尔斯认为取自大自然的意象比取自世风时俗的意象更具有诗意[2],而蒲柏的诗歌恰恰表现的都是"造饰的生活"[3],世人的"习惯和风俗"[4];即使通过想象赋予它们各种"形态、明暗和颜色",也不一定能产生诗意的愉悦[5]。鲍尔斯的论说开启了十九世纪头三十年批评界关于蒲柏

---

[1] 威廉·鲍尔斯曾是约瑟夫·沃顿在温切斯特公学的学生,也是小托马斯·沃顿在牛津三一学院的学生,他的诗学观深受这两位兄弟的影响。约瑟夫·沃顿在《论蒲柏的才赋和作品》第二卷末尾再次强调蒲柏的诗作大部分属于说教诗、道德诗和讽刺诗,这些都不是"最具诗意"的诗歌类别;主导蒲柏写作的心智力量是"机智和判断力",而不是"想象";蒲柏所描摹的"现代风尚"是"家常、不变、造饰、雅致的",并不适合入诗。参见 Joseph Warton, *An Essay on the Genius and Writings of Pope* (London: J. Dodsley, 1782), p. 408. 沃顿这些论断成为鲍尔斯提出以"自然"和"人艺"作为判定"诗意想象"标准的基础。

[2] 参见 W. L. Bowles, "Concluding Observations on the Poetic Characters of Pope," *The Works of Alexander Pope, Esq. In Verse and Prose*, Vol. 10 (London: J. Johnson, etc., 1806), p. 363.

[3] 同上, p. 364。

[4] 同上, p. 367。

[5] 同上, p. 380。

"想象"和经典性的大论战①。他在后来一篇论战文章中指出，蒲柏这种描摹人情世相，"屈就于真理，谱写道德诗篇"的诗歌，并不属于"想象和激情"艺术的领域②。虽然蒲柏在自己的领域独步古今，无人可敌，但是他所钟情的这类诗歌在等级上远要低于取材于大自然、以"想象和激情"主导的诗歌类型，所以他的成就远不能与但丁、弥尔顿等诗人相提并论③。鲍尔斯援引的"诗意想象"标准将蒲柏推到了"二等诗人"行列。

十九世纪有众多诗评家像鲍尔斯这样，延续沃顿的批评传统，将"想象"与蒲柏处理人间风尚以及伦理法则的才华割离开来，以此来贬低他在诗歌史上的地位。例如，与鲍尔斯同属一阵营的弗兰西斯·杰弗里将蒲柏、德莱顿等所谓"大陆派诗人"与伊丽莎白、詹姆斯治下的诗人作对比，认为前者更注重描绘上流社会的时髦生活以及人的癖性，他们的诗歌充满了"世俗和城市风味"，与后者相比，显然缺乏"柔情和想象"④；蒲柏最多只能算是道德学家、讽刺家、批评家，而称不上诗人⑤。柯尔律

---

① 在这场由鲍尔斯和拜伦勋爵主导的辩论之前，还有一次托马斯·J. 马蒂亚斯（Thomas J. Mathias）和威廉·伯顿（William Burton）利用已逝的蒲柏来干预现实政治、批判社会思潮的小册子论战。这场论争证实了十八、十九世纪之交蒲柏作为英国第一流诗人的重要地位。但从此以后，蒲柏在批评界的名声下滑趋势明显，到后来就有了鲍尔斯1806年对蒲柏诗人身份的否定。参见 Emerson Loomis, "The Turning Point in Pope's Reputation: A Dispute which Preceded the Bowles-Byron Controversy," *Philological Quarterly*, Vol. 42, No. 2 (Apr. 1963): 242-248.

② 参见 William Bowles, "Observations on the Poetical Character of Pope," *The Pamphleteer*, Vol. 18 (London: A. J. Valpy, 1821), p. 239.

③ 同上，p. 240。

④ 参见 Francis Jeffrey, "A Review of *The Dramatic Works of John Ford with an Introduction and Explanatory Notes*," p. 280.

⑤ 同上。

治在《文学传记》中回顾自己小时候所受的文学熏陶时，指出蒲柏诗歌的优点不过是"准确而又深刻地观察处于造饰状态中的社会人以及习俗"，以及"用流畅有力、隽语式的对句来传达巧智的逻辑"①。所谓"巧智的逻辑"是幻想或理智的产物，而与想象无关。所以，蒲柏对人性和风尚的表现，是与他理智的分析和表述紧密相结合的。可见，柯尔律治也试图将蒲柏的才智与想象剥离开来，将它限定在层次较低的幻想或理智领域②。

然而，十八世纪末、十九世纪初也有众多诗评家肯定蒲柏对社会生活、道德法则的关注以及由此体现出的想象才华，与约翰逊的批评声音相互呼应。吉尔伯特·威克菲尔德宣称像蒲柏从1731年到1735年间论伦理道德的诗札，也有完全不逊色于《失乐园》的"别出心裁的创意"，以"新奇和宏大"的方式展现了一种"天马行空式的想象"③；另外，像《劫发记》这类诗歌兼具"想象的大胆和得体"④。威克菲尔德的观点和措辞都与莫菲、拉斐德、约翰逊等诗评家接近，仍带有明显的新古典主义旨趣。威廉·罗斯柯（鲍尔斯的论敌之一）声称蒲柏的"想象才能"足以使他"与任何时代、任何民族最卓著的诗人平起平坐"⑤。在阐述伦理道德的诗作中，他的"想象才能"表现为调遣

---

① 参见 Samuel Coleridge, *Coleridge's Poetry and Prose*, p. 386.
② 正如詹姆斯·钱德勒所指出的那样，包括鲍尔斯、柯尔律治在内的浪漫主义诗人和诗评家挑战蒲柏的经典位置，与他们树立新的诗学法则、构建新的经典，甚至自我经典化，是"同生共成"、同举并进的。参见 James Chandler, "The Pope Controversy: Romantic Poetics and the English Canon Author," *Critical Inquiry*, Vol. 10, No. 3 (Mar. 1984), p. 485.
③ 参见 Gilbert Wakefield, *Observations on Pope* (London: A. Hamilton, 1796), p. x.
④ 同上，p. xii.
⑤ 参见 William Roscoe, "Estimate of the Poetical Character and Writings of Pope," *The Works of Alexander Pope*, 10 vols, Vol. 2 (London: C. and J. Rivington, 1824), p. ix.

"合宜的修饰和优美的比喻"来阐发诗中的主题。罗斯柯认为蒲柏与乔叟都具有"关怀道德和潜心默想的品质,喜欢比较和阐发道德和现实世界中的现象",揭示人与人之间复杂的社群或情感关系①。大体而言,到了十九世纪以后,受浪漫主义话语影响,即使诗评家在替蒲柏的伦理道德关怀辩护时,已经很少使用"想象"一词来指示主导蒲柏作品的心智力量,而是更多地使用在十八世纪批评语境中与"想象"相关的概念"才华"(genius)②。

面对来自站在约翰逊立场的批评者的压力,一些同情浪漫主义的十九世纪诗评家对诗意想象和道德说教二者的关系做了修正。例如,德·昆西在确保沃顿所确立的诗歌等级大框架不变的同时,对局部关系做了调整。他受华兹华斯和黑兹利特的影响,将文学分为两类:一类是诉求于读者的"推导式理智"(discursive reason),重在传道解惑的"知识文学"(literature of knowledge)③,它关注的对象是人情世态④,但这种文学难以永世流传⑤;另一类是通过召唤读者的喜悦和同情,让心灵的直觉得以释放和运用的"力量文学"(literature of power)⑥,即"想象文学"。德·昆西把"力量文学"置于"知识文学"之上,进而质

---

① 参见 William Roscoe, "Estimate of the Poetical Character and Writings of Pope," *The Works of Alexander Pope*, 10 vols, Vol. 2, p. xi.
② 参见 Thomas Campbell, "An Essay on English Poetry," *Specimens of the English Poets with Biographical and Critical Notices and an Essay on English Poetry* (London: John Murray, 1844), p. 87. John Byron, *Letter to (John Murray) on the Rev. W. L. Bowles's Strictures on the Life and Writings of Pope*, 3rd ed. (London: John Murry, 1821), pp. 41-42 & pp. 53-54.
③ 参见 Thomas De Quincey, "Alexander Pope," *Essays on the Poets and Other English Writers* (Boston: Ticknor, Reed and Fields, 1853), p. 151.
④ 同上, p. 157。
⑤ 同上, p. 155。
⑥ 同上, pp. 151-152。

疑"说教诗"的本质①。不过，德·昆西承认诗歌确实附带有教导功能，但是它只能深藏于具体形象之下，以间接含蓄的方式表现出来，通过想象的作用来影响人的"直觉本能"②或"道德潜能"③。可见，德·昆西一方面试图通过对"文学"的重新定义来降低蒲柏在英国诗史上的地位，另一方面他又力图调整"诗意想象"和"道德教化"的关系，把奥古斯都诗派强调的文学道德使命以新的面目召唤回自己所划定的"想象文学"疆域。马修·阿诺德反复强调诗歌的社会道德使命，他对华兹华斯这些浪漫主义诗人的局限性做了反思。在阿诺德看来，十九世纪早期英国浪漫主义诗人最大的问题就在于他们没有介入社会现实，接受现代精神的洗礼，并将其观念应用于诗歌创作中④。阿诺德主张"诗歌"应承担为人类"阐释生活"以及"安慰"和"支撑"⑤人类的职责，但实现的方式有别于蒲柏和德莱顿散文式的推理论说。后者本质上属于宗教哲学，是"知识的虚影、幻梦和假表象"⑥，但真正的诗歌，属于"知识的魂灵，更纯粹的精气"⑦，它通过诗意的真和美来影响人的精神直觉，起到对生活的批评和指导作用。

到十九世纪中后期，批评家和学者开始比较客观地把蒲柏的作品放在历史语境中来考察，探讨他在诗歌中表现世态风

---

① 参见 Thomas De Quincey, "Alexander Pope," *Essays on the Poets and Other English Writers*, p. 192.

② 同上，p. 152。

③ 同上，p. 151。

④ 参见 Matthew Arnold, "Heinrich Heine," *Essays in Criticism; First and Second Series Complete*, pp. 130.

⑤ 参见 Matthew Arnold, "The Study of Poetry," *Essays in Criticism; First and Second Series Complete*, p. 280.

⑥ 参见 Matthew Arnold, "The Study of Poetry," p. 280.

⑦ 同上。

情，探讨社会伦理的原因。约翰·柯宁顿和 A. W. 沃德都曾在文章（各自发表于 1862 和 1869 年）中论述了以理性探究为宗旨的"批判精神"和十七、十八世纪的政治纷争对包括蒲柏在内的奥古斯都诗派创作的影响[①]。虽然柯宁顿和沃德对蒲柏的创作才华表示了高度理解和赞赏，纠正了麦考利和德·昆西对蒲柏充满恶意的偏见，但是他们仍然将这种才华与想象力剥离开来，并将蒲柏排在以"创造性想象"见长的大诗人之后[②]。马克·帕蒂森 1872 年发表文章，对蒲柏做了更直接的辩护。帕蒂森试图恢复十八世纪中期以前英国人对"文学"一词的理解，强调它对事实的记录以及传导真知的功能，极力认可蒲柏的诗歌对于同时代人的"社会激情、观想、做派和格调"的记录和再现[③]。在帕蒂森看来，所有文学的主要价值在于"真知"，而不是"美"；蒲柏的诗歌值得保存，是因为它反映了那个时代的思想、风俗和作品，有能力让后人去认识和理解那个时代[④]。帕蒂森还严厉批判了十九世纪那种认为"想象创作"无须以对外部世界的认知为媒介，带有极强虚无和自闭倾向的唯心主义"想象观"，他指出以此作为判定"真正诗歌"的美学标准，势必意味着对十八世纪诗歌的无情践踏[⑤]。但是遗憾的是，帕蒂森无意把"想象"从浪漫

---

① 参见 John Coninton, "English Poetry from Dryden to Cowper," *The Quarterly Review*, Vol. 112 (London: John Murray, 1862), pp. 150-151 & p. 154. A. W. Ward, "Introductory Memoir," *The Poetical Works of Alexander Pope* (London: Macmillan And Co., 1869), p. xii & p. xv.

② 参见 A. W. Ward, "Introductory Memoir," p. xv.

③ 参见 Mark Pattison, "Pope and His Editors," *Essays by the Late Mark Pattison, Sometime Rector of Lincoln College,* Vol. 2 (London: Forgotten Books, 2013), p. 351.

④ 参见 Mark Pattison, "Pope and His Editors," *Essays by the Late Mark Pattison, Sometime Rector of Lincoln College,* Vol. 2, p. 356.

⑤ 同上，pp. 354-355。

主义诗评家里夺抢回来,重释后再召回到蒲柏的作品中。

这也正是为何威廉·考托普《论蒲柏在英国文学中的地位》一文对维多利亚时期蒲柏经典化批评而言具有突破意义。考托普重新恢复使用"想象"一词来指称支配蒲柏表现社会风尚、阐发抽象伦理问题的诗歌才华。考托普指出蒲柏的想象所处理的既非中世纪诗歌的灵魂,即神学问题,也并非影响十七世纪英国玄学派创作的经院哲学①;诱发蒲柏想象的是在现实处境中宗教、哲学、伦理与人的关系,是诗人与普通读者所共有的人生经验②。考托普还点出潜藏在浪漫主义想象中的危险:浪漫主义诗人以及秉承浪漫诗学的维多利亚诗人虽然将想象的领域从伦理题材扩展到人在大自然中的孤独冥想、天主教以及中世纪封建社会的传说,但这意味着艺术有自绝于社会现实的危险,反而会损害艺术自身的地位。正如考托普在书中所说:"当诗歌艺术越来越倾向于脱离这个国家的群体生活时,这个国家作为整体也会随之对诗歌艺术愈加冷漠。"③总之,考托普不仅用"想象"来肯定蒲柏对文明社会的风俗人情和道德法则的表现,还直接点明了浪漫主义诗学走向极端可能产生的危害。比起十八世纪末的约翰逊,考拉普对这股创作潮流的走向和潜在危险看得更为清楚,极大地丰富了在蒲柏经典批评史上拉斐德、约翰逊等人所代表的传统。

① 参见 William John Courthope, *The Works of Alexander Pope*, 5 vols, Vol. 5 (*The Life and Index*) (London: John Murray, 1889), p. 358.
② 同上, pp. 359-360。
③ 参见 William John Courthope, *The Works of Alexander Pope*, 5 vols, Vol. 5, p. 381.

第四章 蒲柏的"明慎"

关于蒲柏的想象和经典性的争论[1]到维多利亚时期末期仍在延续,并与《蒲柏作品集》的编辑出版交缠在一起[2]。直到1889年,批评界对蒲柏在诗史上的地位问题仍没有形成定论。正如当年《季度评论》里的一篇文章所说:"为诗人的声名气势汹汹地争吵了160多年,到现在还没有尘埃落定的迹象;古典派和浪漫派仍在为他的尸身大打出手……这位诗人的生平和作品将来仍然是文学研究者的战场。"[3]二十世纪重新评估蒲柏成就的重头作品直到三四十年代才出现,其中包括诗人艾迪丝·席特维尔(Edith Sitwell)对蒲柏诗歌的艺术质地所做的精湛分析,乔弗瑞·提洛岑(Geoffrey Tillotson)从多面向对蒲柏的"得体"所做的证明,威廉·燕卜荪对蒲柏诗歌的"模糊"效果和丰富性的

---

[1] 本节梳理维多利亚时期英国人对蒲柏的接受态度,侧重于考察正式发表的批评著述中关于蒲柏式想象的论述。实际上,影响蒲柏在维多利亚时期经典地位的因素,绝不止于"想象观"这个诗学议题,还包括复杂的社会原因,如劳工阶层诗人对蒲柏风格的模仿、唯美和颓废文化对蒲柏诗作的视觉呈现等。参见 Francis O'Gorman, "The 'High Priest of an Age of Prose and Reason'? Alexander Pope and the Victorians," *The Victorians and the Eighteenth Century: Reassessing the Tradition*, eds. Francis O'Gorman & Katherine Turner (Aldershot: Ashgate Publishing Ltd., 2004), pp. 82-83 & pp. 87-90.

[2] 这套诗文集从1831年酝酿到1871年第一卷出版,1889年最后一卷问世,编辑了至少半个世纪的时间,更换了三位主编:威尔森·克罗克(Wilson Croker)、威特维尔·艾尔文(Whitwill Elvin)和威廉·约翰·考托普。三位编辑的诗学观念各不相同,对蒲柏的褒贬有天壤之别,引来《雅典娜神殿》《时代》《麦克米伦杂志》《弗雷泽杂志》等迥然不同的反应,但书评者的争论并没有发展成十九世纪初那种激烈到充满愤怒,甚至带有人身攻击的交战。参见 Osar Maurer, Jr., "Pope and the Victorians," *Studies in English*, No. 24 (1944), pp. 225-232.

[3] 转引自 Osar Maurer, Jr., "Pope and the Victorians," p. 232.

检视，布鲁克斯对蒲柏诗歌形式与意义的紧张关系的揭示①。这些精细的形式主义批评对现代读者重新正视蒲柏诗歌复杂精致的美学质地，承认他作为英国最伟大诗人之一的地位起到了重要作用。

回顾蒲柏至少两百年的经典化批评史，可以说，十八世纪中后期约翰逊等批评家与约瑟夫·沃顿的争论，不但继承了十八世纪中早期蒲柏诗评史所蕴含的重要母题，对它们做了基于翔实论据的理性探讨，还引领了十九世纪文人学者关于蒲柏经典性的热议，向他们提供了有待深化或扩展的批评议题，从总体上塑造了他们的思想视域以及路径。不管是反对还是赞成约翰逊诗学观的讨论者，都常直接援引约翰逊的论断，或间接延续他的批评思路或策略②，这证实了约翰逊在蒲柏经典化批评史上的权威地位。

---

① 参见 Pat Rogers, "Introduction," *The Cambridge Companion to Alexander Pope*, ed. Pat Rogers (Cambridge: Cambridge University Press, 2007), p. 2. Paul Baines, *The Complete Critical Guide to Alexander Pope* (London & New York: Routledge, 2000), pp. 157-160.

② 伊萨克·迪斯拉利模仿约翰逊回应沃顿的思路，揭示鲍尔斯立论背后的武断和狭隘假设，可参见 Isaac D'Israeli, "Review of Anecdotes of Books and Men by Joseph Spence," *The Quarterly Review*, Vol. 23 (May & Jul. 1820), p. 410. 另外，十九世纪诗评家喜欢模仿约翰逊在《蒲柏传》的做法，即长篇大论完以后，力劝读者抛开个人成见，从更宽广的视角、更简单的常识出发来看待蒲柏的诗歌成就。可参见 John Byron, *Letter to (John Murray) on the Rev. W. L. Bowles's Strictures on the Life and Writings of Pope*, 3rd ed. (London: John Murry, 1821), p. 55. William Thackeray, "Prior, Gay and Pope," *Thackeray's Lectures: The English Humorists & The Four Georges*, p. 156.

第五章　十八世纪中期诗人的"丰沛"

　　从十八世纪三十年代开始，英国诗坛出现了一股与蒲柏所领衔的奥古斯都诗派大不相同的创作潮流。这种日趋强势的风潮舍弃了以对偶和巧智为标志的英雄双韵体形式，以社交生活、人情风俗为观照对象的说教诗和讽刺诗，转向以描摹大自然风景、抒发孤独者的冥思为主调的长篇素体诗和抒情诗写作。虽然这些作品也有大量说教或论理成分，但就题材的选择、场景的设置和对人性的探索而言，都明显表现出远离俗尘世相，流连于人情简单的虚幻世界，钟情于忧郁沉思和恣肆想象的倾向。这些诗人的作品常被视为奥古斯都诗派的反面和即将显势的浪漫主义诗潮的先驱，并在英国文学经典中保持了长期稳定的地位。约翰逊从他们的才华和作品中捕捉到一个总体特点，即"丰沛性"。他既看到他们诗作中值得赞赏的品质，也看到妨碍审美效果的各种问题。对抒情诗的批评，约翰逊最为苛刻，几乎无人逃过他的笔伐。

塞缪尔·约翰逊《诗人传》对英诗经典的建构 >>>>>>
Samuel Johnson's Formation Of A Poetic Canon In *The Lives of The Poets*

第一节　十八世纪中期诗人的经典地位的形成

在本章要讨论的五位活跃于十八世纪四十年代前后的诗人中，出生最早的是爱德华·杨格（1681），其次是詹姆斯·汤姆逊（1700），他们可以说是蒲柏同时代的人。但是，他们大多数人的重头作品都是到十八世纪四十年代或五十年代才问世，如马克·艾肯塞德1744年的《想象的愉悦》，威廉·科林斯1746年的《歌咏几种描写性或寓言性的题材》，杨格1742到1746年间发表的《夜思》。格雷的《墓园挽歌》以及两首最重要的抒情诗（《吟游诗人》和《诗之演进》）都是到十八世纪五十年代才发表。这些诗人也都是从十八世纪四十到五十年代这十多年间才在诗坛获得了一定知名度，或者被诗评家提升到能与弥尔顿、蒲柏等经典诗人平起平坐的地位。约翰逊对他们褒贬不一，喜恶有别，但是他敏锐地感受到了这些诗人才华或作品里共有的气质，而他常以"丰沛"一词或相近的表达来形容这种气质。

爱德华·杨格出生于1681年（另一说法是1683年），卒于1765年，他的非戏剧诗歌的创作跨度很长，分为四个阶段。第一个阶段从1710年《末日》开始，诗歌创作以宗教题材为主，多采用英雄双韵体，诗艺四平八稳，以追求得体为上。理查德·斯蒂尔的评论推介提升了杨格的作品知名度，对他早期的诗歌事业起到了必不可少的帮扶作用[①]。第二个阶段是十八世纪二十年代以针砭人性、批评时事为要旨的讽刺诗写作，代表作是由七首诗构成的伦理诗《普遍的激情》。这部作品启发了蒲柏

[①] 参见 Isabel St. John Bliss, *Edward Young* (New York: Twayne Publishers, Inc., 1969), p. 27, p. 30 & p. 32.

的性格讽刺诗《论道德》，并影响了他对英雄双韵体的使用。读者对《普遍的激情》的反响大相径庭：斯威夫特认为它不够尖辣，《绅士杂志》的评论者则认为它"毒刺太多"①；约瑟夫·沃顿则声称这部观察现实人性的诗作深具"机智、文雅、洗练"的特点，它是"最有教养的嘲弄，没有丝毫怨愤或恶意的痕迹"，可以说是第一部用英语写成、语言流畅的性格讽刺诗②。从十八世纪二十到四十年代杨格一直是以蒲柏为核心的诗人圈中的要员，尽管他作为讽刺诗人的光芒不如蒲柏，但他仍然是这二三十年里英国文坛一位重要的讽刺诗人。从十八世纪二十年代末到三十年代中早期，杨格还尝试抒情诗写作，但大多属于应景之作，除了深受王室喜欢以外，并没有在读者中间引起多大反响。杨格创作的最后一个阶段是十八世纪四十年代以《夜思》为代表、以宗教情感体验为主题的素体诗创作。在历时半个多世纪的写作生涯中，杨格不断尝试新的主题、诗体和格律，既是他为获取恩主支持、赢得不朽声名调整写作策略的结果，也反映了十八世纪上半叶正在悄然发生的文学品味的转向。

《怨诉；或关于生命、死亡和永生的夜晚沉思》（常称作《夜思》）的出版以及1744年蒲柏的逝世，为杨格毫无疑问进入英国文学经典并攀向更高位置打开了通途。从十八世纪五十年代起，杨格开始凭借《夜思》一诗成为与蒲柏迥然对立、具有崇高气质和原创性的诗人典范。一些批评家把他当作贬低新古典主义诗歌和诗学、调整经典秩序的重要武器。例如，约瑟夫·沃顿就称赞杨格是"一个崇高和独创的天才"③，他选择的宗

---

① 转引自 Isabel St. John Bliss, *Edward Young*, p. 72.
② 参见 Joseph Warton, *An Essay on the Genius and Writings of Pope*, p. 147.
③ 同上, p. 149。

教主题有别于蒲柏本质上极不具诗意的道德议题,有助于他抵达蒲柏无法企及的崇高之境①。塞缪尔·理查逊也以崇高作为判定真正诗歌的标准,他把杨格的才华比作一只雄鹰,"它的眼睛穿透了深夜的阴影",将读者的激情引向至高的顶峰,但是蒲柏的才华并不属于能将读者的灵魂提升至天堂的类型②。也有一些批评者大力强调并认可《夜思》的道德说教。塞缪尔·普拉特认为尽管这首诗没有多样的人物或一系列英雄事迹,但是它具有约翰逊散文那种共同的道德关怀和刚健有力的表达③。鲍斯威尔也曾说过:"向年轻人推荐的书中,没有比《夜思》更有可能用充满活力的宗教信念来涵养他们心灵的了。"(LJ, 6: 199)当然,普通读者对《夜思》并不总是一致叫好。正如哥尔德史密斯1767年所说,读者因性情不同,对《夜思》的反应也大不相同,无论是赞许还是鄙斥,都显得夸张惊人④。但是,《夜思》的面世以及文论《关于独创作品之思考》的发表对十八世纪中后期的英国以及欧洲大陆的诗歌和诗学变革产生了深远影响。正如维多利亚时期的学者斯托普弗德·A. 布鲁克在1902年的演讲中所说,《夜思》一反新古典主义诗歌的"轻灵、琐碎、欢闹、讽刺性"基调,滋养了正在诗歌中形成的以伤感、忧郁、孤独、怀疑为特点的浪漫主义倾向⑤。这部诗作在十八世纪下半叶被先后

---

① 参见 Joseph Warton, *An Essay on the Writings and Genius of Pope*, pp. iii-v.
② 参见 Edward Young, *Correspondence, 1683-1765*, ed. H. Petit (Oxford: Clarendon Press, 1971), p. 448.
③ 参见 Samuel Pratt, *Observations on* The Night Thoughts *of Dr. Young* (London: Richardson & Urquhart, 1776), p. 4 & p. 7.
④ 转引自 Roger Lonsdale, "Notes to Young," *The Lives of the Most Eminent English Poets; with Critical Observations on their Works*, Vol. 4, p. 488.
⑤ 参见 Stopford A. Brooke, *Naturalism in English Poetry* (New York: E. P. Dutton & Company, 1920), p. 31.

第五章 十八世纪中期诗人的"丰沛"

翻译成德、法、意、西班牙等民族语言,广泛影响了一批被后世称为浪漫主义诗人或作家的创作。到1780年为止,正是这部作品让杨格在非戏剧诗歌经典中享有与汤姆逊、格雷、科林斯、艾肯塞德四位诗人相比有过之而无不及的地位。

詹姆斯·汤姆逊的《四季》中《冬》发表时间最早,即1726年;接下来,《夏》和《春》陆续面世,到1730年《秋》才同前三首诗合成《四季》出版。《四季》的问世受到广泛好评,成为汤姆逊文学生涯中最重要的代表作,其影响力超过了他的悲剧作品以及其他诗作,如《自由》《统治吧,大不列颠!》等。正如1762年为汤姆逊撰写墓志铭的诗人所说,"《四季》是奠定他身后名的纪念碑"①;汤姆逊1748年逝世以后,如果有人需要在他姓名后附注上他的身份,常会称他是"《四季》的作者"②,这反映了《四季》在汤姆逊诗歌总体成就中所占的分量。《四季》还为十八世纪中后期的英国风景绘画创作提供了思想题材和构图方法③;关于《四季》版权归属的争议甚至影响了《版权法》法律地位的最终确立;由此可见这部作品在英国十八世纪中后期社会文化生活中的重要性。标志汤姆逊经典地位确立的事件,是1748到1750年间英国诗人、批评家以诗歌的形式来悼念和

---

① 参见 Vertumnus, "Epitaph for Mr. Thomson's Monument, proposed to be erected in Westminster Abbey," *The Scots Magazine*, Vol. 24 (Edinburgh: W. Sands, A. Murray and Jochran, 1762), p. 48.

② 参见 "To the Memory of Mr. Thomson, Author of *The Seasons*," *Newcastle General Magazine*, Vol. 1 (Nov. 1748), p. 542. "Thomson's Monument in Westminster Abbey," *London Chronicle* (11 May 1762), p. 446. "Original Anecdote of James Thomson, the Author of *The Seasons*", *Oxford Magazine*, Vol. 10 (Oct. 1773), pp. 377-378.

③ 《四季》的"孤寂"主题对理查德·威尔逊(Richard Wilson)、威廉·伍利特(William Woollett)等画家的影响,参见章华:《思想的形状:西方风景画的意蕴》,北京大学出版社2011年版,第134-140页。

称颂他的活动；当时有十数位诗人写诗评说他的风格和成就，其中有一些人模仿他的素体诗和节奏，或者借用他作品的措辞和意象，来表达对他的崇高敬意。1762年西敏斯特教堂为汤姆逊立全身像并置于莎翁雕像旁，说明此时他在英国诗坛享有很高的声望。罗伯特·希尔斯的《汤姆逊传》和帕特里克·默多克（Patrick Murdock）的《詹姆斯·汤姆逊的生平和创作评传》分别于1753年和1762年问世，这意味着批评者开始更详尽分析汤姆逊诗歌的思想风格，对肯定他的文学才华和稳固他的诗界地位起到重要作用。到1780年约翰逊撰写《汤姆逊传》时，他早已作为大自然的代言人和在大自然里探索智慧的先哲进入英国诗歌的殿堂。

纵览1730年到1780年五十年间的文学批评，会发现批评者常把汤姆逊称作"大自然的宠儿""大自然最钟爱的朋友""大自然的骄傲""大自然至亲至爱的人"；也有人说"汤姆逊就是大自然的别名"[①]。这位大自然的代言人能"认真凝视大自然丰富的书页"[②]，"带着细腻的情感，以描画的技艺"[③]将四季的景象和微妙变化呈现给读者，带来情感和认知的双重喜悦。更重要的

---

① 参见 W. B., "Verses Occasion'd by Hearing of the Intended Festival in Honour of Thomson," *Weekly Magazine or Edinburgh Amusement*, Vol. 10 (6 Dec. 1770), p. 306. Thirsis, "To the Memory of the Celebrated Mr. James Thomson," *Newcastle General Magazine*, Vol. 1 (Sep. 1748), p. 487. "On the Death of the Celebrated James Thomson, in his Manner," *Gentleman's Magazine*, Vol. 18 (Sep. 1748), p. 423. G. G., "To a Young Lady in Scotland," *London Magazine*, Vol. 27 (Jan. 1758), p. 46. James De La Cour, "To Mr. Thomson, on his *Seasons*," *A Prospect of Poetry* (Dublin: Peter Wilson, 1734), p. 60.

② 参见 Moses Browne, "To Mr. Thomson on his Excellent Poems," *Gentleman's Magazine*, Vol. 6 (Aug. 1736) p. 479.

③ 参见 G. G., "To a Young Lady in Scotland," p. 46.

第五章 十八世纪中期诗人的"丰沛"

是,他能以"想象的生动之眼"① 观察外部的世界,使诗笔下的大自然呈现更浓烈的颜色、更优美的风姿,读者从中感受到比欣赏真实大自然"更强烈的狂喜"②。也有人说汤姆逊所描绘的自然景象"闪耀着各种想象的色彩/但'真实'的洁白依然从中可见"③;换言之,诗人流金溢彩的诗笔并没有遮盖大自然本真的面貌。与此同时,汤姆逊还扮演着与大自然代言者身份密切相关的角色,即从大自然中寻找智慧的"说教的贤哲""智慧的说教诗人",吟唱的是"关于美德、知识和真理的柔和怡人的诗曲",他"用明光来照耀自然的杰作与人世,/赋予各种景象恰当的道德寓意"④。当时甚至有诗人坦承自己的诗歌是奉承女子的儿戏之作,充满了淫邪放荡,作诗不过是出于龌龊的欲望,而恰恰是汤姆逊让自己领略到了崇高和纯洁的诗意⑤。从诗歌对同时代创作的影响来看,正如维多利亚学者埃德蒙·戈斯所指出的那样,汤姆逊不仅教会了十八世纪英国诗人如何"想象式地考察外界的自然"⑥,他的素体诗风格也影响了当时包括乔治·利特尔顿、约翰·阿姆斯特朗(John Armstrong)、理查德·格洛夫(Richard Glover)在内的一批追随者⑦,可见汤姆逊在十八世纪的经典地

---

① 参见 Thirsis, "To the Memory of the Celebrated Mr. James Thomson," p. 487.
② 参见 G. G., "To a Young Lady in Scotland," p. 46.
③ 参见 "On the Death of the Celebrated James Thomson, in his Manner," p. 423.
④ 参见 George Lyttelton, "Stanza LXVIII, Canto I", *Castle of Indolence*, 2rd ed. (London: A Millan, 1748), p. 35. Amintor, "Corydon, a Reflection on the Death of Mr. James Thomson," *Kapelion, or Poetical Ordinary*. (Jan. 1751), p. 246. Joseph Mitchell, "To James Thomson, Author of Winter," *Poems on Several Occasions*, 2 vols, Vol. 1 (London: Harmen Noorthouck, 1729), p. 309.
⑤ 参见 "To the Memory of Mr. Thomson, Author of The Seasons," p. 542.
⑥ 参见 Edmund Gosse, *A History of Eighteenth Century Literature (1660-1780)* (London: Macmillan and Co., 1891), p. 221.
⑦ 同上,pp. 227-278。

位与他的创作影响是分不开的。

与汤姆逊相比，科林斯在世时文学名声并不显赫，他的作品主要为沃顿兄弟、汤姆逊、约翰逊等有私交的文人所知，直到1759年因身心憔悴与世长辞时，他在英国读者中仍然只是位不知名的诗人。1763年约翰逊发表《关于威廉·科林斯先生的人生与作品的简要评述》①以及1765年约翰·兰霍恩（John Langhorne）主编的《威廉·科林斯先生的诗歌作品》问世，科林斯才逐渐获得关注与认可。但总的说来，到1780年约翰逊撰写《科林斯传》为止，虽然科林斯的抒情诗已得到越来越多喜欢"纯粹诗歌"的人欣赏，但他的知名度和影响力至少比不过本章所讨论的其他四位十八世纪中期的诗人。从科林斯1746年出版《歌咏几种描写性或寓言性的题材》到1780年间，诗评家最常论及的议题是科林斯作品中光怪陆离、奇异诡谲的丰沛想象以及诗人不受理性所控制、癫狂迷乱的心智。有人就称科林斯是"美丽的幻想女神最钟爱的孩儿"②，还有人称他的颂诗是"璀璨的幻想女神的孩子"，他的诗歌里有"未加开垦的荒野"，有"'幻想'最大胆的飞翔"，有令人惊叹的庄严、阴郁、宁静的色调③。至于诗人的幻想和疯癫的关系，约翰·兰霍恩在一篇评论中暗示道，科林斯丰富充沛的想象既成就了他在抒情诗领域的胜者地位，也导致他无法掌控理智，成为放纵无度的心智力量

---

① 这篇简短的评传是约翰逊与詹姆斯·汉普顿（James Hampton）合写的，其中关于科林斯的文学才华、道德品性的评价以及对传主后半生的简要记述，都是出自约翰逊之手。1780年这一部分被约翰逊收进《科林斯传》，占了近一半篇幅。

② 参见 "Verses on Some Late English Poets," *Scots Magazine,* Vol. 35 (Sep. 1773), p. 486.

③ 参见 G. B., "An Ode, to the Memory of Mr. Collins," *Newcastle Chronicle* (17 Dec. 1768).

第五章 十八世纪中期诗人的"丰沛"

的奴隶①。约翰·兰霍恩又在后来的回忆录中说,才华高超的人多会缺乏坚定的心态和冷静的思维;就像科林斯一样,"诗歌的激情"和"想象的发作"使他不受"理智的监察"所控,在生活里行事怪异,最终发疯失常②。也有诗人说像科林斯这样富于想象、充满激情的心灵绝不会有应对各种生活困扰所需的理智、审慎品质③。所有这些论断或多或少把代表科林斯诗歌才华的"想象"和可能引发心智失衡的精神力量的"想象"联系在了一起。

艾肯塞德属于成名很早的诗人,1744年发表长诗《想象的愉悦》的时候年仅23岁。他一生中最常被人提及的作品就是这部以哲学和艺术为主题、集抒情和说教为一体的长篇素体诗以及一些模仿品达的颂诗。到1780年夏天约翰逊动笔写《艾肯塞德传》时,《想象的愉悦》一诗至少可以让他紧追汤姆逊和杨格两位前辈在诗坛上的地位。1778年《伦敦纪事报》高度评价了《想象的愉悦》崇高的哲学主题、优雅的修辞和堂皇的语言等方面,并把这首长诗评为十八世纪少数几部能为英语增光添彩,充分展现英国人才气的诗作④。从当时一些私人书信中可以发现这部想象崇高、具有原创性的作品确实是符合十八世纪中期很

---

① 参见 John Langhorne, "Review of Collins in Poetical Calendar," *The Monthly Review*, Vol. 30 (Jan. 1764), pp. 20-21.
② 参见 John Langhorne, "Memoirs of the Author," *The Poetical Works of Mr. William Collins*, ed. John Langhorne (London: T. Becket & P. A. Dehondt, 1765), pp. i-iii.
③ 参见 G. B., "An Ode, to the Memory of Mr. Collins."
④ 参见 Rasonensis, "Observations on Dr. Akenside's *Pleasures of Imagination*," *London Chronicle* (23 July 1778), p. 76.

大一部分普通读者的品味的①。也有一些诗人学者，如格雷、鲍斯威尔和约翰逊，则抱怨这部诗满是哲学术语，晦涩难解，不堪卒读。但即使从鲍斯威尔的抱怨中，也能看出《想象的愉悦》是颇受当时读者欢迎的："我绝对没法像大多数人那样尊崇这部作品。"（LJ, 3: 31）还有一些诗人和批评者比较明确地肯定艾肯塞德在颂歌或抒情诗上的成就。例如，约瑟夫·沃顿就曾说他颂歌里的"形象是醒目的，转折是大胆的，思想和意象恰当地结合在一起"，他的诗歌"充满了高尚自由的活力和气魄"②。沃顿所谓的"自由"指的是不受条框束缚的创作优点，同时也具有政治自由的意味。当时一些诗人写诗称颂艾肯塞德的时候，也强调他作为自由的歌颂者和守卫者身份；例如，约翰·司各特·亚穆威尔就称赞他的作品讴歌自由繁荣、反对奴役压迫的主题思想以及对当时诗坛充斥的靡靡之音所起的纠正作用③。就创作影响而言，《想象的愉悦》一诗引发了十八世纪中后期以及十九世纪初一系列以"愉悦"为主题的诗歌创作；托马斯·沃顿1747年的《忧郁的愉悦》就是向《想象的愉悦》致敬的作品，预示着艾肯塞德文学影响力的散逸的开始。

到约翰逊1780年开始撰写《格雷传》时，格雷已成为英

---

① 参见 Horace Walpole, "To George Montagu (25 Aug. 1757)," *The Letters of Horace Walpole*, ed. Peter Cunningham, 9 vols, Vol. 3 (London: Henry G. Bohn, 1861), p. 99. William Shenstone, "To Mr. MacGowan (24 Sep. 1761)," *The Letters of William Shenstone*, ed. Marjory Williams (Oxford: Basil Blackwell, 1939), p. 596.

② 参见 Joseph Warton, *An Essay on the Writings and Genius of Pope*, p. 69.

③ 参见 John Scott Amwell, "Ode Occasioned by Reading Dr. Akenside's *Odes*, 1758," *European Magazine,* Vol. 35 (May 1799), pp. 330-331. 约翰逊在《艾肯塞德传》中分析了传主辉格党式的自由观，同时也对之前一味讴歌这种自由观的批评意见做了回应。

国当时最负盛名的抒情诗人。他被称作品达的传人,继承了长短不齐、自由奔放的颂歌体,用以表达内心如痴如醉的激情。有人把他和弥尔顿作比,声称在弥尔顿的诗歌里有荷马的火热,而在他的抒情诗里则有品达如狂醉般的喜悦①。也有很多人宣称他的诗歌与品达一样,同属崇高的范畴;例如,有人说他的才华"乘着灵感的翅膀升向崇高"②,甚至连品达也无法抵达他"那更大胆的翅翼所腾飞到"的高度③。除了"崇高"以外,最常用以描述格雷诗歌的词语,就是"凝思""忧郁""哀怨""触情"④。在同时代很多诗人和诗评家眼中,格雷是一个终日与大自然为伍,浸淫于个人的想象世界,但同时又对人类共同命运抱以深切同情的孤独者化身。从十八世纪五十到七十年代献给格雷的赞歌中都可以发现这样的诗人形象。仅仅从格雷逝世的

---

① 参见 "Epitaph on Mr. Gray, in Westminster Abbey," *Morning Chronicle and London Advertiser* (15 Aug. 1778).

② 这行诗出自托马斯·沃顿发表于1777年、献给格雷的十四行诗。参见 Thomas Warton, "Sonnet VI. To Mr. Gray," *The Poetical Works of Thomas Warton* (Oxford: W. Hanwell, etc., 1802), p. 156.

③ 参见 William Hayward Roberts, *A Poetical Epistle to Christopher Anstey on the English Poets* (London: William Roberts, 1773), p. 13.

④ 参见 Musaphil, "To the Author of an Elegy, supposed to have been written in a Country Churchyard," *London Advertiser* (13 March 1751). William Mason, "To a Friend," *The Poems of William Mason*, 2 vols, Vol. 1 (Chiswick: C. Whittingham, 1822), p. 48. Thomas Warton, "Sonnet VI. To Mr. Gray," p. 156. William Hayward Roberts, *A Poetical Epistle to Christopher Anstey on the English Poets*, p. 13. Richard Cumberland, "Elegy to the Memory of Gray," *Miscellaneous Poems* (London: F. Newbery, 1778), p. 27. Danos, "Verses on Some Late English Poets," *Scots Magazine*, Vol. 35 (Sep., 1773), p. 486. Edward Cooper, "In Retirement. Inscribed to Mr. Thompson," *A Collection of Elegiac Poesy* (London: E. Cooper, 1760), p. 34. James Boswell, "Sketch of the Character of the Celebrated Mr. Gray," *London Magazine*, Vol. 41 (Mar. 1772), p. 140. Samuel Jackson Pratt, *The Tears of Genius: Occasioned by the Death of Dr. Goldsmith* (London: T. Becket, 1744), p. 13.

1771年到1773年这三年间,至少有十位英国诗人在报刊或诗集中发表挽诗,称颂这位孤独者的才华,哀悼他的离去,其中一些人使用格雷在《墓园挽歌》所用的四行诗节形式,并模仿他的语气,化用他作品中的意象。这从一个侧面反映了格雷在诗歌圈子中的影响力。对他诗风的模仿最突出的例子是乔治·柯尔曼(George Colman)和罗伯特·洛伊德(Robert Lloyd)两人所仿写的歌咏"埋没无闻"和"晦涩不明"这两大主题的颂诗。虽然两人的意图是嘲笑格雷"故作的晦涩,虚假的崇高和对品达学究式的模仿"①,但这样的戏仿更可以说明格雷的诗歌在当时诗坛呈现了与众不同、可以辨识的风格,在创作者心中留下了深刻烙印。格雷毕生发表的诗歌统共不到十首,但就是这几首诗歌为他在蒲柏离去后的二三十年里赢得了作为抒情诗人的最高荣誉。虽然他的成就远远比不过弥尔顿,但是英国人仍然在本国文学经典中为他寻找到较高的位置②。

---

① 参见Roger Lonsdale, "Notes to Gray," *The Lives of the Most Eminent English Poets; with Critical Observations on their Works*, Vol. 4, p. 488.
② 格雷的好友威廉·梅森1775年出版《格雷诗集,前附对他生平和写作的回忆》一书。他通过格雷的书信向公众展示了《墓园挽歌》作者多才多艺的一面,为他赢得了不少新崇拜者,对进一步提高他的文学地位起到了至关重要的作用。

第五章 十八世纪中期诗人的"丰沛"

第二节 "丰沛"的才华与素体诗写作

在约翰逊的批评话语里,当"exuberance"(丰沛)和"luxuriance"(丰美)这些词被用以形容诗人的才华和诗歌某方面特征时,几乎是可以等同的。有时候,约翰逊会用"丰沛"或近义词来肯定一个诗人变化多端、层出不穷的想象力或创造力。例如,他曾用"圆柔丰美"(soft luxuriance)这样的词来描述蒲柏的想象特质(3:10)。他说康格里夫的喜剧《老光棍》充满了"丰沛的才思"(3:67)。约翰逊还说弥尔顿的心智是"丰饶富有"(fertile and copious)的,但他并不需要将浮现在脑海中的诗句如数倾倒在纸上,再对"丰沛"涌出的词句进行砍斫删剪(1:268)。约翰逊也常用"丰沛"或其近义词来形容作品思想内容、意象或辞藻的丰富多彩。他在《普莱尔传》中提到普莱尔诗歌"内容的丰富"(exuberance of matter)比不过巴特勒(3:60);他还说德莱顿的散文如同"尽显百态的丰茂"(the varied exuberance)草木,有别于蒲柏的整饬严谨(4:65);他说蒲柏的《美名之殿》"每一部分都华美出众;缀满了华丽的饰品"(great luxuriance of ornaments)(4:67)。这些判词说明约翰逊认可诗作里丰富充沛的思想,而且意味着在他看来,只要丰沛的风格与诗人意欲传达的思想相得益彰,并未喧宾夺主,都是值得肯定的。但是,也有很多例子表明约翰逊并不认可丰沛的才智及其产生的文学效果。他说考利的《情人》这部诗集是用"丰沛的巧智和丰富的学识"写就的,不可避免带有诗人其他作品的缺陷,如太过夸张,缺乏真情实感(1:217)。约翰逊在《帕奈尔传》中论及哥尔德史密斯的整体才华时,就说他的"语言丰盈而不横溢"(copious without exuberance, 2: 192);这样的表述意味着"exuberance"是一种需要舍繁就简、去晦就明的形态。约翰逊在《弥尔顿传》中说,《科马斯》的"语言,就对话而言,太过丰美"(1: 282);他说埃德蒙·史密斯的辞藻太过"丰美华丽",遮盖而不是突显了诗歌的思想(2: 176)。这种语言,对约翰逊而言,显然违背了新古典主义诗歌的一大原则,即思想情感的明晰。

总观《诗人传》,约翰逊比较集中使用"丰沛"以及相关词来描述诗人才华和作品思想或风格的地方,是在十八世纪中期这群诗人的传记里。在这些篇章里,约翰逊不再像在《考利传》中一样,将"丰沛"与"巧智"搭配,而是把它和想象、诗体、意象和辞藻联系起来。对十八世纪中期这群诗人的诗歌气质,约翰逊的评判也表现出了不同的两面:一方面,他认可这个群体中某些诗人蕴含人世万象、包容古今思想的心灵视野;另一方面,他又对这群诗人铺砌意象堆叠辞藻,让读者无法窥见思想情感的深景,而使诗歌流于平面化的现象保持高度警惕。约翰逊最后总结时说,凡有"丰侈华美的描绘(exuberant description),滔滔不绝的辩论,令人厌烦的叙述"的地方,必然都可以见到素体诗这种诗体(4: 174)。由此可见,在约翰逊眼中,素体诗与"丰沛"有着天然的联系。

在十七、十八世纪创作素体诗的英国诗人中,汤姆逊是为数不多受到约翰逊毫无保留的肯定的一位诗人。约翰逊说"他的素体诗不同于弥尔顿或任何其他诗人的素体诗,就如同普莱尔的韵体诗不同于考利的韵体诗一般"(103)。约翰逊把汤姆逊和弥尔顿的关系比成普莱尔和考利的关系,言下之意是汤姆逊的素体诗,无论就"格律、停顿还是辞藻"(103)而言,都比

第五章 十八世纪中期诗人的"丰沛"

弥尔顿更自然流畅、和谐悦耳,就好比是普莱尔的韵体诗没有了考利粗滞涩重的诗律、佶屈聱牙的辞句一般[①]。约翰逊称赞汤姆逊的素体诗有自己独创的风格,并非亦步亦趋地模仿前人的成果(103)。《四季》是他运用这种诗体最成功的范例。约翰逊对这部素体诗赞许有加,除了具独创性的风格以外,还有一个原因是汤姆逊所选的题材与诗体本身是相契合的[②]。描绘四季景象和人类的处境,传达关于宇宙的真知和处世美德,这样的选题必然决定了诗作既要有"统观万物的宏阔视野",也要有"对丰实多姿的细节的铺陈"(104)。如果使用韵体诗,行尾押韵的一个必然结果就是"意义频繁交集重复"(104),但是在素体诗的框架内,诗人可以施展他的才华,时而着眼于宏观,时而聚焦于细微,思想情感缘势而发,却不必受到尾韵的拘缚。所以,在《四季》里,读者既能观览"大自然壮观的全貌",也能欣赏在春之欢闹、夏之壮美、秋之宁静、冬之惊怖中每个事物呈现的细微纹理及历经的变化,在心智拓宽的同时,也被诗人的热烈情意所感染(104)。约翰逊实际上在谈论《四季》的丰沛性与素体诗相关的两个方面:一是丰满的内容(如意象、插曲、思想等),二是流畅的诗笔。珀西瓦尔·斯托克代尔后来如此描述阅读汤姆逊奔腾流畅的诗句时的感受:"从始至终,心灵就好比是被欢快、强大、愉悦的激流卷携着向前飞奔,没有片刻的沉寂,

---

[①] 约翰逊在《普莱尔传》中如此评价普莱尔的音律:"普莱尔并没有对音律问题粗心大意。他从德莱顿那里学来的本事,很好地用于了他的诗里;而且,他并没有通过不必要的凝重来增加作品的难度。"(3:62)

[②] 约翰逊在《弥尔顿传》中也说过,诗歌写作不能随便不押韵,除非题材可以独立自足,无须求助于韵体(1:294)。

没有片刻的懈怠。"① 虽然斯托克代尔并不认为素体诗适用于《四季》这样的题材，但是他承认素体诗确实有韵体诗所不具备的优势："使诗人的思想、想象和热情永处于自由自在、无拘无束的状态。"② 罗伯特·钱伯斯在他主编的《英国文学百科全书》中则论及汤姆逊诗歌中丰满的内容。他说虽然汤姆逊的素体诗论文字的朴素和诗律的谐和比不过库柏，但他的描写诗段却是"热烈丰满"的，他的作品"流溢着最华丽的诗意素材"，远胜过库柏受古典趣味和宗教教义所约束的诗作③。

约翰逊承接罗伯特·希尔斯在《汤姆逊传》中所提出的一个批评议题，即这部视野宏大、描画细腻的丰满作品却显得条理不足。约翰逊认为人的记忆需要条理来维持，有先后顺序才会有悬念或期待，才能触动人的好奇心，但遗憾的是，《四季》无法满足这样的要求。不过这是没有方法补救的，毕竟当"无数的意象同时共存"，很难说可以援引什么作为排列这些意象的依据（104）。从总体上看，约翰逊对《四季》这部涵括宏大与微细的丰沛之诗是持高度肯定态度的，而对丰沛所造成缺憾的批评，在语气上则比希尔斯缓和很多④。斯托克代尔很享受阅读《四季》时酣畅淋漓的快感，不过他也承认它有"冗赘"的缺陷，即在同一个话题上着墨过多，不知收敛。但是，他又指出这种冗赘却不属于"正反对照和奇譬巧喻式的冗赘，不是幼稚的、奥维德式

---

① 参见 Percival Stockdale, *Lectures on the Truly Eminent English Poets*, 2 vols, Vol. 2 (London: D. N. Shury, 1807), p. 97.

② 同上，p. 102。

③ 参见 Robert Chambers, ed., *Cyclopaedia of English Literature*, 2 vols, Vol. 2 (Edinburgh: William and Robert Chambers, 1844), p. 12 & p. 14.

④ 参见 Robert Shiels, "The Life of Mr. James Thomson," *The Lives of the Poets of Great-Britain and Ireland*, 6 vols, Vol. 5 (London: R. Griffiths, 1753), p. 202.

第五章 十八世纪中期诗人的"丰沛"

的冗赘;在他的丰余(excess)中,总有力道和变化,有着分外精致的光泽或微妙色彩;这种丰余就好比是一株花开繁盛、枝叶丰茂的树,一旦要加以修剪,你将懊悔不已"①。斯托克代尔这段评语补充说明了汤姆逊诗歌的丰沛性所造成的缺憾:它不仅表现为希尔斯和约翰逊所说的缺乏合理的结构安排,也表现为冗长赘复。但是,斯托克代尔与约翰逊一样,基本上把丰沛看作这首长诗的一种能带来独特审美愉悦的品质②。钱伯斯在前人批评的基础上,进一步指出汤姆逊的力量不在于他并不十分圆熟的诗歌技艺,而在于"他丰沛的才华"(the exuberance of his genius):"他热烈的激情从来没有委顿的时候","诗意的热光布满笔下的一切"③。不过,钱伯斯也承认有时候需要对这样的才华加以规训④。从1780年到十九世纪中期,英国批评者基本上是赞许诗人的丰沛才华,认可他素体诗中丰实饱满的内容以及笔酣墨畅的气势。

约翰逊认为汤姆逊是有才华的诗人,但并未直言他的才华也有丰沛属性。他强调汤姆逊看自然与人生总是带着诗人所独有的目光,能敏锐地捕捉"想象"喜欢流连忘返的事物(103)。读者读《四季》时会感觉"汤姆逊所呈现的景象,是自己之前

---

① 参见 Percival Stockdale, *Lectures on the Truly Eminent English Poets*, Vol. 2, p. 98.
② 诗人雷·亨特在1814年版的《诗人之宴》中讽刺汤姆逊总是"才思膨胀";在脚注里,他解释这句话的意思是汤姆逊的扛鼎之作《四季》具有"冗赘、浮肿的特点"。参见 Leigh Hunt, *The Feast of the Poets with Notes and Other Pieces in Verse* (London: James Cawthorn, 1814), p. 26. 亨特这首诗把包括华兹华斯在内的众多英国诗人的缺陷夸大化,并不能代表十九世纪初批评界对汤姆逊的意见。
③ 参见 Robert Chambers, ed., *Cyclopaedia of English Literature*, Vol. 2, p. 13.
④ 同上,p. 14.

从来没见过的,他所刻下的印迹,也是自己从来没感受到过的"(103)。换言之,汤姆逊能赋予寻常事物诗意的色彩和情感,让读者获得新异的感受。但这离不开富有诗意的或以富有诗意的方式使用的辞藻。在约翰逊看来,汤姆逊的辞藻或措辞方式①有过于丰沛的弊病,即太过"华美绚烂",变成了笼罩在"思想和意象"上的"光华和暗影"(104)。"光华和暗影"出自塞缪尔·巴特勒的《休迪布拉斯》第二卷第一章末尾②,本用来喻指月亮在白日里用以遮隐自己面容的那层面纱。面纱是由璀璨的明光所制,正是明光隐去了白昼天空中的月亮,所以巴特勒说这层面纱既是"光华",亦是"暗影"。约翰逊借引这个短语来说明汤姆逊的辞藻本身富有诗意的美感,犹若光华璀璨的衣服,但读者透过它却很难看清楚诗人要表达的思想或使用的意象(104)。汤姆逊的诗藻过于"丰沛"(exuberant),时常给人一种"充塞耳朵,而不是充实心智"的感觉,即空有悦耳的词音而无实在的意义,表达与内容不相符应(104)。约翰逊是较早在正式发表的文字里指出汤姆逊的诗歌措辞存在这个问题的评论家之一。

---

① 依据托马斯·B.吉尔莫的统计,在约翰逊1755年版的《英语词典》有614处释例是引自汤姆逊的诗作,其中绝大多数出自《四季》一诗。判断诗歌措辞是否富有诗意,一般要看具体语境和读者的感受力。但以汤姆逊的诗句为释例的614个单词中,至少有35个(如azure、billowy、bowery等)本身就诗意斐然,并不依赖于文本语境或读者认知。吉尔莫还研究发现约翰逊对汤姆逊的科学或哲学词汇很感兴趣,他常援引汤姆逊的诗句来阐释这类词汇(约占总数六分之一)的意义。吉尔莫未能充分强调的是,这类词(如convulse、efflux、excursive、relucent、vibration)在适当语境中也会产生丰沛的诗意效果,哲学类词汇尤其如此。约翰逊所说的"华美绚烂"的词汇应也包括这一类。参见 Thomas B. Gilmore, "Implicit Criticism of Thomson's 'Seasons' in Johnson's *Dictionary*," *Modern Philology*, Vol. 86, No. 3 (Feb. 1989), pp. 265-273.

② 参见 Samuel Butler, *Hudibras* (Charleston: BiblioBazaar, 2006), p. 142.

第五章 十八世纪中期诗人的"丰沛"

十九世纪初的批评者托马斯·巴尼斯对约翰逊指出的问题做了补充说明。他认为"描写性诗歌"这个体裁需要诗人拥有"善察的眼睛"甚于"沉思的心智",但要清晰准确地展示某一处风景绝非易事,这就导致汤姆逊大量堆叠华丽的辞藻、胡乱垒砌晦涩的短语,反而让最精确、最雕琢的语言也难以清楚表现的风景及思想变得更加遥不可及[1]。托马斯·康贝尔对约翰逊论及的丰沛诗藻做了进一步区分:当汤姆逊纯粹地沉浸在大自然中,诉诸人类共有的诗意情感时,他的语言并不是遮蔽了作品意义的"光华和暗影",而是"德鲁伊飘拂的轻衣",别有风情,算不得大错,但一旦诗人回到日常叙事和社交场景,他的风格就显得臃肿笨重[2]。钱伯斯援引康贝尔的观点,说汤姆逊的措辞对于日常主题、细微描写或幽默讽刺情境而言太过崇高或矫饰[3]。美国诗人威廉·布莱恩特把《四季》的措辞归咎于作者对素体诗的错误理解:汤姆逊认为素体诗只有靠"踩高跷式的文体"才能站得住脚,所以费心竭力把《四季》雕刻成风格"浮肿虚胀"的作品[4]。威廉·贝恩指出汤姆逊的《四季》走的是弥尔顿路线,即模仿他素体诗的语言风格,但有限的才华导致这部诗作充斥着豪丽浮夸、没有意义的语言,这就是他的诗艺逊色于华兹华斯和库柏的原因[5]。约翰逊之后的这些评论者都论及汤姆

---

[1] 参见 Thomas Barnes, "Portraits of Authors; James Thomson," *The Champion* (13 Nov. 1814), p. 366.

[2] 参见 Thomas Campbell, *Specimens of the English Poets with Biographical and Critical Notices and an Essay on English Poetry*, p. 403.

[3] 参见 Robert Chambers, ed., *Cyclopaedia of English Literature*, Vol. 2, p. 14.

[4] 参见 William Cullen Bryant, *Prose Writings of William Cullen Bryant*, 6 vols, Vol. 1 (New York: D. Appleton and Company, 1884), p. 154.

[5] 参见 William Bayne, *James Thomson* (Edinburgh: Oliphant, Anderson and Ferrier, 1898), pp. 115-116 & p. 120.

逊的《四季》辞采过盛,无法传达诗歌内在意蕴,甚至与诗歌的局部内容、主题或场景不相配称;但是在具体描述或检示这种过剩风格时,他们的批评大多数要比约翰逊严厉。

杨格的《夜思》是约翰逊为数不多评价很高的一部素体诗作。约翰逊说,这是一部具有原创性的鸿篇巨制,"夹杂着深刻的思考和醒目的典故",可以比作一片"思想的原野","丰沃的想象在上面撒下各种色泽、各种光彩的鲜花"(164)。由此可见,约翰逊肯定《夜思》丰富多彩的思想以及从中折射出的诗人想象力。约翰逊认为,如此丰沛的内容和想象恰好适宜使用素体诗。"四处放肆蔓延的思想,不断游离迸发的想象"(164)本可以用韵体加以限制和压缩,但是这样一来必然会损害这部以"丰裕"(copiousness)而不是以"准确"(exactness)见长的作品(164)。从局部细节来看,这部作品确实也有很多不够尽善尽美的诗句,但是就整体效果而言,它就像美轮美奂的中国花园,有着"广大的天地和无穷的多样性"(165)。结合约翰逊对《四季》和《夜思》的评断可知,虽然他在理论上对素体诗这种诗体持有保留意见,但他并没有固守这种批评原则,而是从作品的效果出发来判断诗人是否发挥了诗体优势。在约翰逊看来,诗人在素体诗的框架内依然有可能创作出永久流传的经典之作。1780年以前的批评者也曾注意到《夜思》的丰沛问题。例如,塞缪尔·普拉特曾抱怨杨格不知何时应当收笔,总是过度使用隐喻性的语言,用不同的表达重复相同的意象和情意,造成"不必要的冗赘"[1],甚至玩弄诗歌音律,让读者不胜其烦[2],总之,他

---

[1] 参见 Samuel Pratt, *Observations on* The Night Thoughts *of Dr. Young*, p. 16.
[2] 同上, pp. 7-16。

第五章 十八世纪中期诗人的"丰沛"

的诗风带有浮夸矫饰的特点①。约翰逊和普拉特在论述《夜思》的丰沛性这个问题时,强调的是两个不同面向。约翰逊侧重于肯定这首长诗纵横宽广、包罗万象的文学想象力以及深邃丰盈的思想性,而普拉特则着眼于批评《夜思》包含诗歌措辞、音律、意象使用方法在内的风格问题。十九世纪批评者也常论及《夜思》的"丰沛"特点,并围绕着普拉特和约翰逊这两条思路,褒贬态度不尽相同。

例如,托马斯·康贝尔认同约翰逊所述的观点,即《夜思》就像是一座天地广阔、参差多变的中国花园,但并不认为它就是一件宏伟壮观的艺术品②。康贝尔声称《夜思》中关于各个夜晚的诗章并没有遵照线性逻辑,让读者产生阅读期待,也没有以理想的组合制造出良好的整体效果,所以《夜思》的迷人之处仅在于"简短、生动、破碎的才华闪现"(即警言妙句),而不在于作品的整体构架或气势③。不过,康贝尔认为《夜思》以百般变幻的新奇手法装饰或陈列无数细碎的思想,让读者的心灵为之喜悦或惊颤,这样的艺术效果还是要予以应有的承认④。约翰·米特弗德在《夜思》的丰沛内容或想象这个问题上态度模糊不明,前后矛盾。他宣称《夜思》有着"丰沃的思想和丰美的想象……广阔的视野,大量堆集、多无穷尽的议论和阐释";"宏大的主题,深刻的重大思考,藏量丰富的观察所得",这些都弥

---

① 参见 Samuel Pratt, *Observations on* The Night Thoughts *of Dr. Young*, p. 37.
② 参见 Thomas Campbell, "Edward Young," *Specimens of the English Poets with Biographical and Critical Notices and an Essay on English Poetry*, p. 466.
③ 同上。
④ 同上, p. 467。

补了情节和人物的缺失，让读者对《夜思》的兴趣永不衰退[①]。但是，就在米特弗德像约翰逊那样，认可《夜思》丰富的内容与想象的同时，似乎又对作品这种未经规划或不受约束的丰沛性表达了自己的不满："在这个话题里，缺乏清楚的连接；每个形象都被铺陈到了极致；每个论断都被扩展和点缀，极尽丰沃想象之能事"；这首诗满是"关于道德行为或宗教信仰的智慧箴言"，反思或感想络绎相属，接连不断，却给人"互相遮蔽或抹煞"的感觉[②]。也就是说，米特弗德对《夜思》的丰沛内容或想象的态度是既赞许又质疑的。到十九世纪中期为止，仍然有不少诗评者认可杨格汪洋恣肆的诗歌才华及其诗歌力量。例如，乔治·吉尔费兰盛赞《夜思》中丰富、新颖、大胆的意象，读这首诗如同是在与"丰溢的心灵"、无边的想象对话，感觉到有一股"野蛮的力量"，"原始、管控不当的力量"，它"打动你，摇震你，吞没你，把你裹挟带走，就仿佛你是挣扎在瀑布激流上的婴孩"[③]。这样的表述基本符合约翰逊对包括《夜思》和《四季》在内的素体诗作品的阅读感受。

关于普拉特关注的《夜思》的丰沛风格问题，十九世纪批评者也常有评论。例如，米特弗德就曾说《夜思》"丰富的表达流溢出了题材的界限"，"语词累累地压在诗歌主题之上"，在庄

[①] 参见 John Mitford, "The Life of Edward Young," *The Poetical Works of Edward Young*, 2 vols, Vol. 1 (London: William Pickering, 1844), p. xxxvii.

[②] 同上, pp. xxxvii-xxxviii。

[③] 参见 George Gilfillan, "On the Life and Poetic Genius of Edward Young," *Young's Night Thoughts* (Edinburgh, James Nichol, 1853), pp. xiii-xiv. 还可参见 John Wilson, "Our Pocket Companions," *Blackwood's Edinburgh Magazine*, Vol. 44 (Jul.-Dec. 1838), p. 575. Robert Chambers, ed., *Cyclopaedia of English Literature*, 2 vols, Vol. 2, p. 7.

第五章 十八世纪中期诗人的"丰沛"

重的语言下常看不到同样庄严的思想①。米特弗德比普拉特更明确地指出了杨格诗歌中约翰逊所未论及的弊病:辞采烦冗过盛而相形之下思想贫弱。但是吉尔费兰则认为杨格的语言大多"流畅、有力和壮美",并且与他的庄严思想相称,他的整体风格并不是"字句啰唆或散漫四溢的",而带有警句般的浓缩和尖锐②。不过,吉尔费兰的辩护并不能得到维多利亚时期众多批评家的认同③。在丰沛这个问题上,除约翰逊和普拉特所论及的两个方面外,十九世纪批评者还打开了之前未关注的新面向。正如切瑞尔·万柯发现的那样,浪漫主义时期的诗评家在检视《夜思》的丰沛特点时,把注意力导向了这部素体诗的另一个面向,即"正反对照和尖刻的警句"④。在他们看来,尽管《夜思》是素体诗作,却带有明显的英雄双韵体特征。与约翰逊视丰沛为素体诗的天然优势不同,纳森·德莱克(Nathan Drake)、斯托克代尔、康贝尔、柯尔律治等十九世纪批评者反而把丰沛当作英雄双韵体的属性,并突显了《夜思》的这种诗体特征⑤。这是十八世纪杨格诗评史中几乎未见的。如果说约翰逊在《夜思》中看到了不同于弥尔顿时期的、声势颇大的素体诗创作趋势,这些经过浪漫主义诗学洗礼的十九世纪批评者却把《夜思》推回到奥古

---

① 参见 John Mitford, "The Life of Edward Young," p. xxxviii.
② 参见 George Gilfillan, "On the Life and Poetic Genius of Edward Young," p. xxiv.
③ 参见 Edmund Gosse, *A History of Eighteenth Century Literature* (1660-1780), p. 213. Stopford A. Brooke, *Naturalism in English Poetry*, p. 40.
④ 参见 Cheryl Wanko, "The Making of a Minor Poet: Edward Young and Literary Taxonomy," *English Studies*, Vol. 72, No. 4 (Aug. 1991), pp. 363-364.
⑤ 同上, pp. 363-364。还可参见 George Gilfillan, "On the Life and Poetic Genius of Edward Young," p. xxiv. George Saintsbury, "Critical Introduction to Edward Young," *The English Poets: Selections with Critical Introductions*, Vol. 3, p. 223. Leslie Stephen, "Young's *Night Thoughts*," *The Critic,* Vol. 41, No. 4 (Oct. 1902), pp. 351-352.

斯都诗派的传统中,认为它与这个传统有更深的亲缘关系,这也正是十九世纪中期杨格以及《夜思》在英国文学经典中地位逐渐衰落的缘故。

但是,约翰逊对艾肯塞德素体诗《想象的愉悦》的评判,显然不同于他对《四季》和《夜思》所做的评价。他肯定《想象的愉悦》和《四季》一样,是属于素体诗里的上乘之作,运笔流畅,停行富有音乐感。不过,对于《四季》和《夜思》而言算是优点的品质,对《想象的愉悦》而言却是让诗歌效果大打折扣的缺陷。例如,汤姆逊采用素体诗书写《四季》,可以避免"意义的频繁交集重复"(104),让诗人的视角缩放自如,但对于《想象的愉悦》而言却成了个大问题,表现在句法、意象、辞藻和释例四方面。就句法来说,这首诗的句子拖曳得过长,分句紧密勾连,错综复杂,而以句号来收拢句子的频率不够高,导致信息的接收障碍:"什么都没突出,也就什么都没记住。"(174)就意象来说,由于素体诗无须将意义限制在对句里,容易诱使"丰沛活跃的心智陷入自我放纵的状态";所以,就只见到《想象的愉悦》的作者不断填砌意象,层层积垒缀饰,却不愿意停下来将意思收拢归纳,让读者带着收获离去(174)。约翰逊对《想象的愉悦》诗藻的评价和对《四季》的品评大抵相同。他说艾肯塞德的表达太过"丰美",如同"月光的轻纱",遮掩了要表达的意思,又如同"冗赘的衣服",遮盖了思想的形状(173)。艾肯塞德一味地堆叠辞藻,铺张扬厉,直到最后"作品的意义几乎无法辨识",像汤姆逊的诗藻一样,让人"无法凝心思考,空留双耳凝听"(173),读者半惊半喜地走出令人眼花缭乱的迷宫,掩卷沉思,却发现一无所得。约翰逊倒没有像评论蒲柏的《论人》那样,说《想象的愉悦》阐发的道理大都属于老生常谈,乏善可陈，他想强调的是这部作品没有将辞藻和思想合为一体，反而让辞藻的诗意过盛，妨碍了对思想清晰有力的传达。关于诗中的丰富释例，约翰逊说得较为委婉：这首诗的题材十分恰当，它包含了所有让人震撼或喜悦的意象，所有类型的诗性愉悦，但这首诗的难点就在于事例的选择，"在如此丰足的内容（exuberance of matter）中间，选择一个介于'贫乏'与'饱满'之间的点"并不容易（173）。约翰逊没有明说《想象的愉悦》是否恰好介于这两点之间，但是结合他1772年关于自己无法通读这首诗的评论（LJ，3：22）以及他在《艾肯塞德传》中对诗人意象和语言的评断，不难看出《想象的愉悦》在这一方面也有太过丰沛的嫌疑。总之，约翰逊并不认为这是一部能让普通读者兴趣盎然地通读完并带着丰实清晰的想法离去的作品。

但是，约翰逊其实颇为认可艾肯塞德的诗才和学问。约翰逊承认《想象的愉悦》是诗人"卓越而又得体"地运用个人才华的结果，说明他的心智储备有丰富的学识，并深谙如何组合与区分不同的观念（173）。但约翰逊对这首说教长诗在英国诗史中的地位并没有给出明确评判，有别于他在《德莱顿传》中将《平信徒的信仰》和《牝鹿与豹》判为"以诗论理"的经典之作。至于艾肯塞德在十八世纪末文学经典中的地位，以及他作为说教诗人与之前名家的关系，约翰逊也未做过相关评论。其实，后世批评家也几乎未曾论及这个问题。从十八世纪末到十九世纪末的批评来看，艾肯塞德很少被提升到可以在同一平台上与经典大家衡量轻重的位置，也很少被视为不同时代文学巨匠之间的过渡人物。有鉴于此，本书不对这一段诗评史做回顾，只是着眼于检视十八世纪末以及十九世纪诗评家对约翰逊的评断所做的回应。

自约翰逊的《艾肯塞德传》面世以后，批评者也常谈及《想象的愉悦》一诗的丰沛特点，尤其是句法、意象修饰和措辞这三方面。学者安娜·巴鲍尔德指出艾肯塞德的素体诗格律顿挫悠扬，庄重谐和，但他所用的缀饰太过繁复冗赘，常为避免简单自然的表达而把诗歌写得晦涩难解，而且句子过长，一个意思要拖曳二十多行，难以诵读和领会①。这样的意见和约翰逊的观点大体一致。威廉·黑兹利特说艾肯塞德的思想和他的风格一样，都很"庄重威严"，但都带有"浮夸自炫"的成色，他的诗律大多只是为了"餍足人的双耳"②。钱伯斯称赞素体诗《想象的愉悦》具有约翰逊所说的自由灵动、音律谐和的优点，属于诗人的独创③。他声言，艾肯塞德"散漫而又丰丽的描写"显示出他"富有朝气的丰沛"才情；不过，他承认早期版《想象的愉悦》的"过度修饰"和"繁冗点缀"损害了某些文字意思的清晰明澈④。吉尔费兰在他撰写的《艾肯塞德传》中也提到约翰逊所说的"冗赘的衣服"，即《想象的愉悦》中"华美浮夸的用词和强猛的修辞力量"⑤。他说这部作品的一大优点就是"描写和语言的丰美"，而缺陷就在于"晦涩不明"，两者紧密相连，难以分开，就如同"丰茂的热带树林中必然有错杂纠葛，丰郁秀丽也必会造成幽暗隐晦"⑥。这样的比喻和约翰逊的"月光的轻纱"之喻有异

---

① 参见 Anna Laetitia Barbauld, "Essay on *The Pleasures of Imagination*," *The Pleasures of Imagination* (London: T. Cadell, etc., 1794), pp. 30-32.
② 参见 William Hazlitt, "A Critical List of Authors Contained in This Volume," *Select English Poets*, p. x.
③ 参见 Robert Chambers, ed., *Cyclopaedia of English Literature*, Vol. 2, p. 44.
④ 同上，p. 44。
⑤ 参见 George Gilfillan, "The Life of Akenside," *The Poetical Works of Mark Akenside* (Edinburgh: James Nichol, 1857), p. xxiii.
⑥ 同上，p. xxi。

曲同工之妙,都揭示出丰美语言的双重性。爱德华·道登指出说教诗《想象的愉悦》并没有做到真与美的有机结合[①]。他说艾肯塞德用了一系列形象例子来阐发真理,好比在真理的钉子上挂了张美图,当观众的眼球全被美图吸引走时,他却走出来对他们说后头的真理比图画更有意思[②]。这个比喻说明在道登看来,《想象的愉悦》包括辞藻、意象使用在内的修辞力量过盛,阻碍了诗人实现把真理传达给读者的目的。综合十八九世纪的评论,可以知道就《思想的愉悦》的丰沛性而言,批评者最常将矛头瞄准这首诗的辞藻、句法、意象等风格特点与诗歌意义之间的矛盾关系。

总体而言,在约翰逊看来,《四季》《夜思》《想象的愉悦》这三部作品都摆脱了弥尔顿所驾驭的素体诗模式(以古旧的措辞、艰涩的行文、粗糙的音律、颠乱失常的语序为特点),在吸收德莱顿、蒲柏等人改革成果的基础上,形成了措辞纷繁宏大却不古奥,诗律谐和流畅,意象、观念或释例层层堆聚的丰沛特色。但是从《诗人传》的相关判词来看,约翰逊对《想象的愉悦》的评价要低于同为素体诗的《四季》和《夜思》。这很大程度上是因为约翰逊在以批评家的目光检视这些诗作的同时,也糅合进了自己作为普通读者的立场。在他看来,《想象的愉悦》说教性、哲理性太强,诗人为增强作品的形象感或诗意而采用的丰沛句法、意象、措辞和释例,不但无法阐明所欲传达的哲学道理,反而让读者的注意力停留在诗歌的表面而产生腻烦反应。相对而言,《四季》与《夜思》在主题或内容上更贴近普通

[①] 参见 Edward Dowden, "Critical Introduction to Mark Akenside," *The English Poets: Selections with Critical Introductions*, Vol. 3, pp. 341-344.

[②] 同上, p. 343。

人的生活,在写法上也避免抽象复杂的论理,所以能产生触情效果,有效地调动起读者的诗意体验。约翰逊在《艾肯塞德传》中引用约翰·沃克(John Walker)的评论,说明他确实注意到了《想象的愉悦》和《夜思》在这一点上的区别。沃克说,《想象的愉悦》中人的形象是高贵、庄严、美丽的,却丝毫未提及人的天然欲望或本能,但是《夜思》对人的形象的拔高,则是基于自身卑下的地位和不幸的处境(174)。约翰逊引用这句话,说明他意识到《夜思》的论题和思想是更接地气的。斯托克代尔1807年指出《四季》不同于《夜思》的地方:"汤姆逊在他的诗歌-神学和道德观方面,就像一个真正的诗人,会避免所有形而上的推理、所有抽象复杂的论证。"① 而吉尔费兰则把《夜思》与《失乐园》作对比,指出它每一页都是在与读者的良知交涉,它犹如"一篇深刻有力的布道",能对读者的日常生活产生"实际的益处"②。但是,十九世纪批评家针对《想象的愉悦》缺乏人的趣味则多有论述。钱伯斯就说《想象的愉悦》探讨的是抽象艰深的话题,诗人并未注入"人类的兴趣和激情",并着力描画想象在"现实生活的悲喜剧景"中所起的作用③。道登也曾指出《想象的愉悦》缺乏"普通人的同情""可亲的品质",诗人自视"高人一等","他的声调太高拔,他的思想太高蹈,这些思想不是在普通人的心灵、普通人的生活中滋养形成的"④。结合这些评论可以理解约翰逊对《想象的愉悦》评价不高,与他作为普通读者的阅读反应是有很大关系的。

---

① 参见 Percival Stockdale, *Lectures on the Truly Eminent English Poets*, Vol. 2, p. 75.
② 参见 George Gilfillan, "On the Life and Poetic Genius of Edward Young," p. xxiii.
③ 参见 Robert Chambers, ed., *Cyclopaedia of English Literature*, Vol. 2, p. 44.
④ 参见 Edward Dowden, "Critical Introduction to Mark Akenside," pp. 342-343.

第五章 十八世纪中期诗人的"丰沛"

从理论立场来看,约翰逊一直深信素体诗这种诗体是存在固有缺陷的。正如他在《弥尔顿传》中指出的那样,由于英诗的音步种类有限且不完善,每行五音步的英语素体诗必然无法凭借其强烈的乐感和多变的格律来愉悦读者,在长篇素体诗里音步接连不辍,易让读者生厌(1:294)。由于没有尾韵限制,也为了让停顿多样化,在素体诗作中一句诗常常要拖曳数行才收尾,结构颠倒,盘根错节,诵读起来不便于听者理解。另外,正如约翰逊在《艾肯塞德传》中暗示的那样,素体诗作者为了弥补由无尾韵所带来的诗意不足,会倾向于使用古旧、宏大、学究式的辞藻,所以措辞多有浮夸造作、遮蔽诗歌意义的弊端(4:174)。而且,由于素体诗无须考虑押韵的技术性难题,诗人在调遣意象、释例或观念方面可以广泛收罗,尽情铺陈,也时常造成散漫无章的问题。所有这些都是约翰逊理论上贬抑素体诗、支持韵体诗的原因,但是当他将这些原则运用到对具体作品的评判时,会结合诗人的选题以及表现,从自己作为读者的真实阅读感受出发进行品鉴,最后得出的结论因作品而异,与他的理论原则不尽相同。例如,他认为《四季》和《夜思》的宽广视野和丰沛想象表现为丰富的意象、观念和插曲不受拘束、奔放流畅地铺展在读者眼前,虽然二者存在条理欠缺的毛病,但诗歌的吸引力足以让读者容忍或忽略内容过于丰沛所导致的缺陷。不过,《想象的愉悦》存在的相似缺陷却没有得到约翰逊的宽容。在诗歌措辞方面,约翰逊主要指出《四季》和《想象的愉悦》有文采横溢,漫淹作品深层意义的嫌疑,但是关于"月亮的轻纱"之喻说明约翰逊对这两首素体诗中语言修辞风格持既欣赏又批评的双重态度。在句法的繁复方面,约翰逊对《夜思》吸收了英雄双韵体特色的语言表示了含蓄的肯定,但对《想象的愉悦》无法让读者抓住要点、繁复冗长的句子结构则直接提出批评。总而言之，对十八世纪中早期开始对蒲柏所完善的奥古斯都诗派形成冲击的素体诗创作，约翰逊采取的是基于个人阅读体验之上的辩证分析的态度。他对这类诗歌的气质或风格的总体把握，切入问题的角度和诸多论断都直接或间接影响了后世批评家对这些作品的评判。直到这些作品在英诗经典中地位显著下降的十九世纪后半叶，仍有不少学者对约翰逊的观点做出回应。即使是批判《想象的愉悦》这样一部无论就题旨、氛围和体例而言颇有浪漫主义气质的诗歌，约翰逊的观点依然在十九世纪中后期得到支持和肯定，由此可见《诗人传》在汤姆逊、杨格和艾肯塞德三人经典化批评史中的重要作用。

第三节 抒情诗的"乖谬之美"①

总观《诗人传》关于抒情诗的评断，可发现约翰逊几乎对所有这一体裁的作品的评价都不高，一个重要原因是当时主导英国诗坛的抒情诗创作法则，虽然在过去一千多年里被奉为金科玉律，但其实是在前人的范作和批评家误导下形成的，而这些法则或惯例并不符合约翰逊的诗学理念。约翰逊在《漫游者》

---

① 在《诗人传》中，"抒情诗"（lyric poetry）主要指源自古希腊传统、可以伴着里拉琴吟唱的颂歌这种体裁，如《康格里夫传》（3: 74）、《杨格传》（4: 164）、《艾肯塞德传》（4: 175）。依据约翰逊《英语词典》对形容词"lyric/lyrical"的解释，它们都和颂歌有关系；而"lyric"作为名词，则指"为里拉琴写歌的诗人"（Dict., 2: 79）。所以，本节标题中的"抒情诗"用法和约翰逊保持一致，不考虑像包含有抒情要素的长篇素体说教诗，如前一节论及的三部作品。

第五章 十八世纪中期诗人的"丰沛"

第158期将矛头对准抒情诗创作中的一大惯例,即用简短突兀的短句和惊奇的思想来取代有条理的演绎,忽略了思想之间的过渡,常从正题游离到万里之外,从一个意象自由跳到另一个意象上(*Works*,3:286-287)。除缺乏流畅的过渡和思想的连贯外,约翰逊认为英国的抒情诗创作,尤其品达式的颂歌写作,受以讹传讹的影响,常有格律宽松的缺陷,每行长短自由,无章可循,读者无从体验源自熟悉的格律和相似的诗节结构的那种愉悦。约翰逊认为考利在误导英国抒情诗的创作风尚中扮演了重要角色(1:222)。事实上,品达颂歌的格律形式非常规整,并非考利所认为的那般参差不齐(1:222)。康格里夫虽然并未写出庄重高雅的抒情作品,但他仍然纠正了英国诗人对品达颂歌的无知和狂热,让他们明白了高扬的激情也要受法则制约,因为"杂乱之中既无优雅,也无崇高"(3:74)。在约翰逊眼中,很多抒情诗人并不具备渊博学识和热烈想象,而只注重抒情诗写作的表面章法(如突兀的思想转折和无规则的格律),并把这些法则当作抒情诗的本质。他们滥用这种体裁,将它当作疏于锤炼诗艺的借口,以掩盖思想内容的空洞(1:222)。久而久之,就出现这样一个奇怪现象:只要遵循这些套路,人人都可以自称为诗人,"其他技艺倒没有,却都会写得像品达"(1:222)。约翰逊就曾批评普莱尔抒情诗的音律很不整齐,因为当他开始写颂诗的时候,还未从英国人"对品达的痴迷"中清醒过来(2:63)。伊萨克·沃兹在早期诗歌创作中也受十七世纪品达风潮的影响,不顾格律的法度,致使一些颂诗"容毁形残"(4:105)。但是,约翰逊在检视十八世纪中期这几位诗人的抒情诗创作时,主要不是针对思想的过渡和诗律的齐整这两大问题,而是考察思想是否充实、想象是否得当、诗歌措辞是否故作陈旧或宏壮、音律是否艰涩粗滞等。这是约翰逊在十八世纪中后期科林斯、格雷等人的抒情诗创作中发现的新动向（某些问题也存在于当时的素体诗创作中）。在《诗人传》中，这些问题多与诗人丰沛才华的滥用或者与作品的丰沛表象有关。

约翰逊评论科林斯抒情诗里的想象、措辞和音律时，多次暗示这是他心智力量横溢恣肆但不守正道而终致标怪立异的结果。约翰逊承认科林斯确实有不俗的才华，能在适当的时候爆发出弥尔顿式的崇高，但是他更多是在强调科林斯的怪异偏好或思维以及由此产生的才华运用模式：不是向上飞升，而是旁逸斜出，偏离自然之道。正如约翰逊论及科林斯的"怪异的思想模式"时所说，"他主要将心思用于虚幻的作品和臆想的题材"，极其喜欢让"想象的腾飞超越了自然界限"，耽溺于民间传说和鬼怪故事，追寻"东方故事和寓言意象"，光顾着绘声绘色地描写，却未顾及诗歌所要表达的意义（121）。约翰逊把科林斯的抒情诗创作比作这样一场旅行：他"因偏离正道，追寻乖谬之美（mistaken beauties），而耽误了前行的进度"（121）。约翰逊所批判的正是从十八世纪中期起越来越多诗人以神鬼传说为题材、着力渲染阴郁恐怖氛围的诗歌创作[①]。科林斯滥用个人才华所追求的"乖谬之美"不仅包括他的诗歌选材和想象，也可用来概括他的措辞和音律风格。约翰逊说科林斯选词不明智，锤炼不精细，他的诗藻具有粗砺的特点。而且，他常在无须营造古风的情况下故意重拾废弃的辞藻，并且常在辞藻的安排方面

[①] 约翰逊的批评意见显然有别于1757年以及1764年《每月评论》上两篇认可科林斯的狂放想象的文章。参见 Walter C. Bronson, "Introduction," *The Poems of William Collins*, ed. Walter C. Bronson (Boston: Ginn & Company, Publishers, 1898), p. xxxiv. John Langhorne, "Review of Collins in Poetical Calendar," p. 21.

第五章 十八世纪中期诗人的"丰沛"

违背"寻常顺序",似乎他很奇怪地认为"不写散文,出来的一定就是诗"(122)。科林斯在处理诗歌音律方面,也是违背常理,喜欢堆集辅音,而让诗句的节奏显得"滞缓、板涩和拖沓"(123)[1]。由此可见,约翰逊对科林斯才华和创作的点评,突出了科林斯才气丰溢但路数不正的特点。约翰逊虽然并没有像之前和之后的诗评家那样,直接宣称科林斯的文学想象和心智失常之间本属同源的关系,但他强调科林斯思想和风格的"怪异"(peculiarities),也一样能让人感受到诗人的文学才情与精神错乱状态有某种内在、深层的联系。

总体而言,约翰逊对科林斯在抒情诗上的表现评价并不是很高。在《科林斯传》里看不到科林斯与以前的文学传统或经典名家之间的比附关系,但《诗人传》这个出版工程以及约翰逊作为批评家的影响力在一定程度上提升了科林斯在广大读者中的知名度。科林斯在英国文学经典中地位于十八世纪末十九世纪初时明显提高。除了有众多诗人写诗向科林斯致敬以外,还有一些作曲家为科林斯的抒情诗编配乐曲,并在公共场合演出[2]。1795年在公众倡议和募捐下,一座工艺精湛的雕像在奇切斯特大教堂落成,以纪念这位才华长年未被承认、身世不幸的诗人[3]。同时,批评著述中高度肯定科林斯的抒情诗成就的声音也

---

[1] 约翰逊对科林斯诗律的感受,迥别于兰霍恩1765年的评价。参见 John Langhorne, "Observations on the Odes Descriptive and Allegorical," *The Poetical Works of Mr. William Collins*, ed. John Langhorne (London: T. Becket & P. A. Dehondt, 1765), pp. 137-138.

[2] 科林斯的《薄暮颂》就曾被配上乐曲,于1785年在伦敦演出。参见 Walter C. Bronson, "Introduction," p. xxxi.

[3] 同上, p. xxxiii。

愈来愈多①，最有分量的肯定来自安娜·巴鲍尔德1797年的《论威廉·科林斯的诗歌作品》。巴鲍尔德将诗歌分为两大范畴，一种是题材自身就很动人或有趣，经过翻译后并不会失去可读性的诗歌，史诗、说教诗都属于这一范畴；另一种是描绘想象世界和虚幻人物的"纯粹诗歌"，主要靠华美意象、大胆虚构和寓言角色来愉悦读者②。巴鲍尔德确立抒情诗的独有价值后，通过详细检视为科林斯的诗歌总结了几大优点：想象丰富，情意时而触情时而崇高，并略带忧伤，音律悦耳动听，语言大胆而形象③。她认为科林斯专事于"抒情缪斯"，虽然产量不多，但皆是千锤百炼的精品，理当在英国小诗人中享有尊贵地位④。巴鲍尔德不仅认可科林斯诗歌关注的对象以及蕴含其间的想象力，也高度评价他的悦耳音律，结论与约翰逊截然相反。鉴于约翰逊欣赏关注具体生存处境以及人生经验的蒲柏式想象，就不难理解为何对科林斯着迷于东方情调和民间传说的诗作持有保留意见。但是，为何约翰逊对科林斯诗律的感受与其他批评者如此不同，究竟谁的评判更有道理，则难以回答。事实上，约翰逊对科林斯诗律的评判，在十八、十九世纪都属于非主流观点。

十九世纪诗评家进一步稳固科林斯的经典地位，同时也将

① 1782年1月《绅士杂志》就有两篇文章挑战约翰逊的权威，力挺科林斯的才华和品位。参见 Walter C. Bronson, "Introduction," p. xxxvi. 还可参见 Robert Porter, "Inquiry into Some Passages in Dr. Johnson's *Lives of the Poets*," *Samuel Johnson: The Critical Heritage*, pp. 299-300. Robert Alves, *Sketches of a History of Literature* (Edinburgh: Alex. Chapman and Co. Fish-Marker, 1794), pp. 251-252.

② 参见 Barbauld, Anna Laetitia, "On the Poetical Works of Mr. William Collins," *The Poetical Works of Mr. William Collins* (London: T. Cadell, Jun. and W. Davies, 1797), pp. iii-iv.

③ 同上，pp. xlviii-xlix.

④ 同上，pp. vi-vii.

第五章 十八世纪中期诗人的"丰沛"

批评之笔指向十八世纪除了约翰逊外少有人论及的作品缺陷。例如，托马斯·康贝尔称赞科林斯三言两语就能让风景栩栩呈现于眼前，化抽象理念为具体形象，将伤感和怜悯融入其中，但他同时认为科林斯确实太过钟情于遥远虚幻的存在，沉浸于超自然、理念的要素中，而对现实生活的模仿不够[①]。吉尔费兰在《威廉·科林斯传》中指出科林斯的诗歌才华体现在善于激活抽象的理念，赋予它们"雕塑般的立体形象和绘画色彩"，就这种才华的丰沛性而言，连雪莱也无法与科林斯相比[②]。吉尔费兰还说，与弥尔顿到柯尔律治之间的诗人相比，科林斯的诗律有更圆熟的音乐，更多变的抑扬顿挫，但这种风格不是出自机械设计，而是蕴含着诗歌情感的步调和格律[③]。不过，吉尔费兰的传记也论及科林斯的才华缺陷，即缺乏"人的趣味"，或者说缺乏"流淌自生活心脏的鲜血"[④]。康贝尔和吉尔费兰都肯定了科林斯化抽象为具象的诗歌才华，但也都论及了约翰逊所认为的科林斯的作品缺陷。

到了维多利亚后期，诗人史文朋把科林斯推上了比之前所有批评者给予的更高经典位置。他称赞科林斯舍弃了蒲柏新古典主义"巧智"，而是选择直抒胸臆，倾诉衷曲，故而总能保持

---

① 参见 Thomas Campbell, "William Collins," *Specimens of the English Poets*, pp. 429-430.

② 参见 George Gilfillan, *The Poetical Works of Goldsmith, Collins and T. Warton* (Edinburgh: James Nichol, 1856), p. 82.

③ 同上, pp. 82-83。

④ 同上, p. 83。十九世纪上半叶认可科林斯诗歌中的情感热度以及颂诗艺术的重要评论，参见 John Aikin, ed., *Select Works of the British Poets* (London: Longman Hurst, 1820), p. 502. William Clarke & Robert Mackenzie, *The Georgian Era: Memoirs of the Most Eminent Persons Who Have Flourished in Great Britain*, 4 vols, Vol. 3 (London: Vizetell, Branston and Co. Fleet Street, 1832), p. 345.

诗歌的新鲜活力和优美；从马韦尔逝世到布莱克降生这段时间，科林斯的纯净音乐和明晰风格在众多诗人中首屈一指；他朴实而柔婉的颂诗充满了纯净和真诚，是连接弥尔顿《利西达斯》和雪莱《阿多尼斯》的桥梁①。沃尔特·布伦逊指出科林斯的诗歌具有绘画的丰富色彩和雕塑的立体效果，诗律具有清澈圆润的特点，"圆熟、流畅，一种不张扬的纯净和富丽"可以说是他最优秀的抒情诗的特色②。布伦逊也指出科林斯写诗喜欢以抽象理念为题，并围绕这些理念来展开关于艺术、自由、自然或超自然的感想，但"缺乏对具体现实的把握"，缺乏"人或戏剧趣味"是他的诗歌从来没有大受欢迎的主要原因③。综合前面所述，后世批评者在很大程度上推翻了约翰逊对科林斯在抒情诗方面的成就以及地位的判定。在历经约翰逊压制之后，受十八世纪末逐渐显露强势的浪漫主义诗潮影响，科林斯的地位又在诗评家当中大幅反弹，一直持续到十九世纪末，有时甚至可以与弥尔顿、雪莱等大家相提并论。不过，有不少诗评者指出科林斯的诗歌具有脱离人生现实，沉浸于虚幻传说和抽象理念的局限性，与约翰逊的观点同属于科林斯经典化批评史中的一大脉络。

与科林斯相比，约翰逊对格雷的诗才以及抒情诗评价更低。除了认可《墓园挽歌》引发人类普遍共鸣的经典性之外，约翰逊

---

① 参见 Algernon Charles Swinburne, "Critical Introduction to Mark Akenside," pp. 278-282. 需指出的是，史文朋之所以这么肯定科林斯的诗歌成就，与他诗歌风格受科林斯影响不无关系。埃德蒙·戈斯虽然没有把科林斯捧得像史文朋那么高，但也极力肯定科林斯作为抒情诗人描摹风景的能力，还有他那彰显"得体工艺"的措辞，以及如出自天使般歌喉、谐婉动人的诗律。参见 Edmund Gosse, *A History of Eighteenth Century Literature* (1660-1780), p. 233 & p. 235.

② 参见 Walter C. Bronson, "Introduction," *The Poems of William Collins*, p. lix.

③ 同上，p. lx.

把格雷的其他诗作贬到了很低的地位。约翰逊尤其不喜欢格雷的品达式抒情诗,甚至因此犯了批评大戒,即逐行检视他遣词造句、修辞的毛病,几乎到了吹毛求疵的地步;这样的做法违反了他在《德莱顿传》中提倡的着眼于宏观印象和感受的批评方法。之所以如此,不可否认的是约翰逊确实不喜欢格雷这个人。从 W. 鲍威尔·琼斯的论文中可以梳理出约翰逊与格雷的敌对关系源于三个截然不同的方面①。首先是性情迥然有别:约翰逊性格豪放,霸道强硬,而格雷生性敏感,含蓄内敛;约翰逊不拘小节,言行举止粗鲁,衣着邋遢,而格雷却极为挑剔细节,在公众场合礼仪得体,着装一丝不苟②。两人所选择的生活环境或方式也大不相同:约翰逊居住在喧闹繁华的伦敦,与各阶层人士往来,相与甚欢,而格雷则与约瑟夫·沃顿相似,深居简出,埋首在剑桥各学院和大英博物馆的故纸堆里,潜心专研学问③。两人对待写作的态度也有不同:约翰逊是个专业作家,迫于生计写作并以此为豪,享受自己作为批评家的话语权,而格雷则是个不为生计发愁的文学隐士,以读书为乐事,但并不逼迫自己发表作品④。所有这些方面的差异解释了为何这两人终生无缘成为朋友。从鲍斯威尔的《约翰逊传》以及约翰逊的《格雷传》可以得知,虽然约翰逊毕生都未与格雷谋面,但他通过间接渠道对这位诗人的习性或气质是有所知的。约翰逊 1775 年在特雷尔夫人的饭桌上曾有此评论:格雷"在众人中间是很沉闷的,他在小室里也是很沉闷的,他到哪儿都很沉闷。他沉闷起

---

① 参见 W. Powell Jones, "Johnson and Gray: A Study in Literary Antagonism," *Modern Philology*, Vol. 56, No. 4 (May 1959), pp. 250-253.
② 同上,p. 250 & p. 253。
③ 同上,pp. 251-252。
④ 同上,pp. 251-253。

来很有新意,让很多人都觉得他很了不得。他就是个机械的诗人"(LJ, 3:176)。约翰逊这番评论把格雷的性格和诗歌气质联系了起来。"沉闷"一词对应的是英语单词"dull",它意味着在约翰逊看来,格雷的性格沉默寡言、拘谨内敛。而这也正是他的诗歌的特点,他作品的沉闷不同于一般的"机械沉闷",而是披上了"了不得"的新装。

在《格雷传》评判抒情诗部分,约翰逊时不时会点出格雷诗作所披的"了不得"的新装,即蕴含丰沛诗意,表现在语言、意象和构思等方面。但是,约翰逊使用的基本都是讥讽和贬损表述,暗示格雷作品里这种看似丰沛其实沉闷的气象是铆足全力装腔作势、无病呻吟的结果。例如,约翰逊说格雷为了让语言充满"丰美"的诗意,常常偏离词语的日常用法,以致超出了可接受的底线(180-181),有时候甚至把语言磨砺得极为粗涩(183)。有时候格雷会用一些宏大意象和典故,但给人矫揉造作的感觉。约翰逊在评论《诗之演进》这首长诗时,就说第二组第三节尽是"特尔斐城""爱琴海""伊利索斯河""曼伊安德河""神圣的源泉和庄严的声音"这样的词语,让整首颂歌"听起来很空大"(sounds big),这种"臃肿的华美"(cumbrous splendor)风格令人厌恶(182)。约翰逊认为《诗之演进》和《吟游诗人》都是"粗重饰物的炫丽集合"(183),这是两诗共有的显著特点。论及格雷的构思问题,约翰逊也常批评他太钟情于花哨设计。在他看来,《诗之演进》第三组第一节就没必要将莎士比亚的降生演绎成一个神话,这样"浮夸的布局"只会损害诗歌的效果(182)。《吟游诗人》在总体设计上也存在这个毛病,约翰逊说格雷用了"幽魂和预言这样的神奇手段使一个故事鼓胀成了一个庞然大物"(183)[1]。所有这些判词都在表明,在约翰逊眼中,格雷的抒情诗空有华美、繁富、宏大的外表,而缺乏《墓园挽歌》那种让所有心灵产生共鸣的朴实可信的品质。换言之,他的抒情诗的丰沛表象不是由内在的才情喷涌而出造就的,而是他的心智"使用异常的蛮力"的结果:"他的庄重是昂首阔步走出来的,他的高度是翘足引首摆出来的","人工雕琢、费力经营的痕迹太过明显,几乎看不出来半点的流畅和自然"(183)。正是这种没有底气支撑、勉力而为的创作,才导致他在大多数作品里忽略了自然的情感以及表现方式,而专注于空大的设计和造作的修辞。

约翰逊在品评格雷诗歌的同时,也在品鉴诗人的胸襟或气质。"昂首阔步"的"庄重"和"翘足引首"的"高度"(183)这样的措辞不仅在描述格雷的抒情诗的总体特点,也在点评他的整体性情。在《格雷传》中约翰引用了牧师坦普尔先生写给鲍斯威尔的一封论格雷性格的书信,坦普尔先生在信里提到格雷最大的缺陷就是"故作品味精雅,有点阴柔之气,还很明显过于挑剔讲究"(179)。约翰逊认同这样的评判,他后来也说到格雷"挑剔讲究,难以取悦"(180)。"挑剔讲究"的原文是"fastidious",这个词依据约翰逊的《英语词典》,往往含有"鄙夷不屑","带着高傲的礼貌"的意思(*Dict.*, 1: 779)。这就是为何坦普尔先生会在"挑剔讲究"的后面立即说到格雷看不起学问不如自己的人。另外,格雷的写作习惯也显示出过于挑剔

---

[1] 依据鲍斯威尔所述,约翰逊在 1763 年 6 月 25 日的聚会中曾坦言他不喜欢格雷的颂诗,《吟游诗人》一起头就转入正题,没有以叙述为过渡就让激情迸发,这样的手法看似惊艳不凡,其实前人早已用过,并不值得称道(*LJ*, 2: 69)。

讲究，几近矫揉造作的特点。比如，他对细节极为考究，创作时一般不会先将整篇大致写出来，再仔细修改，而是按照诗篇结构逐行往下写，苦心竭力地雕琢好一句后才会转向下一句①。他对写作条件要求苛刻，声称自己只有在某些特定时刻或场景中才能动笔写作，这对约翰逊而言简直是"一种离谱的矫饰"（a fantastic foppery, 180）。总之，约翰逊的这些表述呈现的是一个极为挑剔讲究，娇怯矜贵，矫情做作，带有几分女气的诗人形象。约翰逊敏锐地把握到了这种性情和他偏重华美架构和精细修饰，看似丰沛却空洞无比，颇有点生搬硬造强说愁的抒情诗之间的内在联系。

随着包括《格雷传》在内的最后一批传记面世，有不少批评者或学者发表书评或专著对约翰逊历时三四年的成果进行评价，其中最常针对的便是约翰逊对格雷成就的鉴定。例如，埃德蒙·卡特莱特就声称约翰逊对待格雷的态度"不仅是充满敌视的，也是心存恶意的"；"他的批判是含有恶意的"，而"他的赞美也是别有用心的"②。尽管十八世纪末有批评者认同约翰逊的某一观点③或者替他的动机辩护④，但从总体上看，当时大多数诗人或学者是反对约翰逊关于格雷的抒情诗特点以及诗歌地位所做

---

① 格雷的诗歌创作方法与蒲柏还是有所区别。蒲柏作诗"一般是一有想法就形诸文字，而后逐渐将其扩展，点缀、修正，并提炼"（*LP*, 4: 63）。
② 参见 "Edmund Cartwright, Unsigned Review, *Monthly Review*," *Samuel Johnson: The Critical Heritage*, p. 268. 还可参见 "Unsigned Review, *Critical Review*," *Samuel Johnson: The Critical Heritage*, pp. 271-272. Richard Porter, "Inquiry into Some Passages in Dr. Johnson's *Lives of the Poets*," *Samuel Johnson: The Critical Heritage*, pp. 301-302.
③ 参见 William Fitzthomas, "Cursory Examination of Dr. Johnson's Strictures on the Lyric Performances of Gray," *Samuel Johnson: The Critical Heritage*, p. 289.
④ 同上, p. 286 & p. 292。

的评断。正如约翰·霍金斯爵士（Sir John Hawkins）在1787年《约翰逊传》中所说，约翰逊伤害了当时的人对格雷的感情，他被整个剑桥大学的师生憎恶①。约翰逊如此贬低格雷的才华和抒情诗创作，可以说是"逆流而动"。

约翰逊的《格雷传》没有改变十九世纪大多数批评者对这位诗人的抒情诗成就的高度评价，但他的声音仍然徘徊在后来的经典化历史中，使颁给格雷抒情诗桂冠的诗人或学者需要面对来自他的话语压力。斯托克代尔就抱怨说，之前的批评者太过顺从或尊崇约翰逊的意见，"盲目的偏见"，"不加甄别地崇拜约翰逊的风尚"使他的谬论蒙上了一层神谕色彩②。斯托克代尔盛赞格雷富于创造、"如天赐般的高贵"诗才，《诗之演进》和《吟游诗人》都属于罕见的颂歌佳作，想象大胆惊奇，情思精致感人，修饰富于诗意，有品达式的火热，却无混乱或急转，足以确保格雷在独创性诗人中享有崇高地位③。托马斯·马塞厄斯在讨论格雷作品的专著中指出，格雷在英语里发明了新的抒情节奏，重新发现了由定调、反调以及长短调构成的品达式颂歌，《诗之演进》和《吟游诗人》都是诗律庄重有力、流畅和谐，却毫无雕琢之感的抒情典范④，为英国的颂歌创作留下了典范和章法⑤。约翰·米特弗德从音律、诗藻、情意、诗体等多方面为格

---

① 参见 "Life of Samuel Johnson LL. D.," *Samuel Johnson: The Critical Heritage*, p. 305.
② 参见 Percival Stockdale, *Lectures on the Truly Eminent English Poets*, Vol. 2, pp. 541-542.
③ 同上, pp. 573-574 & p. 589。
④ 参见 Thomas James Mathias, *Observations on the Writings and on the Character of Mr. Gray* (London: T. Cadell & W. Davies Strand, 1815), pp. 71-72.
⑤ 同上, pp. 75-76。

雷的诗歌成就做了辩护①。这些都是十九世纪早期为格雷辩护中最有分量的声音，它们将约翰逊的评断定为恶意的偏见②，认为格雷的诗歌并无费力雕饰、故作宏大的特点，而且肯定了格雷的原创才华和想象，高超的诗艺，以及在传承品达式颂歌方面所做的贡献。

到了十九世纪中后期，仍然有不少批评者致力于巩固格雷作为经典诗人的地位。例如，钱伯斯声称格雷就作品质量而言可以当之无愧地被列入第一等的诗人，《诗之演进》和《吟游诗人》都是品达风格的颂歌中最杰出的作品③。这个时期的批评者对格雷的经典位置比之前学者看得更为清楚，倾向于将他定位为从奥古斯都诗派向浪漫主义过渡的重要诗人。例如，传记作者亨利·里德把格雷诗歌归入有别于蒲柏的"造作诗派"的"真正诗歌"范畴④，格雷在英诗发展史上扮演着将"造作诗派"引向十八世纪末库柏以及彭斯所掀起的复古诗派的角色⑤。马修·阿诺德指出受时代影响，格雷的诗歌带有德莱顿和蒲柏所主导的诗派痕迹⑥，但格雷的风格总体而言是简洁、纯净、明晰的，富有音乐性，是同时代人中的佼佼者，而且像《诗之演进》这样的抒情诗也摆脱了奥古斯都诗派以推理证说、正反对立为

---

① 参见 John Mitford, "Essay on the Poetry of Gray," *The Works of Thomas Gray*, ed. John Mitford, 2 vols, Vol. 1 (London: J. Mawman, 1816), pp. xci-clxxvi.
② 参见 Percival Stockdale, *Lectures on the Truly Eminent English Poets*, Vol. 2, p. 538 & pp. 547-549. John Mitford, "Essay on the Poetry of Gray," pp. clxxii-clxxv.
③ 参见 Robert Chambers, ed., *Cyclopaedia of English Literature*, Vol. 2, p. 50.
④ 参见 Henry Reed, "Memoir of Gray," *The Poetical Works of Thomas Gray*, ed. Henry Reed (Philadelphia: Henry Carey Baird, 1851), p. 94.
⑤ 同上，p. 108。
⑥ 参见 Matthew Arnold, "Thomas Gray," p. 328.

模式的展开方式①。埃德蒙·戈斯把格雷评为蒲柏与华兹华斯之间最重要的诗人②，称他是引领浪漫主义到来的先行者，他的品达式颂歌摆脱奥古斯都诗律最后的枷锁，为雪莱登场做好了准备③。考托普指出格雷以及科林斯的抒情诗创作代表了英国浪漫主义发展进程中对古希腊罗马经典的复兴阶段④。与此同时，约翰逊认为格雷的诗歌过度使力、外大内空的观点则常被视为一种因个人品味局限而形成的偏见⑤。

约翰逊对活跃在十八世纪中期的其他两位诗人的抒情作品同样评价不高。他承认艾肯塞德富有才学，可一旦作起抒情诗或颂歌，才华和技艺就离他而去（175）。他失去了"丰美词句和多彩意象"，情意变得"冰冷"，丧失了"力道、自然和新颖"，措辞"有失文雅"，甚至变得"粗野生硬"。此外，他颂诗的"诗节"构筑得很不合理，尾韵不协调，排列得或是相距太远，或是不符合常规，念诵起来，人的耳朵只觉得困惑，不知何从，尚未适应，全诗便已结束（175）。约翰逊认为即使像艾肯塞德这样不乏才华的诗人，也要在抒情诗和颂诗的创作上折戟沉舟，诗人难以把握好分寸，写出来的作品很可能显得不伦不类，既没有"轻快的颂诗所具有的那种灵巧流畅"，也没有"庄重的颂诗所具有的那种崇高热烈"（175）。约翰逊赞赏杨格的才华，说他某部戏剧作品里有着"无比丰沛的想象"，但对杨格把才华运

---

① 参见 Matthew Arnold, "Thomas Gray," p. 330.

② 参见 Edmund Gosse, *A History of Eighteenth Century Literature (1660-1780)*. p. 236.

③ 同上, pp. 239-240。

④ 参见 William John Courthope, *A History of English Poetry*, 6 vols, Vol. 5 (London: Macmillan and Co., Ltd., 1905), p. 399.

⑤ 同上, p. 390。

用在颂歌的创作上却不免感到惋惜。他说这是杨格所有文学尝试中最不成功的:"他总是苦心竭力营造宏大气象,但最后只显得虚肿浮夸。"(164)

如前所述,约翰逊在《诗人传》其他篇目以及早期文章中主要论及十八世纪中期之前英国抒情诗创作的两大通病:思想转折突兀和诗律不齐整协调。在评判这些十八世纪中期的抒情诗的时候,约翰逊又触及一些创作问题:脱离现实人生,思想空洞,情感造作,辞藻或是华美空大,或是粗糙生硬,诗律滞涩不畅,词音刺耳。总之,在约翰逊看来,这种带有复古主义倾向的趋势背离了德莱顿和蒲柏奠定的以自然情意和精致风格为追求目标的诗歌传统。虽然约翰逊相信自德莱顿之后英诗再无重回野蛮古风的可能,但是在这些十八世纪中期抒情诗人的传记里隐隐可见约翰逊对抒情诗地位的提升以及诗歌发展走向改变的担忧。另外,约翰逊从诗人的抒情作品来推想他们的创作过程,他发现这些诗人在写抒情诗时都憋足了全身蛮劲,硬生生炮制出一些虚浮的思想或情感,再以故作华美或粗野的语言或意象来修饰,情意或辞句都不像德莱顿那样,在深厚内力的推动下,从诗笔下自然流淌出来。约翰逊将此写作方式部分归因于诗人的性格和心智特点,部分归因于体裁自身的限制以及当时诗风的影响。但是不管如何,在约翰逊看来,"浮肿""空大""虚夸""造作"这些风格特点都是这种写作方式的直接后果。

以上主要分析约翰逊为何几乎全盘否定十八世纪中期几位重要诗人的抒情作品。至于约翰逊对抒情诗这种体裁,总体上是否抱有某种根深蒂固的偏见,从作者的文字论述里是无法直接找到答案的。毫无疑问的是,在诗歌的各种体裁里,约翰逊最推崇史诗，将它列为众多门类的文艺之冠。这是因为在他看来，史诗对诗人的心智能力要求最高、最全面，需要他们熟悉历史、道德学、社会与人性、格物学，还有描摹自然和进行虚构的想象力（1: 282-283）。但是，约翰逊并无相关文字论述自己如何看待抒情诗这种体裁在经典中的地位。不过，从他对文学功能的认识出发，倒是可以理解为何他贬抑《诗人传》论及的几乎所有英国诗人的抒情作品。除了创作中出现的各种弊病以外，也许约翰逊从根本上对这种体裁是很不以为然的。

詹姆斯·B. 密森海默在《塞缪尔·约翰逊的基督教人文主义和文学功能》一文中围绕文学富有教益的乐趣这一问题对约翰逊的文学功能观加以总结[①]。首先，文学具有"识认"之乐，能够从虚构中瞥见真实，从巧艺中察见自然，从个性中窥见普遍；其次，文学具有"美饰"之乐，即把常情常理用不同寻常的语言来表述，用不同寻常的意象来譬喻，使读者不胜新奇而诚心悦纳；再次，文学具有"德教"之乐，即让真理昭明，德善彰显，读者如同在聆听贤哲的教诲。最后，文学还有"希冀"之乐，即读者相信如果立志学习书中的教诲且习之有道，则有可能获得幸福[②]。很显然，抒情诗这种体裁的性质以及先前传统的制约必然决定了它无法展现复杂的人世经验或道理，而多是表现简单语境中的人类激情，有时会借用寓言形式，甚至使用大量空幻的神话传说来装点诗作。这种体裁的作品无法带给读者足够的"识认""德教""希冀"之乐，即使是"美饰"之乐，也因为抒

[①] 参见 James B. Misenheimer, "Samuel Johnson's Christian Humanism and the Function of Literature," *The Yearbook of English Studies*, Vol. 3 (1973), pp. 148-160.

[②] 同上, pp. 158-159。

情诗思想力道不足而显得虚浮于表,难以令约翰逊满意。可以说,抒情诗这种体裁总体上达不到约翰逊对文学功能的期待,而这可能从根本上影响了他在《诗人传》中对英国抒情诗人及其作品的评判。

结 语

约翰逊在《诗人传》中用以构建英国文学经典的基本标准是对"自然"的摹仿。在约翰逊的诗论中，摹仿"自然"并不意味着摹仿天地间的森罗万象，而是以想象的方式，有选择、有深度地表现大自然、社会生活或人性中最本质、最恒久、最理想的那部分内容，即"普遍的自然"（general nature）①。这种表现意在激起读者的强烈情感或审美愉悦，起到知识传授和道德教化作用。依据对"自然"是否忠实这一标准，约翰逊将德莱顿和蒲柏的地位置于玄学派诗人和十八世纪中期抒情诗人之上。

玄学派诗人热衷于卖弄深奥的书本知识，过于突显个体情感或癖性，关注细节而不见整体，创作的诗歌无法产生触情效果，带给读者愉悦体验，所以在约翰逊建构的经典序列中处于较低的位置。而十八世纪中期的抒情诗人，尤其是科林斯和格雷，钟情于虚幻的传说或寓言，背离了真实而复杂的自然，无法启发民众的生活智慧，也被约翰逊限定在经典的外围。德莱

---

① 约翰逊的"自然观"结合了亚里士多德的"目的论"和柏拉图的"理念观"，与西德尼《为诗辩护》中的"自然观"一脉相承。参见 Scott David Evans, *Samuel Johnson's General Nature in Its Context*, Diss. (Arizona State University, 1997), pp. 190-200.

顿阅历丰富,谙悉"自然"和"人艺",以犀利的诗笔针砭时事,讽刺现实,与蒲柏熟知"局地的风俗"相比,他更懂得"普遍的人性"(3:65),这是约翰逊肯定德莱顿诗歌成就的地方。但约翰逊也指出,德莱顿的论辩诗或应景诗过于受一时一地的关怀或动机所限,理性思辨过强,触情力量不足,是他的诗作不合自然的地方①。蒲柏关注风俗世态和复杂人性,善于在诗中描摹社会激情,变寻常经验为新奇体验,为普通人的行为道德立法,是约翰逊认可蒲柏的诗歌合于自然的原因。弥尔顿是《诗人传》中唯一一位未达到自然标准,却又处于经典高位的诗人。他的诗歌所展现的都不是"人间的自然"(sublunary nature)和世俗喜忧,缺乏人的趣味,但因为诗人冠绝古今、不可复制的才华,约翰逊仍然对他的诗歌成就给予最高的礼赞。

与摹仿"自然"的标准相关的是诗歌情意、语言和音律的"自然得体"。这条标准涉及贯穿《诗人传》的一条线索,即英国诗歌的发展与情意、语言、音律的精致化是同时并进的。在这条发展脉络中,考利等玄学派诗人位于起端,沃勒和德纳姆是继起的改革先锋,德莱顿是改革成果的巩固者,而蒲柏则是这一传统的集大成者。弥尔顿诗歌的语言和音律虽然处于发展链条的起端,但约翰逊仍然承认他是有独特风格、难以模仿的诗艺大师,并将其归因于诗人的崇高才华。约翰逊认为汤姆逊、杨格和艾肯塞德这些十八世纪中期素体诗创作者继承了奥古斯都诗派的改革成果,而没有亦步亦趋地模仿弥尔顿,从而走出了一条艺术的活路。但菲利普斯和科林斯等诗人生搬硬套弥尔

---

① 贝特总结了约翰逊的批评著述中作家违背"普遍的自然"的四种情况,参见Walter Jackson Bate, *From Classic to Romantic: Premises of Taste in Eighteenth-Century England* (Cambridge: Harvard University Press, 1946), p. 62.

顿的形式特征，却因为才力不足，未能变"怪异"或"缺陷"为独特的风姿，所做的尝试不值得提倡。尤其科林斯所代表的十八世纪中期抒情诗创作，逆英诗发展潮流而动，颠覆了一百多年来的改革成果，被约翰逊压制在经典底端。与此同时，约翰逊也注意到英国诗歌在趋向得体和精致的过程中，逐渐丧失思想力道，在小诗人身上表现得尤其明显。所以，他肯定了玄学派诗歌中的丰厚学识和奇异思维，《失乐园》中与虚构故事融一体的学问，德莱顿诗歌中有力的思想及其博大的心智，以及十八世纪中期长篇素体诗所蕴藏的知识宝库和道德教诲。学问思想是约翰逊用以修正或牵制"自然得体"的一条评判标准。他强调考利和弥尔顿诗歌中的学识来自书本，而突出德莱顿诗歌中学识的另一渠道，即与他人的互动交流。

"想象力"是约翰逊用以评判诗作的另一条重要标准。约翰逊在《诗人传》中切断了玄学派的"巧智"与"想象"之间的关系，将前者推向了"理智"的一边。他贬低十八世纪中期抒情诗中飞离自然界限，或标怪立异或空大无物的想象，但认可这一时期素体诗人作品中视野宏阔、释例丰富、夹杂着深刻思考的想象。从《弥尔顿传》和《蒲柏传》中，还能看到想象的两种不同模式，即弥尔顿式和蒲柏式，而二者与两位诗人作品的"崇高"或"优美"又有紧密的联系。在十八世纪中后期的诗论中，"才华"常被视为"想象"的同义词。它和"想象"一样，在《诗人传》中常表现为对批评律条的突破或超越。约翰逊一方面从批评法则出发，推断出某些题材难以演绎成诗，或某些语篇类型与诗歌不可兼容的结论，并自信这样的论断有一定道理。另一方面，他在个案中发现某些诗人通过个人创作解决了这样的难题，即将本质上最不具诗意，甚至十分枯燥、抽象、俗常的题材或观念转化为充满力量和趣味的形象诗歌，由此体现出他们高超的诗才；弥尔顿的宗教史诗《失乐园》、德莱顿的"应景诗"、蒲柏的"以诗论理"之作就是个中典型。

除了文本自身和才华的标准外，约翰逊还借助"普通读者"这个概念来判定诗作的优劣短长，或解决有争议的批评议题。例如，他在批评玄学派触情效果不足，《失乐园》人情味缺乏时，就突出了自己作为"普通读者"的身份。他在为德莱顿的《埃涅阿斯纪》和蒲柏的《伊利亚特》英译本做辩护时，也强调译本对当下英国"普通读者"产生的愉悦效果。他还从"普通读者"的视角对《四季》《夜思》《想象的愉悦》这三部艺术形式大抵相近的素体诗作品做了高下区分。总之，文本自身、诗人才智和"普通读者"这三大范畴的标准互相补充或修正，共同构建了约翰逊《诗人传》中的经典谱系图。在这张谱系图中，弥尔顿、德莱顿和蒲柏是三座并峙的高峰。约翰逊常将他们三人的诗才或成就与其他诗人做直接或间接比较，把他们树立为这一百五十年英国诗歌经典中的标杆。他力图为这些诗人构建起不同的性格或心灵图式，如弥尔顿的孤傲自立、德莱顿的软柔善变、蒲柏的谨小慎微，并围绕这些图式展开对他们作品得失的评价，寻找他们性格、诗才和艺术风格之间的有机关联。在约翰逊所描绘的经典谱系图中，有相当一部分诗人形象突出，线条分明，令人过目不忘，这也正是《诗人传》艺术魅力的一种体现。

在约翰逊所有批评著述中，《诗人传》是他逝世后一百多年时间里最常被诗人学者引用、提及或讨论的著作之一。尽管在浪漫主义时期，《诗人传》受到包括麦考利、黑兹利特和德·昆西在内的批评者的猛烈抨击①,但到维多利亚中后期以后,批评界将这部著作放在历史语境中来考察和评价的客观主义倾向愈加明显,约翰逊的批评见识、判断和才能得到更广泛的肯定②。到十九世纪末二十世纪初,《诗人传》所蕴含的多重批评标准和约翰逊富有包容性的品味开始受到批评家关注③,约翰逊对《诗人传》各位传主的文学声名的影响也得到了文学史家的承认④。《诗人传》甚至被确立为施行人文主义教育、了解英国文学和生活的必读书目之一⑤。沃尔特·雷利爵士1910年出版的《约翰逊六论》代表了二十世纪初试图恢复约翰逊批评名声、全面肯

---

① 斯蒂芬·R. 菲利普斯将《诗人传》在十九世纪和二十世纪初的批评接受史分为三个阶段:浪漫主义阶段,维多利亚中期,维多利亚后期和二十世纪头十年。关于麦考利、黑兹利特和德·昆西对《诗人传》的抨击,参见 Steven R. Phillips, "Johnson's *Lives of the English Poets* in the Nineteenth Century," *Research Studies*, Vol. 39, No. 3 (Sep. 1971), pp. 178-180. 在浪漫主义阶段,约翰逊的批评见识和才能仍然受到普遍承认。拜伦、司各特、亨利·卡里(Henry Cary)、艾格顿·布里奇斯爵士(Sir Egerton Brydges)、T. B. 迪顿(Dibden),以及大量报刊作家都曾称赞过《诗人传》的思想力量及其作者的批评才华。参见 Steven R. Phillips, "Johnson's *Lives of the English Poets* in the Nineteenth Century," p. 180. Joseph E. Stockwell, *Samuel Johnson's Reputation as a Critic*, Diss. (Louisiana State University, 1969), pp. 31-33.
② 参见 Steven R. Phillips, "Johnson's *Lives of the English Poets* in the Nineteenth Century," pp. 181-188.
③ 参见 Joseph E. Stockwell, *Samuel Johnson's Reputation as a Critic*, pp. 53-54.
④ 同上, p. 52。
⑤ 同上, pp. 59-62。

定《诗人传》的批评遗产的一部里程碑著作①。纵观十九世纪末到二十世纪初的批评史，正如约瑟夫·E.斯托克维尔研究发现的那样，约翰逊的批评权威并没有成为众矢之的，不见容于新时代而跌落至谷底。事实上，他的意见一直有大量的追随者和阐释者，从未淡出读者视野。他的批评名声长期保持较平稳的状态，一直持续到1850年前后；到十九世纪下半叶，他的影响力甚至还有缓慢增长，于1910年前后抵达顶峰②。在此过程中，《诗人传》所继承或开启的话题、观点、思路和修辞方式不断被其他批评家所呼应和发展。由此可见《诗人传》在英诗经典建构史上起到不可低估的作用。

  《诗人传》在后世所受的关注，与约翰逊作为批评家的卓绝之处有不可分割的联系。约翰逊属于英国文学批评史上一群大体可以称作"学养型"批评家的范畴。这类批评家至少包括约翰·德莱顿、塞缪尔·柯尔律治、马修·阿诺德、艾略特、C.S.刘易斯等人。他们大多数有过虚构文学的创作体验，有较出色或卓异于常人的文学才华，深谙创作门道和得失所在；更重要的是，这群批评家长年博览古今书籍，广涉人文经典，兼收并蓄，由此积累了丰厚学识，形成了宽阔的比较视野，评人

---

① 参见 Sir Walter Alexander Raleigh, *Six Essays on Johnson*, Oxford: Clarendon Press, 1910. 雷利爵士认为约翰逊包括《诗人传》在内的一系列批评著述都试图在文学中引入"真诚"（sincerity）的标准，要求诗歌必须真实感人，与社会生活相联姻，像"此世中人"一样，以易于理解的语言将讯息传达给读者大众，就人类普遍感兴趣的主题向读者大众的心灵诉说（第147、156页）。这也正是约翰逊反对使用牵强的观念联接、空洞的修饰、夸张的比喻、陈腐的诗歌套路的原因（第147页）。在此之前，还没有人像雷利爵士这样敢直陈浪漫主义诗学的弊病，将"真诚"的旗帜从敌营抢夺回来，明确且全面地肯定约翰逊对好诗歌的评判标准以及他对文学与人生关系的态度。由此可见《约翰逊六论》对二十世纪初约翰逊批评的复兴具有里程碑意义。

② 参见 Joseph E. Stockwell, *Samuel Johnson's Reputation as a Critic*, p. 76.

结　语

论事有自己独到的见解，不盲从或拘泥于某个狭隘的理论体系。这种深厚的学养使他们比文学学科建制后更看重历史考据、意义阐发和理论套用，更注重对文本深究细抠的学者更能胜任审鉴、比较和整顿大规模民族文学遗产的任务。约翰逊就是这个批评家队伍中的一位佼佼者。

虽然约翰逊的某些批评思想有脱胎自前人的痕迹，但他在很多问题上能做到不人云亦云，也不拘泥于理论教条，而是诉诸诚实的感受和常识意识，或从内化于胸中的万千卷书里寻找底气，从而发出自己大胆敏锐、独特且有分量的声音。约翰逊自幼博览群书，饱浸于各种人文经典之中，后来为编撰《英语词典》更是遍览古今巨著，在诗歌阅读和评鉴方面也有丰厚的积累，他对某些诗人高下或作品优劣所做的评判，哪怕仅是寥寥数语，并无实例支撑，后人也很难仅通过一二反例就理直气壮地将其斥为谬见。这正是为何十九世纪中后期一些批评者在审视约翰逊"谬论"的时候，在他的权威重压下，常不得不承认他的"谬论"蕴含着卓识和洞见，有其合理依据，远胜过他人所谓的"真知"[①]。约翰逊还具有"学养型"批评家的一个特点，即极具个性化的批评语言。约翰逊在阐明或强化个人论点的时候，常喜欢使用形象生动的比喻（例如，在描述德莱顿文学才华的时候），或者使用刚劲有力、简洁醒目的警句来表述。这种修辞或表述常包含正反对立的结构，带有可辨识的约翰逊印记，有别于之前或之后任何一位"学养型"批评家的论述风格。这些比喻或箴言中有相当一部分是约翰逊对人生和文学道理所做的提炼概括，用约翰·阿特金斯的话说，蕴含于其中的是作者"思辨的

[①] 参见 Joseph E. Stockwell, *Samuel Johnson's Reputation as a Critic*, p. 37, p. 40 & pp. 41-42.

精神、明智的态度和成熟的智慧"①。而这也正是《诗人传》有别于其他诗评著作、深受后世喜欢的一个地方。

但同时也要谨慎地指出，约翰逊这类"学养型"批评家不可避免有其缺陷。他品评作品得失或诗人成就时，有时会过于求全责备，失之偏颇，甚至主观武断，前后矛盾。他对弥尔顿和《失乐园》的评价尽管不乏真知灼见，但多少有吹毛求疵、前后龃龉的特点；他对格雷诗歌的贬斥，虽然背后有个人对丰沛的期待，但与约翰逊对格雷其人心存偏见脱离不了关系。约翰逊使用术语也有不够严谨之处。例如，在《蒲柏传》中，他时而将"想象"与"虚构"区分开来，时而又将二者等同使用，需读者仔细辨析，才能厘清这些术语的确切内涵。约翰逊有时会把自己对当时批评者的回应暗含在行文中，导致前后判断不相一致，就比如他对弥尔顿《利西达斯》批判严厉，对蒲柏的田园诗却大力辩护。读者需要复原约翰逊对话的语境，才能看清暗含在他相互龃龉的意见下面的一致性或他做出不同评判的动机。这些都是约翰逊作为"学养型"批评家的不足所在。另外，约翰逊的批评还带有很多同时代人所共有的局限。例如，他过于强调文学作品的道德说教目的，在描述具体作品的审美效果产生机制方面仍然失之简单，他将诗歌题材限制在对人类社会经验或已知世界的呈现，无法欣赏以书本知识为戏，演绎宗教义理或古今传说，展现与社会隔绝的心灵世界，无明确道德指向的诗作（除非诗人的才华能超越题材限制，成功征服约翰逊的诗心）。这样的品味影响了他对英国诗歌经典的评判以及对其秩序的整顿。但是，尽管约翰逊的批评有其局限或不足，《诗人

---

① 参见 J. W. H. Atkins, *English Literary Criticism: 17th and 18th Centuries* (London: Methuen & Co. Ltd., 1954), p. 311.

传》在英诗经典建构史上仍然起到了举足轻重、不可替代的积极作用。

本书主要从批评史或诗学观念演变史的角度来考察《诗人传》对塑造某些诗人的经典地位所起的作用。事实上,《诗人传》的影响力能延续到十九世纪末二十世纪初,不仅与约翰逊的深厚学养和独特的诗学智慧有关,也与后来一百多年里英国思想意识形态的构建需要以及社会文化机制的推动有不可分割的联系。例如,《诗人传》在维多利亚中后期地位的提高,就离不开当时教育家赋予它的人文主义教育功能。威特维尔·艾尔文(Whitwill Elvin)、马修·阿诺德、约翰·邱顿·科林斯(John Churton Collins)等学者都曾提出《诗人传》对培养个人品位,提升学生人文素养的重要性[①]。约翰逊批评思想的影响力就是在这种教育传承过程中得以扩散和延续。

虽然绪论第三节分析了推动《诗人传》产生、决定其作为建构经典文本的特点的一套社会文化机制,但正文涉及《诗人传》对某些诗人的经典地位的影响部分,主要采取绪论第二节所说的美学-哲学路径,即考察约翰逊的批评论断、模式或标准在后人的著述中所留下的思想印迹,或给后人所施加的话语压力。这是本书研究角度的一大局限,希望将来能结合更广阔的社会历史背景和思想意识形态来研究《诗人传》对英诗经典化历史所做的贡献。

[①] 参见 Joseph E. Stockwell, *Samuel Johnson's Reputation as a Critic*, pp. 44-45 & pp. 59-62. 约翰·科林斯认为要发挥《诗人传》的教育作用,需要学者对它做适当的注解或评论。参见 Steven R. Phillips, "Johnson's *Lives of the English Poets* in the Nineteenth Century," p. 187.

参考文献

Primary Works

Johnson, Samuel. The Works of Samuel Johnson Connoirsseur's Edition. 16 vols. New York: Prafraets Press Troy, 1903.

Vol. 1 *The Rambler No. 1-52*

Vol. 2 *The Rambler No. 55-112*

Vol. 3 *The Rambler No.113-170*

Vol. 4 *The Rambler No. 171-208 & The Adventurer No. 34-108*

Vol. 5 *The Adventurer No. 110-138 & The Idler No. 1-76*

Vol. 6 *The Idler No. 77-102 & Poems*

Vol. 11 *The Lives of the Poets and Other Pieces*

Vol. 12 *Miscellaneous*

Vol. 13 *Reviews & Political Tracts*

——, ed. A Dictionary of the English Language. 2 vols. London: J. and P. Knapton, etc., 1755.

——. *The History of Rasselas, Prince of Abyssinia*. Ed. Thomas Keymer. Oxford: Oxford University Press, 2009.

——. *The Lives of the Most Eminent English Poets; with Critical Observations on their Works*. Ed. Roger Lonsdale. 4 vols. Oxford: Clarendon Press, 2006.

塞缪尔·约翰逊:《饥渴的想象:约翰逊散文作品选》,叶丽贤译,生活·读书·新知三联书店 2015 年版。

Secondary Works

Abrams, M. H. *The Mirror and the Lamp: Romantic Theory and the Critical Tradition.* Oxford: Oxford University Press, 1953.

Adams, James Eli. "The Economies of Authorship: Imagination and Trade in Johnson's 'Dryden' ." *Studies in English Literature.* Vol. 30, No.3 (1990): 467-486.

Addison, Joseph. *Addison's Criticisms on* Paradise Lost. Ed. Albert S. Cook. New York: G. E. Stechert & Co., 1926.

——. *The Works of Joseph Addison.* Ed. George Washington Greene. 6 vols. New York: G. P. Putnam & Co., 1854.

Aikin, John, ed. *Select Works of the British Poets.* London: Longman Hurst, 1820.

Akenside, Mark. *The Poetical Works of Mark Akenside.* London: W. Suttaby, 1807.

Albrecht, W. P. "Hazlitt on the Poetry of Wit." *PMLA.* Vol. 75, No. 3 (1960): 245-249.

Aldridge, Alfred Owen. "Akenside and Imagination." *Studies in Philology.* Vol. 42, No.4 (1945): 769-792.

Alter, Robert. *Canon and Creativity.* New Haven: Yale University Press, 2000.

Alves, Robert. *Sketches of a History of Literature.* Edinburgh: Alex. Chapman and Co. Fish-Marker, 1794.

Amarasinghe, Upali. *Dryden and Pope in the Early Nineteenth Century: A Study of Changing Literary Taste.* Cambridge: Cambridge University Press, 1962.

Amintor. "Corydon, a Reflection on the Death of Mr. James Thomson." *The Kapélion, or Poetical Ordinary.* (Jan. 1751): 246-249.

Amwell, John Scott. "Ode Occasioned by Reading Dr. Akenside's *Odes*, 1758." *European Magazine.* Vol. 35 (May 1799): 330-331.

Anderson, Howard and John S. Shea, eds. *Studies in Criticism & Aesthetics 1660-1800*. Minneapolis: The University of Minnesota Press, 1967.

Arnold, Matthew. *Essays by Matthew Arnold*. Oxford: Oxford University Press, 1914.

——. *Essays in Criticism; First and Second Series Complete*. New York: A. L. Burt Company, 1909.

Ashfield, Andrew and Peter de Bolla, eds. *The Sublime: A Reader in British Eighteenth-Century Aesthetic Theory*. Cambridge: Cambridge University Press, 1996.

Atkins, J. W. H. *English Literary Criticism: 17th and 18th Centuries*. London: Methuen & Co. Ltd., 1954.

B., G. "An Ode, to the Memory of Mr. Collins." *Newcastle Chronicle*. (17 Dec. 1768).

B., W. "Verses Occasion'd by Hearing of the Intended Festival in Honour of Thomson." *Weekly Magazine or Edinburgh Amusement*. Vol. 10 (6 Dec. 1770): 306.

Baines, Paul. *The Complete Critical Guide to Alexander Pope*. London & New York: Routledge, 2000.

Barbauld, Anna Laetitia. "Essay on *The Pleasures of Imagination*." *The Pleasures of Imagination*. London: T. Cadell, etc., 1794. 1-33.

——. "On *The Poetical Works of Mr. William Collins*." *The Poetical Works of Mr. William Collins*. London: T. Cadell, Jun. and W. Davies, 1797. iii-xlix.

Barnard, John, ed. *Alexander Pope: The Critical Heritage*. London: Routledge, 1995.

Bate, Walter Jackson. *From Classic to Romantic: Premises of Taste in Eighteenth-Century England*. Cambridge: Harvard University Press, 1946.

Batten, Charles L. "Samuel Johnson's Sources for 'The Life of Roscommon'." *Modern Philology*. Vol. 72, No. 2 (1974): 185-189.

Battersby, James L. "Johnson and Shiels: Biographers of Addison." *Studies in*

English Literature, 1500-1900. Vol. 9, No.3 (1969): 521-537.

Battestin, Martin C. "Fielding's Definition of Wisdom: Some Functions of Ambiguity and Emblem in *Tom Jones.*" *ELH.* Vol. 35, No.2 (1968): 188-217.

Bayne, William. *James Thomson (Famous Scots Series).* Edinburgh: Oliphant, Anderson and Ferrier, 1898.

Beattie, James. "On Poetry and Music as they Affect the Mind." *Essays: On Poetry and Music, as They Affect the Mind; On Laughter, and Ludicrous Composition; On the Usefulness of Classical Learning.* Edinburgh: William Creech, 1776. 347-580.

Beers, Henry A. *A History of English Romanticism in the Eighteenth Century.* Boston: Indy Publish, 2006.

Bell, Robert. "Abraham Cowley." *Biography* of *Eminent Literary and Scientific Men.* London: Longman, etc., 1839. 38-90.

Benedict, Barbara M. "Publishing and Reading Poetry." *The Cambridge Companion to Eighteenth-Century Poetry.* Ed. John Sitter. Cambridge: Cambridge University Press, 2004. 63-82.

——. "Readers, Writers, Reviewers, and the Professionalization of Literature." *The Cambridge Companion to English Literature 1740-1830.* Eds. Thomas Keymer and Jon Mee. Cambridge: Cambridge University Press, 2004. 3-23.

Berland, K. J. H. "Johnson's Life-Writing and the 'Life of Dryden'." *Eighteenth Century: Theory and Interpretation.* Vol. 23, No.3 (1982): 197-218.

Birch, Thomas, ed. *General Dictionary, Historical and Critical.* 10 vols. London: Bettenbam, 1736.

Blackmore, Richard. "Essay upon Wit." *Series One: Essays on Wit No. 1.* Ed. Richard C. Boys. Ann Arbor: Edwards Brothers, Inc., 1946. 189-234.

Bliss, Isabel St. John. *Edward Young.* New York: Twayne Publishers, Inc.,

1969.

Bloom, Harold. *The Western Canon: The Books and School of the Ages*. New York: Harcourt Brace & Company, 1994.

Boswell, James. *Boswell's Journal of a Tour to the Hebrides with Samuel Johnson*. Eds. Frederick A. Pottle and Charles H. Bennett. New York: The Viking Press, 1936.

——. "Sketch of the Character of the Celebrated Mr. Gray." *London Magazine*. Vol. 41 (Mar. 1772): 140.

——. *The Life of Johnson*. 6 vols. Ed. Augustine Birrell. Westminster: Constable, 1896.

Boulton, James T., ed. *Samuel Johnson: The Critical Heritage*. London: Routledge, 1971.

Bowles, W. J. "Concluding Observations on the Poetic Characters of Pope." *The Works of Alexander Pope, Esq. In Verse and Prose*. Vol. 10. London: J. Johnson, etc., 1806. 363-380.

——. "Observations on the Poetical Character of Pope." *The Pamphleteer*. Vol. 18. London: A. J. Valpy, 1821. 214-258.

Boyce, Benjamin. "Samuel Johnson's Criticism of Pope in *The Life of Pope*." *The Review of English Studies*. Vol. 5, No.17 (1954): 37-46.

Brink, Jeanie R. "Johnson and Milton." *Studies in English Literature, 1500-1900*. Vol. 20, No.3 (1980): 493-503.

Bronson, Walter C. "Introduction." *The Poems of William Collins*. Ed. Walter C. Bronson. Boston: Ginn & Company, Publishers, 1898. xi-lxxxv.

Brooke, Stopford A. *Naturalism in English Poetry*. New York: E. P. Dutton & Company, 1920.

Brooks, Cleanth. *The Well-Wrought Urn: Studies in the Structure of Poetry*. New York: Harcourt, Brace and World, 1947.

Browne, Moses. "To Mr. Thomson on his Excellent Poems." *Gentleman's Magazine*. Vol. 6 (Aug. 1736): 479.

Browning, Elizabeth. "The Book of the Poets." *The Complete Works* of *Elizabeth Barret Browning*. 6 vols. Vol. 6. New York: Thomas Y. Crowell & Co., 1900. 240-311.

Bryant, William Cullen. *Prose Writings of William Cullen Bryant*. 6 vols. Vol. 1. New York: D. Appleton and Company, 1884.

Bullitt, John and W. Jackson Bate. "Distinctions between Fancy and Imagination in Eighteenth-Century English Criticism." *Modern Language Notes*. Vol. 60, No. 1 (1945): 8-15.

Burke, Edmund. *A Philosophical Inquiry into the Origin of our Ideas of the Sublime and Beautiful*. Basil: J. J. Tourneisen, 1792.

Butler, Samuel. *Hudibras*. Charleston: BiblioBazaar, 2006.

Byron, John. *Letter to (John Murray) on the Rev. W. L. Bowles's Strictures on the Life and Writings of Pope*. 3rd ed. London: John Murry, 1821.

Campbell, Thomas. *Specimens of the English Poets with Biographical and Critical Notices and an Essay on English Poetry*. London: John Murray, 1844.

Casement, William. *The Battles of the Books in Higher Education: The Great Canon Controversy*. New Brunswick: Transaction Publishers, 1996.

"Catalogue of the Most Celebrated Writers." *Letters Concerning the Present State of England*. London: J. Almon, 1772.

Chalmers, Alexander, ed. *General Biographical Dictionary* (1812-17). Vol. 10. London: John Nichols and Son, etc., 1813.

Chambers, Robert, ed. *Cyclopaedia of English Literature*. 2 vols. Edinburgh: William and Robert Chambers, 1844.

Chandler, James. "The Pope Controversy: Romantic Poetics and the English Canon Author." *Critical Inquiry*. Vol. 10, No.3 (1984): 481-509.

Clarke, William and Robert Mackenzie. *The Georgian Era: Memoirs of the most Eminent Persons who have Flourished in Great Britain*. 4 vols. London: Vizetell, Branston and Co. Fleet Street, 1832.

Clingham, Greg. "Another and the Same: Johnson's Dryden." *Literary Transmission and Authority: Dryden and Other Writers*. Ed. Earl Miner. Cambridge: Cambridge University Press, 1993. 121-159.

——. "Life and Literature in Johnson's *Lives of the Poets*." *The Cambridge Companion to Samuel Johnson*. Ed. Greg Clingham. Shanghai: Shanghai Foreign Languages Education Press, 2000. 161-191.

Coleridge, Samuel. *Coleridge's Poetry and Prose*. Eds. Nicholas Halmi, Paul Magnuson and Raimonda Modiano. London: W. W. Norton & Company, 2004.

Colvin, Richard. *Keats*. London: Macmillan and Co., Ltd., 1909.

Coninton, John. "English Poetry from Dryden to Cowper." *The Quarterly Review*. Vol. 112 (1862). 146-179.

——. "The Poetry of Pope." *Miscellaneous Writings of John Coninton*. Ed. J. A. Symonds. London: Longmans, Green and Co., 1872. 1-73.

Cooper, Anthony Ashley. *Characteristics of Men, Manners, Opinions, Times with a Collection of Letters*. Basil: J. J. Tourneisen & J. L. Legrand, 1711.

Cooper, Edward. "In Retirement. Inscribed to Mr. Thompson." *A Collection of Elegiac Poesy*. London: E. Cooper, 1760. 27-39.

Courthope, William John. *A History of English Poetry*. 6 vols. Vol. 5. London: Macmillan and Co., Ltd., 1905.

——. *The Works of Alexander Pope*. 5 vols. Vol. 5 (*The Life and Index*). London: John Murray, 1889.

Cumberland, Richard. "Elegy to the Memory of Gray." *Miscellaneous Poems*. London: F. Newbery, 1778. 26-28.

Damrosch, Leopold. *The Uses of Johnson's Criticism*. Charlottesville: University Press of Virginia, 1976.

Danos. "Verses on Some Late English Poets." *Scots Magazine*. Vol. 35 (Sep. 1773): 486.

De Quincey, Thomas. "Alexander Pope." *Essays on the Poets and Other*

English Writers. Boston: Ticknor, Reed and Fields, 1853. 145-204.

——. *Biographies: Shakespeare, Pope, Goethe, and Schiller*. Edinburgh: Adam & Charles Black, 1863.

——. *Speculations Literary and Philosophic*. Edinburgh: Adam & Charles Black, 1862.

Derrick, Samuel. "The Life of John Dryden, Esq." *The Miscellaneous Works of John Dryden, Esq.* 4 vols. Vol. 1. London: J. and R. Tonson, 1760. xiii-xxxiv.

D'Israeli, Isaac. "Review of Anecdotes of Books and Men by Joseph Spence." *The Quarterly Review*. Vol. 23 (May & July 1820): 399-434.

Dryden, John. *Dryden: Poetry, Prose and Plays*. Ed. Douglas Grant. Cambridge: Harvard University Press, 1965.

——. *Selected Criticism*. Eds. James Kinsley and George Parfitt. Oxford: Clarendon Press, 1970.

Duff, William. *An Essay on Original Genius*. London: Edward and Charles Dilly, 1767.

Duncan, Joseph E. "The Revival of Metaphysical Poetry, 1872-1912." *PMLA*. Vol. 68, No. 4 (1953): 658-671.

Eagleton, Terry. *Literary Theory: An Introduction*. Minneapolis: The University of Minnesota Press, 2008.

Eliot, T. S. *Selected Essays.* London: Faber and Faber Ltd., 1932.

Engell, James. *Forming the Critical Mind: Dryden to Coleridge*. Cambridge: Harvard University Press, 1989.

——. "Johnson on Blackmore, Pope, Shakespeare—and Johnson." *Johnson After Three Centuries: New Light on Texts and Contexts*. Eds. Thomas A. Horrocks and Howard D. Weinbrot. London: Harvard University Press, 2011. 51-61.

"Epitaph on Mr. Gray, in Westminster Abbey." *Morning Chronicle and London Advertiser*. 15 Aug. 1778.

"Essay on Wit." *Series One: Essays on Wit No. 2*. Ed. Edward N. Hooker. Ann Arbor: Edwards Brothers, Inc., 1946.

Evans, Scott David. *Samuel Johnson's General Nature in its Context*. Diss. Arizona State University, 1997.

Fairer, David. "Creating a National Poetry: The Tradition of Spenser and Milton." *The Cambridge Companion to Eighteenth Century Poetry*. Ed. John Sitter. Cambridge: Cambridge University Press, 2001. 177-201.

——. "Lyric Poetry: 1740-1790." *The Cambridge History of English Poetry*. Ed. Michael O'Neill. Cambridge: Cambridge University Press, 2010. 397-417.

Fielding, Henry. *The History of Tom Jones, a Foundling*. London: Penguin Books, 2012.

Fix, Stephen. "Distant Genius: Johnson and the Art of Milton's Life." *Modern Philology*. Vol. 81, No. 3 (1984): 244-264.

——. "Johnson and the 'Duty' of Reading *Paradise Lost*." *ELH*. Vol. 52 No. 3 (1985): 649-671.

Fogle, French. "Milton Lost and Regained." *Huntington Library Quarterly*. Vol. 15 No. 4 (1952): 351-369.

G., G. "To a Young Lady in Scotland." *London Magazine*. Vol. 27 (Jan. 1758): 46.

Garnett, Richard. *The Age of Dryden*. London: George Bell & Sons, 1895.

Gilfillan, George. "On the Life and Poetic Genius of Edward Young." *Young's Night Thoughts*. Edinburgh: James Nichol, 1853. v-xxviii.

——. "The Life of Akenside." *The Poetical Works of Mark Akenside*. Edinburgh: James Nichol, 1857. v-xxiii.

Gilmore, Thomas B. "Implicit Criticism of Thomson's 'Seasons' in Johnson's 'Dictionary'." *Modern Philology*. 86.3 (1989): 265-273.

Goldberg, M. A. "Wit and Imagination in Eighteenth-Century Aesthetics." *The Journal of Aesthetics and Art Criticism*. Vol. 16, No. 4 (1958): 503-509.

Gosse, Edmund. *A History of Eighteenth Century Literature* (1660-1780). London: Macmillan and Co., 1891.

Gray, Thomas. "The Progress of Poesy." *The Poetical Works of Thomas Gray*. London: William Pickering, 1851. 22-38.

Griffin, Dustin. *Regaining Paradise: Milton and the Eighteenth Century*. Cambridge: Cambridge University Press, 1986.

Griffin, Robert J. *Wordsworth's Pope: A Study in Literary Historiography*. Cambridge: Cambridge University Press, 1995.

Grosart, Alexander B. "Memorial-Introduction." *The Complete Works in Verse and Prose of Abraham Cowley*. 2 vols. Vol. 1. Blackburn: Chertsey Worthies' Library, 1881.

Hagstrum, J. H. "Johnson's Conception of the Beautiful, the Pathetic, and the Sublime." *PMLA*. Vol. 64, No. 1 (1949): 134-157.

——. *Samuel Johnson's Literary Criticism*. Chicago: University of Chicago Press, 1967.

Hallam, Henry. "A Review of the Works of John Dryden Edited by Water Scott Esq." *Edinburgh Review*. No. 25 (1808): 116-135.

Hardy, J. P. *Samuel Johnson: A Critical Study*. London: Routledge & Kegan Paul, 1979.

——. "Stockdale's Defence of Pope." *The Review of English Studies*. Vol. 18, No. 69 (1967): 49-54.

Hazlitt, William. *Lectures on the English Poets*. London: Taylor and Hessey, 1818.

——. "A Critical List of Authors Contained in this Volume." *Select English Poets*. London: WM. C. Hall, 1824. i-xv.

Hinnant, Charles H. *Steel for the Mind: Samuel Johnson and Critical Discourse*. Newark: University of Delaware Press, 1994.

Home, Henry. *Elements of Criticism*. 2 vols. Indianapolis: Liberty Fund, 2005.

Homer. *Iliad*. Trans. Alexander Pope. Ed. Gilbert Wakefield. 6 vols. Vol. 1.

London: D. Baldwin, 1796.

Hooker, Edward N., ed. *Series One: Essays on Wit No. 2*. Ann Arbor: Edwards Brothers, Inc., 1946.

Hume, David. *Essays and Treatises on Several Subjects*. 2 vols. Vol. 2. Edinburgh: Bell & Bradfute, etc., 1825.

Hunt, Leigh. *The Feast of the Poets with Notes and Other Pieces in Verse*. London: James Cawthorn, 1814.

Hunter, J. Paul. "Political, Satirical, Didactic and Lyric Poetry (I): From the Restoration to the Death of Pope." *The Cambridge History of English Literature, 1660-1780*. Ed. John Richetti. Cambridge: Cambridge University Press, 2005. 160-208.

——. "When Is Literature? What Is a Canon?" *Eighteenth-Century Life*. 21.3 (1997): 95-97.

Hurd, Richard. *The Works of Richard Hurd, D. D. Lord Bishop of Worcester*. 8 vols. Vol. 4. London: T. Cadell and W. Davies, Strand, 1811.

Jeffrey, Francis. "A Review of *The Dramatic Works of John Ford with an Introduction and Explanatory Notes*." *The Edinburgh Review or Critical Journal* (for May 1811…Aug. 1811). Vol. 18. 275-304.

Jones, W. Powell. "Johnson and Gray: A Study in Literary Antagonism." *Modern Philology*. Vol. 56, No. 4 (1959): 243-253.

Keast, William R. "Johnson's Criticism of the Metaphysical Poets." *ELH*. Vol. 17, No. 1 (1950): 59-70.

Keats, John. *The Poetical Works of John Keats*. Ed. H. Buxton Forman. London: Clarendon Press, 1906.

Kennedy, George A. "The Origin of the Concept of a Canon and Its Application to the Greek and Latin Classics." *Canon vs. Culture*. Ed. Jan Gorak. New York: Garland Publishing Inc., 2001. 105-116.

Kermode, Frank. "Dissociation of Sensibility." *The Kenyon Review*. Vol. 19, No. 2 (1957): 169-194.

——. *Pleasure and Change: The Aesthetics of Canon.* Oxford: Oxford University Press, 2004.

Kernan, Alvin. *Samuel Johnson and the Impact of Print.* Princeton: Princeton University Press, 1989.

Kinsley, James and Helen Kinsley, eds. *John Dryden: The Critical Heritage.* London: Routledge, 1995.

Kramnick, Jonathan. *Making the English Canon: Print-capitalism and the Cultural Past, 1700-1770.* Cambridge: Cambridge University Press, 1998.

La Cour, James De. "To Mr. Thomson, on His *Seasons*." *A Prospect of Poetry.* Dublin: Peter Wilson, 1734. 59-64.

Langhorne, John. "Review of Collins in Poetical Calendar." *The Monthly Review.* Vol. 30 (Jan. 1764): 20-21.

——, ed. *The Poetical Works of Mr. William Collins.* London: T. Becket & P. A. Dehondt, 1765.

Lewis, Jayne. "The Type of a Kind; or, the *Lives* of Dryden." *Eighteenth-Century Life.* Vol. 25, No. 2 (2001): 3-18.

Lipking, Lawrence. *The Ordering of the Arts in Eighteenth-Century England.* Princeton: Princeton University Press, 1970.

Lonsdale, Roger. "Introduction." *The Lives of the Most Eminent English Poets; with Critical Observations on their Works.* 4 vols. Vol. 1. Oxford: Clarendon Press, 2006. 1-185.

Loomis, Emerson. "The Turning Point in Pope's Reputation: A Dispute Which Preceded the Bowles-Byron Controversy." *Philological Quarterly.* Vol. 42, No. 2 (1963): 242-248.

Lynch, Jack "*The Life of Johnson*, The Life of Johnson, *the* Lives of *Johnson*." *Johnson After 300 Years*. Eds. Greg Clingham and Philip Smallwood. Cambridge: Cambridge University Press, 2009. 131-144.

Macaulay, Thomas. "Dryden." *Selections from the Edinburgh Review.* Ed. Maurice Cross. 6 vols. Vol. 2. Paris: J. Smith, 1835. 94-107.

——. *The Life and Writings of Addison*. London: Spottiswoodes & Shaw, 1843.

Madan, Judith. *The Progress of Poetry*. London: J. Dodsley, 1783.

Mannheimer, Katherine. "Personhood, Poethood and Pope: Johnson's Life of Pope and the Search for the Man behind the Author." *Eighteenth-Century Studies*. Vol. 40, No. 4 (2007): 631-649.

Martin, Jerry. "The Core Curriculum and the Canon." *The Core and the Canon: A National Debate*. Eds. L. Robert Stevens, G. L. Seligmann & Julian Long. Denton: The University of North Texas Press, 1993. 3-9.

Mason, William. "To a Friend." *The Poems of William Mason*. 2 vols. Vol. 1. Chiswick: C. Whittingham, 1822.

Mathias, Thomas James. *Observations on the Writings and on the Character of Mr. Gray*. London: T. Cadell & W. Davies Strand, 1815.

Maurer, Osar, Jr. "Pope and the Victorians." *Studies in English*. No. 24 (1944). 221-238.

McCarthy, William. "The Moral Art of Johnson's *Lives*." *Studies in English Literature, 1500-1900*. Vol. 17, No.3 (1977): 503-517.

McDermott, Anne. "Johnson's 'Dictionary' and the Canon: Authors and Authority." *The Yearbook of English Studies*. Vol. 28 (1998): 44-65.

Meyers, Jeffrey. *Samuel Johnson: The Struggle*. New York: Basic Books, 2008.

Milton, John. *Paradise Lost*. Ed. Barbara K. Lewalski. Oxford: Blackwell Publishing Ltd., 2007.

Misenheimer, James B. "Johnson and Critical Expectation." *Fresh Reflections on Samuel Johnson: Essays in Criticism*. Troy: The Whitston Publishing Company, 1987. 13-30.

——. "Samuel Johnson's Christian Humanism and the Function of Literature." *The Yearbook of English Studies*. Vol. 3 (1973): 148-160.

Mitchell, Joseph. "To James Thomson, Author of 'Winter'." *Poems on Several*

Occasions. 2 vols. Vol. 1. London: Harmen Noorthouck, 1729. 309.

Mitford, John. "The Life of Dryden." *The Poetical Works of John Dryden*. 4 vols. Vol. 1. London: William Pickering, 1832. i-cli.

——. "The Life of Edward Young." *The Poetical Works of Edward Young*. 2 vols. Vol. 1. London: William Pickering, 1844. i-lvii.

——. "Essay on the Poetry of Gray." *The Works of Thomas Gray*. Ed. John Mitford. 2 vols. Vol. 1. London: J. Mawman, 1816. xci-clxxvi.

Monk, Samuel H. "Dryden Studies: A Survey (1920-1945)." *ELH*. Vol. 14, No. 1 (1947): 46-63.

——. *The Sublime: A Study of Critical Theories in XVIII-Century England*. Ann Arbor: The University of Michigan Press, 1960.

Morris, David B. *The Religious Sublime: Christian Poetry and the Critical Tradition in 18th-Century England*. Lexington: The University Press of Kentucky, 1972.

Morris, John N. "Samuel Johnson and the Artist's Work." *The Hudson Review*. Vol. 26, No. 3 (1973): 441-461.

Musaphil. "To the Author of an Elegy, supposed to have been written in a Country Churchyard." *London Advertiser*. 13 March 1751.

Nethercot, Arthur H. "The Reputation of Abraham Cowley (1660-1800)." *PMLA*. Vol. 38, No. 3 (1923): 588-641.

——. "The Reputation of the 'Metaphysical Poets' During the Age of Johnson and the 'Romantic Revival'." *Studies in Philology*. Vol. 22, No. 1 (1925): 81-132.

——. "The Reputation of the 'Metaphysical Poets' During the Age of Pope." *Philological Quarterly*. Vol. 4, No.1 (1925): 161-179.

——. "The Reputation of the 'Metaphysical Poets' During the Seventeenth Century." *The Journal of English and Germanic Philology*. Vol. 23, No. 2 (1924): 173-198.

——. "The Term 'Metaphysical Poets' Before Johnson." *Modern Language*

Notes. Vol. 37, No. 1 (1922): 13-17.

Newlyn, Lucy. *Paradise Lost and the Romantic Reader*. Oxford: Oxford University Press, 1993.

O'Gorman, Francis and Katherine Turner, eds. *The Victorians and the Eighteenth Century: Reassessing the Tradition*. Aldershot: Ashgate Publishing Ltd., 2004.

"On the Death of the Celebrated James Thomson, in His Manner." *Gentleman's Magazine*. Vol. 18 (Sep. 1748): 423.

"Original Anecdote of James Thomson, the Author of *The Seasons*." *Oxford Magazine*. Vol. 10 (Oct. 1773): 377-378.

Patey, Douglas Pane, "The Eighteenth Century Invents the Canon." *Modern Language Studies*. Vol. 18, No. 1 (1988): 17-37.

Pattison, Mark. *Milton*. Cambridge: Cambridge University Press, 2011.

——. "Pope and his Editors." *Essays by the Late Mark Pattison, Sometime Rector of Lincoln College*. Vol. 2 (London: Forgotten Books, 2013). 350-357.

Payne, Michael. "Johnson vs. Milton: Criticism as Inquisition." *College Literature*. Vol. 19, No. 1 (1992): 60-74.

Perkins, David. "Johnson on Wit and Metaphysical Poetry." *ELH*. Vol. 20, No. 3 (1953): 200-217.

Phillips, Steven R. "Johnson's *Lives of the English Poets* in the Nineteenth Century." *Research Studies*. Vol. 39, No. 3 (1971): 175-190.

Pope, Alexander. *Alexander Pope: The Major Works*. Ed. Pat Rogers. Oxford: Oxford University Press, 2006.

Pratt, Samuel. *Observations on* The Night Thoughts *of Dr. Young*. London: Richardson & Urquhart, 1776.

——. *The Tears of Genius: Occasioned by the death of Dr. Goldsmith*. London: T. Becket, 1744.

Raleigh, Walter Alexander. *Milton*. London: Edward Arnold, 1915.

——. *Six Essays on Johnson.* Oxford: Clarendon Press, 1910.

Rasonensis. "Observations on Dr. Akenside's *Pleasures of Imagination.*" *London Chronicle.* 23 July 1778: 76.

Raven, James. "Publishing and Bookselling 1660-1780." *The Cambridge History of English Literature 1660-1780.* Ed. John Richetti. Cambridge: Cambridge University Press, 2005. 13-36.

Reed, Henry. "Memoir of Gray." *The Poetical Works of Thomas Gray.* Ed. Henry Reed. Philadelphia: Henry Carey Baird, 1851.

Rees, Christine. *Johnson's Milton.* Cambridge: Cambridge University Press, 2010.

Richardson, Jonathan. "An Account of the Life and Writings of John Milton." *The Works of John Milton, Historical, Political and Miscellaneous.* London: A. Millar, 1753. i-lxxviii.

Roberts, William Hayward. *A Poetical Epistle to Christopher Anstey on the English Poets.* London: William Roberts, 1773.

Rogers, Pat, ed. *The Cambridge Companion to Alexander Pope.* Cambridge: Cambridge University Press, 2007.

Roscoe, William. "Estimate of the Poetical Character and Writings of Pope." *The Works of Alexander Pope.* 10 vols. Vol. 2. London: C. and J. Rivington, 1824. iii-xvi.

Ross, Trevor. "Copyright and the Invention of Tradition." *Eighteenth-Century Studies.* Vol. 26, No. 1 (1992): 1-27.

——. *The Making of the English Literary Canon: From the Middle Ages to the Late Eighteenth Century.* Montreal: McGill-Queen's University Press, 1998.

Ruffhead, Owen. *The Life of Alexander Pope, Esq. Compiled from Original Manuscripts; with a Critical Essay on his Writings and Genius.* London: C. Bathurst etc., 1769.

Ruskin, John. *Lectures Delivered before the University of Oxford in Hilary*

Term. Oxford: Clarendon Press, 1870.

Saintsbury, George. *Dryden*. London: Macmillan Co., Ltd., 1902.

Sambrook, James. *The Eighteenth Century: The Intellectual and Cultural Context of English Literature*. 2nd ed. London: Longman Group Ltd., 1993.

Scott, Walter, ed. *The Works of John Dryden*. 18 vols. Vol. 1. London: William Miller, 1808.

Shaw, Thomas B. *A History of English Literature*. London: John Murray, 1864.

Shawcross, John T., ed. *John Milton: The Critical Heritage*. 2 vols. London: Rutledge, 1995.

Shenstone, William. *The Letters of William Shenstone*. Ed. Marjory Williams. Oxford: Basil Blackwell, 1939.

Siskin, Clifford. *The Work of Writing: Literature and Social Change in Britain, 1700-1830*. Baltimore & London: Johns Hopkins University Press, 1998.

——. "Political, Satirical, Didactic and Lyric Poetry (II): After Pope." *The Cambridge History of English Literature, 1660-1780*. Ed. John Richetti. Cambridge: Cambridge University Press, 2005. 287-315.

Stephen, Leslie. *Alexander Pope*. London: Macmillan and Co., Ltd., 1908.

——. "Young's Night Thoughts." *The Critic*. Vol. 41, No. 4 (1902): 341-353.

Stockdale, Percival. *Lectures on the Truly Eminent English Poets*. 2 vols. London: D. N. Shury, 1807.

Stockwell, Joseph E. *Samuel Johnson's Reputation as a Critic*. Diss., Louisiana State University, 1969.

Terry, Richard. "Literature, Aesthetics, and Canonicity in the Eighteenth Century." *Eighteenth-Century Life*. Vol. 21, No. 3 (1997): 80-101.

——. *Poetry and the Making of the English Literary Past 1660-1781*. Oxford: Oxford University Press, 2001.

Thackeray, William. *Thackeray's Lectures: The English Humorists & The Four Georges*. New York: Harper & Brothers, 1867.

Theobald, Lewis. "Preface to *The Works of Shakespeare.*" *The Works of Shakespeare*. Ed. Lewis Theobald. London: A. Bettesworth, etc., 1733. ii-lxviii.

Thirsis. "To the Memory of the Celebrated Mr. James Thomson." *Newcastle General Magazine*. Vol. 1 (Sep. 1748): 487.

Thomson, James. *Castle of Indolence*. 2nd ed. London: A. Millan, 1748.

——. *The Seasons*. Chiswick: C. Wittingham, 1820.

"Thomson's Monument in Westminster Abbey." *London Chronicle*. (11 May 1762): 446.

Thorpe, James, ed. *Milton Criticism: Selections from Four Centuries*. New York: Octagon Books. Inc., 1950.

"To the Memory of Mr. Thomson, Author of *The Seasons*." *Newcastle General Magazine*. Vol. 1 (Nov. 1748): 542.

Tomarken, Edward. *A History of the Commentary on Selected Writings of Samuel Johnson*. Columbia: Camden House, 1994.

Turnage, Maxine. "Samuel Johnson's Criticism of the Works of Edmund Spenser." *Studies in English Literature, 1500-1900*. Vol. 10, No. 3 (1970): 557-567.

Van Doren, Mark. *John Dryden: A Study of His Poetry*. Bloomington: Indiana University Press, 1967.

"Verses on Some Late English Poets." *Scots Magazine*. Vol. 35 (Sep. 1773): 486.

Vertumnus. "Epitaph for Mr. Thomson's Monument, proposed to be erected in Westminster Abbey." *The Scots Magazine*. Vol. 24. Edinburgh: W. Sands, A. Murray and Jochran, 1762. 48.

Wakefield, Gilbert. *Observations on Pope*. London: A. Hamilton, 1796.

Walpole, Horace. *The Letters of Horace Walpole*. Ed. Peter Cunningham. 9 vols. London: Henry G. Bohn, 1861.

Wanko, Cheryl. "The Making of a Minor Poet: Edward Young and Literary

Taxonomy." *English Studies*. Vol. 72, No. 4 (1991): 355-367.

Ward, A. W. "Introductory Memoir." *The Poetical Works of Alexander Pope*. London: Macmillan And Co., 1869. x-li.

Ward, A. W. and A. R. Waller. *The Age of Dryden*. Cambridge: Cambridge University Press, 1912.

Ward, Thomas Humphry, ed. *The English Poets: Selections with Critical Introductions*. 4 vols. London: Macmillan and Co. 1880.

Warncke, Wayne. "Samuel Johnson on Swift: The Life of Swift and Johnson's Predecessors in Swiftian Biography." *Journal of British Studies*. Vol. 7, No. 2 (1968): 56-64.

Warton, Joseph. *An Essay on the Writings and Genius of Pope*. London: M. Cooper, 1756.

——. *An Essay on the Genius and Writings of Pope*. Vol. 2. London: J. Dodsley, 1782.

Warton, Thomas. *Observations on the Fairy Queen of Spenser*. 2 vols. London: C. Stower, 1807.

——. *The Poetical Works of Thomas Warton*. Oxford: W. Hanwell, etc., 1802.

Weinbrot, Howard D. *Britannia's Issue: The Rise of British Literature from Dryden to Ossian*. Cambridge: Cambridge University Press, 1993.

——. "Twentieth-Century Scholarship and the Eighteenth-Century Canon." *Modern Language Quarterly*. Vol. 61, No. 2 (2000): 395-414.

Wellek, Rene. "What Is Literature?" *What Is Literature?* Ed. Paul Hernadi. Bloomington: Indiana University Press, 1978. 16-23.

Wheeler, David. "Crosscurrents in Literary Criticism, 1750-1790: Samuel Johnson and Joseph Warton." *South Central Review*. Vol. 4, No. 1 (1987): 24-42.

Williams, Raymond. *Keywords: A Vocabulary of Culture and Society*. Rev. ed. Oxford: Oxford University Press, 1983.

Wilson, John. "Our Pocket Companions." *Blackwood's Edinburgh Magazine*.

Vol. 44 (July-December, 1838). 573-596.

Wordsworth, William. "Preface." *Poems*. 2 vols. Vol. 1. London: Longman, etc., 1815. vii-xlii.

——. "Preface." *Lyrical Ballads with Pastoral and other Poems*. 3rd ed. 2 vols. Vol. 1. London: T. N. Longman & O. Rees, 1802. i-lxiv.

Young, Edward. *Conjectures on Original Composition*. 2nd ed. Manchester: Manchester University Press, 1918.

——. *Correspondence, 1683-1765*. Ed. H. Petit. Oxford: Clarendon Press, 1971.

本尼迪克特·安德森:《想象的共同体:民族主义的起源与散布》,吴叡人译,上海人民出版社 2003 年版。

董洪川:《托·斯·艾略特与"经典"》,《外国文学评论》2008 年第 3 期。

哈罗德·布鲁姆:《西方正典》,江宁康译,译林出版社 2005 年版。

哈罗德·布鲁姆:《影响的焦虑》,徐文博译,生活·读书·新知三联书店 1989 年版。

佛克马、蚁布思:《文学研究与文化参与》,俞国强译,北京大学出版社 1996 年版。

诺思罗普·弗莱:《批评的解剖》,陈慧、袁宪军和吴伟仁译,百花文艺出版社 2006 年版。

F. R. 利维斯:《伟大的传统》,袁伟译,三联书店 2002 年版。

廖炳慧:《关键词 200:文学与批评研究的通用词汇编》,江苏教育出版社 2006 年版。

刘意青:《经典》,载赵一凡主编:《西方文论关键词》,外语教学与研究出版社 2006 年版,第 280-293 页。

约翰·洛克:《人类理解论》(上下册),关文运译,商务印书馆 1959 年版。

罗竹风:《汉语大词典》,汉语大词典出版社 1990 年版。

大卫·休谟:《论道德与文学(休谟论说文集卷二)》,马万利、张正萍译,浙江大学出版社 2011 年版。

章华:《思想的形状:西方风景画的意蕴》,北京大学出版社 2011 年版。
周小仪:《从形式回到历史:20 世纪西方文论与学科体制探讨》,北京大学出版社 2010 年版。
朱光潜:《西方美学史》,人民文学出版社 2002 年版。